KB009858

혼자서 배우는 만만한 블렌더 3D

초판 인쇄 : 2023년 4월 1일
초판 발행 : 2023년 4월 1일

출판등록 번호 : 제 426-2015-000001 호
ISBN : 979-11-974536-6-3 03800

주소 : 강원도 횡성군 횡성읍 고즈넉한 길 25211
도서문의(신한서적) : 031) 942 9851 팩스 : 031) 942 9852
펴낸곳 : 책바세
펴낸이 : 이용태

지은이 : 김민주
감수 : 이용태
기획 : 네몬북
진행 책임 : 네몬북
편집 디자인 : 네몬북
표지 디자인 : 네몬북

인쇄 및 제본 : (주)신우인쇄 / 031) 923 7333

본 도서의 내용 중 디자인 및 저자의 창작성이 인정되는 내용을 무단으로 복제 및 복사하는 것은
저작권법에 의해 처리될 수 있습니다.

Published by nemonbook Co. Ltd Printed in Korea

3D 굿즈(캐릭터)부터 제품, 인테리어, 메타버스 아이템까지

혼자서 배우는
만만한
블렌더 3D

김민주 지음

누구나 가능해진 3D 제작

블렌더 3D는 캐릭터(굿즈), 제품 디자인, 게임 디자인, 애니메이션, 건축(인테리어) 등의 3D 그래픽 디자인에서 사용되는 모든 기능을 제공한다. 무엇보다 무료 프로그램이라는 것과 효율적인 단축키, 알기 쉬운 UX(사용자 경험) 덕분에 누구나 부담 없이 사용할 수 있다. 하지만 프로그램의 방대한 기능을 처음부터 모두 익히려 하기 보다는 가장 기본적이고 중요한 기능을 통해 블렌더 3D와 친숙할 수 있도록 하는 것이 좋다. 본 도서는 블렌더 3D와 가장 빨리 친숙해 질 수 있는 도서가 될 것이다.

1th 처음 시작하는 분들을 위한 기초 이론을 기술하고 있다.
본 도서는 블렌더 3D를 처음 시작하는 분들을 위한 도서로 블렌더 3D 및 3D 모델링, 텍스처링, 애니메이션 등에 대해 이해할 수 있도록 쉬운 설명과 예제를 포함하였다.

2th 블렌더 3D의 주요 기능을 익힐 수 있다.
블렌더 3D를 설치하는 방법부터 블렌더 3D의 주요 기능에 대해 빠짐없이 설명하고 있으며, 기능에 대한 원리적인 이해를 돕기 위해 노력하였다.

3th 예제를 통해 심층적인 학습을 할 수 있도록 하였다.
본 도서는 블렌더 3D에 대한 기초 이론적인 설명에 이어 예제를 통해 보다 심층적으로 블렌더 3D를 이해할 수 있도록 구성하였다.

4th 배운 즉시 실무에 곧바로 활용할 수 있다.
단순히 학습을 위한 매뉴얼 위주가 아니라 배우면 곧바로 실무에 활용할 수 있는 보편적이면서도 실용적인 예제에 중점을 두었다.

5th 하나의 작품을 하나하나 완성해 가는 과정에서 학습 능률을 높였다.
의미없이 만드는 모델링과 텍스처링 작업이 아닌 3D 제작 과정에서 반드시 필요한 작업 요소들을 한 권의 책으로 이해할 수 있도록 다양한 요소들이 포함된 작품을 처음부터 끝까지 완성(체험)할 수 있도록 하였다.

보다 효율적인 학습을 위해 책바세 또는 네몬북 웹사이트에 접속해서 해당 도서의 학습자료 파일을 다운로드받아 활용한다.

학습자료받기

학습자료를 받기 위해 **책바세.com** 또는 **네몬북.com** 웹사이트에 접속한 후 **[도서목록]** 메뉴에서 해당 도서를 찾은 후 표지 이미지 하단의 **[학습자료받기]** 버튼 클릭 후 구글 드라이브에서 **[다운로드]** 하여 해당 도서의 학습자료를 받아 활용한다.

Google Drive에서 파일에 바이러스가 있는지 검사할 수 없습니다

혼자서 배우는 만만한 블렌더 3D.egg(371M) 파일이 너무 커서 바이러스 검사를 할 수 없습니다. 그래도 파일을 다운로드하시겠습니까?

무시하고 다운로드 ③

{ CONTENTs }

{ CONTENTs }

{ CONTENTs }

PART 03 > 애니메이팅

Blender Guide for Beginner

블 렌 더 3 D

Br

PART 01

블렌더 3D 시작하기

PART 01에서는 블렌더 3D를 처음 시작하는 분들을 위해 프로그램을 다운로드받아 설치하는 과정과 블렌더에서 가장 기본적이고 중요하게 사용되는 기능들에 대해 알아본다.

블렌더 3D 설치

본 도서의 학습을 위해서는 블렌더 3D가 설치되어야 하며, 블렌더 공식 웹사이트 **www.blender.org**에서 **무료**로 다운로드받을 수 있다. 본 도서는 블렌더 3D 한글 버전과 영문을 병행 표기하여 학습 능률을 높이도록 하였다.

블렌더 3D 다운로드 및 설치하기

블렌더(Blender)를 시작하기 앞서 블렌더 프로그램을 다운로드해 보자. 웹사이트 상단에 있는 ❶[Download] 메뉴를 클릭한다. 윈도우즈 사용자라면 ❷[Download Blender]를 클릭한다.

☑ 블렌더는 수시로 업데이트되기 때문에 본 도서에서 사용한 버전과 다를 수 있지만 4점대 버전이 아니라면 사용에 문제는 없다.

블렌더 설치 파일이 다운로드되면 ❶메뉴를 선택한 후 ❷[열기] 메뉴를 선택하여 설치를 시작한다.

☑ 맥이나 리눅스 사용자일 경우엔 macOS, Linux 메뉴를 통해 해당 버전의 블렌더를 다운로드받으면 된다.

Blender Setup이 실행되었다면 ❶[Next]를 클릭한다. 사용권 계약 조건에 관한 내용을 읽어보고 동의할 경우에는 ❷[I accept the terms in the License Agreement]를 체크한 후 ❸[Next] 버튼을 클릭한다.

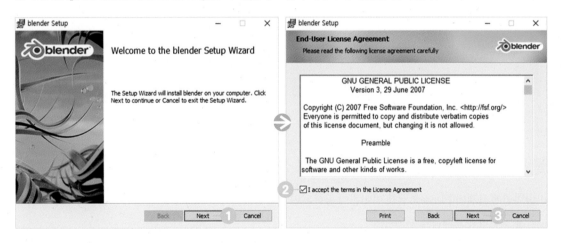

블렌더를 설치할 위치를 확인하고 ❶[Next] 버튼을 누른 다음 ❷[Install]을 클릭하여 블렌더를 설치한다. 설치가 끝났다면 ❸[Finish]를 클릭하여 blender Setup 창을 닫아준다.

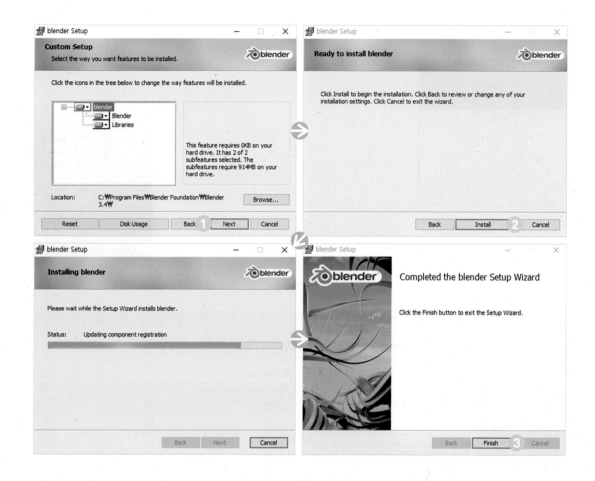

🔵 블렌더 3D 실행 및 한국어 버전으로 전환하기

바탕화면에 블렌더(Blender) 실행 아이콘이 등록되면 **더블클릭**하여 프로그램을 실행하거나 윈도우즈 ❶**시작**
메뉴에 추가된 ❷**블렌더**를 실행한다.

블렌더를 설치하고 처음 실행했을 경우에는 **Quick SetUp** 화면이 뜬다. Quick SetUp 화면에서 첫 번째 항목인
❶**Language** 메뉴를 열어 ❷**Korean(한국 언어)**를 선택한 후 하단에 있는 ❸**Save New Settings**를 클릭한다.

블렌더를 닫은 후 다시 실행하면 Quick SetUp 화면 자리에 **스플래쉬 화면(Splash Screen)**이 뜬다.

블렌더 3D 시작하기

스플래쉬 화면에서 **일반(General)**을 선택하여 화면을 닫아준다. 이것이 블렌더의 기본 실행 방법이다.

화면은 버전에 따라 달라지기
때문에 신경쓰지 않아도 됨

☑ 블렌더를 다시 실행했을 때 사용자 언어가 영어로 되어있다면 상단의 [Edit] – [Preferences] 메뉴
를 선택하여 환경설정 창을 열어준 후 Interface 항목의 Translation에 있는 Language를 선택하여
언어를 Korean (한국 언어)로 변경하면 된다.

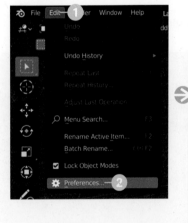

🔅 팁 & 노트

스플래쉬 화면 안 뜨게 하기

프로그램 시작 시 스플래쉬 화면(Splash Screen)을 뜨지 않게 하려면 **[편집(Edit)] – [환경 설정(Preferences)]** 메뉴의 **인터페 이스(Interface)** 항목의 **표시(Display)**에 있는 **스플래쉬 화면(Splash Screen)**을 체크 **해제**하면 된다.

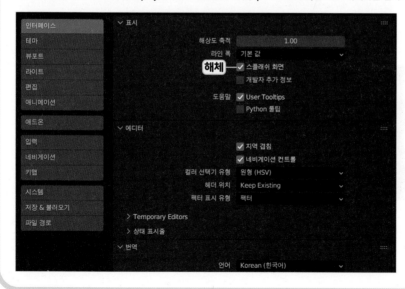

SECTION 02

블렌더 3D 살펴보기

블렌더에는 많은 기능과 단축키가 있다. 물론 단축키를 모두 외우고 작업을 하는 것은 한계가 있다. 물론 단축키를 많이 사용할수록 작업 시간을 단축할 수 있다는 것이다. 이 책을 통해 학습을 하다 보면 이러한 기본적인 것들을 자연스럽게 익히게 될 것이다.

블렌더 3D 실행하기

블렌더를 실행한 후 스플래쉬 화면(Splash Screen)에서 **일반(General)**을 선택하여 작업 준비를 한다.

☑ 위 스플래쉬 화면은 앞서 **팁 & 노트**에서 살펴본 것처럼 프로그램 실행 시 보이기/숨기기 할 수 있다.

블렌더 3D 인터페이스

블렌더 3D의 기본 인터페이스는 크게 5개의 작업 패널(창)으로 구성되어있다.

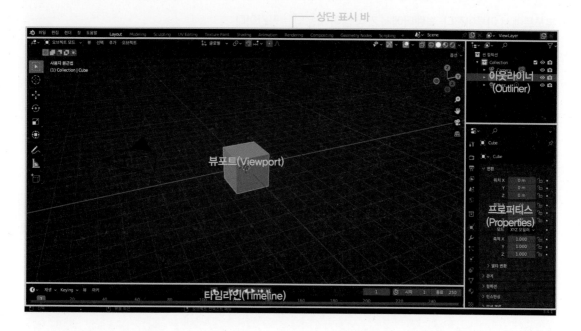

상단 표시 바

상단 표시 바(Top status bar)

상단 표시 바(Top status bar)는 탑바(Topbar)와 작업 공간(Workspaces)으로 구성되어있다. 모델링을 포함하여 매핑이나 텍스처링, 애니메이션 등의 모든 작업 과정은 작업 공간을 통해 진행된다.

탑바(Topbar)

탑바(Topbar)는 파일 저장, 가져오기 및 내보내기, 설정 구성 및 렌더링에 사용되는 기본 메뉴로 구성되어있다.

뷰포트(Viewport)

탑바 아래의 가장 큰 작업 공간을 뷰포트(Viewport)라고 한다. 도형을 생성하고 편집하는 과정은 기본적으로 뷰포트에서 이루어진다. 블렌더에서 가장 많이 사용되는 공간이다.

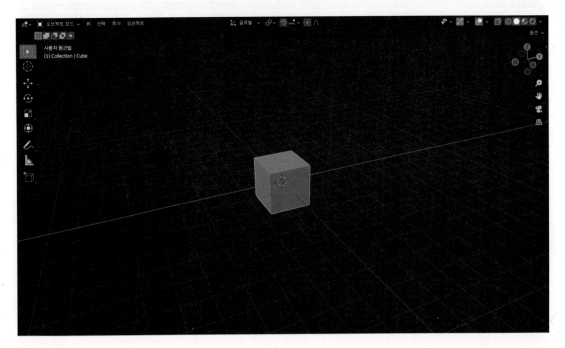

툴바(Toolbar)

뷰포트 좌측에 수직으로 된 바를 **툴바(Toolbar)**라고 한다. 툴바에서 아이콘 모양으로 된 **툴**(도구: Tool)들을 사용하여 오브젝트를 원하는 형태로 만들고 수정할 수 있다.

헤더(Header)

뷰포트 상단을 헤더(Header)라고 한다. 메뉴 및 일반적으로 사용되는 도구의 컨테이너 역할을 하며, 헤더의 메뉴와 버튼은 편집기 유형과 선택한 개체 및 모드에 따라 변경된다.

모드 변경 창 개체의 다양한 측면을 효율적으로 편집할 수 있는 다양한 편집 모드를 사용할 수 있다.

스냅(Snap) 오브젝트를 일정한 간격 또는 정확한 지점으로 쉽게 이동할 수 있다.

뷰포트 셰이딩(Viewport Shading) 뷰포트에 있는 오브젝트를 다양하게 표시할 수 있다.

와이어프레임(Wireframe) 오브젝트의 에지(Edge)라인을 보여준다.
솔리드(Solid) 오브젝트의 기본 도형의 모습을 보여준다.
매테리얼 미리보기(Material Preview) 오브젝트에 적용한 색상과 재질 값을 보여준다.
렌더리드(Rendered) 렌더링(Rendering)했을 때의 화면을 미리 보여준다.

축 표시(Axis)

뷰포트 우측 상단에 있는 XYZ를 축 표시라고 한다. XYZ를 클릭 & 드래그하여 뷰포트를 회전할 수 있다.

타임라인(Timeline)

뷰포트(작업 공간) 아래에 있는 공간을 타임라인(Timeline)이라고 한다. 타임라인은 차후에 만든 3D 모델을 가지고 애니메이션(Animation)을 제작할 때에 살펴볼 것이다.

프레임(Frame)

타임라인에 있는 숫자를 프레임(Frame)이라고 하며, 숫자 주위가 파란색으로 표시되어있는 것은 현재 프레임을 뜻한다.

타임라인 컨트롤(Timeline Control)

타임라인 중앙 상단에서 자동 키프레임을 활성화시킬 수 있으며, 애니메이션을 재생하고 일시정지 하는 등의 기능을 사용할 수 있다.

시작/종료 이동(Start/End)

타임라인 우측에 있는 시작(Start)과 종료(End)를 통해 애니메이션의 시작과 끝 프레임(Frame)으로 이동할 수 있다.

아웃라이너(Outliner)

우측 상단의 작은 공간은 아웃라이너(Outliner)라고 한다. 아웃라이너는 뷰포트에서 생성한 모든 오브젝트를 관리하고 확인할 수 있다.

프로퍼티스(Properties)

아웃라이너(Outliner) 하단에 있는 공간을 속성 창 또는 프로퍼티스(Properties)라고 한다. 오브젝트 (Object)의 세부 사항을 편집하고, 블렌더의 기본 설정까지 할 수 있는 공간이다.

에디터 유형(Editor Type)

상단 표시 바를 제외한 모든 공간은 우측 상단에 있는 에디터 유형(Editor Type) 아이콘을 통해 다양한 유형의 편집기로 변경한 후 사용할 수 있다.

뷰포트 기본 조작 방법

작업 공간인 뷰포트를 이동, 회전 그리고 확대/축소하는 것은 가장 자주 사용하는 행위이며, 이와 같은 작업은 마우스 휠(버튼)로 가능하다.

뷰포트(Viewport) 회전 마우스 휠을 클릭 & 드래 그한다.

뷰포트(Viewport) 확대 및 축소 마우스 휠을 회전 한다.

뷰포트(Viewport) 이동 [Shift] 키를 누른 상태로 마우스 휠을 클릭 & 드래그한다.

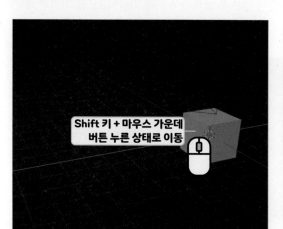

오브젝트 선택 뷰포트 또는 아웃라이너에서 선택하고자 하는 오브젝트를 클릭한다.

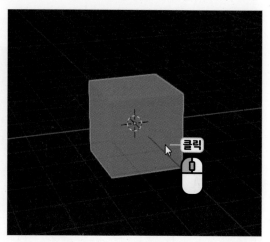

오브젝트 선택 취소 뷰포트 또는 아웃라이너에서 빈 곳을 클릭한다.

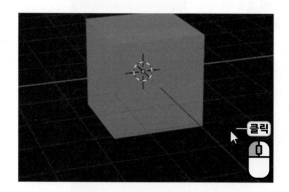

💡 **팁 & 노트**

쉽게 기능(도구) 이해하는 방법

화면에 있는 아이콘이나 버튼, 툴 등에 마우스 커서를 갖다 대면 해당 기능에 대한 이름과 기능 설명을 확인할 수 있다.

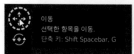

작업 패널(에디터) 크기 및 분할하기

에디터(Editor)는 각 에디터 **경계 라인**에 마우스 커서를 갖다 놓은 후 **클릭**하여 드래그(클릭&드래그)하면 해당 에디터의 크기를 조절할 수 있다.

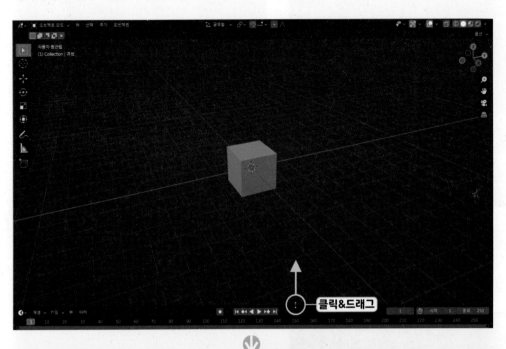

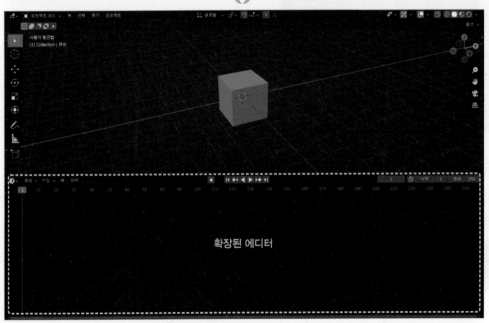

또한 **경계 라인**에 마우스 커서를 갖다 놓은 상태에서 **우측 마우스 버튼**을 **클릭**하면 수직 또는 수평으로 인터페이스(Interface)를 분할하여 에디터를 효율적으로 사용할 수 있다.

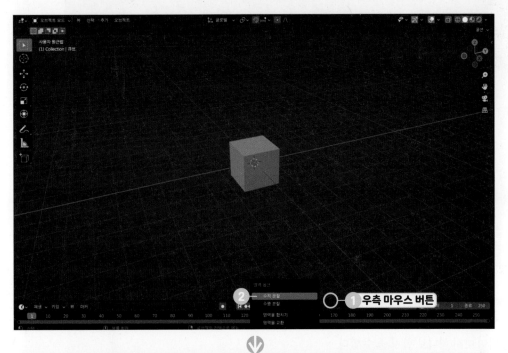

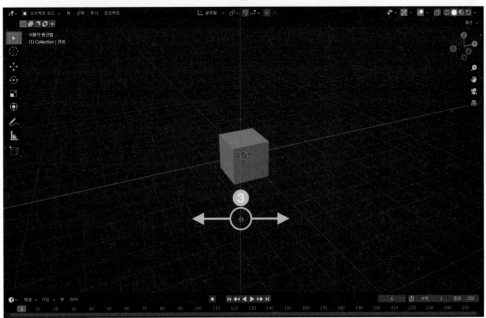

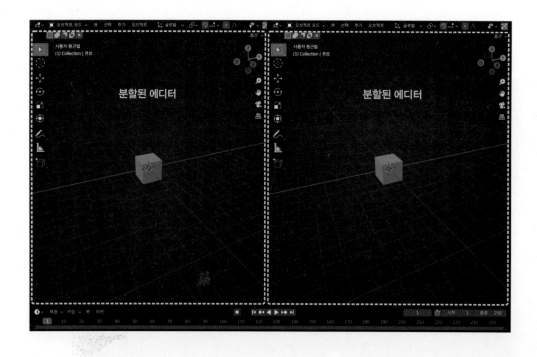

분할된 인터페이스는 해당 **경계 라인**에 마우스 커서를 갖다 놓은 후 **우측 마우스 버튼**을 **클릭**한 후 원하는 영역을 선택하여 다시 하나로 합쳐 줄 수 있다.

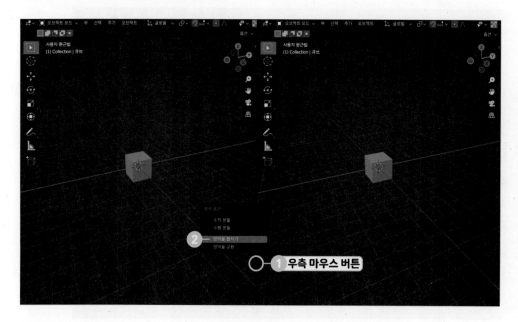

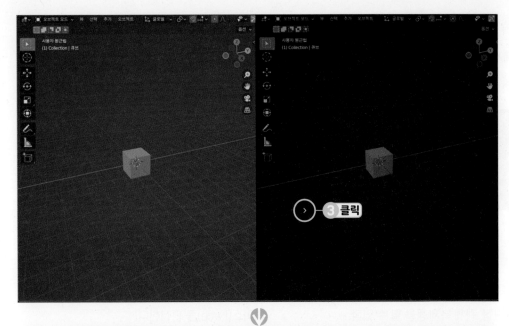

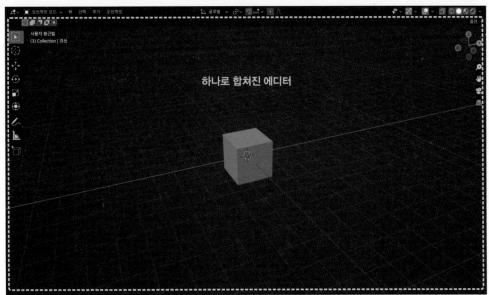

이렇듯 에디터(작업 패널)들은 작업 상황에 따라 그리고 사용자 취향에 따라 다르게 설정하여 작업 효율을 높여줄 수 있기 때문에 적절하게 활용할 수 있다.

블렌더 3D 뷰포트 모드

뷰포트에서 오브젝트가 나타나는 모습(방식)을 설정할 수 있다. 작업 상황에 따라 오브젝트의 모습에 변화를 주어야 하기 때문에 매우 중요한 역할을 한다.

오브젝트 모드(Object Mode) 모든 오브젝트 유형에 사용할 수 있는 기본 모드이다. 위치, 회전, 배율(크기) 편집, 객체 복제 등을 할 수 있다.

에디트 모드(Edit Mode) 오브젝트의 모양을 편집하는 모드로 메쉬의 버텍스(Vertex), 에지(Edge), 페이스(Face)를 편집한다.

스컬프트 모드(Sculpt Mode) 오브젝트의 모양을 브러시로 편집하는 모드이다.

버텍스 페인트(Vertex Paint) 메쉬의 버텍스 색상을 설정을 위한 메쉬 전용 모드이다.

웨이트 페인트(Weight Paint) 버텍스 그룹(Vertex Group)의 가중치(변형되는 오브젝트 영역의 반응도)를 설정하는 메쉬 전용 모드이다.

텍스처 페인트(Texture Paint) 3D 뷰포트에서 모델에 직접 텍스처(Texture)를 칠할 수 있는 메쉬 전용 모드이다.

파티클 편집(Particle Edit) 파티클 시스템 및 메쉬 전용 모드이며, 파티클 시스템이 설정된 객체를 선택한 상태에서만 해당 모드가 나타난다.

포즈 모드(Pose Mode) 아마튜어(Armature) 전용 모드이며, 아마튜어 객체(오브젝트)를 선택한 상태에서만 해당 모드가 나타난다.

그리기 모드(Draw Mode) 그리스 펜슬(Grease Pencil) 전용 모드이며, 그리스 펜슬 오브젝트를 선택한 상태에서만 해당 모드가 나타난다.

오브젝트 모드(Object Mode)

오브젝트 모드에서는 생성한 오브젝트의 위치와 각도, 크기 등의 기본적인 요소를 제어할 수 있다.

툴바(Toolbar)

편집 시 가장 많이 사용되는 도구들이 모여 있는 곳으로 작업 모드에 따라 좌측 툴바의 형태가 달라진다.

박스 선택(Select Box) 툴

뷰포트에서 드래그하여 생긴 점선 영역 안에 들어온 오브젝트의 일부 또는 전체를 선택하는 툴이다.

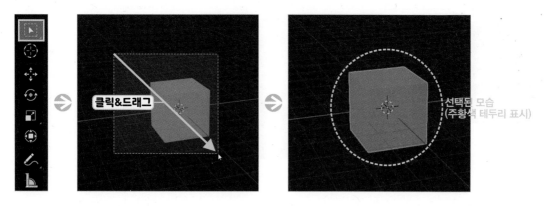

트윅(Tweak) 툴 박스 선택 툴을 꾹 눌렀을 때 나타나는 툴이며, 오브젝트를 선택하거나 원하는 곳으로 위치를 이동할 수 있다.

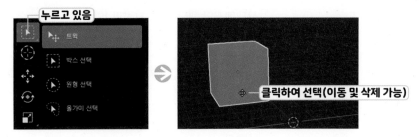

원형 선택(Select Circle) 툴 박스 선택 툴을 꾹 눌렀을 때 활성화되는 창에서 선택하여 사용할 수 있다. 이 툴은 마우스 커서를 중심으로 둘러 쌓인 원형을 통해 오브젝트를 선택할 수 있다.

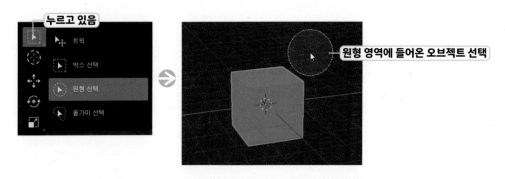

올가미 선택(Select Lasso) 툴 박스 선택 툴을 꾹 눌렀을 때 활성화되는 창에서 선택하여 사용할 수 있다. 이 툴은 왼쪽 마우스를 이용하여 자신이 그린 모양에 따라 오브젝트가 선택된다. 오브젝트를 선택하는 방법은 박스 선택 툴과 동일하다.

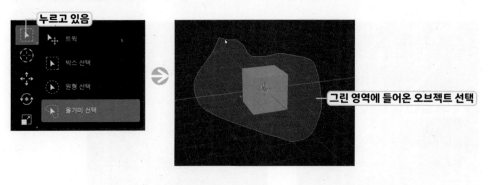

커서(Cursor) 툴

XYZ축 중심에 있는 커서(중심축)를 이동할 수 있다. 오브젝트는 지정된 커서 위치에서 생성되므로 이를 통해 오브젝트 생성 지점을 바꿀 수 있다.

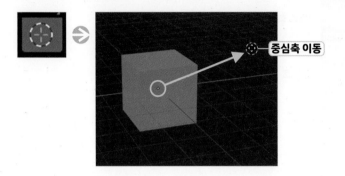

🔷 팁 & 노트

중심축 원래 위치로 복귀시키기

위치가 변경된 중심축은 뷰포트에서 [N] 키를 눌러 나타나는 설정 창의 [뷰(View)] - [3D커서(3D Cursor)] 메뉴에서 XYZ축의 위치(Location)와 회전(Rotation)을 모두 0으로 설정하면 원상 복구된다. 설정 창은 다시 [N] 키를 누르면 사라진다.

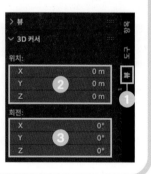

이동(Move) 툴

선택한 오브젝트를 XYZ축으로 자유롭게 이동할 수 있다.

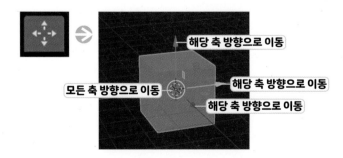

회전(Rotate) 툴

선택한 오브젝트를 XYZ축으로 회전할 수 있다.

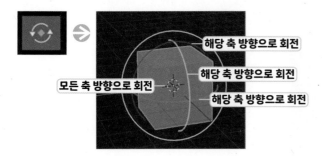

축적(Scale) 툴

선택한 오브젝트를 XYZ축(중심축 기준)으로 크기 조절할 수 있다. 일반적으로 크기 조절 툴 혹은 스케일 툴
이라고 한다.

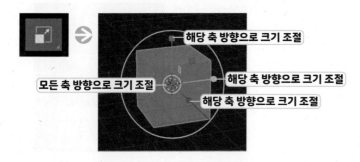

변환(Transform) 툴

이동(Move), 회전(Rotate), 축적(Scale) 툴과 같은 기능을 한꺼번에 사용할 수 있다.

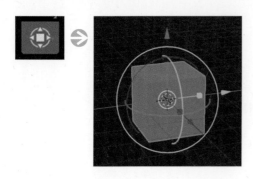

축적 케이지(Scale Cage) 툴

축적(Scale) 툴을 꾹 눌렀을 때 활성화되는 창에서 선택하여 사용할수 있다. 이 툴은 오브젝트에 생성된 틀을
제어하여 크기를 조절할 때 사용한다.

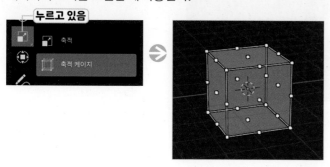

주석(Annotate) 툴

뷰포트(Viewport)에 선을 그릴 수 있다. 선을 그리고 난 후에는 상단에서 색상을 선택할 수 있으며, 메모
(Note)에서 선의 불투명도(Opacity)와 두께(Thickness)를 정할 수도 있다. 또한 **+**와 **−**를 이용하여 레이어를
생성하고 지울 수 있어 여러 가지의 주석을 남길 때 유용하다.

주석 라인(Annotate Line) 툴

주석(Annotate) 툴을 꾹 눌렀을 때 활성화되는 창에서 선택하여 사용할 수 있다. 이 툴은 클릭 & 드래그한 지
점을 직선으로 만들어준다.

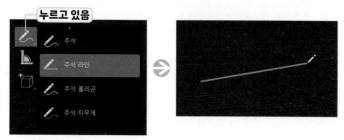

주석 폴리곤(Annotate Polygon) 툴

같은 방법으로 선택하며, 클릭한 두 지점을 직선으로 이어주는 툴이다.

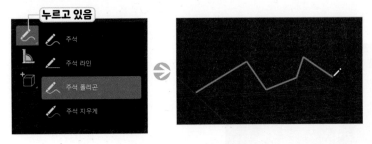

주석 지우개(Annotate Eraser) 툴

같은 방법으로 선택하며, 생성된 주석을 지워주는 툴이다.

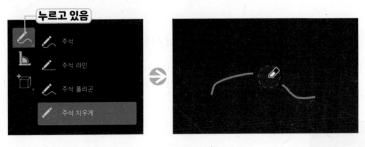

척도(Measure) 툴

뷰포트에서 마우스로 그은 만큼의 길이 정보를 알 수 있다. 그은 부분의 중앙을 클릭 & 드래그하여 각도도 잴 수 있으며, 생성된 척도를 선택하여 [Delete] 키를 누르면 생성된 척도를 지울 수 있다.

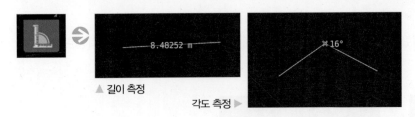

▲ 길이 측정

각도 측정 ▶

큐브를 추가(Add Cube) 툴

드래그한 영역만큼의 큐브를 생성한다. 해당 툴을 꾹 누르면 큐브 외의 원뿔(Cone), 실린더(Cylinder), UV

구체(UV Sphere), 아이코(Ico Sphere) 오브젝트도 이용할 수 있다.

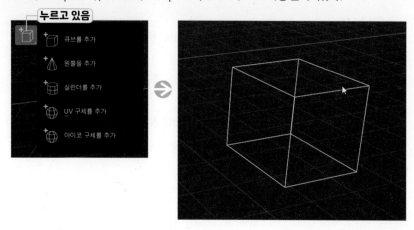

신속한 작업을 위한 주요 단축키

블렌더에서 사용되는 기본 단축키들을 알아 두면 작업 시간을 단축하는 등의 작업 효율성을 높일 수 있다. 단축키는 일반적으로 뷰포트 영역 내에 마우스 커서가 위치한 상태에서 실행된다.

[Shift] + [A] 키 오브젝트를 생성할 수 있는 퀵 메뉴 창을 띄어준다.

[B] 키 박스 선택(Select Box) 툴을 이용할 수 있다.

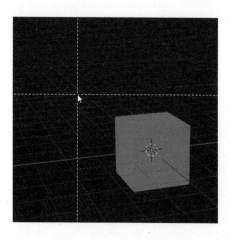

[W] 키 한 번씩 누를 때만다 트윅 툴부터 올가미 선택 툴까지 차례대로 선택할 수 있다.

[~] 키 뷰를 회전시킬 수 있다. 위쪽(Top: Z축), 아래쪽(Bottom: −Z축), 앞쪽(Front: −Y축), 뒤쪽(Back: Y축), 오른쪽(Right: X축), 왼쪽(Left: −X축)

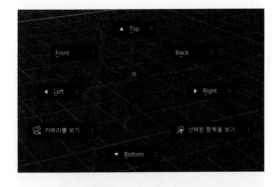

[Ctrl] + [Tab] 키 작업 모드를 변경할 수 있다. 모든 모드에서 사용 가능하다.

[G] 키 이동(Move) 툴을 사용할 수 있다.

[R] 키 회전(Rotate) 툴을 사용할 수 있다.

[S] 키 축적(Scale) 툴을 사용할 수 있다.

[A] 키 뷰포트 내에 생성된 모든 오브젝트를 선택한다. 모든 모드에서 사용 가능하다.

[Alt] + [A] 키 선택된 오브젝트를 해제한다. 모든 모드에서 사용 가능하다.

[/] 키 선택한 오브젝트를 제외한 오브젝트를 뷰포트에서 숨길 수 있다. 숨겨진 오브젝트들은 [/] 키를 눌러 다시 활성화시킬 수 있으며 모든 작업 모드에서 사용 가능하다.

[우측 키패드 1, 3, 7, 9] 키 뷰포트를 많이 회전시킬 수 있다. 모든 모드에서 사용 가능하다.

[우측 키패드 1] 키 앞쪽(Front: −Y축) 뷰
[우측 키패드 3] 키 오른쪽(Right: X축) 뷰
[우측 키패드 7] 키 위쪽(Top: Z축) 뷰
[우측 키패드 9] 키 반대쪽 뷰

[우측 키패드 2, 4, 6, 8] 키 뷰포트를 조금씩 회전시킬 수 있다. 모든 모드에서 사용 가능하다.

[우측 키패드 2] 키 아래쪽 방향으로 회전
[우측 키패드 4] 키 왼쪽 방향으로 회전
[우측 키패드 6] 키 오른쪽 방향으로 회전
[우측 키패드 8] 키 위쪽 방향으로 회전

[Tab] 키 에디트 모드(Edit Mode)로 변경할 수 있다. 한 번 더 누르면 이전의 모드로 되돌아간다. 모든 모드에서 사용 가능하다.

[Ctrl]+[Alt]+[Q] 키 뷰포트를 Top, Front, Right, Left 뷰로 4분할하여 볼 수 있다. 해당 키를 다시 한 번 누르면 뷰포트가 원상 복구된다. 모든 모드에서 사용 가능하다.

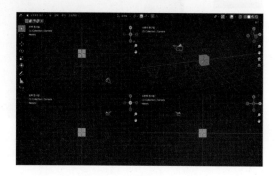

에디트 모드(Edit Mode)

에디트 모드는 메쉬(Mesh)의 버텍스(Vertex), 엣지(Edge), 페이스(Face)를 통해 편집하는 모드이다.

툴바(Toolbar)

에디트 모드(Edit Mode)의 툴바는 오브젝트 모드(Object Mode)에 있는 기본 툴을 포함하여 오브젝트를 편집할 수 있는 다양한 기능의 툴들이 추가되어있다.

지역 돌출(Extrude Region) 툴

선택한 영역을 드래그하여 새로운 돌출 면 또는 오목 면을 생성한다.

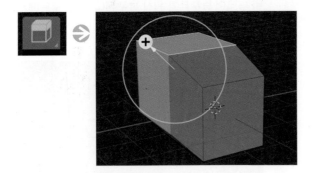

선 없이 돌출(Extrude Manifold) 툴

영역의 겹치는 형상을 분해하여 깔끔하게 돌출시킨다.

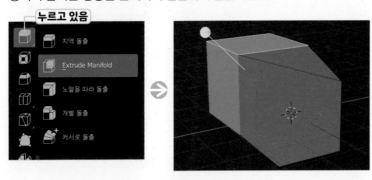

노멀을 따라 돌출(Extrude Along Normals) 툴

지역 법선을 따라 영역을 돌출시킨다.

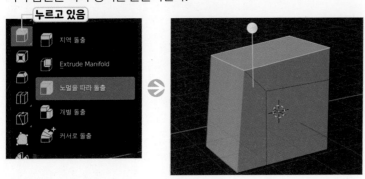

개별 돌출(Extrude Individual) 툴

로컬 법선을 따라 각 개별 요소를 돌출시킨다.

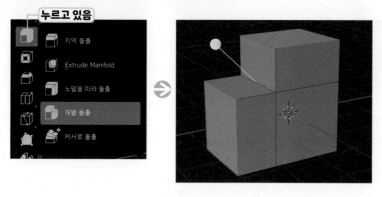

커서로 돌출(Extrude to Cursor) 툴

선택한 버텍스(Vertex), 에지(Edge) 또는 페이스(Face)를 마우스 커서 방향으로 돌출시킨다.

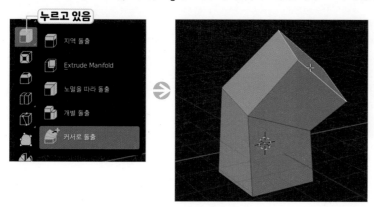

페이스를 인셋(Inset Faces) 툴

선택한 페이스(Face) 안쪽에 새로운 페이스(면)를 생성한다.

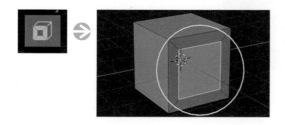

베벨(Bevel) 툴

선택한 면(페이스)을 드래그하여 경사면을 만든다.

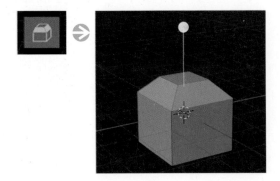

루프 잘라내기(Loop Cut) 툴

메쉬를 따라 루프 컷을 생성한다.

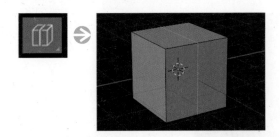

오프셋 에지 루프 잘라내기(Offset Edge Loop Cut) 툴

선택한 루프 양쪽에 두 개의 가장자리 루프를 추가한다.

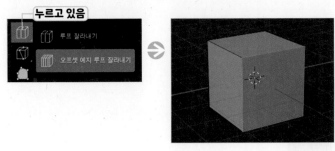

나이프(Knife) 툴

메쉬에 나이프 컷을 생성한다. [Enter] 키를 눌러 절단을 확인한다.

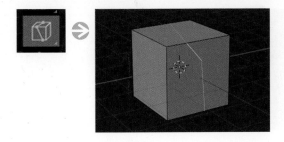

이등분(Bisect) 툴

메쉬를 이등분한다.

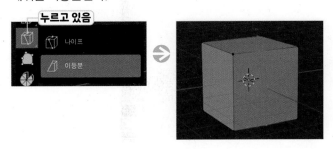

폴리 빌드(Poly Build) 툴

정점(포인트)을 하나씩 추가하여 형상을 만들어 줄 때 사용된다.

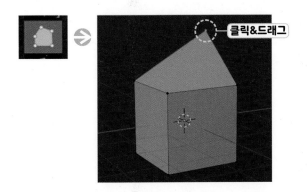

스핀(Spin) 툴

돌출 및 회전을 통해 새 지오메트리(객체: 오브젝트)를 생성한다.

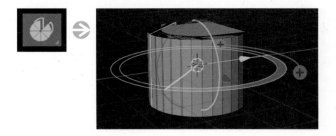

스핀 복제(Spin Duplicates) 툴

복제 및 회전을 통해 새 지오메트리를 생성한다.

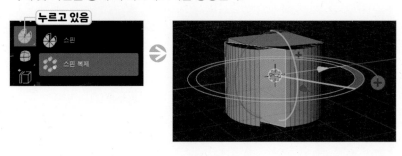

스무스(Smooth) 툴

선택한 정점, 즉 버텍스(Vertex)의 각도를 평평하게 만든다.

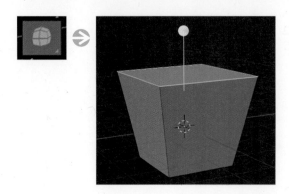

랜덤화(Randomize) 툴

선택한 버텍스(Vertex)를 무작위(랜덤)로 모양을 만들어준다.

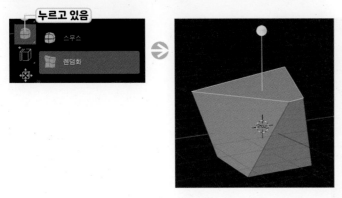

에지 슬라이드(Edge Slide) 툴

페이스(면)를 따라 에지(Edge)를 밀어낸다.

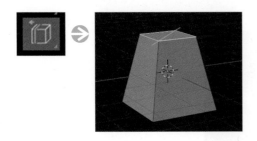

버텍스 슬라이드(Vertex Slide) 툴

에지(Edge)를 따라 버택스(Vertex)를 슬라이드한다.

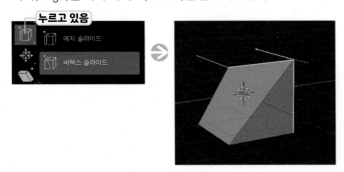

수축/팽창(Shrink/Fatten) 툴

법선을 따라 선택한 버텍스(Vertex)를 축소한다.

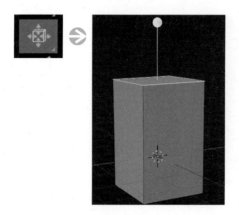

밀기/당기기(Push/Pull) 툴

선택한 페이스(면)을 밀거나 당긴다.

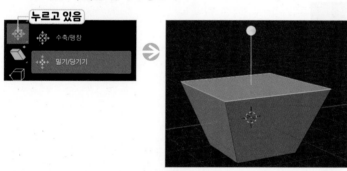

전단(Shear) 툴

선택한 페이스(면)을 변형한다.

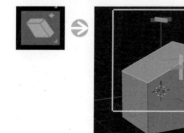

구체로(To Sphere) 툴

개체 중심으로 구형 모양으로 버텍스(Vertex)로 모양이 되도록 정점을 바깥쪽으로 이동한다.

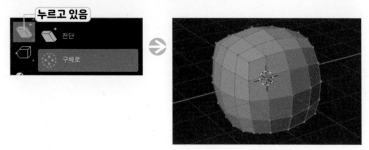

립 지역(Rip Region) 툴

선택된 버텍스나 에지를 추출하여 이동한다.

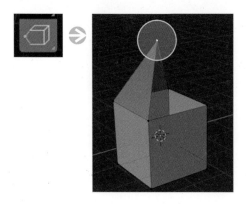

립 에지(Rip Edge) 툴

선택된 버텍스를 확장하고 이동한다.

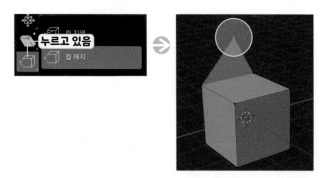

Blender Guide for Beginner

블 렌 더 3 D

Br

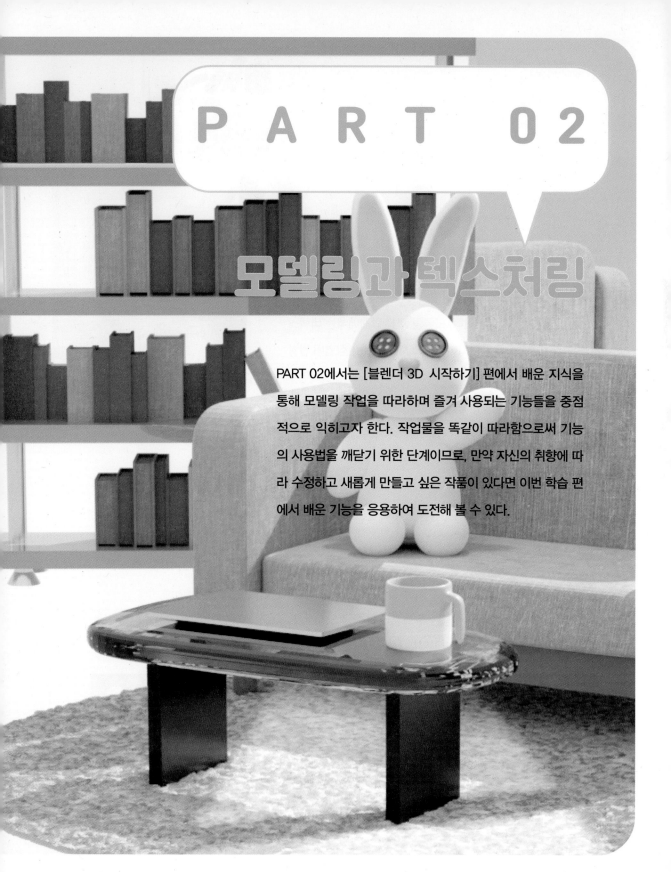

PART 02

모델링과 텍스처링

PART 02에서는 [블렌더 3D 시작하기] 편에서 배운 지식을 통해 모델링 작업을 따라하며 즐겨 사용되는 기능들을 중점적으로 익히고자 한다. 작업물을 똑같이 따라함으로써 기능의 사용법을 깨닫기 위한 단계이므로, 만약 자신의 취향에 따라 수정하고 새롭게 만들고 싶은 작품이 있다면 이번 학습 편에서 배운 기능을 응용하여 도전해 볼 수 있다.

SECTION 03

모델링(Modeling)

블렌더와 같은 3D 툴에서 가장 기본이 되는 작업은 작품의 토대
가 되는 모델링(Modeling)이다. 모델링 제작 단계에서는 버텍스
(Vertex)가 체계적으로 제작되어야 텍스처(Texture) 작업이 원활
하게 이루어진다.

🎨 가벽과 타일 만들기

본 도서의 프로젝트 중 전체의 공간인 벽과 타일 그리고 창문을 제작해 본다.

가벽 만들기

01 블렌더 3D 프로그램을 실행한 후 스플래쉬 화면(Splash Screen)에서 **일반(General)**을 선택한다. 이미
블렌더가 실행 중이라면 **❶❷❸[파일] – [New] – [일반]** 메뉴를 선택하면 된다.

또는

모든 개체 제거하기

02 뷰포트에서 [A] 키를 눌러 모든 오브젝트를 선택한 뒤 [Delete] 키를 눌러 제거한다.

☑ 블렌더는 오브젝트를 선택하면 오브젝트의 테두리가 주황색으로 변한다.

☑ 오브젝트 선택법 : 뷰포트에서 드래그를 하여 원하는 오브젝트들을 선택할 수 있다.

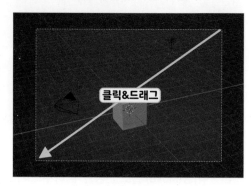

☑ 오브젝트 선택법 : 우측 상단 아웃라이너에서 도 원하는 오브젝트를 클릭 또는 드래그 또는 [Shift] 키를 눌러 선택할 수 있다.

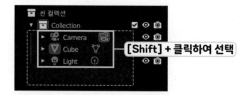

☑ 오브젝트의 삭제는 아웃라이너에서 선택된 오브젝트를 [Delete] 키 또는 메뉴를 통해 삭제하는 방법도 있다.

오브젝트 생성 및 수정하기

03 뷰포트에서 [Shift] + [A] 키를 눌러 생성되는 **추가(Add)** 창에서 ❶❷**[메쉬(Mesh)] – [큐브 (Cube)]**를 선택하여 큐브 메쉬(객체)를 생성한다.

☑ [Shift] + [A] 키가 작동하지 않는다면 뷰포트에 **마우스 커서**가 있는지, [한/영] 키가 **영문 모드** 상태(에서만 가능)인지 확인한다. 그럼에도 단축키 작동이 되지 않는다면 상단의 **[추가(Add)]** 메뉴에서 선택한다.

04 큐브(Cube) 오브젝트가 선택된 상태에서 우측 **①오브젝트 프로퍼티스**의 **변환(Transform)**에서 **②축적(Scale)**의 XYZ를 6.1, 3.1, 0.1으로 설정한다.

05 뷰포트에서 [Tab] 키나 [Ctrl] + [Tab] 키 또는 뷰포트(Viewport) 좌측 상단의 **①오브젝트 모드**를 **②에디트 모드(Edit Mode)**로 전환한다.

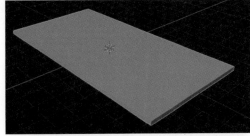

06 [2] 키 또는 뷰포트 좌측 상단에 있는 **에지 (Edge)** 선택 모드로 변환한다.

☑ 선택 모드는 순서대로 버텍스(Vertex) 선택 모드, 에지(Edge) 선택 모드, 페이스(Face) 선택 모드이다. [1], [2], [3] 키를 눌러 선택 모드를 변경할 수 있으며, 변경된 상태는 파란색으로 활성화된 아이콘 모습으로 알 수 있다.

07 [Ctrl] + [R] 키 또는 좌측 툴바에서 **①루프 잘라내기(Loop Cut)** 툴을 선택한 후 그림처럼 메쉬를 가로(Y축)로 **②클릭**하여 자른다. 이때 마우스의 커서가 에지(Edge)에 닿아야 잘라내고자 하는 라인이 형성된다.

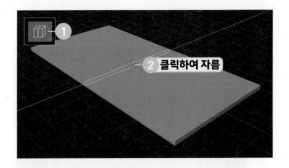

08 **①이동(Move)** 툴로 변경한 후 **마우스 커서**가 뷰포트에 있는 상태에서 **②[우측 키패드 1]** 키를 눌러 뷰포트를 **앞쪽(Front : −Y축)** 뷰로 전환한다.

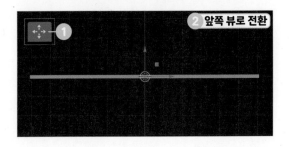

☑ 우측 키패드를 눌러도 뷰가 전환되지 않으면
[~] 키를 누르거나 뷰포트 우측 상단에 있는
축 표시를 클릭(선택)하여 회전할 수 있다.

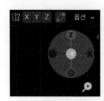

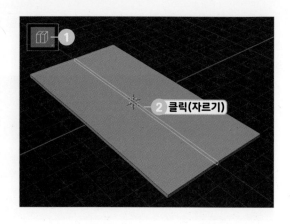

09 뷰포트 상단에 있는 ①**스냅(Snap)** 아이콘을
클릭하여 활성화한 후 마우스 휠(회전)로 뷰포트
를 확대한 상태에서 **빨간색(X축)** 바를 드래그하여
선택된 ②**에지(Edge)**를 좌측으로 옮겨준다.

11 ①**이동(Move)** 툴 선택 후 ②**[우측 키패드 3]**
키를 눌러 **오른쪽(Right: X축)** 뷰로 회전한다.

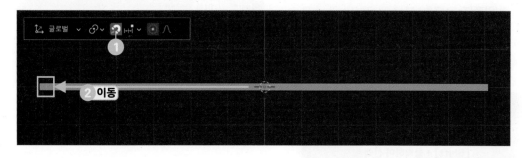

☑ 만약 에지(Edge)가 선택이 되어있지 않다면
[Alt] 키를 누른 상태로 에지(Edge)를 클릭하
여 해당 라인을 모두 선택한다.

☑ 스냅(Snap)은 [Shift] + [Tab] 키를 눌러 활성
화할 수 있으며, [Ctrl] 키를 누른 채로 선택한
오브젝트(객체)를 이동시키면 키를 누르는 동
안 기능을 사용할 수 있다.

10 마우스 휠을 **클릭 & 드래그**하여 뷰포트를 회
전한 상태에서 [Ctrl] + [R] 키 또는 좌측 툴바에서
①**루프 잘라내기(Loop Cut)** 툴을 사용하여 메쉬를
②**세로(X축)**로 자른다.

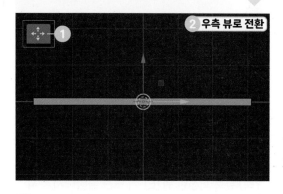

☑ 앞쪽(Front) 뷰는 −Y축 뷰, 오른쪽(Right) 뷰는
X축 뷰, 위쪽(Top) 뷰는 Z축 뷰이다.

12 뷰포트에서 **마우스 휠**을 **회전**하여 메쉬를 확대한 후 **초록색(Y축)** 바를 드래그하여 가운데에 있는 **에지 (Edge)**를 그림처럼 **우측(Y축)**으로 옮겨준다.

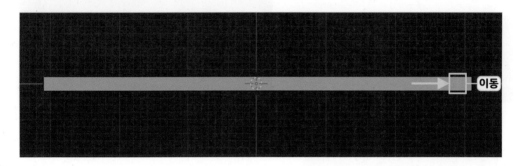

13 [3] 키 또는 뷰포트 우측 상단에 있는 ❶**페이스(Face) 선택** 모드로 변경한 후 [우측 키패드 7] 키를 눌러 **위쪽(Top: Z축) 뷰**로 전환하여 앞서 자른 −X, Y **페이스**들을 ❷[Shift] 키를 누른 상태로 클릭하여 선택한다.

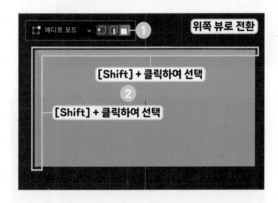

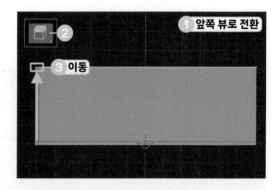

☑ [E] 키가 아닌 지역 돌출(Extrude Region) 툴을 사용한다면 생성된 **노란색 [+]** 원을 위로 드래그하여 메쉬의 높이를 높여준다.

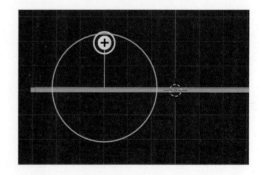

14 ❶[우측 키패드 1] 키를 눌러 **앞쪽(Front: − Y축)** 뷰로 회전한 뒤 [E] 키 또는 툴바에서 ❷**지역 돌출(Extrude Region)** 툴을 사용하여 앞서 선택한 페이스를 **위쪽(Z축)** 방향으로 ❸**4칸(4m)** 이동한다.

☑ 오브젝트를 설정할 때 뷰포트 좌측 상단을 통해 정확한 이동 값을 알 수 있다.

창문 뚫기

15 뷰포트에서 [Tab] 키 또는 [Ctrl] + [Tab] 키를 눌러 **오브젝트 모드(Object Mode)**로 변경한다. 뷰 포트 좌측 상단에 있는 모드에서 오브젝트 모드로 변경해도 된다.

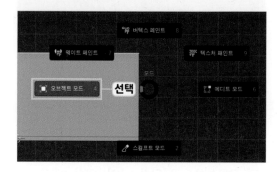

16 [Shift] + [A] 키를 누른 뒤 ❶❷[메쉬(Mesh)] – [큐브(Cube)]를 선택하여 큐브를 생성한다.

17 [Ctrl] + [Alt] + [Q] 키를 눌러 오브젝트를 뷰포 트의 모든 방향에서 볼 수 있도록 4분할한다.

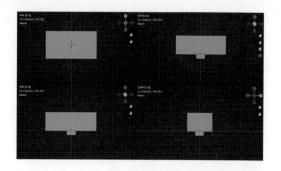

18 [Z] 키 또는 [Shift] + [Z] 키를 눌러 **와이어 프레임(Wireframe)**으로 변경한다.

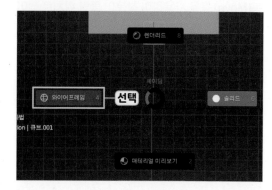

☑ 와이어 프레임(Wireframe)은 뷰포트 우측 상 단에 있는 뷰포트 셰이딩(Viewport Shading) 아이콘을 통해 변경할 수도 있다.

19 우측 속성 창의 ❶**오브젝트 프로퍼티스**에서 축적(Scale) 항목의 ❷**XYZ를 0.7, 1, 0.8로** 설정한 다.

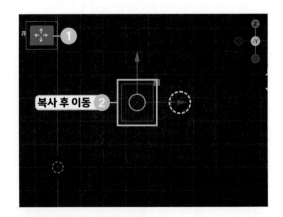

20 좌측 하단의 **앞쪽(Front: -Y축) 뷰**에서 ❶이 동(Move) 툴을 사용하여 창문이 뚫릴 위치로 ❷이 동한다.

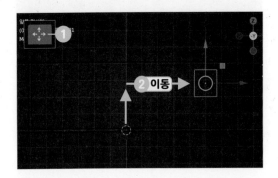

21 [Ctrl] + [C] 키를 눌러 창문 오브젝트를 복사 한 후 [Ctrl] + [V] 키를 눌러 복사한 오브젝트를 붙 여넣기한다. **앞쪽(Front: -Y축)** 뷰에서 ❶**이동 (Move)** 툴을 사용하여 복사된 창문 오브젝트를 그 림처럼 좌우로 ❷**이동**하여 벽을 뚫을 창문으로 위 치시킨다.

☑ 마우스 휠을 회전하여 뷰포트를 확대시킨 상 태에서 조정하거나 스냅(Snap)을 끄고 오브 젝트를 조정하면 위치를 세밀하게 조정할 수 있다.

22 같은 방법으로 [Ctrl] + [C], [Ctrl] + [V] 키를 눌러 3개의 오브젝트를 복사한 후 **이동(Move)** 툴 을 사용하여 그림처럼 위치시킨다.

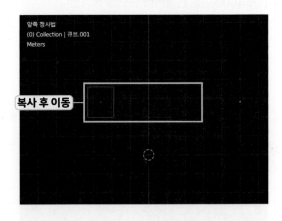

23 지금까지 생성한 5개의 창문 오브젝트는 **뷰 포트**나 **아웃라이너**에서 **드래그** 또는 [Shift] 키를 눌러 **모두 선택**한다.

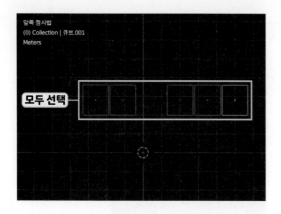

24 우측 하단의 **오른쪽(Righ: X축)** 뷰에서 선택한 오브젝트를 **이동(Move)** 툴을 사용하여 **우측(Y축)**으로 이동하여 가벽 오브젝트와 창문 오브젝트를 겹치도록 한다.

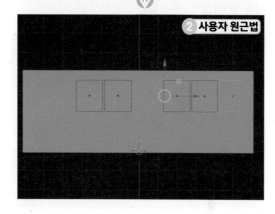

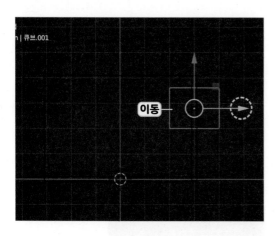

26 선택한 5개의 오브젝트를 [Ctrl] + [J] 키 또는 ❶❷[우측 마우스 버튼] − [합치기(Join)]를 선택하여 하나의 오브젝트로 병합한다. 이때 오브젝트들의 기준(마지막에 선택된 오브젝트)이 되는 오브젝트가 선택되어있지 않으면 합쳐지지 않는다.

25 [Z] 키 또는 [Shift] + [Z] 키를 눌러 ❶솔리드(Solid) 모드로 변경하고 ❷[Ctrl] + [Alt] + [Q] 키를 눌러 4분할 뷰를 기본 **[사용자 원근법]** 뷰로 전환한다.

🔅 팁 & 노트

여러 개의 오브젝트를 병합했을 때의 변화

병합하였을 때 **기준**이 되는 **오브젝트**가 있어야 기준 오브젝트의 이름으로 병합이 이루어지며, 병합을 하면 중심점(축)이 기준이 되는 오브젝트의 중심점으로 지정된다. 기준이 되는 오브젝트는 **짙은 주황**이 아닌 **일반 주황색** 테두리로 표시된다.

---

27 선택한 오브젝트들이 모두 **짙은 주황색 테두리**로 이루어졌다면 **기준**으로 사용할 오브젝트 하나를 **클릭(선택)**한다. 일반 주황색으로 표시된다.

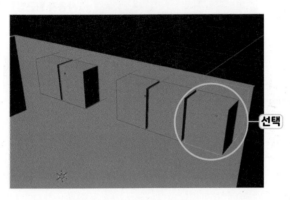

선택

28 **이름 바꾸기** 우측 **아웃라이너**에 있는 **큐브** 오브젝트의 이름을 ❶**[더블클릭]**하여 ❷**[Wall]**로 변경하고 나머지 **큐브.001** 오브젝트들은 모두 ❸**[Window]**로 변경한다. 그리고 오브젝트가 있는 씬 컬렉션은 ❹**[Room Wall]**로 변경한다.

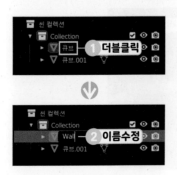

☑️ 오브젝트의 이름은 한글로 사용해도 되지만 제작한 모델링을 추후 유니티(Unity)등의 외부 프로그램에서 가져올 경우 영문명이 오류 없기 때문에 가능하면 오브젝트의 이름은 영문으로 사용하는 것을 권장한다.

29 아웃라이너 또는 뷰포트에서 ❶**Wall** 오브젝트를 클릭(선택)한 상태로 우측 속성 창의 ❷**모디파이어 프로퍼티스**를 선택한다.

30 ❶**모디파이어를 추가(Add Modifier)**에서 구멍을 뚫기 위한 ❷**불리언(Boolean)**을 생성한다.

31 생성된 모디파이어의 ❶**차이**에서 오브젝트 ❷**아이콘**을 클릭하여 ❸**Window** 오브젝트를 선택한다.

32 생성된 모디파이어(Modifier)에 마우스 커서를 갖다 놓은 후[Ctrl] + [A] 키를 눌러 병합한다. 만약 단축키가 적용이 되지 않는다면 모디파이어 상단에 있는 카메라 아이콘 옆쪽 ❶**화살표(메뉴)**를 클릭하여 ❷**적용(Apply)**을 선택한다.

33 뷰포트 또는 아웃라이너에서 **Window** 오브젝트를 ❶**선택**한 뒤 [Delete] 키를 누르거나 뷰포트

또는 아웃라이너에서 **Window** 오브젝트에서 ❷❸
[우측 마우스 버튼] – [삭제(Delete)]를 선택한다.

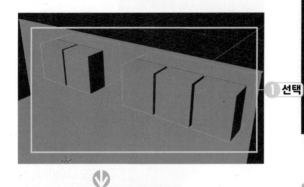

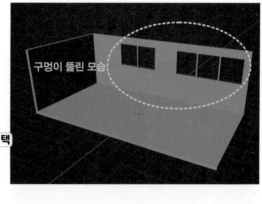

35 뷰포트에서 ❶❷[Shift] + [A] 키를 눌러 새로
운 **큐브(Cube)** 메쉬를 생성한다. 새로 생성한 메쉬
는 **아웃라이너**에서 이름을 ❸[Window frame]으로
변경한다.

☑ 생성한 오브젝트나 오브젝트의 버텍스(정점)
수가 많으면 많을수록 데이터 용량이 커지고
속도도 느려지며, 프로그램이 멈추거나 종료
되는 현상도 발생하기 때문에 사용하지 않는
오브젝트는 삭제하고, 수시로 [Ctrl] + [S] 키
를 눌러 저장하는 습관을 가져야 한다.

34 확인해 보면 **Wall**에서 **Window** 오브젝트와
겹쳐진 부분만 구멍이 뚫린 것을 알 수 있다.

36 우측 속성 창의 **①오브젝트 프로퍼티스**에서 **변환(Transform)**의 **축적(Scale)** **②XYZ축**의 값을 0.7, 0.1, 0.8로 설정한다.

37 뷰포트에서 **①[Ctrl] + [Alt] + [Q]** 키를 눌러 4분할한 후 **②이동** 툴을 사용하여 뷰포트 하단에 있는 앞쪽 뷰와 오른쪽 뷰를 통해 **③Wall** 오브젝트의 우측(X축) 창문과 위치를 동일하게 맞춰준다.

38 **[Shift] + [A]** 키를 눌러 **①②큐브(Cube)** 메쉬를 생성한다.

39 속성 창의 **①오브젝트 프로퍼티스**에서 **축적(Scale)** 항목의 **②XYZ**을 0.6, 1, 0.7로 설정한다.

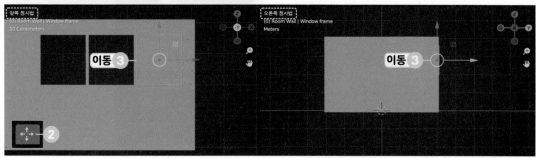

40 뷰포트 하단에 있는 앞쪽 뷰와 우측 뷰를 통해 Window frame 오브젝트 중앙으로 이동한다.

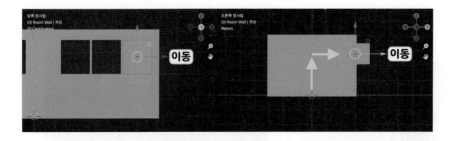

41 ❶Window frame 오브젝트를 선택한 후 ❷모디파이어 프로퍼티스에서 ❸❹[모디파이어를 추가(Add Modifier)] – [불리언(Boolean)]을 생성한다.

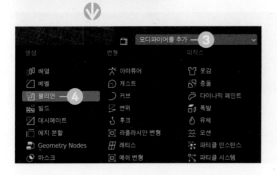

42 생성된 모디파이어의 ❶차이에서 오브젝트에 있는 ❷아이콘을 클릭하여 ❸큐브(Cube)로 지정한 후 모디파이어에 **마우스 커서**를 갖다 놓고 [Ctrl] + [A] 키 또는 상단 카메라 아이콘 옆 ❹**화살표(메뉴)**에서 ❺**적용**를 선택하여 병합한다.

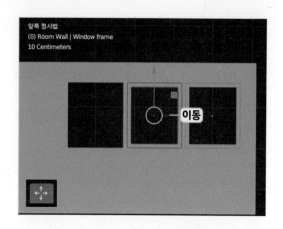

43 뷰포트 또는 아웃라이너에서 **큐브(Cube)** 오브젝트를 선택한 후 [Delete] 키를 눌러 제거한다.

46 같은 방법으로 [Window frame] 오브젝트를 **복사**한 후 [Wall] 오브젝트의 다른 창문으로 [Window frame] 오브젝트를 옮겨준다.

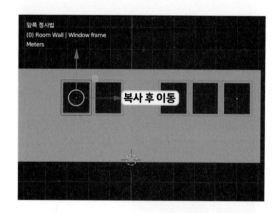

44 아웃라이너에서 [Window frame] 오브젝트를 선택한 후 [Ctrl] + [C], [Ctrl] + [V] 키를 눌러 복사한다.

45 좌측 하단의 **앞쪽 (Front: -Y축)** 뷰에서 **이동** 툴을 사용하여 **Wall** 오브젝트의 뚫린 다른 창문 위치로 이동한다.

47 뷰포트에서 ❶[Ctrl] + [Alt] + [Q] 키를 눌러 [**사용자 원근법**] 뷰로 전환한 후 생성된 5개의 [Window frame] 오브젝트를 [Shift] 키를 누른 상태에서 ❷**모두 선택**한다. 그다음 [Ctrl] + [J] 키 또는 ❸❹[**오른쪽 마우스**] – [**합치기(Join)**]를 선택하여 병합한다. 이때 선택한 오브젝트들의 **기준**은 가장 먼저 생성한 **Window frame**으로 지정해야 한다.

사용자 원근법

☑ 여러 개의 오브젝트를 병합할 때에는 항상 기준이 되는 오브젝트 중심으로 병합이 되기 때문에 병합을 하고 난 후의 오브젝트 이름은 기준으로 한 오브젝트 이름으로 변경된다.

48 뷰포트에서 [Shift] + [A] 키를 누른 후 ①②
[메쉬] – [평면(Plane)] 메쉬를 생성한다.

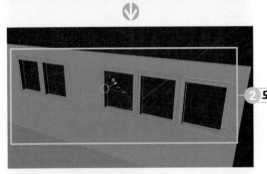
② 모두선택

③ 우측 마우스 버튼
④ 합치기

49 우측 속성 창의 ①**오브젝트 프로퍼티스**에서 변환(Transform)의 ②회전(Rotation) **X**를 **90**, ③축적(Scale) **X**를 **4.7**로 설정한다.

기준 오브젝트

50 ❶[우측 키패드 1] 키로 **앞쪽**(Front: −Y축) 뷰로 전환한 후 ❷**이동** 툴을 사용하여 ❸[Window frame] 오브젝트의 위치로 옮긴 후 이어서 ❹[우측 키패드 3] 키를 눌러 뷰포트를 **오른쪽**(Right: X축) 뷰로 전환하여 ❺Wall 오브젝트의 **우측**(Y축) 끝으로 옮겨준다.

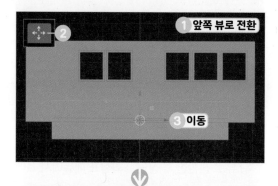

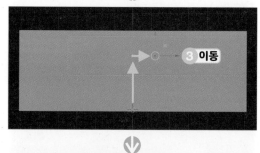

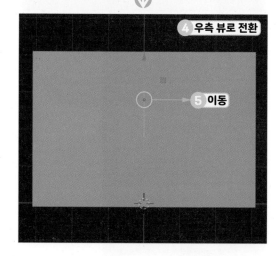

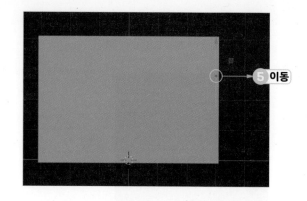

51 **아웃라이너**에서 **평면**(Plane) 오브젝트의 이름을 [Glass Window]로 변경한다.

타일 만들기

01 뷰포트에서 [Shift] + [A] 키를 눌러 **큐브**(Cube) 메쉬를 생성한다.

02 우측 속성 창의 **오브젝트 프로퍼티스**에서 축적(Scale)의 **XYZ축**을 0.3, 1.2, 0.05로 설정한다.

03 뷰포트에서 [Shift] + [Z] 키 또는 [Z] 키를 눌러 ❶**와이어 프레임** 모드로 변경한 후 ❷[우측 키패드 7] 키를 눌러 뷰포트를 **위쪽(Top: Z축)** 뷰로 전환한다.

04 마우스 휠을 회전하여 뷰포트를 확대한 후 ❶ 이동(Move) 툴을 사용하여 ❷Wall 오브젝트의 **좌측(-X축)** 상단 끝 지점으로 **이동**한다.

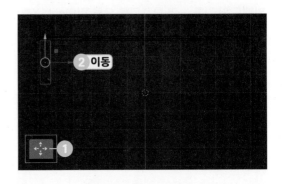

05 ❶[우측 키패드 1] 키를 눌러 앞쪽(Front: - Y축) 뷰로 전환한 후 상단 ❷**화살표 메뉴**에서 ❸에지(Edge) 모드로 변경한다.

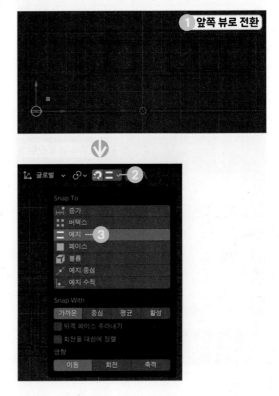

06 앞서 생성된 **큐브(Cube)**를 Wall 오브젝트의 Z축 페이스 위로 이동한다.

☑ 에지(Edge) 모드의 스냅은 오브젝트를 이동 시킬 때, 이동시키는 방향의 페이스(Face)를 기준으로 오브젝트를 이동한다. 이때 마우스 커서가 있는 오브젝트 에지에 닿아야 스냅기 능이 활성화된다.

07 ①**[우측 키패드 7]** 키를 눌러 위쪽(Top: Z축) 뷰로 전환한 후 **큐브**를 ②**복사(Ctrl + C, Ctrl + V)**하여 큐브 오브젝트의 –Y축으로 ③**이동**한다.

08 큐브를 ①**하나 더 복사**한 후 복사된 큐브를 아웃라이너에서 ②**선택**한다. 그다음 속성 창의 ③**오브젝트 프로퍼티스**에서 축적(Scale)의 **Y축** 값을 ④**0.6**으로 설정한 후 그림처럼 ⑤**이동**한다.

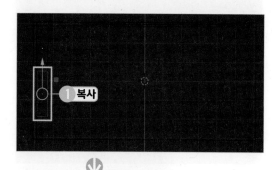

09 같은 방법으로 **큐브(Cube)**를 그림처럼 **여러 개 복사** 및 **이동**하여 Wall 오브젝트의 **Z축 페이스**에 맞추어 가득 채운다.

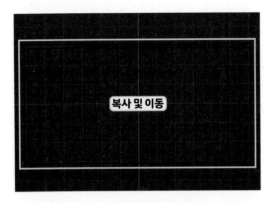

10 위 작업에서 생성된 **모든 큐브** 오브젝트를 선택한다.

11 큐브를 모두 선택한 후 **[Ctrl] + [P]** 키를 눌러 **오브젝트(변환을 유지)**를 선택하거나 ❶❷❸**[우측 마우스 버튼] - [부모(Parent] - [오브젝트 (Object)]**를 선택하여 지금의 형태를 그대로 오브젝트 병합을 한다. 이때 기준이 되는 오브젝트가 있어야 적용이 가능하다.

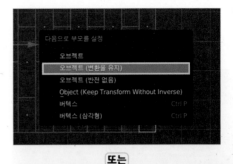

또는

12 부모(Parent) 오브젝트로 설정된 **큐브**의 이름을 **[Tile]**로 변경한다.

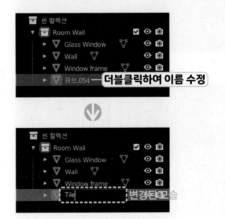

13 뷰포트 [Shift] + [Z] 키 또는 [Z] 키를 눌러 뷰포트 셰이딩(Viewport Shading)을 **솔리드(Solid)**로 변경하여 정상적인 모습을 확인한다.

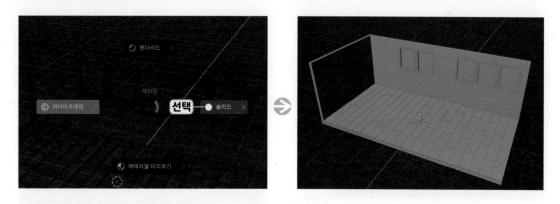

🔷 침대 만들기

기본 메쉬(Mesh)와 에디트 모드(Edit Mode)의 툴(Tool) 그리고 피직스(Physics)라는 기능을 활용하여 쉽고 간편하게 세팅된 침대를 제작해 본다.

침대 틀 만들기

01 **아웃라이너**에서 활성화되어있는 Room Wall 컬렉션 좌측의 **화살표**를 **클릭(선택)**하여 활성화되어있는 창을 닫는다.

02 아웃라이너의 빈 곳이나 씬 컬렉션에서 ❶❷ **[우측 마우스 버튼]** – **[새로운 컬렉션]**을 생성한 후 이름을 ❸**[Bed]**로 바꿔준다.

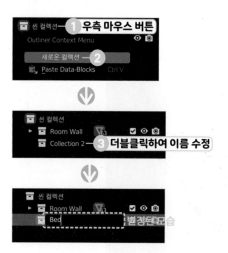

03 뷰포트에서 [Shift] + [A] 키 또는 뷰포트 상단에 있는 ❶추가(Add)에서 ❷큐브(Cube) 메쉬를 생성한 후 ❸[/] 키를 눌러 선택한 오브젝트 이외의 다른 오브젝트는 모두 숨겨 놓는다.

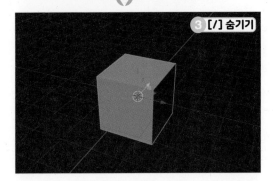

04 생성된 큐브 오브젝트를 선택한 상태에서 속성 창의 ❶오브젝트 프로퍼티스에서 축적(Scale) ❷XYZ를 1.5, 1, 0.1로 설정한다.

05 뷰포트에서 [Tab] 키 또는 [Ctrl] + [Tab] 키를 눌러 에디트 모드(Edit Mode)로 변경한다. 뷰포트 좌측 상단에 있는 오브젝트 모드에서 에디트 모드로 변경해도 된다.

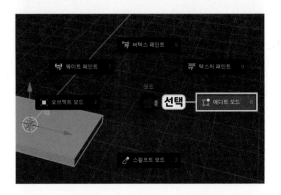

06 마우스 휠을 사용하여 뷰포트 화면을 ❶-X축 방향으로 회전한 뒤 [3] 키를 눌러 ❷페이스(Face) 선택 모드로 전환한다. 직접 페이스 선택 모드 아이콘을 선택할 수도 있다.

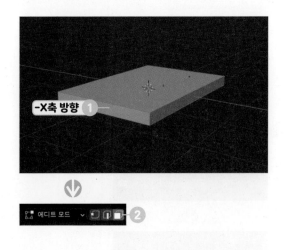

07 큐브의 -X축 페이스를 클릭하여 ❶선택한 후 [우측 키패드 1] 키를 눌러 ❷앞쪽(Front: -Y축) 뷰

로 전환한다.

08 뷰포트 상단 스냅 옆에 ❶**화살표** 메뉴에서 스냅의 형태를 ❷**증가(Increment)**로 변경한다.

09 뷰포트에서 **마우스 휠**을 회전(또는 Ctlr + 드래그)하여 선택된 페이스 영역을 확대해 놓는다.

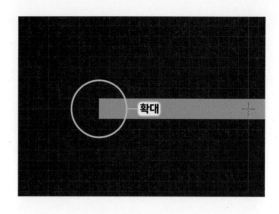

10 -X축 페이스가 선택된 상태로 **[E]** 키 또는 좌측 툴바에서 ❶**지역 돌출(Extrude Region)** 툴을 사용하여 좌측(-X축) 방향으로 ❷**두 칸(-0.2m)** 드래그하여 돌출 면 메쉬를 생성한다.

11 **[우측 키패드 7]** 키를 눌러 ❶**위쪽(Top: Z축)** 뷰로 전환한 후 좌측(-X축) 방향으로 생성된 **페이스**를 ❷**선택**한다.

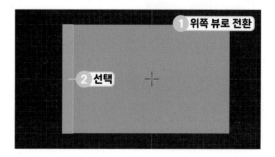

12 [우측 키패드 1] 키를 눌러 다시 **앞쪽(Front: −Y축)** 뷰로 전환한다.

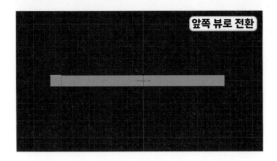

앞쪽 뷰로 전환

13 [E] 키 또는 뷰포트 좌측 툴바에서 ❶**지역 돌출(Extrude Region)** 툴을 사용하여 선택한 페이스를 위쪽(Z축) 방향으로 ❷**12칸(1.2m)** 드래그하여 위쪽으로 메쉬를 생성한다.

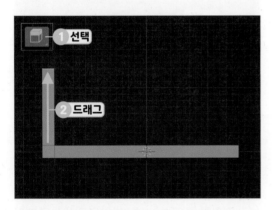

❶ 선택
❷ 드래그

☑ 뷰포트(Viewport)를 확대한 상태에 따라 한 칸의 길이가 다르기 때문에 주의해야 한다.

D: 0.3 m (0.3 m) 노멀

14 [Ctrl] + [R] 키 또는 좌측 툴바에서 ❶**루프 잘라내기 툴**을 사용하여 메쉬 중앙의 상단(Z축) 또는 하단(−Z축) **에지(Edge)**에 **마우스 커서**를 갖다 놓

고 **노란색 세로 라인**이 생겼을 때 ❷**클릭**하여 메쉬를 자른다.

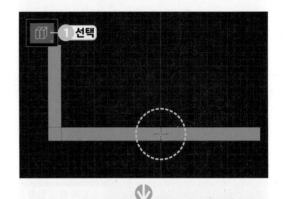

❶ 선택

❷ 클릭(자르기)

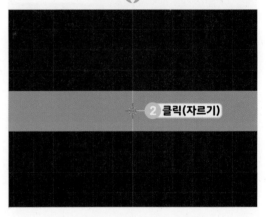

15 잘려진 에지(Edge)가 선택되어있는 상태에서 ❶**이동(Move)** 툴을 사용하여 에지를 좌측(−X축) 방향으로 ❷**14칸(−1.4m)** 드래그하여 이동한다.

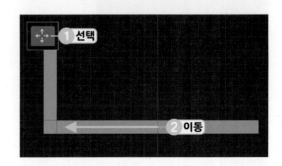

❶ 선택

❷ 이동

☑ 메쉬 생성 후 잘려서 생긴 에지(Edge)의 라인을 모두 선택하고 싶다면 [2] 키 또는 좌측 상단에 있는 선택 모드에서 **에지(Edge)** 선택 모드로 변경한 다음 [Alt] 키 단축키를 누른 상태로 해당 에지를 클릭하여 에지의 라인을 모두 선택한다.

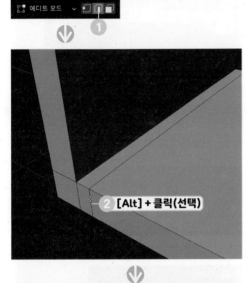

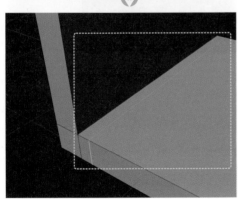

16 같은 방법으로 한 번 더 [Ctrl] + [R] 키 또는 ❶ **루프 잘라내기(Loop Cut)** 툴을 사용하여 메쉬 중앙을 ❷ **세로 메쉬**를 잘라준다.

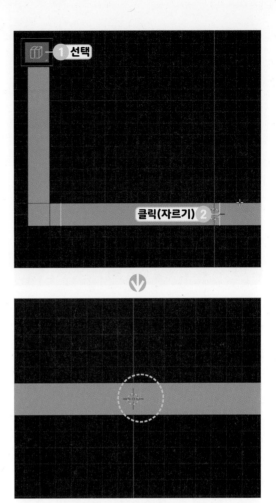

17 생성된 에지가 선택된 상태에서 ❶ **이동** 툴을 사용하여 우측(X축) 방향으로 ❷ **12칸(1.2m)** 이동한다.

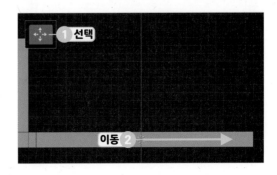

18 [우측 키패드 7] 키를 누른 후 [우측 키패드 9] 키를 눌러 **아래쪽(Bottom: -Z축) 뷰**로 전환한다.

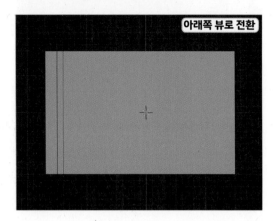

19 [3] 키 또는 좌측 상단에 있는 선택 모드에서 ①**페이스 선택** 모드로 변경한다. 그다음 메쉬의 좌측(-X축) 방향 페이스 두 개와 우측(X축) 방향 페이스 한 개를 ②[Shift] 키를 누른 상태로 클릭하여 **선택**한다.

20 다시 ①[우측 키패드 1] 키를 눌러 앞쪽(Front: -Y축) 뷰로 전환한 후 [E] 키 또는 툴바에서 ②**지역 돌출(Extrude Region)** 툴을 사용하여 아래쪽(-Z)

방향으로 ③**두 칸(-0.2m)** 드래그한다.

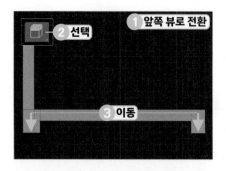

21 아웃라이너에서 모델링한 **큐브(Cube)** 오브젝트의 이름을 [Bed]로 변경한다.

매트리스 만들기

01 뷰포트에서 [Tab] 키 또는 [Ctrl] + [Tab] 키를 눌러 **오브젝트 모드**로 변경한다.

02 ❶[Shift] + [A] 키 또는 상단의 **추가(Add)** 메뉴에서 새로운 ❷**큐브(Cube)**를 생성한다. ❸**오브젝트 프로퍼티스**에서 ❹**축적(Scale)** XYZ를 1.5, 1, 0.2로 설정한다.

03 뷰포트에서 생성된 큐브를 선택한 상태로 [/] 키를 **두 번** 눌러 선택된 큐브를 제외한 모든 오브젝트의 모습을 숨겨준다.

04 [Tab] 키 또는 [Ctrl] + [Tab] 키를 눌러 ❶**에디트 모드**로 변경한 후 [2] 키를 눌러 ❷**에지 선택** 모드로 전환한다.

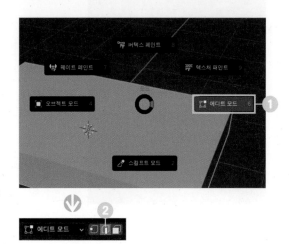

05 모든 **에지(Edge)**가 선택된 상태에서 [Ctrl] + [B] 키 또는 툴바에서 ❶**베벨(Bevel)** 툴을 사용하여 ❷**위로 드래그**한다. 그러면 선택된 에지가 경사면으로 생성된다.

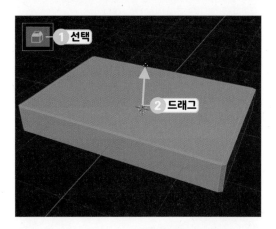

☑ 만약 모든 에지(Edge)가 선택되어있지 않는다면 뷰포트에 마우스 커서를 갖다 놓은 상태로 [A] 키 또는 뷰포트 좌측 상단에서 [선택

(Select)] – [모두(All)]를 선택하면 된다.

☑ 만약 단축키가 안될 경우 속성 창의 모디파이어 프로퍼티스에서 [모디파이어를 추가(Add Modifier)] – [섭디비젼 표면]을 생성한 후 캣멀-클락(Catmull-Clack) 항목에 있는 Levels Viewport를 5로 설정하면 된다.

06 [Tab] 키 또는 ❶[Ctrl] + [Tab] 키를 눌러 **오브젝트 모드**로 변경한 후 ❷[Ctrl] + [5] 키를 눌러 오브젝트 표면을 부드럽게 만든다.

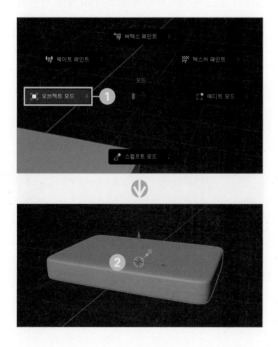

💡 팁 & 노트

서브디비전(섭디비전) 표면 모디파이어에 대하여

[Ctrl] + [1]~[5] 키는 서브디비전 표면(Subdivision Surface) 모디파이어(Modifier)를 실행시킬 수 있는 단축키이며, 누르는 숫자 키에 따라 단계가 달라진다. 단축키로는 5까지 밖에 적용할 수 없지만 모디파이어 프로퍼티스에서 5이상의 단계(Levels Viewport)를 직접 지정할 수 있고, 단계가 높아질수록 오브젝트의 표면은 부드러워진다. 단 오브젝트가 부드러워질수록 오브젝트의 버텍스(Vertex) 수가 늘어나게(데이터가 무거워짐) 된다는 것을 주의해야 한다.

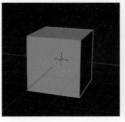 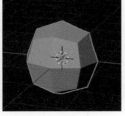  

▲ 원본(큐브)   ▲ Ctrl + 1일 때의 모습   ▲ Ctrl + 3일 때의 모습   ▲ Ctrl + 4일 때의 모습

07 아웃라이너에서 큐브의 이름을 [Mattress]로 변경한다.

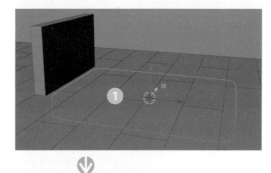

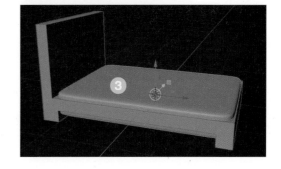

08 ❶[/] 키를 눌러 숨겨놓은 오브젝트를 모두 활성화한 후 뷰포트 또는 아웃라이너에서 [Shift] 키를 누른 상태에서 ❷Bed 오브젝트와 Mattress 오브젝트만 선택한 다음 다시 ❸[/] 키를 누른다.

09 아웃라이너 또는 뷰포트에서 ①[Mattress] 오브젝트만 **선택**한 상태로 ②[우측 키패드 1] 키를 눌러 **앞쪽**(Front: −Y축) 뷰로 전환한다.

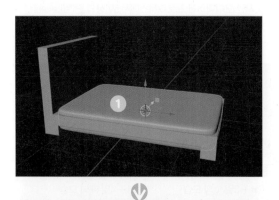

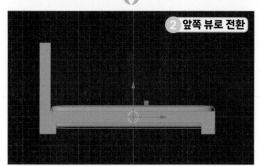

10 ①**이동(Move)** 툴을 사용하여 [Mattress] 오브젝트가 [Bed] 오브젝트와 겹치지 않도록 **위쪽(Z축)** 방향으로 ②**세 칸**(0.3m) 이동한다.

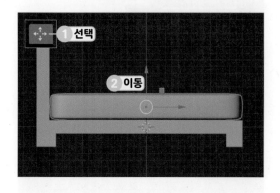

11 다시 ①[/] 키를 눌러 숨겨진 오브젝트를 활성화한 후 [우측 키패드 1] 키를 눌러 뷰포트를 ②**앞쪽**(Front: −Y축) 뷰로 전환한다.

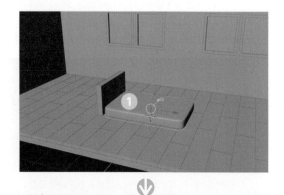

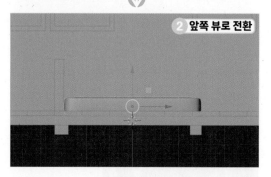

12 뷰포트 또는 아웃라이너에서 ①[Shift] 키를 누른 상태로 [Bed] 오브젝트와 [Mattress] 오브젝트를 선택한 후 **이동** 툴을 사용하여 바닥과 겹치지 않도록 **위쪽(Z축)** 방향으로 ②**5칸**(0.5m) 이동한다.

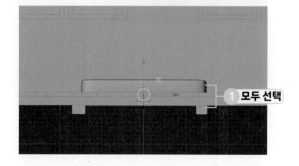

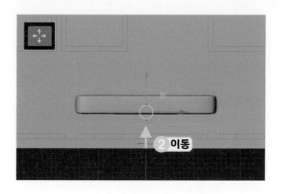

14 [Shift] + [Z] 키 또는 [Z] 키를 눌러 다시 ❶솔리드 모드로 전환한 후 [우측 키패드 7] 키를 눌러 ❷위쪽(Top: Z축) 뷰로 전환한다.

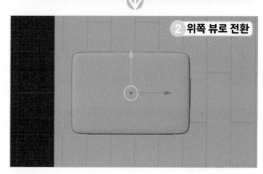

13 두 오브젝트를 좌측 벽에 붙이기 위해 [Shift] + [Z] 키 또는 [Z] 키를 눌러 ❶와이어 프레임 모드로 전환하여 좌측 벽 지점 라인을 파악할 수 있도록 설정한 후 ❷[Wall] 오브젝트의 **좌측(-X축) 벽** 지점으로 이동한다.

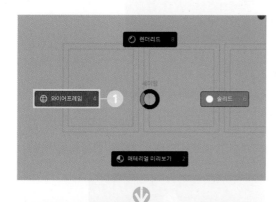

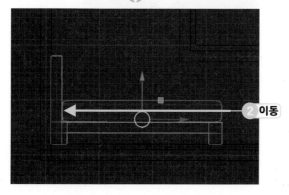

15 선택된 두 침대 오브젝트를 **아래(-Y축)** 방향으로 **세 칸(-0.3m)** 이동한다.

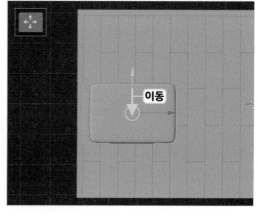

01 뷰포트에서 [Shift] + [A] 키를 눌러 ❶❷**평면 (Plane)** 메쉬를 생성한다.

02 평면 오브젝트가 선택된 상태에서 [/] 키를 눌러 평면 오브젝트 이외의 오브젝트를 숨겨놓는다.

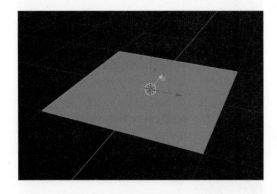

03 [Tab] 키 또는 [Ctrl] + [Tab] 키를 눌러 ❶**에디트 모드**로 전환한 후 뷰포트에서 ❷❸**[우측 마우스 버튼]** – **[섭디비젼(Subdivision)]**을 선택한다.

04 좌측 하단의 ❶**섭디비젼(Subdivision)**을 열어놓은 뒤 ❷**잘라내기 수(Number of Cuts)**를 30으로 설정한 다음 다시 상단 **섭디비젼**을 ❸**닫아**준다.

05 뷰포트 상단에 활성화된 **①스냅(Snap)**을 꺼준 후 메쉬가 **모두 선택**된 상태에서 [E] 키 또는 좌측 툴바에서 **②지역 돌출 툴**을 사용하여 **③위쪽(Z축)**으로 드래그하여 돌출 면을 생성한다.

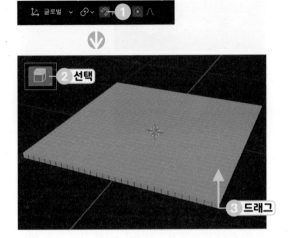

06 [Ctrl] + [R] 키 또는 툴바에서 **①루프 잘라내기 툴**을 사용하여 메쉬의 **②높이(Z축)**를 가로로 잘라준다.

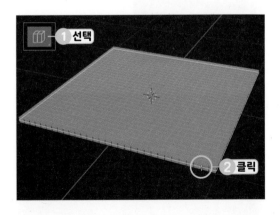

07 잘라준 에지(Edge)가 선택되어있는 상태에서 **①축적 툴**을 사용하여 **②X축과 Y축**의 크기를 키

워준다.

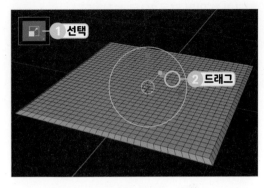

08 [Tab] 키 또는 [Ctrl] + [Tab] 키를 눌러 **①오브젝트 모드**로 전환 후 속성 창의 **②피직스 프로퍼티스**에서 **③옷감(Cloth)**을 선택한다.

09 옷감 피직스 속성 창에서 **압력(Pressure)**을 체크한 후 **압력 값**을 3으로 설정한다.

10 아래쪽 ❶**충돌(Collisions)** 항목에서 ❷**자체 충돌**을 체크하고 ❸**필트 웨이트(Field Weights)** 항목의 **중력(Gravity)** 값을 ❹0(무중력)으로 설정한다.

11 뷰포트에서 [Spacebar] 키 또는 하단에 있는 **재생** 버튼을 눌러 애니메이션을 실행한 뒤 **150프레임** 정도에서 다시 [Spacebar]를 눌러 애니메이션을 정지한다.

12 만들어진 베개 오브젝트에서 ❶❷**[우측 마우스 버튼]** – **[셰이드 스무스(Shade Smooth)]**를 적용한 후 뷰포트에서 ❸**[Ctrl] + [3]** 키를 눌러 **섭디비전 표면(Subdivision Surface)**을 실행한다.

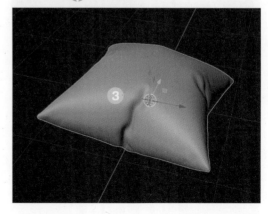

☑ 만약 단축키가 안될 경우 속성 창의 모디파이 어 프로퍼티스에서 [모디파이어를 추가(Add Modifier)] – [섭디비전 표면]을 생성한 후 캣멀-클락(Catmull-Clack) 항목에 있는 Levels Viewport를 3으로 설정하면 된다.

13 위의 모양이 만들어지면 ❶**모디파이어 프로 퍼티스**의 **옷감(Cloth)**에 마우스 커서를 갖다 놓고 [Ctrl] + [A] 키를 누르거나 상단 카메라 아이콘 옆 ❷**화살표** 메뉴에서 ❸**적용(Apply)**을 선택한다.

14 같은 방법으로 **섭디비전 표면**의 모디파이어 프로퍼티스에서도 빈 곳에 마우스 커서를 갖다 놓 고 [Ctrl] + [A] 키를 누르거나 ❶**화살표** 메뉴에서 ❷**적용(Apply)**를 선택한다.

15 [/] 키를 눌러 모든 오브젝트를 모두 활성화한 다.

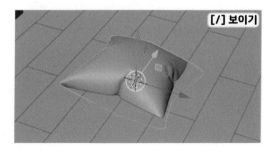

16 [Ctrl] + [Alt] + [Q] 키를 눌러 뷰포트를 4분할하여 지금까지의 작업 내용을 확인해 본다.

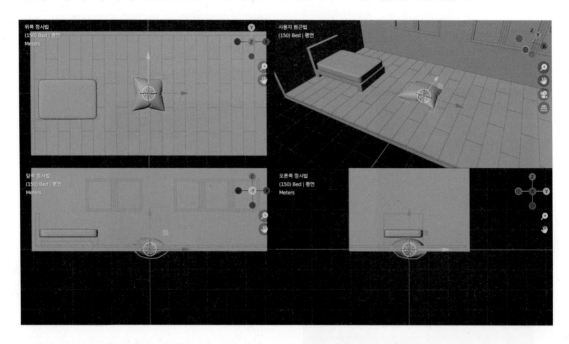

17 **이동**, **축적**, **회전** 툴을 사용하여 그림처럼 베개의 위치, 크기, 회전을 한다. 이때 최대한 다른 오브젝트와 겹치지 않도록 위치를 조정해야 한다.

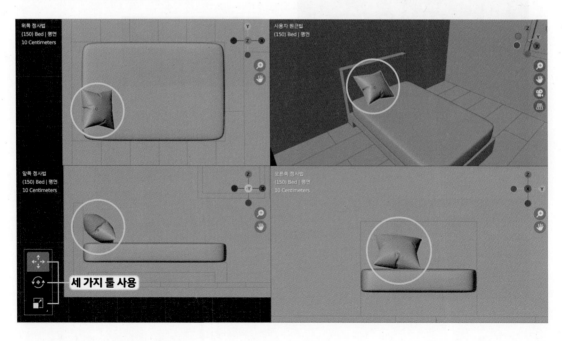

18 베개 오브젝트를 [Ctrl] + [C], [Ctrl] + [V] 키를 사용하여 하나 **복사**해 준 다음 그림처럼 위치와 모양을 설정한다.

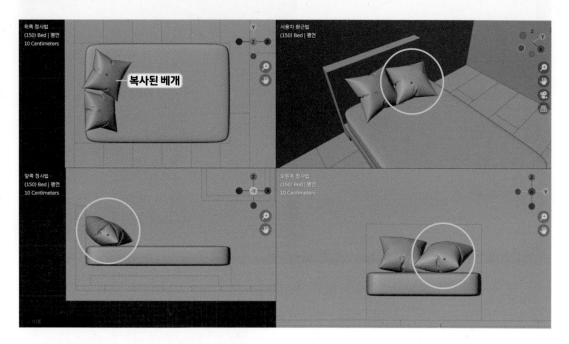

19 아웃라이너에서 방금 제작한 오브젝트 두 개의 베개 이름을 각각 [Pillow1], [Pillow2]로 바꿔준다.

(Plane) 메쉬를 생성한다.

02 이동 툴을 사용하여 Mattress 오브젝트 중앙 위(-X, -Y, Z축)로 이동한다.

이불 만들기

01 뷰포트에서 [Shift] + [A] 키를 눌러 ①②**평면**

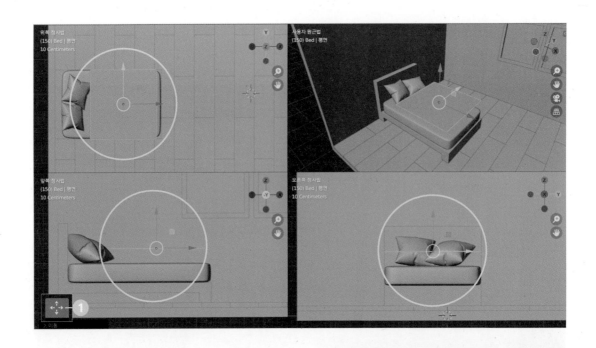

03 속성 창의 **①오브젝트 프로퍼티스**에서 **②축
적 XYZ**를 **0.9, 1.5, 1**로 설정한다.

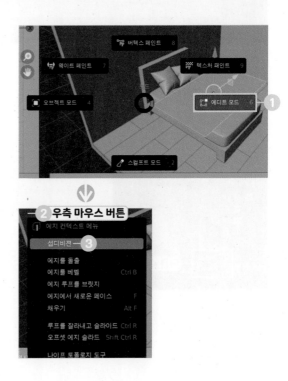

04 뷰포트에서 [Tap] 키 또는 [Ctrl] + [Tab] 키를
눌러 **에디트 모드**로 전환한 후 [우측 마우스 버튼]
– [**섭디비젼(Subdivision)**]을 생성한다.

05 뷰포트 좌측 하단에 생성된 **섭디비젼**을 열어
준 후 **잘라내기 수(Number of Cuts)**를 **30**으로 설

정한다.

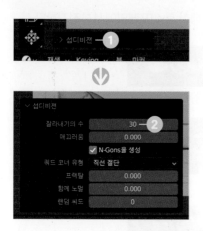

06 [Tab] 키 또는 [Ctrl] + [Tab] 키를 눌러 ❶**오브젝트 모드**로 전환한 후 하단 애니메이션 ❷**프레임**을 0으로 설정한다.

07 **이불** 오브젝트가 선택된 상태에서 속성 창의 ❶**피직스 프로퍼티스(Physics Properties)**의 ❷ **옷감(Cloth)**을 선택하여 활성화한다.

08 **위쪽(Top: Z축) 뷰**에서 ❶**이동** 툴을 사용하여 이불이 놓여질 곳으로 ❷**이동**한다.

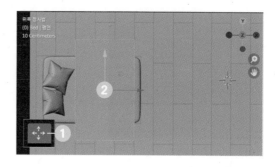

09 ❶**[Mattress]** 오브젝트를 선택한 후 ❷**피직스 프로퍼티스**에서 ❸**충돌(Collision)**을 선택하여 활성화한다.

11 [Spacebar] 키 또는 ①**재생** 버튼을 눌러 애니메이션을 실행한 후 **40프레임**에서 ②**정지**한다.

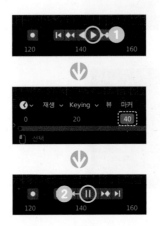

10 같은 방법으로 **Bed** 오브젝트도 피직스 프로퍼티스에서 **충돌(Collision)**을 활성화한다.

🟠 팁 & 노트

피직스 프로퍼티스의 충돌 적용 시 재생을 하는 이유

옷감 피직스를 적용한 오브젝트는 재생했을 때 중력에 의해 아래로 떨어지게 되는데, 이때 충돌체가 없다면 해당 오브젝트는 다른 오브젝트를 통과하여 무한대로 떨어지게 된다. 그렇기 때문에 충돌 피직스를 통해 중력의 영향을 받는 오브젝트와 부딪힐 수 있는 충돌체 오브젝트를 생성한 후 재생을 진행해야 한다.

12 [**이불**] 오브젝트가 ①**선택**된 상태에서 뷰포트에서 ②③[**우측 마우스 버튼**] – [**셰이더 스무스 (Shade Smooth)**]를 적용한다.

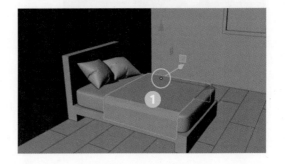

13 ❶**모디파이어 프로퍼티스**의 **옷감(Cloth)**에 ❷
마우스 커서를 갖다 놓고 ❸**[Ctrl] + [A]** 키 또는 상
단 **화살표** 메뉴에서 **적용(Apply)**를 선택하여 모디
파이어를 병합한다.

14 아웃라이너에서 **[이불]** 오브젝트의 이름을
[Bed Cloth]로 변경한다.

🔧 미니 수납장과 스탠드 만들기

기본 메쉬(Mesh)를 이용하여 쉽고 간편하게 낮은 수납장과 그 위에 올릴 취침용 스탠드를 제작해 본다.

미니 수납장 만들기

01 아웃라이너에서 **Bed** 컬렉션의 좌측 **화살표**를 클릭하여 컬렉션을 닫아준다.

02 아웃라이너 상단 씬 컬렉션 또는 오브젝트가 없는 **빈 곳**에서 ❶❷[우측 마우스 버튼] – [새로운 컬렉션(New Collection)]을 생성한다.

03 생성된 컬렉션의 이름을 [Closet]으로 변경한다.

04 뷰포트에서 ❶[Ctrl] + [Alt] + [Q] 키를 눌러 기본 뷰(사용자 원근법)로 전환한 후 ❷[Shift] + [A] 키를 눌러 ❸큐브(Cube) 메쉬를 생성한다.

06 [Ctrl] + [Tab] 키를 눌러 **에디트 모드**로 전환한 후 [3] 키 또는 **페이스 선택** 모드로 전환한다.

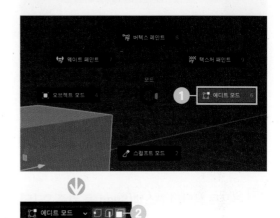

05 큐브 오브젝트가 선택된 상태에서 **❶오브젝트 프로퍼티스**에서 축적(Scale) XYZ를 **❷0.25, 0.4, 0.25**로 설정한다. 그다음 **❸[/]** 키를 눌러 선택되지 않은 다른 오브젝트들은 모두 숨겨준다.

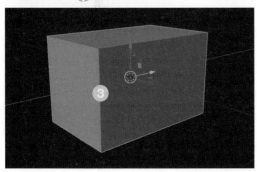

07 뷰포트에서 마우스 휠을 **클릭 & 드래그**하여 뷰포트를 오브젝트의 **–Z축** 면이 보이도록 회전한 후 **–X축 페이스**를 **선택**한다.

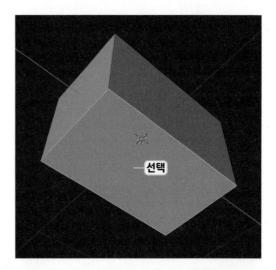

08 [우측 키패드 3] 키를 눌러 **오른쪽(Right: X축) 뷰**로 전환한다.

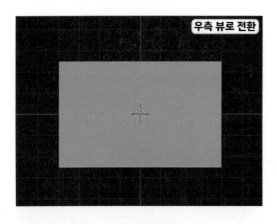

우측 뷰로 전환

09 뷰포트 상단의 **❶스냅(Snap)**을 켜준 후 [E] 키 또는 툴바에서 **❷지역 돌출(Extrude Region)** 툴을 사용하여 선택한 페이스를 **❸아래(−Z축)** 방향으로 **4칸(−0.4m)** 돌출 면을 생성한다.

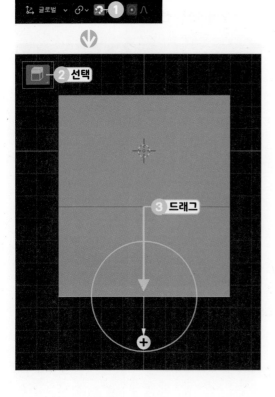

❶

❷ 선택

❸ 드래그

10 뷰포트의 **❶빈 곳**을 클릭하여 선택된 페이스를 **해제**한 후 **❷박스 선택** 툴을 선택한다.

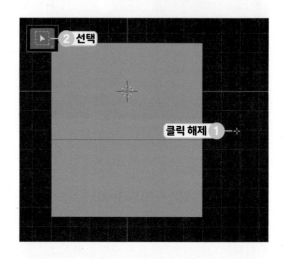

❷ 선택

클릭 해제 ❶

11 [Shift] 키를 누른 상태로 X축의 **❶두 페이스**를 **선택**한 후 툴바에서 **❷페이스를 인셋(Inset Faces)** 툴을 선택한다.

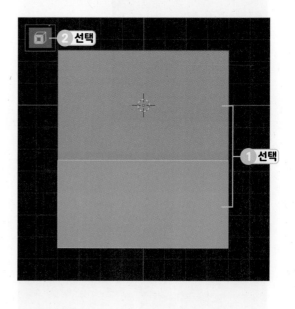

❷ 선택

❶ 선택

12 뷰포트 좌측 상단에 있는 **❶개별(Individual)**

옵션을 **체크**한 후 선택된 페이스 중앙의 노란색 구를 ❷**클릭 & 안쪽으로 드래그**하여 페이스 안쪽에 새로운 페이스를 생성한다.

14 **축적(Scale)** 툴을 사용하여 선택된 페이스 중앙에 생긴 **파란색 세로(Z축)**을 **드래그**하여 선택되지 않은 가로(Y축) 페이스와 비율을 비슷하게 맞춰 준다.

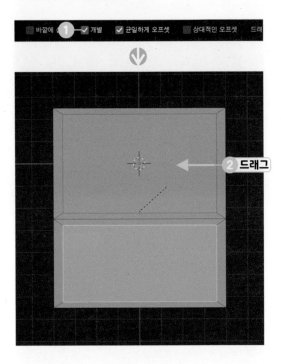

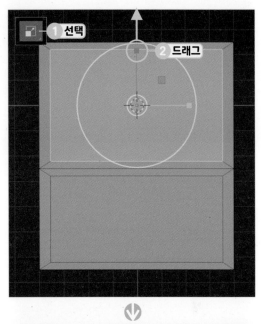

13 **X축** 상단 안쪽 페이스를 **선택**한다.

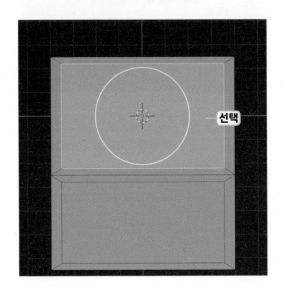

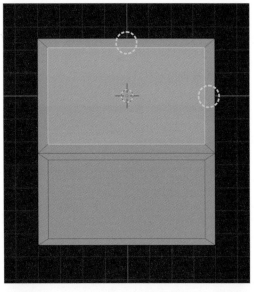

15 X축 **하단 안쪽 페이스를 선택**한 후 같은 방법으로 페이스 중앙에 생긴 파란색 세로(Z축)을 드래그하여 선택되지 않은 가로(Y축) 페이스와 비율을 비슷하게 맞춰준다.

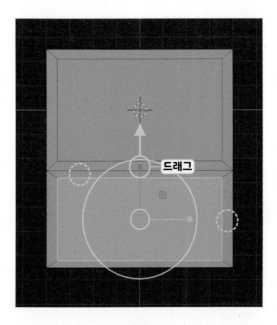

16 ❶**이동** 툴을 사용하여 X축 하단 안쪽 페이스가 선택된 상태에서 [Shift] 키를 누른 상태로 X축 상단 ❷**안쪽 페이스**까지 선택한다.

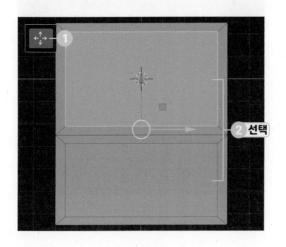

17 [Shift] + [Z] 키 또는 [Z] 키를 눌러 ❶**와이어 프레임** 모드로 전환한 후 ❷[**우측 키패드 1**] 키를 눌러 **앞쪽(Front: −Y축)** 뷰로 전환한다.

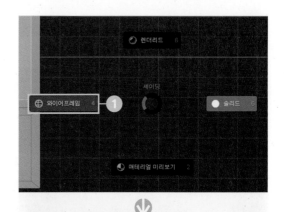

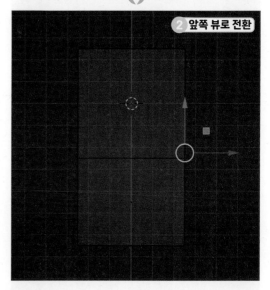

18 [E] 키 또는 **지역 돌출(Extrude Region)** 툴을 사용하여 선택된 페이스를 오브젝트 왼쪽(−X축) 방향으로 **4칸(−0.4m)** 밀어 넣는다.

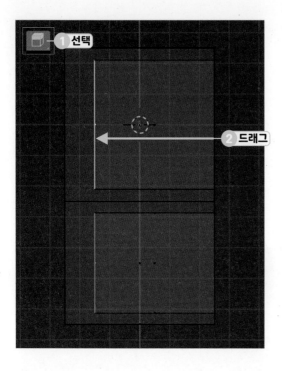

20 [Shift] + [Z] 키 또는 [Z] 키를 눌러 ❶ **솔리드** 모드로 전환한 후 [Tab] 키 또는 [Ctrl] + [Tab] 키를 눌러 ❷ **오브젝트 모드**로 전환한다.

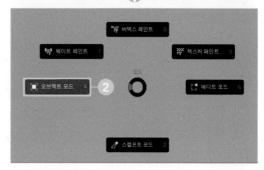

19 마우스 휠을 **회전**하여 선택한 페이스 부근을 **확대**한 후 **이동** 툴을 사용하여 왼쪽(−X축) 방향으로 **6칸(−0.06m)** 이동한다.

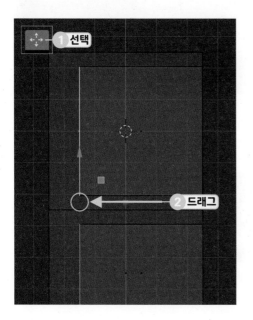

21 [/] 키를 눌러 모든 오브젝트들이 보이게 한다.

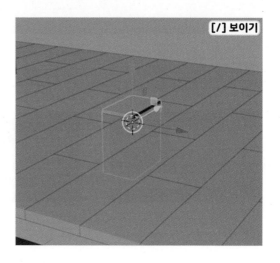

22 뷰포트 상단의 스냅 옆에 있는 ❶**화살표** 메뉴에서 ❷**에지(Edge)**를 선택한다.

23 ❶[Ctrl] + [Alt] + [Q] 키를 눌러 **4분할** 뷰로 전환한 후 ❷**이동** 툴을 사용하여 침대 좌측 벽으로 오브젝트를 ❸**이동**한다.

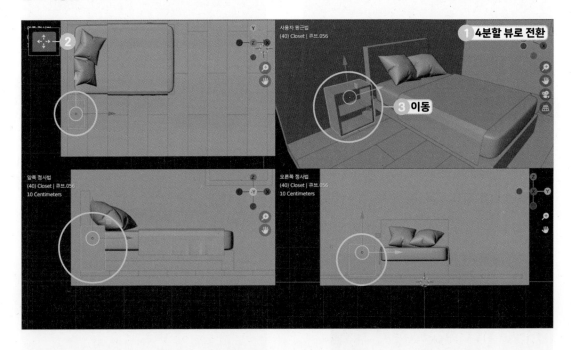

24 수납장 오브젝트의 이름을 [Closet]으로 변경한다.

스탠드 만들기

01 ❶[Ctrl] + [Alt] + [Q] 키를 눌러 4분할 뷰를 기본 [사용자 원근법] 뷰로 전환한 후 ❷[Shift] + [A] 키를 눌러 ❸**실린더(Cylinder)** 메쉬를 생성한다.

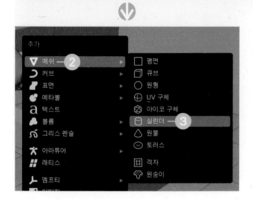

02 ❶**스냅**을 꺼주고 방금 생성한 실린터가 선택된 상태에서 ❷[/] 키를 눌러 나머지 오브젝트들을 모두 숨겨준다.

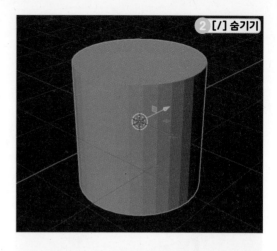

03 [Tab] 키 또는 [Ctrl] + [Tab] 키를 눌러 ❶**에디트 모드**로 전환한 후 [3] 키를 눌러 ❷**페이스 선택** 모드로 전환한다.

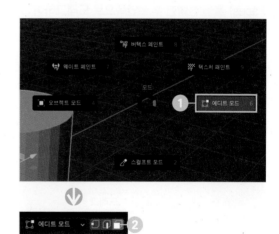

04 뷰포트에서 마우스 휠을 **클릭 & 드래그**하여 뷰를 그림처럼 ❶**회전**한 후 오브젝트의 ❷**아래쪽 (-Z축) 페이스**를 **선택**한다.

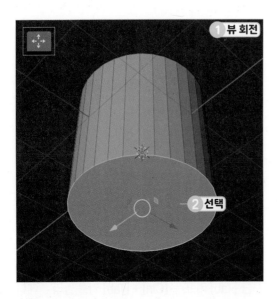

① 뷰 회전

② 선택

05 [I] 키 또는 툴바에서 ①**페이스를 인셋(Inset Faces) 툴**을 선택한 후 ②**안쪽으로 드래그**하여 그림처럼 새로운 페이스를 생성한다.

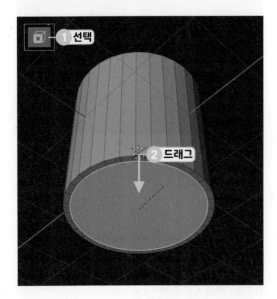

① 선택

② 드래그

06 [Shift] + [Z] 키 또는 [Z] 키를 눌러 ①**와이어프레임**으로 전환한 뒤 [우측 키패드 1] 키를 ②**앞쪽**

(Front: −Y축) 뷰로 전환한다.

① 와이어프레임

② 앞쪽 뷰로 전환

07 ①**스냅**을 켜준 후 스냅 옆의 ②**화살표** 메뉴에서 스냅의 형태를 ③**증가(Increment)**로 변경한다.

08 [E] 키 또는 **①지역 돌출(Extrude Region)** 툴을 눌러 선택한 페이스를 **안쪽(Z축)** 방향으로 **②19칸(1.9m)** 정도 밀어 넣는다.

09 **①[우측 키패드 7]** 키를 눌러 **위쪽(Top: Z축)** 뷰로 전환한 후 [I] 키 또는 **②페이스를 인셋(Inset Faces)** 툴을 사용하여 선택되어있는 페이스 안쪽에 **③작은 페이스**를 생성한다.

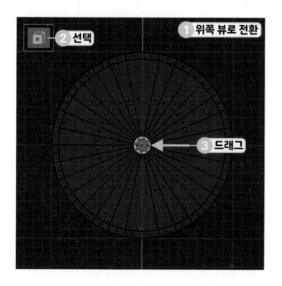

☑ 만약 원하는 크기만큼 페이스를 생성하지 못했다면 축적(Scale) 툴을 이용하여 크기를 조정한다.

10 **①[우측 키패드 1]** 키를 눌러 **앞쪽(Front: − Y축) 뷰**로 전환한 후 [E] 키 또는 **②지역 돌출** 툴을 사용하여 선택된 페이스를 **③아래쪽(−Z축)** 방향으로 오브젝트보다 **두 배** 정도 크게 늘려준다.

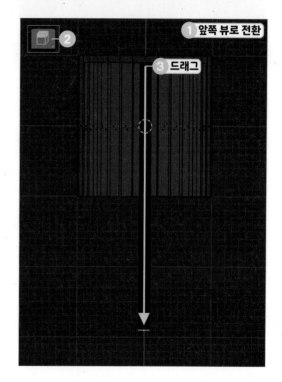

11 **지역 돌출** 툴을 사용하여 선택된 페이스를 **① 아래로 한 칸(−0.1m)** 정도 늘린 뒤 **②축적(Scale)** 툴을 사용하여 **페이스**의 **③크기**를 그림처럼 키워준다.

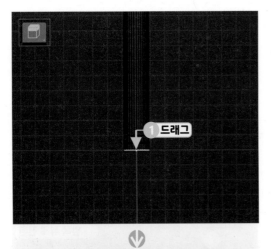

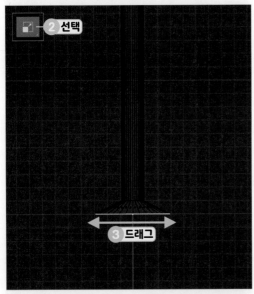

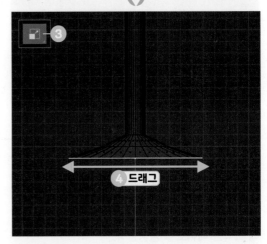

12 한 번 더 ①**지역 돌출** 툴을 사용하여 선택된 페이스를 ②**아래로 한 칸(-0.1m)** 정도 늘려준 후 ③**축적** 툴을 사용하여 이전 크기보다 ④**더 크게** 키워준다.

13 뷰포트 상단의 **스냅(Snap)**을 꺼준다.

14 [E] 키 또는 ①**지역 돌출(Extrude Region)** 툴을 사용하여 한 번 더 선택된 페이스를 아래로 ②**짧게** 늘려 스탠드 지지대의 모양을 완성한다.

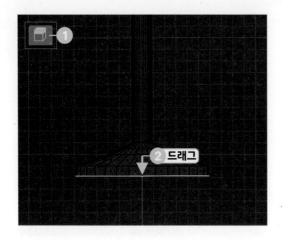

16 [Alt] 키를 누른 상태로 스탠드 머리의 끝부분 **세로 에지(Edge)를 클릭**하여 라인 전체 페이스를 선택한다.

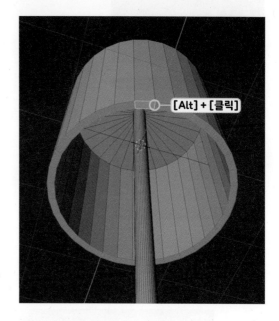

15 [Shift] + [Z] 키를 눌러 ❶**솔리드** 모드로 전환한 후 ❷**마우스 휠을 클릭 & 드래그**하여 스탠드 머리 끝 부분 **방향(-Z축)**으로 **회전**한다.

17 **축적(Scale)** 툴을 사용하여 방금 선택한 스탠드 머리의 하단 부분의 **크기**를 XY축 방향으로 드래그하여 일정한 비율로 키워준다.

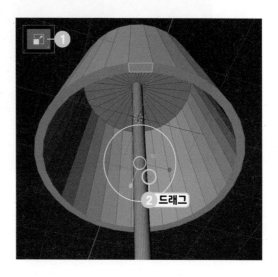

18 아웃라이너에서 스탠드 오브젝트의 이름을 [Lamp]로 바꿔준다.

19 뷰포트에서 [Tab] 키 또는 [Ctrl] + [Tab] 키를 눌러 **오브젝트 모드**로 전환한다.

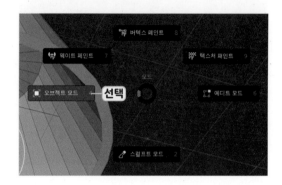

20 ①[Ctrl] + [Alt] + [Q] 키를 눌러 뷰포트를 4분할 뷰로 전환한다. 그다음 ②[/] 키를 눌러 숨겨놓았던 오브젝트들을 모두 보이게 한 후 ③Lamp 오브젝트를 선택한다.

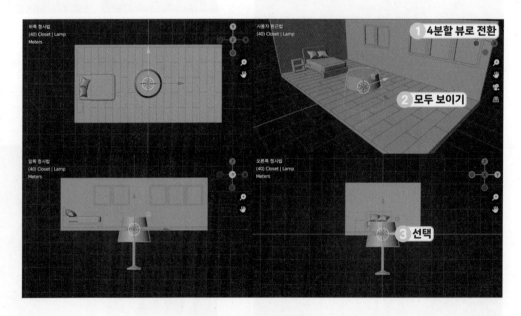

21 그다음 ①**오브젝트 프로퍼티스**에서 ②**축적**(Scale) XYZ를 0.15로 설정한다.

22 뷰포트 상단의 **①스냅**을 **켜준** 후 [Shift] + [Z] 키 또는 [Z] 키를 눌러 **②와이어 프레임** 모드로 전환한다.

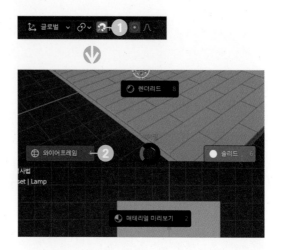

23 **①이동** 툴을 사용하여 **②Lamp** 오브젝트를 Closet 오브젝트 위쪽으로 옮겨준다.

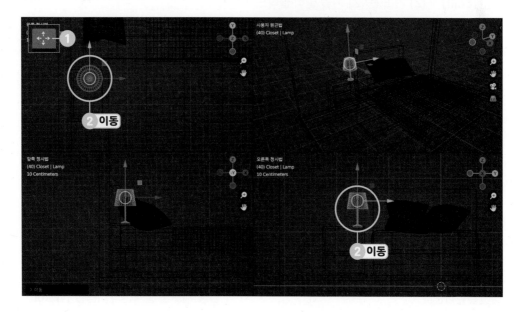

옷장과 거울 수납장 만들기

기본 메쉬에 새로운 모디파이어(Modifier)를 적용하여 침대 옆에 두는 옷장과 수납형 전신 거울을 제작해 본다.

옷장 만들기

01 뷰포트 [Ctrl] + [Alt] + [Q] 키를 눌러 다시 기본(사용자 원근법) 뷰로 전환한다.

02 [Shift] + [Z] 키 또는 [Z] 키를 눌러 솔리드(Solid) 모드로 전환한다.

03 아웃라이너에서 활성화되어있는 [Closet] 컬렉션을 닫아준다.

04 아웃라이너의 **빈 곳**에서 ❶❷**[우측 마우스 버튼] - [새로운 컬렉션(New Collection)]**을 생성한다.

05 새로운 컬렉션의 이름을 [Wardrobe]로 변경한다.

더블클릭하여 이름 수정

06 뷰포트에서 ❶[Shift] + [A] 키를 눌러 ❷**큐브** 메쉬를 생성한다.

07 큐브가 선택된 상태에서 ❶**오브젝트 프로퍼 티스**의 **축적**에서 ❷**Y축**을 **0.4**로 설정한다.

08 뷰포트에서 **[/]** 키를 눌러 방금 생성된 **큐브** 이외의 모든 오브젝트를 **숨겨놓는다.**

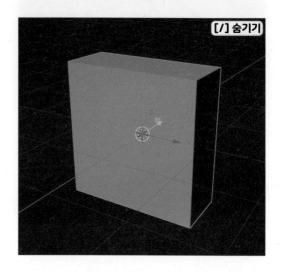

[/] 숨기기

09 [Tab] 키 또는 [Ctrl] + [Tab] 키를 눌러 **에디 트 모드**로 변환한다.

10 [Ctrl] + [R] 키 또는 툴바에서 ❶**루프 잘라내 기(Loop Cut)** 툴을 사용하여 ❷**Y축** 기준으로 오브 젝트의 중앙을 **세로로 잘라준다.**

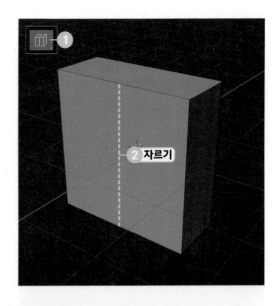

12 뷰포트 우측 상단에서 **X-Ray를 토글(Toggle X-Ray)** 아이콘을 ①**켜준** 후 ②**박스 선택(Select Box)** 툴을 사용하여 그림처럼 큐브 오브젝트의 ③ **왼쪽(-X축) 절반**을 **선택**한다.

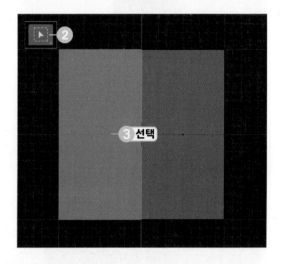

11 [3] 키 또는 직접 ①**페이스 선택** 모드로 전환한 후 [우측 키패드 1] 키를 눌러 뷰포트를 ②**앞쪽(Front: -Y축)** 뷰로 전환한다.

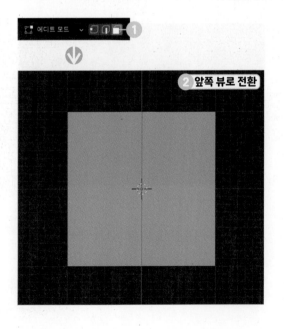

13 [Delete] 키를 누른 후 **페이스**를 **선택**하여 방금 선택한 페이스를 **제거**한다.

14 뷰포트 좌측 상단에 있는 ①**X-Ray를 토글 (Toggle X-Ray)** 아이콘을 클릭하여 **꺼준** 후 [Ctrl] + [R] 키 또는 ②**루프 잘라내기(Loop Cut)** 툴을 사

용하여 그림처럼 오브젝트의 중앙을 ❸ **가로로 잘**
라준다.

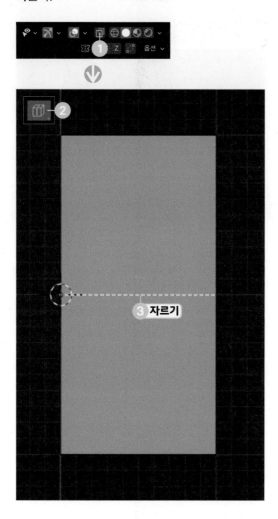

15 방금 자른 **에지(Edge)**가 **선택**되어있는 상태
에서 ❶ **이동** 툴을 사용하여 ❷ **위쪽(Z축)** 방향으로
9칸(0.9m) 정도 이동한다. 만약 에지가 선택되어있
지 않다면 [2] 키를 눌러 에지 선택 모드에서 [Alt]
키를 누른 상태로 해당 에지를 클릭하여 선택한다.

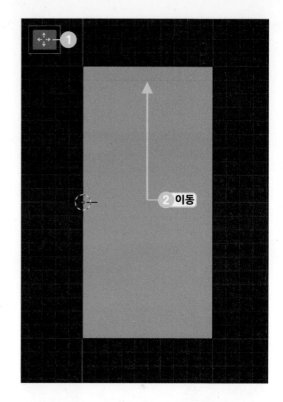

16 ❶ **페이스 선택** 모드로 전환한 후 **마우스 휠**을
❷ **클릭 & 드래그**하여 큐브의 **−Z축** 페이스가 보이
도록 회전한 다음 ❸ **선택**한다.

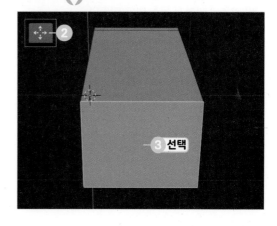

17 ①[우측 키패드 1] 키를 눌러 **앞쪽(Front: −Y축) 뷰**로 전환한 후 [E] 키 또는 ②**지역 돌출 툴**을 사용하여 ③**아래쪽(−Z축)** 방향으로 **한 칸(−0.1m)** 드래그하여 돌출 면을 만든다.

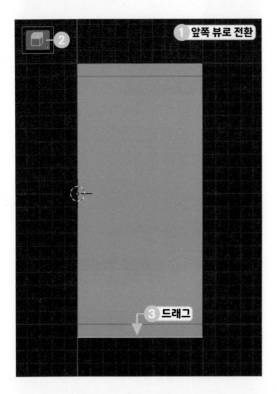

18 다시 한번 그림처럼 **아래쪽(−Z축)** 방향으로 **4칸(−0.4m)** 내려서 돌출 면을 만든다.

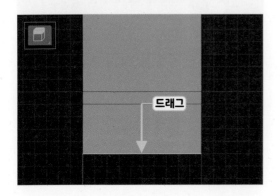

19 위 작업을 반복하여 **한 칸(−0.1m)** 내리고, **4칸(−0.4m)** 내리고, **한 칸(−0.1m)**씩 내려서 그림처럼 **총 8개**의 가로 에지를 생성한다.

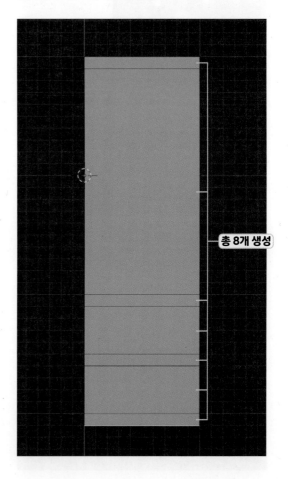

20 [Ctrl] + [R] 키 또는 ①**루프 잘라내기(Loop Cut)** 툴을 사용하여 그림처럼 오브젝트를 ②**세로로 잘라**준다. 그다음 잘려진 세로 에지가 선택되어 있는 상태에서 ③**이동** 툴을 사용하여 선택한 에지를 ④**오른쪽(X축)** 방향으로 **4칸(0.4m)** 이동한다.

21 [3] 키 또는 직접 **페이스 선택** 모드로 전환한다.

22 [Shift] 키를 누른 상태로 오브젝트 **중앙 상단** 페이스와 가운데 **중앙** 페이스, **중앙 하단** 페이스를 **선택**한다.

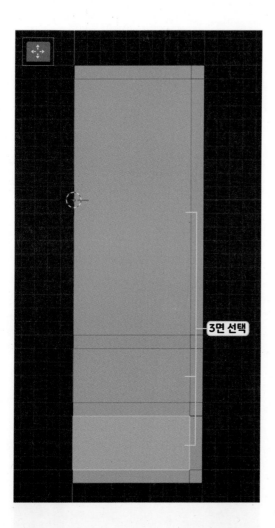

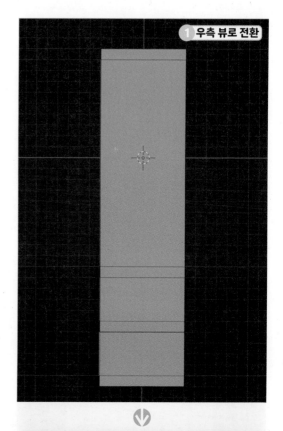

3면 선택

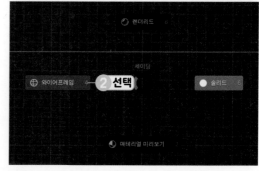

23 ❶[우측 키패드 3] 키를 눌러 오른쪽(Right: X축) 뷰로 전환한 후 [Shift] + [Z] 키를 눌러 ❷와이어프레임 모드로 전환한다.

💡 팁 & 노트

뷰포트 전환(회전)을 쉽게 하는 방법

뷰포트 전환은 단축키 이외에 뷰포트 우측 상단의 **축 표시(Axis)**에서 원하는 방향 축을 클릭하거나 드래그하여 간편하게 원하는 뷰 방향으로 전환할 수 있다.

24 ❶**지역 돌출** 툴을 사용하여 선택된 페이스를 ❷**안쪽(Y축)** 방향으로 **7칸(0.7m)** 밀어 넣는다.

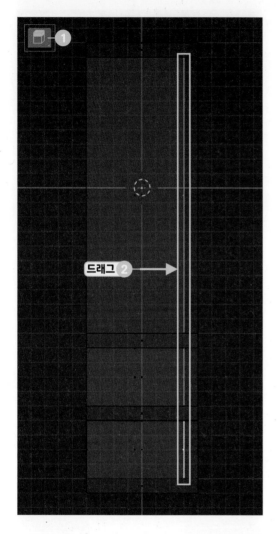

25 [Shift] + [Z] 키 또는 [Z] 키를 눌러 ❶**솔리드** 모드로 전환한 후 뷰포트를 그림처럼 −X축에 생성된 페이스가 보이도록 회전한 후 [Shift] 키를 사용하여 ❷**모두 선택**한다.

26 뷰포트에서 [Delete] 키를 누른 후 ❶**페이스**를 선택하여 방금 선택한 ❷**페이스들**을 **제거**한다.

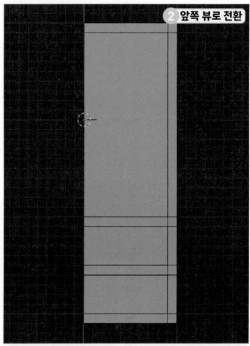

② 앞쪽 뷰로 전환

27 [2] 키 또는 직접 ❶**에지 선택** 모드로 전환한 후 [**우측 키패드 1**] 키를 눌러 ❷**앞쪽**(Front: −Y축) 뷰로 전환한다.

28 오브젝트 상단 페이스의 ❶**두 번째 세로 에지**를 **선택**한 후 ❷**지역 돌출** 툴을 사용하여 오브젝트의 ❸**좌측**(−X축) **끝**까지 드래그한다.

❶ 선택

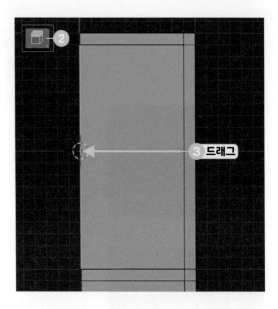

29 아웃라이너에서 지금까지 작업한 **큐브** 오브젝트의 이름을 **[Frame]**으로 변경한다.

30 **[3]** 키 또는 직접 **❶페이스 선택** 모드로 전환한 후 그림처럼 앞서 생성한 **❷페이스**를 **선택**한다.

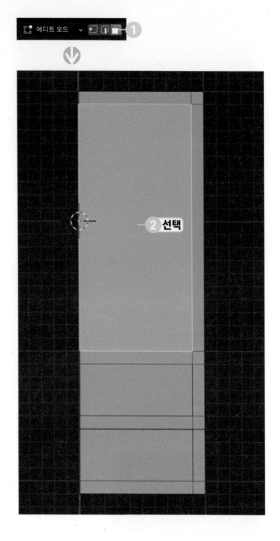

31 **[P]** 키를 눌러 **분리**에 관한 메뉴가 뜨면 **선택**(Selection)을 선택하여 선택한 페이스를 Frame 오브젝트와 분리한다.

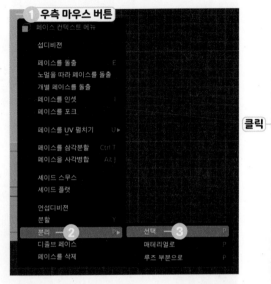

☑ 단축키가 안될 경우에는 뷰포트에서 [우측 마우스 버튼] – [분리(Separate)] – [선택(Selection)] 메뉴를 선택한다.

33 이름을 수정한 **Right Door** 오브젝트 좌측에 있는 **포인트를 클릭**하여 **에디트 모드**를 Frame 오브젝트에서 Right Door로 변경한다.

32 분리한 오브젝트는 아웃라이너에서 이름을 [Right Door]로 변경한다.

34 뷰포트에서 **[A]** 키를 눌러 Right Door 오브젝트의 페이스를 **모두 선택**한다.

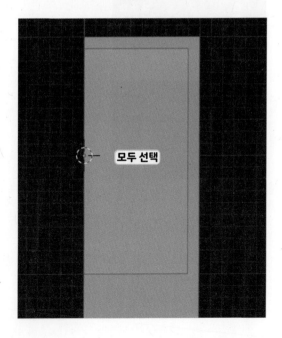

35 **[우측 키패드 3]** 키를 눌러 **오른쪽(Right: X축)** 뷰로 전환한다.

37 ❶**지역 돌출** 툴을 사용하여 ❷**우측(Y축)** 방향 으로 오브젝트를 **한 칸(0.1m)** 드래그한다.

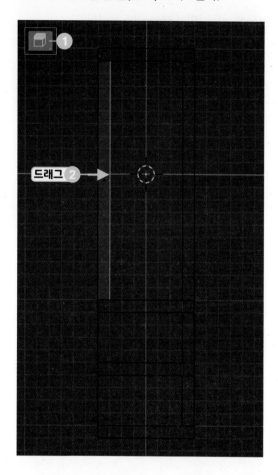

36 **[Shift] + [Z]** 키 또는 **[Z]** 키를 눌러 **와이어 프 레임**으로 변경한다.

38 **[Tab]** 키 또는 **[Ctrl] + [Tab]** 키를 눌러 **오브젝 트 모드**로 변경한다.

39 ❶Frame 오브젝트를 **선택**한 후 ❷**모디파이어 프로퍼티스**에서 ❸❹**[모디파이어를 추가(Add Modifier)] – [미러(Mirror)]**를 생성한다.

40 모디파이어 상단 카메라 아이콘 옆 ❶**화살표** 메뉴에서 ❷**적용(Apply)**를 눌러 병합한다.

☑️ 적용은 생성된 모디파이어 빈 곳에 마우스 커서를 갖다 놓고 [Ctrl] + [A] 키를 눌러 적용할 수도 있다.

41 아웃라이너에서 Right Door 오브젝트를 **선택**한다.

42 뷰포트에서 [Ctrl] + [C], [Ctrl] + [V] 키를 눌러 선택된 오브젝트를 하나 복사한다.

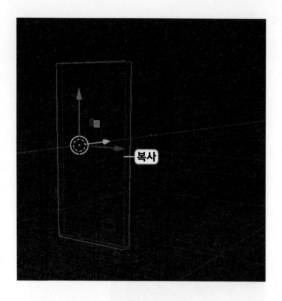

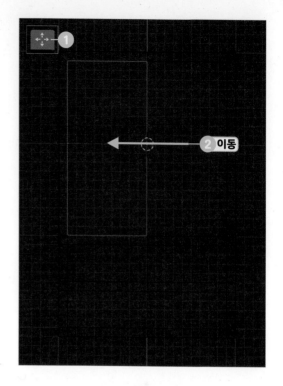

43 [우측 키패드 1] 키를 눌러 **앞쪽(Front: -Y축)**
뷰로 전환한다.

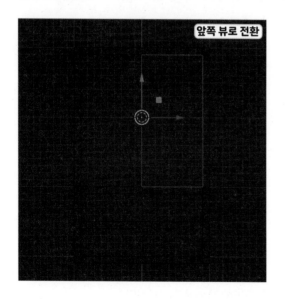

45 아웃라이너에서 이동한 오브젝트의 이름을
[Left Door]로 변경한다.

44 ❶**이동** 툴을 사용하여 복사한 오브젝트를 ❷
좌측(-X축) 방향으로 **9칸(-0.9m)** 이동한다.

01 뷰포트에서 ❶[Shift] + [A] 키를 눌러 새로운 ❷큐브 메쉬를 생성한다.

02 ❶오브젝트 프로퍼티스의 축적(Scale)에서 ❷XYZ를 0.9, 0.35, 0.2로 설정한다.

03 Wardrode 컬렉션에 있는 방금 생성한 큐브 오브젝트 이외의 다른 오브젝트들은 **눈 모양의 뷰포트에서 숨기기**를 클릭하여 숨겨준다.

04 뷰포트에서 [Shift] + [Z] 키 또는 [Z] 키를 눌러 **솔리드(Solid)** 모드로 전환한다.

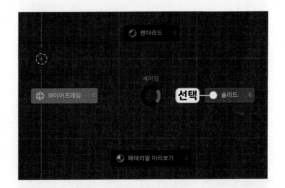

05 [Tab] 키 또는 [Ctrl] + [Tab] 키를 눌러 **에디트 모드(Edit Mode)**로 전환한다.

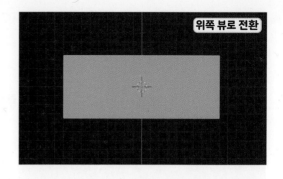

06 [3] 키 또는 직접 ①**페이스 선택** 모드로 전환한 후 뷰포트를 ②**Z축** 방향으로 회전한다. 그다음 오브젝트의 ③**위쪽(Z축) 페이스**를 선택한다.

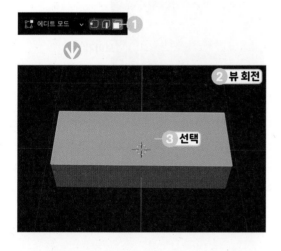

07 [우측 키패드 7] 키를 눌러 뷰포트를 **위쪽 (Top: Z축)** 뷰로 전환한다.

08 툴바에서 ①**페이스를 인셋(Inset Faces)** 툴을 사용하여 안쪽으로 드래그하여 선택한 페이스 안쪽에 ②**새로운 페이스**를 생성한다.

09 ①**축적(Scale)** 툴을 사용하여 선택되어있는 페이스 중앙에 생성된 ②**빨간색(X축)**을 드래그하여 오브젝트의 상단(Y축) 또는 하단(-Y축) 간격과 비슷하게 조정한다.

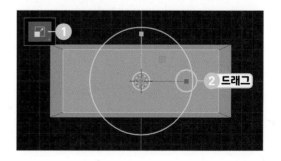

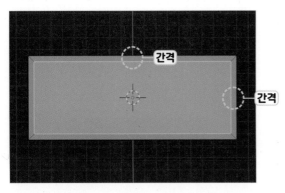

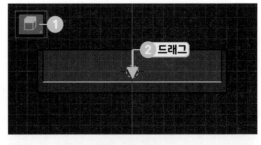

12 앞서 아웃라이너에서 숨겨놓은 오브젝트들을
다시 **보이도록** 해준다.

10 다시 [우측 키패드 1] 키를 눌러 뷰포트를 ❶**앞
쪽**(Front: −Y축) 뷰로 전환한 후 [Shift] + [Z] 키 또
는 [Z] 키를 눌러 ❷**와이어 프레임**으로 변경한다.

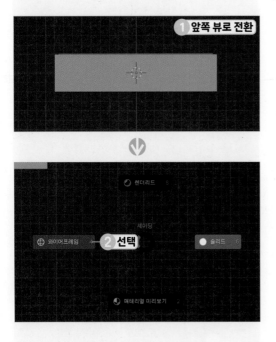

13 [Tab] 키 또는 [Ctrl] + [Tab] 키를 눌러 **오브젝
트 모드**로 전환한다.

11 ❶**지역 돌출** 툴을 사용하여 선택한 페이스를
오브젝트 ❷**안쪽**(−Z축)으로 **3칸**(−0.3m) 밀어 넣는
다.

14 아웃라이너에서 방금 모델링한 **큐브** 오브젝
트 이름을 [Middle Drawer]로 변경한다.

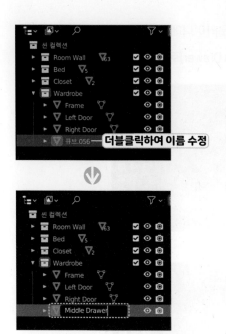

16 [우측 키패드 3] 키를 눌러 ❶**오른쪽(Right:**
X축) 뷰로 전환한 후 ❷**오브젝트 프로퍼티스**의 ❸
위치(Location)에서 Y축을 **−0.05m**로 설정한다.

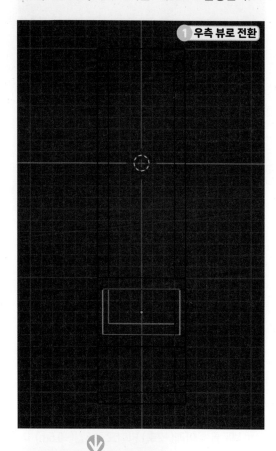

15 ❶**이동** 툴을 사용하여 **Middle Drawe** 오브젝
트를 ❷**아래(−Z축)** 방향으로 **13칸(−1.3m)** 이동하
여 **Frame** 오브젝트의 중앙 칸으로 위치시킨다.

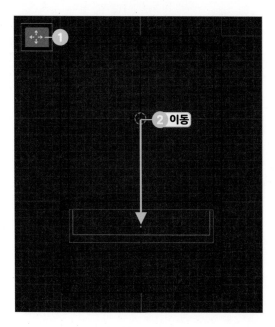

17 Middle Drawer 오브젝트를 선택한 후 하나 복사(Ctrl + C, Ctrl + V)해 준다.

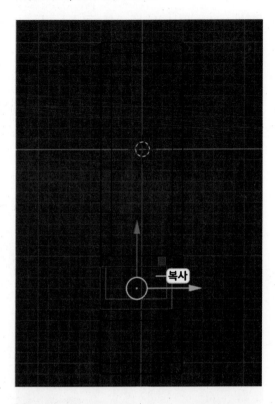

18 ①이동 툴을 사용하여 복사된 Middle Drawer 오브젝트를 ②아래(-Z축) 방향으로 5칸(-0.5m) 이동하여 Frame 오브젝트의 마지막 칸으로 위치시킨다.

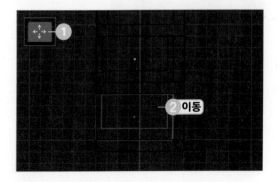

19 아웃라이너에서 복사된 오브젝트의 이름을 [Bottom Drawer]로 변경한다.

옷장 손잡이 만들기

01 뷰포트에서 ①[Shift] + [A] 키를 눌러 새로운 ②큐브를 생성한다.

02 ❶**오브젝트 프로퍼티스**의 축적에서 ❷**XYZ**를
0.03, 0.02, 0.15로 설정한다.

03 방금 생성한 오브젝트가 선택된 상태에서 **[/]**
키를 **두 번** 눌러 선택되지 않은 오브젝트를 모두
숨겨준다.

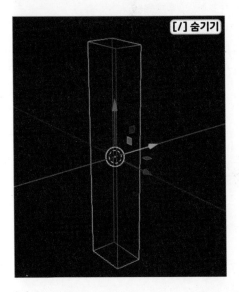

☑ 이전에 옷장 오브젝트만 볼 수 있도록 해놓은
상태였기 때문에 [/] 키를 눌러 숨겨놓은 오브
젝트를 모두 활성화 한 후 다시 [/] 키를 눌러
선택한 손잡이만 볼 수 있도록 한 것이다.

04 [Tab] 키 또는 [Ctrl] + [Tab] 키를 눌러 ❶에
디트 모드로 전환한 후 [우측 키패드 3] 키를 눌러
❷오른쪽(Right: X축) 뷰로 전환한다.

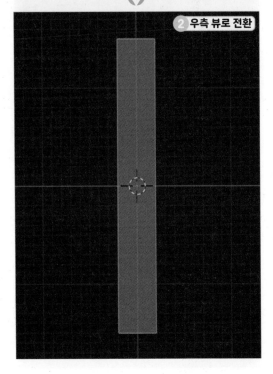

05 ❶**루프 잘라내기(Loop Cut)** 툴을 선택한 후
뷰포트 좌측 상단 ❷**잘라내기의 수(Number of
Cuts)**를 2로 설정한다. 그다음 오브젝트의 우측 또

는 좌측 세로 에지에 마우스 커서를 갖다 놓고 **노란색**의 가로 에지가 나타나면 클릭하여 ❸**두 개**의 라인으로 잘라준다.

사용하여 오브젝트 중앙의 **파란색(Z축)**을 **위(Z축)**로 드래그하여 세로 간격을 일정하게 넓혀준다.

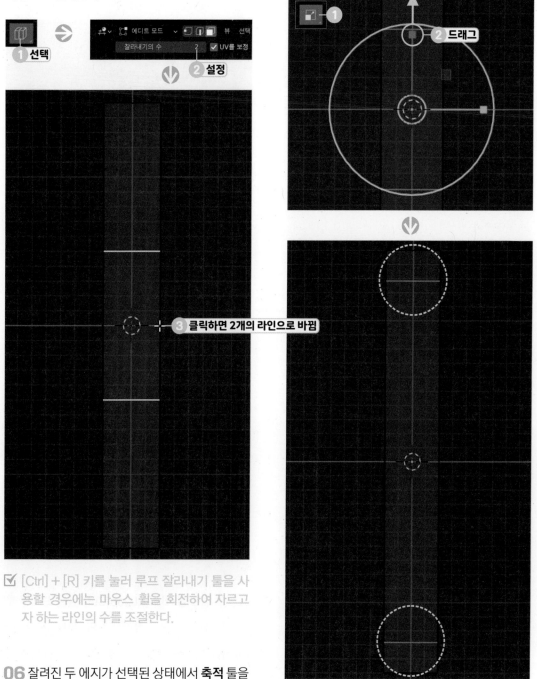

☑ [Ctrl] + [R] 키를 눌러 루프 잘라내기 툴을 사용할 경우에는 마우스 휠을 회전하여 자르고자 하는 라인의 수를 조절한다.

06 잘려진 두 에지가 선택된 상태에서 **축적** 툴을

07 한 번 더 ❶**루프 잘라내기** 툴을 사용하여 오브젝트의 상단 또는 하단 에지 중앙 부분을 ❸**세로**로 **잘라**준다. 이때 ❷**잘라내기의 수**가 초깃값인 1로 설정되어있어야 한다.

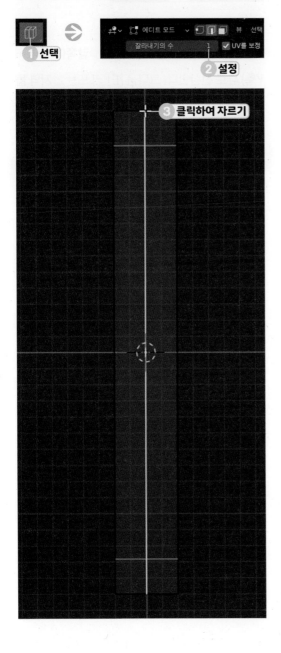

08 잘려진 에지가 선택된 상태에서 ❶**이동** 툴을 사용하여 ❷**좌측(-Y축)** 방향으로 **한 칸(-0.01m)** 이동한다.

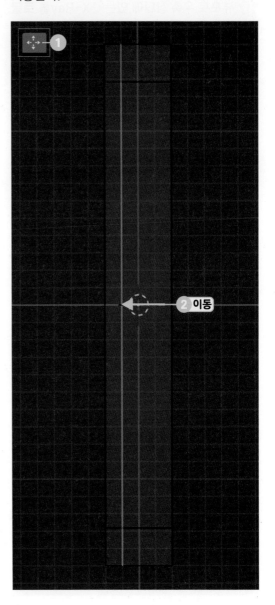

09 [3] 키 또는 직접 **페이스 선택** 모드로 전환한다.

 선택

10 뷰포트 우측 상단에 있는 **❶X-Ray를 토글 (Toggle X-Ray)을 꺼**준 후 잘라낸 우측 중앙 페이스를 **❷선택**한다.

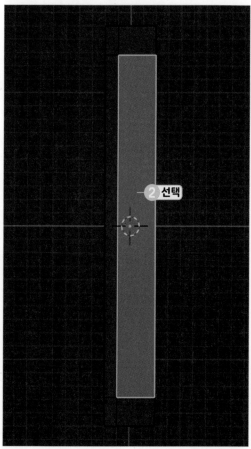

☑ **X-Ray를 토글이 켜져 있으면** 페이스를 선택할 때 선택하고자 하는 **반대편 페이스가** 선택될 수 있으므로 주의해야 한다.

11 작업이 끝나면 다시 **X-Ray를 토글(Toggle X-Ray)을 켜**준다.

12 **[우측 키패드 1]** 키를 눌러 **❶앞쪽(Front: -Y축)** 뷰로 전환한다. 그다음 [T] 키 또는 **❷지역 돌출** 툴을 사용하여 선택한 페이스를 오브젝트 **❸좌측(-X축)** 방향으로 **4칸(-0.04m)** 밀어 넣는다.

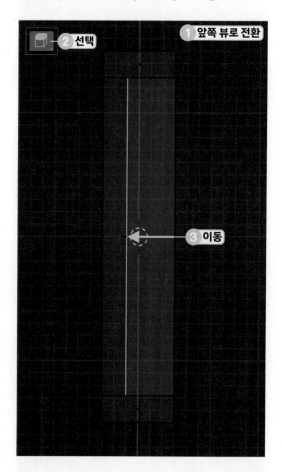

13 오브젝트의 이름을 **[Handle]**로 변경한다.

14 뷰포트에서 [Tab] 키 또는 **[Ctrl] + [Tab]** 키를 눌러 **오브젝트 모드**로 변경한다.

15 **[Shift] + [Z]** 키 또는 [Z] 키를 눌러 **솔리드** 모드로 전환한다.

16 **[/]** 키를 눌러 앞서 숨겨놓았던 오브젝트들을 활성화한다.

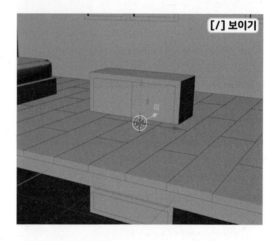

17 Wardrode 컬렉션에 있는 오브젝트를 **모두 선택**한다.

18 [/] 키를 눌러 선택한 오브젝트들 이외의 다른 오브젝트를 모두 숨겨준다.

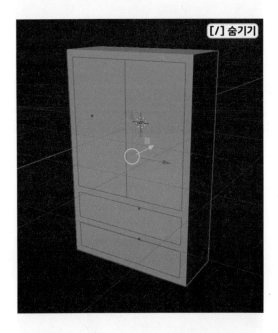

19 [Ctrl] + [Alt] + [Q] 키를 눌러 뷰포트를 4분할 한다.

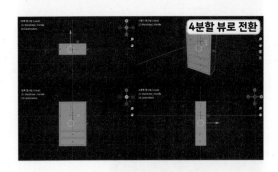

20 아웃라이너에서 Handle 오브젝트를 선택한 다.

21 ❶**이동** 툴을 사용하여 **위쪽(Top: Z축)** 뷰에서 선택된 오브젝트를 ❷**아래(–Y축)** 방향으로 **5칸(–0.5m)** 이동한 후 뷰포트를 ❸**확대**한다.

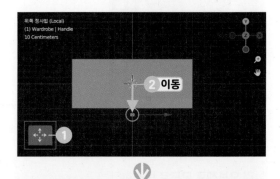

22 Handle 오브젝트를 **위쪽(Y축)** 방향으로 **8칸(0.08m)** 이동한다.

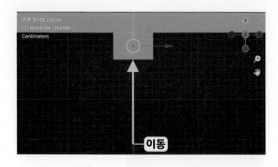

이동

23 [Shift] + [Z] 키를 눌러 ❶**와이어 프레임**으로 변경한 후 **앞쪽(Front: -Y축)** 뷰에서 ❷**오른쪽 (X축)** 방향으로 **한 칸(0.1m)** 이동하여 Right Door 오브젝트에 문고리를 생성한다.

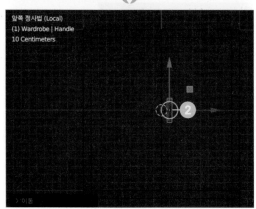

24 Handle 오브젝트를 하나 ❶**복사**한 후 아웃라 이너에서 이름을 ❷**[Bottom Handle]**로 수정한다.

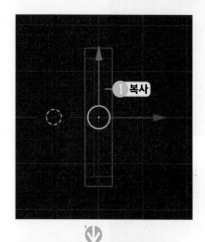

❶복사

❷ 더블클릭하여 이름 수정

25 아웃라이너에 있는 ❶Handle 오브젝트를 선 택한 상태에서 ❷**모디파이어 프로퍼티스**의 ❸❹ **[모디파이어를 추가(Add Modifier)] - [미러**

(Mirror)]를 생성한다.

26 생성된 모디파이어에서 **미러** 오브젝트의 **사각형** 아이콘을 클릭하여 Wardrobe 컬렉션의 Frame 오브젝트로 **적용**한다.

☑ 미러 오브젝트는 오브젝트(객체)를 선택하여 미러 중심을 지정하는 기능으로 해당 모디파이어의 오브젝트는 지정된 중심에서 축을 따라 미러링(반대쪽에 복사)된다.

27 아웃라이너에서 Bottom Handle 오브젝트를 선택한다.

28 ❶오브젝트 프로퍼티스의 회전(Rotation) ❷ Y축을 **−90도**로 설정한다.

29 ❶이동 툴을 사용하여 **앞쪽(Front: -Y축)** 뷰에서 ❷Bottom Handle 오브젝트를 **아래(-Z축)** 방향으로 **12칸(-1.2m)**, **왼쪽(-X축)** 방향으로 **한 칸(-0.1m)** 이동하여 Middle Drawer 오브젝트의 상단 중앙에 손잡이를 생성한다.

30 Bottom Handle 오브젝트를 ❶**복사(Ctrl + C, Ctrl + V)**한 후 **앞쪽(Front: -Y축)** 뷰에서 ❷**아래(-Z축)** 방향으로 **5칸(-0.5m)** 이동하여 Bottom

Drawer 오브젝트 상단 중앙에 손잡이를 생성한다.

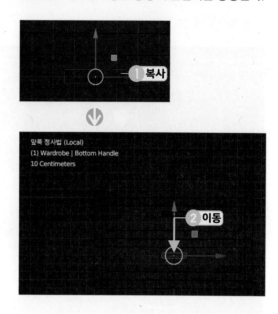

31 ❶**[/]** 키를 눌러 앞서 숨겨놓았던 오브젝트들을 모두 활성화한 후 아웃라이너에서 **Wardrobe** 컬렉션의 오브젝트들을 ❷**모두 선택**한다.

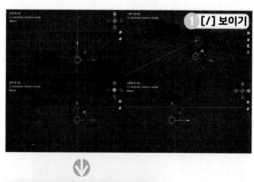

32 **이동** 툴을 사용하여 옷장 오브젝트의 위치를 **위쪽**(Top: **Z축**) 뷰 기준으로 **Wall** 오브젝트의 **우측 상단 끝**

으로 옮겨준다.

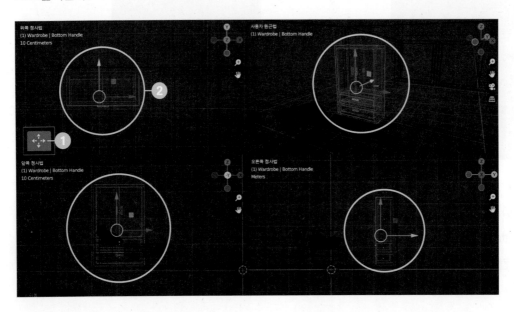

거울 수납장 만들기

01 뷰포트에서 ❶[Shift] + [A] 키를 눌러 새로운

❷**큐브**를 생성한다.

02 방금 생성한 큐브 오브젝트의 ❶**오브젝트 프**

로퍼티스에서 축적의 ❷**XYZ**를 0.3, 0.6, 1.5로 설

정한다.

03 ❶**이동** 툴을 사용하여 **위쪽**(Top: **Z축**) 뷰를 기

준으로 하여 **Wall** 오브젝트의 창문이 뚫려 있지 않

은 중앙 벽으로 ❷**이동**한다.

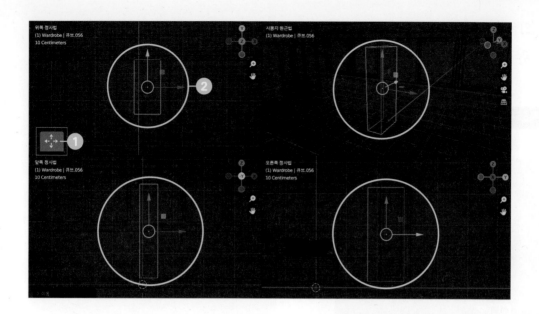

04 [Ctrl] + [Alt] + [Q] 키를 눌러 뷰포트를 기본 뷰(사용자 원근법)로 복귀한다.

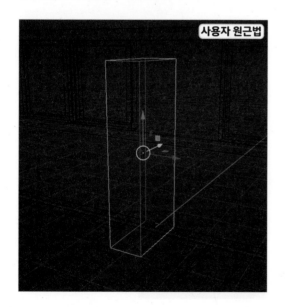

06 [Tab] 키 또는 [Ctrl] + [Tab] 키를 눌러 **에디트 모드**로 전환한다.

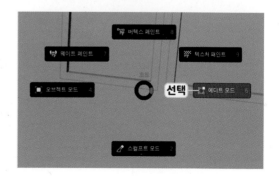

05 [Shift] + [Z] 키 또는 [Z] 키를 눌러 **솔리드** 모드로 변경한다.

07 [3] 키 또는 직접 ❶**페이스 선택** 모드로 전환한 후 오브젝트의 ❷**-X축**과 ❸**X축** 페이스를 선택한다.

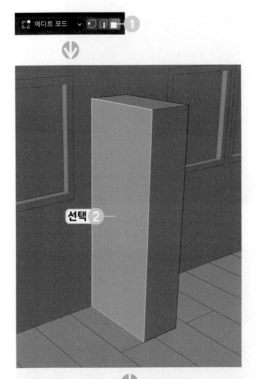

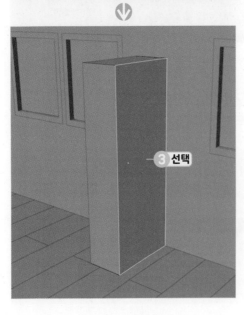

08 뷰포트를 앞쪽(Front: -Y축) 뷰로 전환한다.

☑ 앞쪽 뷰는 지금까지 사용했던 것처럼 [우측 키패드 1] 키로 가능하다.

09 툴바에서 ❶**지역 돌출** 툴을 누르면 나타나는 ❷**노멀을 따라 돌출**(Extrude Along Normals) 툴을 선택한다.

10 오브젝트 중앙의 **노란색 포인트**를 드래그하여 선택한 페이스를 양 옆으로 늘려준다.

드래그

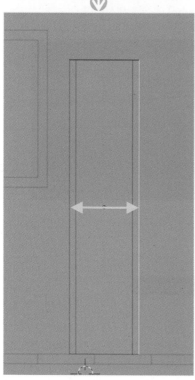

11 아웃라이너에서 작업 중인 오브젝트의 이름을 [Mirror]로 변경한다.

12 오브젝트 모드(Object Mode)로 전환한다.

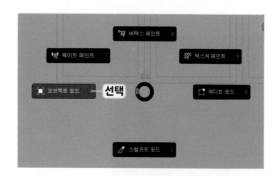

선택

☑ 오브젝트 모드 전환은 [Tab] 키 또는 [Ctrl] + [Tab] 키를 누르거나 뷰포트 좌측 상단의 모드 메뉴에서 가능하다.

✏️ 책장과 책 만들기

기본 메쉬와 에디터 모드(Edit Mode)를 이용하여 책장을 모델링한 후 여러 가지의 책도 함께 제작하여 책장을 채워본다.

책장 만들기

01 아웃라이너에서 앞서 작업한 **Wardrobe** 컬렉션을 닫아준다.

02 아웃라이너의 빈 곳에서 ❶❷[**우측 마우스 버튼**] - [**새로운 컬렉션**]을 생성한다.

03 생성된 컬렉션 이름을 [Bookcase]로 변경한다.

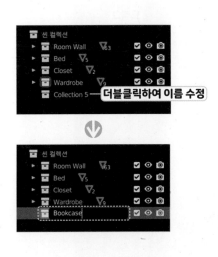

04 **큐브(Cube)** 메쉬를 생성한다.

☑️ 큐브와 같은 메쉬 생성은 학습에서 자주 사용했던 것처럼 뷰포트에서 [Shift] + [A] 키 또는 뷰포트 상단의 추가 메뉴에서 가능하다.

05 생성한 큐브를 ❶**오브젝트 프로퍼티스**의 축

적에서 ❷**XYZ**를 **0.3, 1.3, 0.05**로 설정한다.

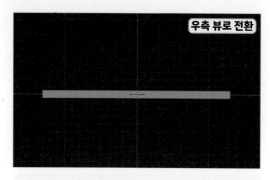

☑ 우측 뷰는 지금까지 사용했던 것처럼 [우측 키패드 3] 키로 가능하다.

06 뷰포트에서 [/] 키를 눌러 선택한 오브젝트 이외의 오브젝트는 모두 숨겨준 후 **에디트 모드**로 변경한다.

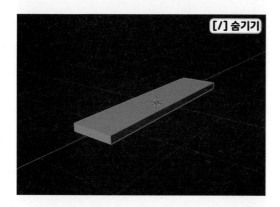

☑ 에디트 모드 전환은 [Tab] 키 또는 [Ctrl] + [Tab] 키를 누르거나 뷰포트 좌측 상단의 모드 메뉴에서 가능하다.

07 뷰포트를 **오른쪽(Right: −X축)** 뷰로 전환한다.

08 ❶**루프 잘라내기** 툴을 선택한 후 ❷**잘라내기 수(Number of Cuts)**를 **2**로 설정한다. 그다음 오브젝트의 ❸**상단(Z축)** 또는 **하단(−Z축)** 에지 부분을 **클릭**하여 오브젝트 중앙을 세로로 **두 줄** 잘라준다.

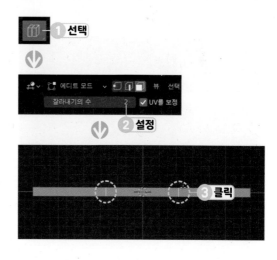

09 ❶**축적(Scale)** 툴을 사용하여 오브젝트 중앙의 ❷**초록색(Y축) 포인트**를 드래그하여 잘려진 에지의 간격을 좌우로 넓혀준다.

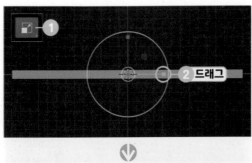

10 **오브젝트 모드**로 변경한 후 사용 중인 오브젝트를 하나 **복사**(Ctrl + C, Ctrl + V)한다.

11 복사된 오브젝트를 **이동** 툴을 사용하여 **위쪽(Z축)**으로 **7칸(0.7m)**을 이동한다.

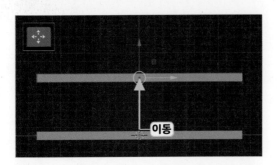

12 복사된 오브젝트를 다시 한번 ❶**복사**(Ctrl + C, Ctrl + V)한후 ❷**위쪽(Z축)**으로 **7칸(0.7m)** 이동한다.

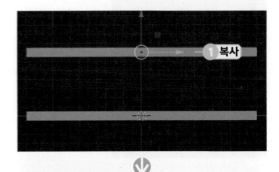

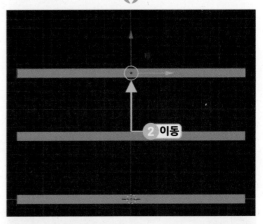

13 같은 방법으로 총 5개가 되도록 해준다.

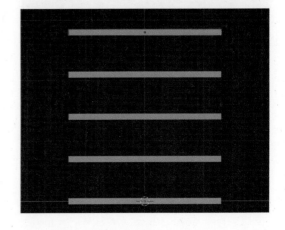

14 방금 생성한 5개의 오브젝트를 **모두 선택**해 놓는다.

15 뷰포트에서 [Ctrl] + [J] 키 또는 ❶❷[우측 마우스 버튼] - [합치기(Join)]를 적용한다.

16 ❶에디트 모드로 변경한 후 이어서 ❷에지 선택 모드로 변경한다.

17 하단 오브젝트의 우측 방향을 ❶확대한 후 작업하기 좋게 ❷회전한다.

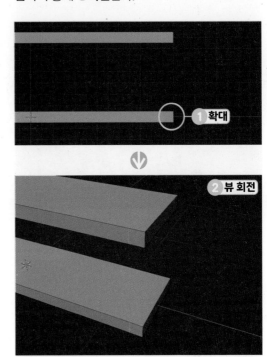

🔖 팁 & 노트

뷰포트의 회전과 확대/축소 그리고 위치 설정

작업을 하다 보면 뷰포트를 수시로 회전하고 확대/축소 그리고 위치를 설정해야 한다. 만약 단축키가 익숙하지 않다면 뷰포트 우측 상당에 있는 기능들을 통해 쉽게 설정할 수 있다.

18 하단 오브젝트의 상단 ❶에지를 **선택**한 후 오

브젝트의 **하단(-Z축)** 페이스가 보이도록 ❷**회전**한
다.

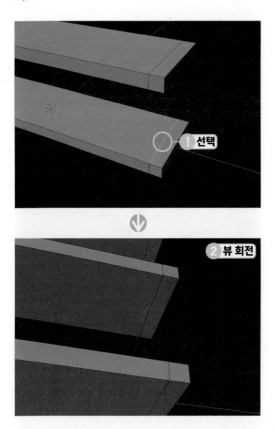

19 [Shift] 키를 사용(누른 상태)하여 하단 바로 위
쪽 오브젝트의 **안쪽 에지**를 선택한다.

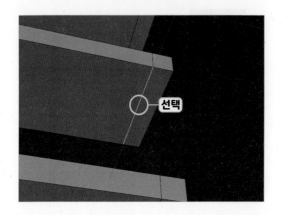

20 위아래 두 에지가 선택된 상태에서 [F] 키를
눌러 연결된 **페이스**를 생성한다.

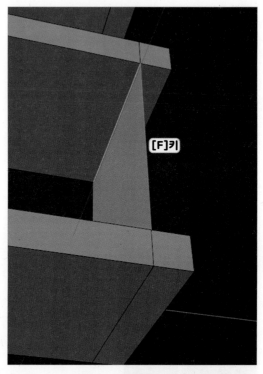

☑ [F] 키는 선택된 두 에지를 연결할 때 사용되
는 에지/페이스 만들기의 단축키이다. [F] 키
는 2개 이상의 에지 또는 버텍스를 선택한 상
황에서 사용할 수 있다.

에지 선택 시 페이스 생성 가능
버텍스 선택 시 에지 또는 페이스 생성 가능

에지를 이용하면 버텍스보다 효율적으로 페
이스 생성이 가능하다.

21 같은 방법으로 그림처럼 가장 하단에 있는 오
브젝트 좌측의 Z축 에지와 대칭되는 하단에서 두
번째 오브젝트 좌측의 -Z축 에지를 하나씩 선택한
후 [F] 키를 눌러 **4개의 페이스**를 생성하여 두 개의
오브젝트를 연결한다.

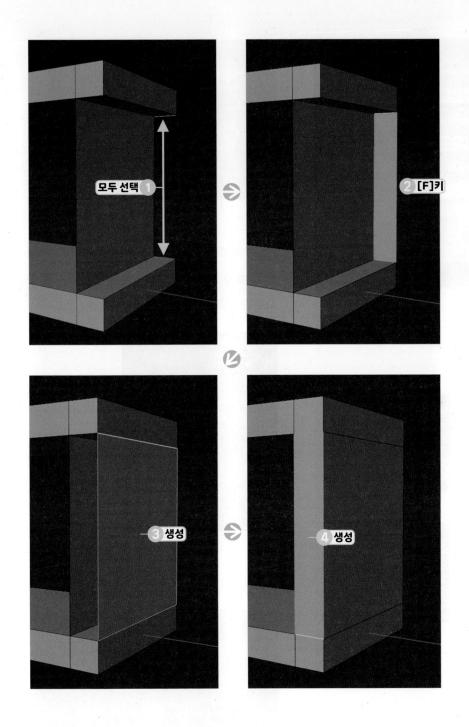

22 같은 방법으로 나머지 **3개**의 오브젝트를 우측

(−Y축), 좌측(Y축) 번갈아 가며 **연결**한다.

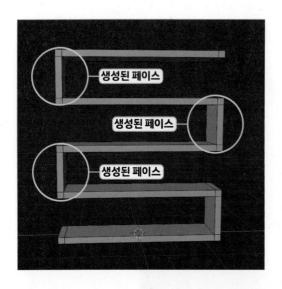

25 ①**오브젝트 프로퍼티스**의 위치에서 ②YZ축을 −1.15m, 0.35m로 설정하여 이동하고, 축적의 ③ XYZ축을 0.05, 0.05, 0.3으로 설정한다.

23 아웃라이너에서 작업한 오브젝트의 이름을 [Bookcase]로 변경한다.

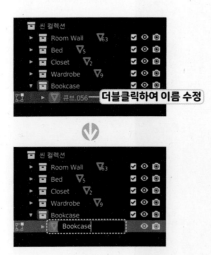

26 **실린더** 오브젝트를 하나 **복사**한다.

24 ①**오브젝트 모드**로 전환한 후 ②[Shift] + [A] 키를 눌러 ③**실린더(Cylinder)**를 생성한다.

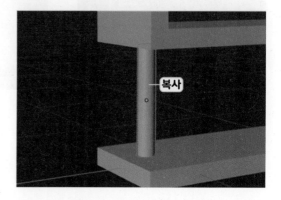

27 복사한 오브젝트를 뷰포트 또는 아웃라이너에서 **한 번 더 클릭**(선택)하여 **기준이** 되는 **오브젝트**로 지정한다.

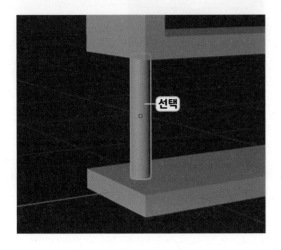

28 ❶**오브젝트 프로퍼티스**의 위치(Location)에서 ❷**YZ**를 **1.15m, 1.05m**로 설정한다.

29 **[우측 키패드 3]** 키를 눌러 뷰포트를 **오른쪽**(Right: X축) 뷰로 전환(회전)한다.

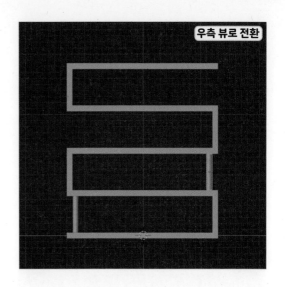

30 뷰포트 또는 아웃라이너에서 **[Shift]** 키를 사용하여 **이전에 만든 실린더** 오브젝트까지 선택한 후 **복사**(Ctrl + C, Ctrl + V)한다.

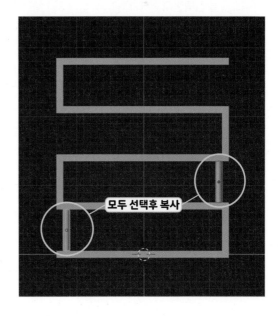

31 방금 복사된 두 오브젝트를 ❶**이동** 툴을 사용하여 ❷**위쪽(Z축)**으로 **14칸(1.4m)** 이동한다.

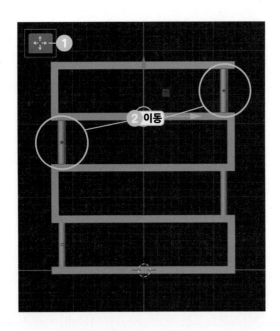

32 아웃라이너에서 Bookcase 컬렉션의 **모든** 오브젝트들을 **선택**한다.

33 뷰포트에서 [Ctrl] + [J] 키 또는 ❶❷[**우측 마우스 버튼**] – [**합치기(Join)**]를 선택하여 선택된 오브젝트를 하나로 합쳐준다..

☑ 합치기 기능은 같은 오브젝트 유형(메쉬, 커브, 표면, 아마튜어 등)끼리만 적용된다.

34 뷰포트에서 ❶[Shift] + [A] 키를 눌러 ❷**실린더**를 생성한다.

35 ❶**오브젝트 프로퍼티스**의 축적에서 ❷**XYZ**를 모두 **0.05**로 설정한다.

36 ❶이동 툴을 사용하여 오브젝트를 Bookcase 오브젝트의 ❷우측(Y축)으로 11칸(1.1m), 하단(-Z축)으로 **한 칸(-0.1m)** 이동한다.

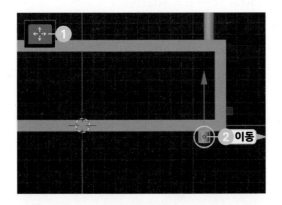

37 오브젝트의 모습이 크게 보이도록 ❶확대한 후 ❷에디트 모드로 변환한다.

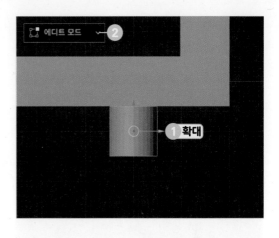

38 ❶루프 잘라내기 툴을 선택한 후 ❷잘라내기의 수를 1로 설정한 다음 그림과 같은 지점을 클릭하여 ❸잘라준다.

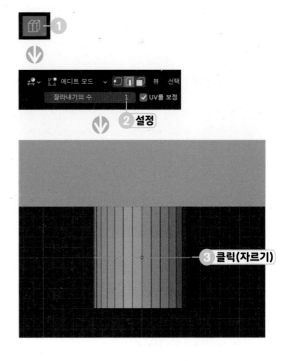

39 ❶이동 툴을 사용하여 잘라준 에지를 ❷위쪽(Z축)으로 **두 칸(0.02m)** 이동한다.

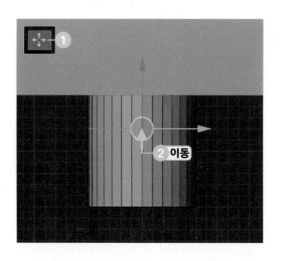

40 오브젝트의 하단 에지를 [Alt] 키를 누른 상태로 **클릭**하여 해당 라인을 전체를 선택한다.

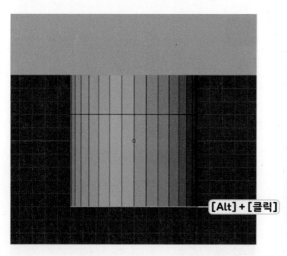

41 ❶**축적(Scale)** 툴을 사용하여 오브젝트 중앙의 ❷**흰색 원형 라인**을 드래그하여 선택한 에지의 비율을 일정하게 늘려준다.

42 **오브젝트 모드**로 전환한 후 뷰포트를 **앞쪽 (Front: −Y축)** 뷰로 회전한다.

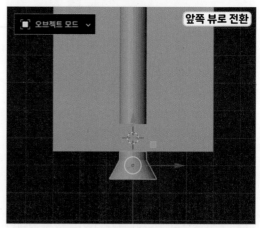

43 뷰포트를 **축소**한 상태에서 ❶**이동** 툴을 사용하여 오브젝트를 Bookcase 오브젝트의 ❷**좌측(−X축)**으로 **두 칸(−0.2m)** 이동한다.

44 아웃라이너에서 오브젝트의 이름을 [Prop]으로 변경한다.

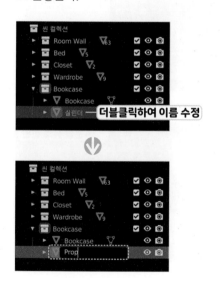

45 Prop 오브젝트가 선택된 상태에서 ❶모디파이어 프로퍼티스의 ❷❸[모디파이어를 추가] – [미러]를 적용한다.

46 방금 생성한 모디파이어의 **축(Axis)**에서 Y를 클릭하여 활성화한다.

47 미러 오브젝트 옆에 있는 ❶**사각형** 모양의 메뉴에서 ❷**Bookcase** 오브젝트로 지정한다.

48 모디파이어 상단에 있는 ❶**화살표** 메뉴에서 ❷**적용(Apply)**를 선택하여 생성한 모디파이어를 오브젝트와 병합한다.

49 뷰포트에서 [/] 키를 눌러 앞서 숨겨놓았던 오브젝트들을 모두 활성화한다.

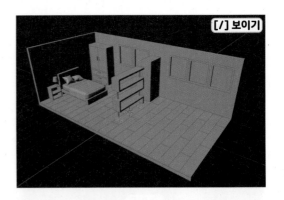

50 Bookcase 컬렉션에 있는 오브젝트를 ❶**모두 선택**한 후 ❷[Ctrl] + [Alt] + [Q] 키를 눌러 뷰포트를 4분할한다.

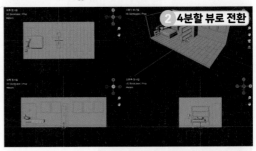

51 [Shift] + [Z] 키 또는 [Z] 키를 눌러 ❶**와이어 프레임**으로 변경한 후 뷰포트 상단 스냅 옆 ❷**화살표** 메뉴에서 스냅의 형태를 ❸**에지**로 변경한다.

52 뷰포트를 확인해 가며 선택한 **Bookcase** 오브젝트를 **Mirror** 오브젝트의 옆으로 **이동**한다.

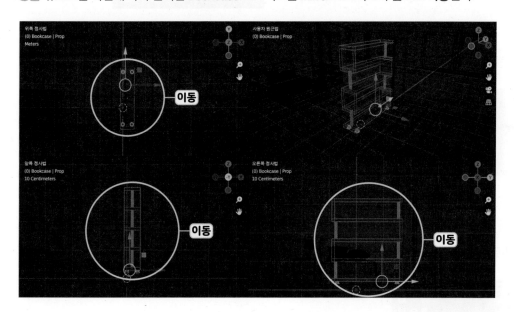

53 [Shift] + [Z] 키 또는 [Z] 키를 눌러 ❶**솔리드**
모드로 변경하고 ❷[Ctrl] + [Alt] + [Q] 키를 눌러
뷰포트 **기본 뷰**(사용자 원근법)로 전환한다.

② 사용자 원근법

03 새로 생성한 컬렉션의 이름을 [Book]으로 변경한다.

더블클릭하여 이름 수정

책 만들기

01 아웃라이너에서 **Bookcase** 컬렉션을 닫는다.

닫기

02 아웃라이너 빈 곳에서 ❶❷[**우측 마우스 버튼**] – [**새로운 컬렉션**]을 생성한다.

❶ 우측 마우스 버튼
Outliner Context Menu

새로운 컬렉션 ❷
Paste Data-Blocks   Ctrl V
Mark as Asset
Clear Asset
Clear Asset (Set Fake User)
뷰

04 뷰포트에서 ❶[Shift] + [A] 키를 눌러 ❷큐브를 생성한다.

추가
▽ 메쉬 ── ❶   □ 평면
⤵ 커브   □ 큐브 ── ❷
🖊 표면   ○ 원형
⬤ 메타볼   ⊕ UV 구체
a 텍스트   ◇ 아이코 구체
📦 볼륨   □ 실린더
♍ 그리스 펜슬   △ 원뿔
🕺 아마튜어   ▽ 토러스
래티스   ⊞ 격자
⏚ 엠프티   🐵 원숭이

05 ❶**오브젝트 프로퍼티스**의 축적에서 ❷**XYZ**를 0.15, 0.05, 0.25로 설정한다.

우측 뷰로 전환

06 뷰포트에서 방금 생성한 오브젝트가 선택한 상태로 [/] 키를 눌러 선택하지 않은 오브젝트들은 모두 숨겨준다.

08 뷰포트 상단 스냅 옆 ❶화살표 메뉴에서 스냅의 형태를 ❷증가(Increment)로 변경한다.

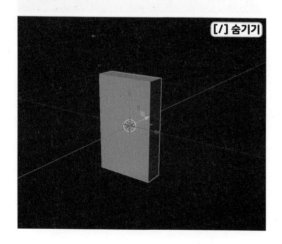

[/] 숨기기

09 ❶루프 잘라내기 툴을 선택한 후 ❷잘라내기의 수를 2로 설정한다.

07 에디트 모드로 전환한 뒤 [우측 키패드 3] 키를 눌러 오른쪽(Right: Z축) 뷰로 회전한다.

설정

10 **상단(Z축)** 또는 **하단(-Z축)** 에지에 마우스 커서를 갖다 놓고 노란색 라인이 생길 때 클릭하여 **세로로 두 줄** 자른다.

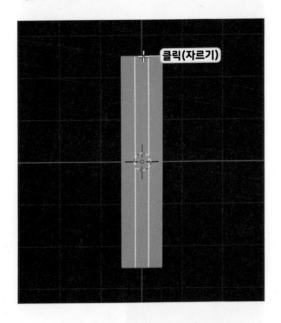

11 잘려진 에지가 선택된 상태에서 **축적 툴**의 **초록색(Y축) 포인트**를 드래그하여 라인(에지)의 간격을 넓혀준다.

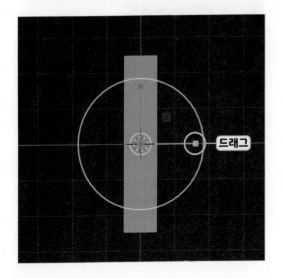

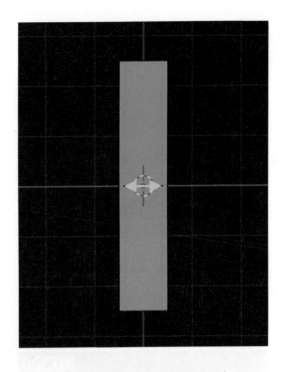

12 다시 ❶**루프 잘라내기 툴**을 선택한 후 ❷**잘라내기의 수**를 1로 설정한다.

13 뷰포트를 **앞쪽(Front: -Y축)** 뷰로 전환한 후 오브젝트 중앙을 **세로로 자른다.**

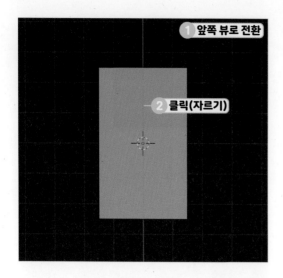

① 앞쪽 뷰로 전환

② 클릭(자르기)

14 잘려진 에지가 선택된 상태에서 뷰포트를 확
대한 후 **①이동** 툴을 사용하여 에지를 **②오른쪽**
(X축) 방향으로 **13칸(0.13m)** 이동한다.

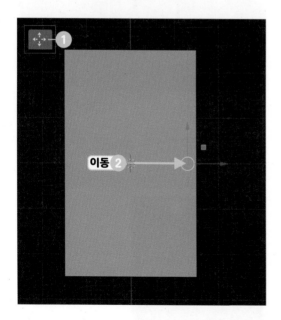

①

이동 **2**

15 **페이스 선택** 모드로 변경한 후 뷰포트를 회전
하여 앞서 잘라놓은 **Z, −Z, −X축** 중앙 페이스를 **모**

두 선택(Shift 키 활용)한다.

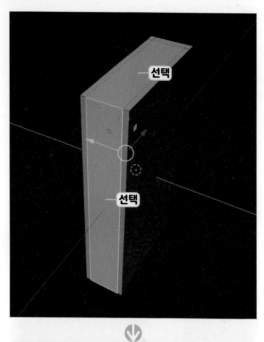

선택

선택

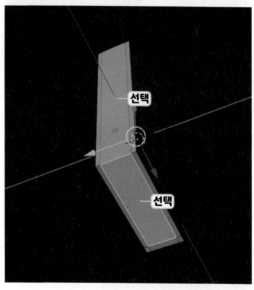

선택

선택

16 **①②**툴바에서 **노멀을 따라 돌출(Extrude**
Along Normals) 툴을 선택한 후 오브젝트 중앙의

❸**노란색 구**를 드래그하여 선택한 페이스를 오브
젝트 안쪽으로 밀어 넣는다.

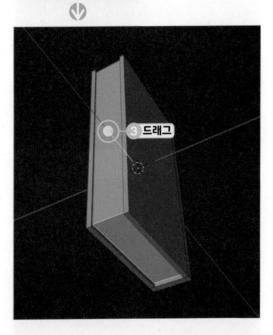

17 아웃라이너에서 오브젝트의 이름을 [Book]으
로 변경한다.

18 **오브젝트 모드**로 변환한 후 [/] 키를 눌러 앞서
숨겨놓았던 오브젝트들을 모두 활성화한다.

19 뷰포트 상단 스냅 옆 ❶**화살표** 메뉴에서 스냅
의 형태를 ❷**에지**로 변경한다.

20 ❶**이동** 툴을 사용하여 **Book** 오브젝트를
Bookcase 오브젝트의 ❷**우측(Y축)** 하단으로 이동
한다.

다르게 설정한다.

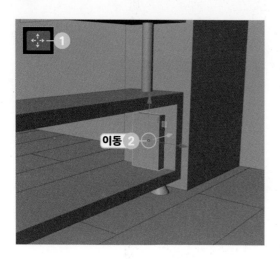

21 **Book** 오브젝트를 하나 **복사**(Ctrl + C, Ctrl +
V)한다.

23 같은 방법으로 **Book** 오브젝트를 여러 개 **복사**
한 후 축적, 이동, 회전 툴을 사용하여 그림처럼 책
장에 다양한 형태로 꽂혀있는 모습을 표현한다.

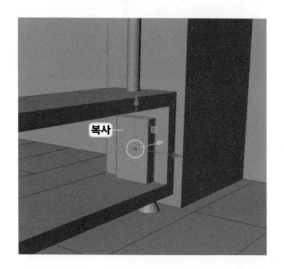

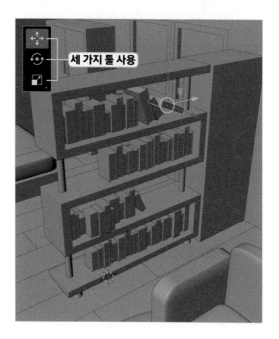

22 복사한 오브젝트를 **축적**과 **이동** 툴을 사용하
여 이전에 생성한 **Book** 오브젝트의 크기와 위치를

바닥 러그와 소파 만들기

여러 개의 메쉬를 겹쳐 소파를 모델링하고, 파티클 시스템(Particle System)을 이용하여 모직 질감의 러그를 제작해 본다.

바닥 러그 만들기

01 아웃라이너에서 앞서 작업한 **Book** 컬렉션을 닫아준다.

02 아웃라이너의 빈 곳에서 ①②[**우측 마우스 버튼**] – [**새로운 컬렉션**]을 생성한다.

03 방금 생성한 컬렉션의 이름을 [**Rug**]로 변경한다.

04 뷰포트에서 ①[**Shift**] + [**A**] 키를 눌러 ②**원형**(**Circle**) 메쉬를 생성한다.

05 [**/**] 키를 눌러 생성한 메쉬 이외의 다른 오브젝트들은 모두 숨겨준다.

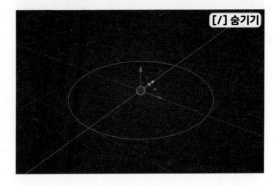

06 오브젝트 프로퍼티스의 축적에서 **XY축**을
1.5로 설정한다.

07 ❶**에디트 모드**로 변환한 후 원형 메쉬가 선택
된 상태에서 ❷**[F]** 키를 눌러 선 안쪽에 페이스를
생성한다.

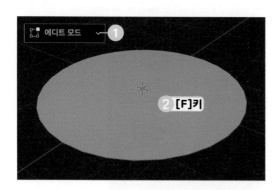

08 ❶**페이스를 인셋(Inset Faces)** 툴을 사용하여
방금 생성한 페이스 ❷**안쪽으로 드래그**하여 에지
를 생성한 후 ❸**[Shift] + [R]** 키를 ❹**5번** 반복하여
총 **5개**의 원형 에지를 생성한다.

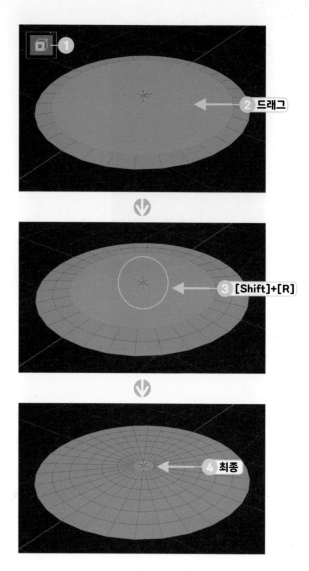

09 오브젝트 모드로 변환한 후 ❶**파티클 프로퍼
티스(Particle Properties)**에서 우측 상단에 있는
❷**[+]** 추가 버튼을 클릭(선택)하여 ❸**파티클 시스
템(Particle System)**을 생성한다.

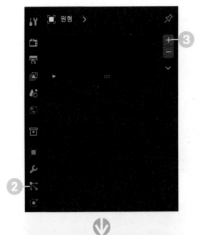

☑ 파티클 시스템을 통해 불, 연기, 안개, 먼지 등
의 동적 입자와 헤어, 모피, 잔디 등의 모발 유
형 입자인 파티클을 생성할 수 있다.

10 생성된 파티클 시스템에서 ❶**헤어(Hair)**를 선
택한 후 **방출(Emission)**에서 ❷**번호(Number)**를
10000, ❸**헤어 길이(Hair Length)**를 **0.04m**로 설정
한다.

11 계속해서 **헤어 셰이프(Hair Shape)**에서 **팁
(Tip)**을 **0.3m**로 변경한다.

☑ 헤어 셰이프는 헤어 곡선의 모양을 제어하는
기능으로 팁(Tip)을 통해 헤어 너비의 승수를
설정할 수 있다.

12 **자식(Children)**에서 ❶**보간(Interpolated)**을
선택한 후 ❷**표시 양(Display Amount)**과 **렌더 양
(Render Amount)**을 **50**으로 설정한다.

☑ 자식(Children)은 개별 입자에서 발생하는 헤
어 또는 이미터 입자로 부모 입자 사이에서 방
출된다. 보간(Interpolated)을 통해 인접한 부
모 사이를 임의로 추정할 수 있기 때문에 균일
한 분포를 얻을 수 있어 모피 표현에 유용하
다. 그리고 표시 양(Display Amount)과 렌더
양(Render Amount)은 각각 3D 뷰포트의 자
식 수와 렌더링 할 자식 수를 설정할 수 있다.

13 응집(Clumping)에서 **덩어리(Clump)**와 **셰이프(Shape)**를 0.2로 설정한다.

☑ 응집(Clumping)은 생성한 헤어 가닥을 뭉쳐 주는 기능이다. 덩어리(Clump)을 통해 뭉쳐 지는 양을 조절하며, 셰이프(Shape)를 통해 뭉쳐지는 덩어리의 형태를 설정할 수 있다.

14 상단에서 ①**고급(Advanced)**을 체크하여 활성화한 후 **피직스(Physics)**의 **포스(Forces)**에서 ②**브라운(Brownian)**을 0.007, ③**감쇠(Damp)**를 0.010로 변경한다.

☑ 포스(Forces)는 입자의 운동, 방향 또는 구조를 변화시키는 옵션으로 브라운(Brownian)은 브라운 운동의 양을 설정하여 바람의 힘에 대한 렌덤한 시뮬레이션해 주며, 감쇠(Damp)는 해당 입자의 속도를 감속해 준다.

15 ①**모디파이어 프로퍼티스**에서 ②③**[모디파이어를 추가]**–**[섭디비전 표면]**을 생성한다.

적용된 모습

16 아웃라이너에서 방금 생성한 오브젝트의 이름을 [Rug]로 변경한다.

더블클릭하여 이름 수정

17 [/] 키를 눌러 앞서 숨겨놓았던 오브젝트들을 모두 활성화한다.

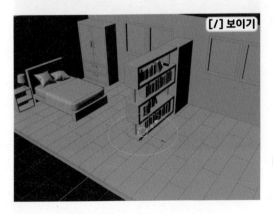

[/] 보이기

18 **이동** 툴과 **축적** 툴을 사용하여 Rug 오브젝트의 위치와 크기를 그림처럼 설정한다.

두 가지 툴 사용

☑ 스냅(Snap)을 켜놓은 상태로 오브젝트를 이동하면 더 쉽고 정확하게 위치를 조정할 수 있다.

소파 만들기

01 아웃라이너에서 앞서 작업한 Rug 컬렉션을 닫아준다.

닫기

02 아웃라이너의 빈 곳에서 ❶❷[우측 마우스 버튼] – [새로운 컬렉션]을 생성한다.

03 방금 생성한 후 컬렉션의 이름을 ❸[Sofa]로 변경한다.

04 뷰포트에서 ❶[Shift] + [A] 키를 눌러 ❷큐브를 생성한다.

05 오브젝트 프로퍼티스의 축적에서 XYZ를 0.9, 0.4, 0.08로 설정한다.

06 방금 생성한 오브젝트가 선택된 상태에서 [/] 키를 눌러 다른 오브젝트들은 모두 숨겨준다.

07 오브젝트의 이름을 [Bottom]으로 변경한다.

08 뷰포트에서 **Bottom** 오브젝트를 하나 **복사**
(Ctrl + C, Ctrl + V)한다.

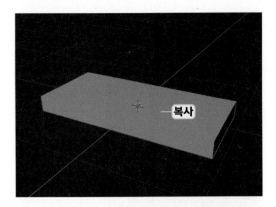

☑ 오브젝트의 복사(Ctrl + C, Ctrl + V)는 아웃라
이너에 있는 오브젝트를 통해서도 가능하다.

09 아웃라이너에서 복사한 오브젝트의 이름을
[Top]으로 변경한다.

10 오브젝트 프로퍼티스의 축적에서 **YZ**를 **0.45**,
0.13으로 변경한다.

11 ①**에디트 모드**로 변경한 후 뷰포트에서 ②③
[우측 마우스 버튼] – [섭디비젼(Subdivision)]을
적용한다.

12 뷰포트 좌측 하단에 생성된 ①**섭디비젼** 설정
창을 **클릭**하여 열어준 후 ②**잘라내기 수(Number
of Cuts)**를 4로 설정한다.

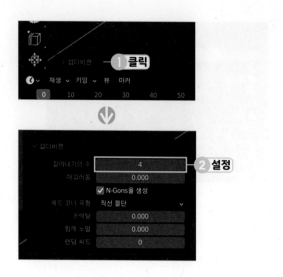

13 ❶**오브젝트 모드**로 전환한 후 ❷**모디파이어
프로퍼티스**의 ❸❹**[모디파이어를 추가] – [섭디비
전 표면]**을 생성한다.

14 생성한 섭디비젼 표면 모디파이어에서 ❶**캣
멀-클락(Catmull-Clack)**의 ❷**Levels Viewport**를
4로 설정한다.

15 ❶**이동** 툴로 ❷**Top** 오브젝트를 **Bottom** 오브
젝트 **위**로 이동한 후 **[우측 키패드 3]**키를 눌러 뷰
포트를 ❸**오른쪽(Right: X축)** 뷰로 전환한 다음
Bottom 오브젝트의 ❹**우측 라인**에 맞춰 위치를 이
동한다.

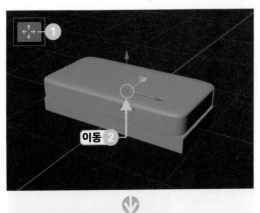

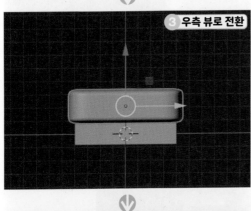

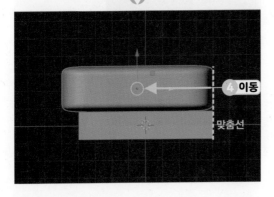

16 뷰포트에서 ❶[Shift] + [A] 키를 눌러 ❷**큐브**를 생성한다.

17 오브젝트 프로퍼티스의 축적에서 **XYZ축**을 **0.13, 0.6, 0.5**로 설정한다.

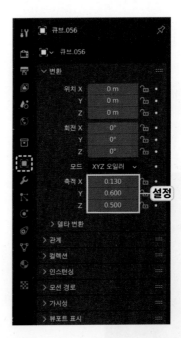

18 뷰포트를 **앞쪽(Front: −Y축)** 뷰로 전환한 뒤 방금 생성한 **큐브**를 이동하여 Bottom 오브젝트의 우측 하단 모서리에 맞춰준다.

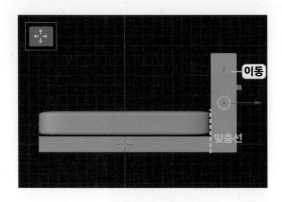

19 ❶**에디트 모드**로 변경한 후 뷰포트에서 ❷❸ **[우측 마우스 버튼] – [섭디비젼]**을 적용한다.

20 뷰포트 좌측 하단에 생성된 **섭디비젼** 설정 창 에서 **잘라내기 수(Number of Cuts)**를 **4**로 지정한 다.

21 ❶**에지 선택** 모드로 전환한 후 오브젝트 상단 (Z축) 페이스의 가장자리 에지를 ❷**[Shift] + [Alt]** 키를 누른 상태로 **클릭**하여 **모두 선택**한다.

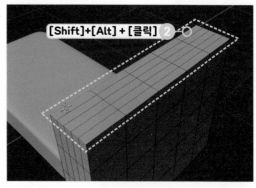

22 ❶**베벨(Bevel)** 툴을 선택한 후 ❷**노란색 원**을 **드래그**하여 경사면을 생성한다.

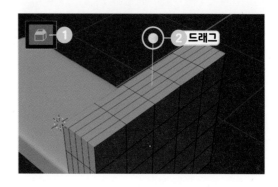

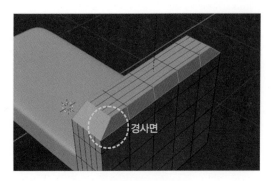
경사면

23 ❶**오브젝트 모드**로 변환한 후 ❷모디파이어 프로퍼티스에서 ❸❹**[모디파이어를 추가] - [섭디 비젼 표면]**을 적용한다.

24 섭디비젼 표면 모디파이어에서 ❶**캣멀-클락** 의 ❷**Levels Viewport**를 4로 설정한다.

25 방금 생성한 모디파이어 오브젝트의 이름을 ❶**[Right]**로 변경한 후 뷰포트를 ❷**앞쪽(Front: -Y축)** 뷰로 회전(전환)한다.

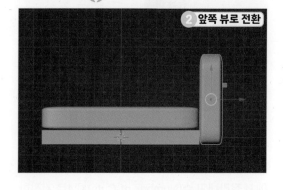

26 Right 오브젝트를 하나 ❶**복사**(Ctrl + C, Ctrl +

V)한 후 ❷**이동** 툴을 사용하여 **Bottom** 오브젝트 **좌측(–X)**으로 옮겨준다.

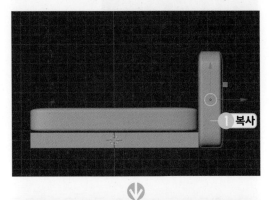

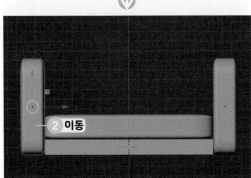

27 아웃라이너에서 방금 생성한 오브젝트의 이름을 ❶**[Left]**로 변경한 후 ❷**Right**와 **Left** 오브젝트를 **모두 선택**한다.

28 뷰포트를 **오른쪽(Right: X축)** 뷰로 회전한다.

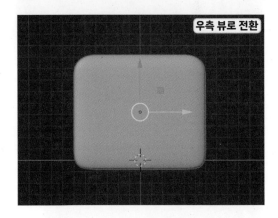

29 **[Shift] + [Z]** 키 또는 **[Z]** 키를 눌러 ❶**와이어프레임** 모드로 변경한 후 ❷**이동** 툴을 사용하여 오브젝트를 ❸**우측(Y축)** 방향으로 이동한다.

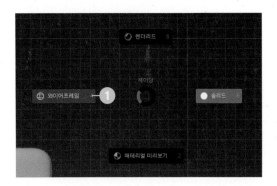

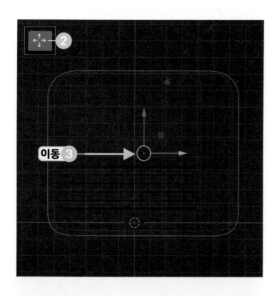

30 뷰포트에서 ❶[Shift] + [A] 키를 눌러 ❷**큐브**를 생성한다.

31 오브젝트 프로퍼티스의 축적에서 **XYZ축**을 **0.9, 0.1, 0.6**으로 설정한다.

32 ❶**이동** 툴을 사용하여 큐브 오브젝트를 Bottom 오브젝트 ❷**우측(Y축)**으로 이동한다.

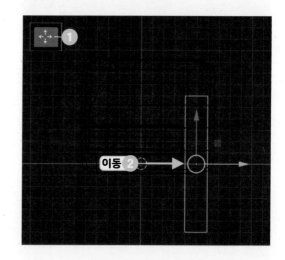

33 뷰포트를 ❶**앞쪽(Front: −Y축)** 뷰로 회전한 후 ❷**이동** 툴을 사용하여 오브젝트의 하단을 Bottom 오브젝트의 **하단**에 맞춰준다.

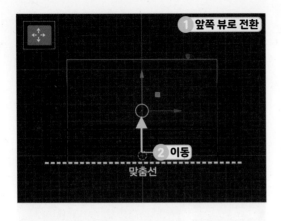

① 앞쪽 뷰로 전환

② 이동

맞춤선

34 [Shift] + [Z] 키를 눌러 **①솔리드** 모드로 변경한 후 **②에디트 모드**로 전환한다.

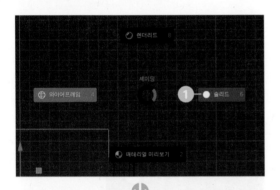

☑️ 에디트 모드 전환은 [Tab] 키 또는 [Ctrl] + [Tab] 키를 누르거나 뷰포트 좌측 상단의 모드 메뉴에서 가능하다.

35 뷰포트에서 **①②[우측 마우스 버튼]** – **[섭디비젼]**을 적용한 후 섭디비젼 설정 창에서 **③잘라내기의 수**를 4로 지정한다.

36 에지 **선택** 모드로 변경한다.

37 오브젝트 상단(Z축) 페이스의 양쪽 끝(X, −X축) 에지를 **①[Shift] + [Alt]** 키를 누른 상태로 **클릭(선택)**한다. 그다음 **②베벨(Bevel)** 툴 선택 후 **③ 노란색 원을 드래그**하여 모서리에 그림과 같은 경사면을 생성한다.

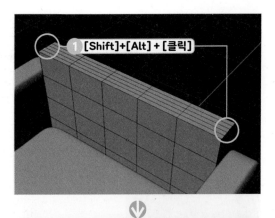

①[Shift]+[Alt] + [클릭]

②드래그

38 **①오브젝트 모드**로 변환한 후 **②모디파이어
프로퍼티스**에서 **③④[모디파이어를 적용]** – **[섭디
비젼 표면]**을 적용한다.

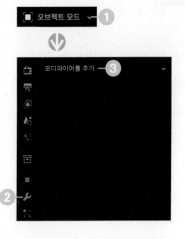

39 방금 생성한 모디파이어의 **①캣멀-클락**에서
②Levels Viewport를 4로 설정한다.

40 오브젝트의 이름을 **[Back]**으로 변경한다.

더블클릭하여 이름 수정

41 뷰포트에서 ❶[Shift] + [A] 키를 눌러 ❷**실린더**를 생성한다.

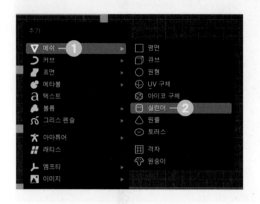

42 오브젝트 프로퍼티스의 축적에서 **XYZ축**을 **0.05, 0.05, 0.1**로 설정한다.

43 뷰포트를 ❶**앞쪽(Front: –Y축)** 뷰로 회전한 후 ❷**이동** 툴을 사용하여 방금 생성한 오브젝트를 Right 오브젝트의 ❸**우측 하단**으로 옮겨준다.

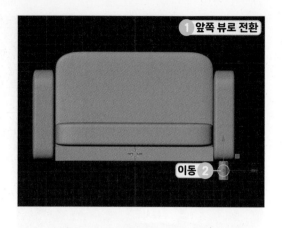

44 이어서 **오른쪽(Right: X축)** 뷰로 회전한 뒤 Right 오브젝트의 좌측으로 이동한다.

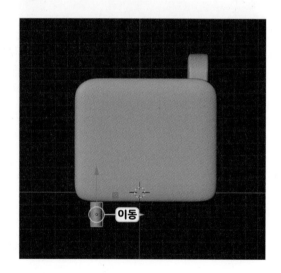

45 사용 중인 오브젝트를 하나 ❶**복사**(Ctrl + C, Ctrl + V)한 후 복사된 오브젝트는 Right 오브젝트의 우측으로 ❷**이동**한다.

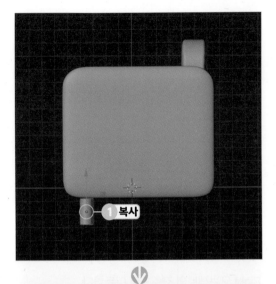

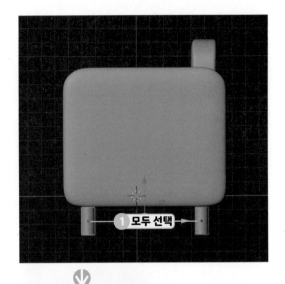

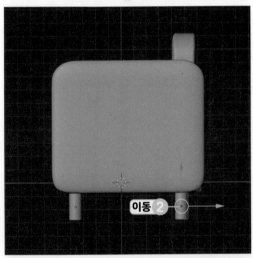

46 [Shift] 키를 사용하여 방금 생성한 **두 개의 실린더** 오브젝트를 **①모두 선택**한 후 뷰포트에서 [Ctrl] + [J] 키 또는 **②③[우측 마우스 버튼] - [합치기(Join)]**을 선택하여 합쳐준다.

47 아웃라이너에서 합쳐진 오브젝트의 이름을 **①[Sofa Prop]**으로 변경한 후 **②모디파이어 프로퍼티스**의 **③④[모디파이어를 추가] - [미러 (Mirror)]** 적용한다.

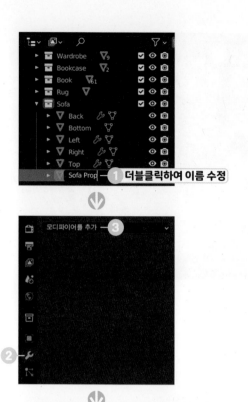

48 방금 생성한 모디파이어에서 미러 옆 ❶**사각형** 메뉴를 클릭한 후 ❷**Bottom** 오브젝트를 선택한다.

49 ❶**[/]** 키를 눌러 앞서 숨겨놓았던 오브젝트들을 모두 활성화한 후 아웃라이너에서 **Sofa** 컬렉션의 오브젝트들을 ❷**모두 선택**한다.

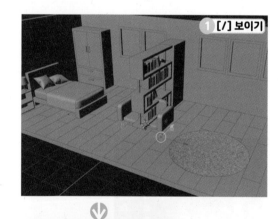

50 ❶**이동** 툴을 사용하여 방금 작업한 ❷**Sofa** 오
브젝트를 Rug 오브젝트 위로 옮겨놓는다.

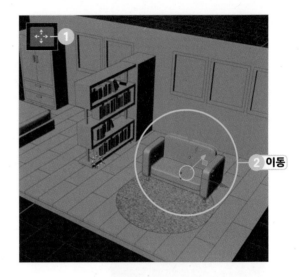

테이블 만들기

에디트 모드(Edit Mode)에서 버텍스(Vertex)를 합치고 이동시켜 새로운 모양의 낮은 테이블을 제작해 본다.

테이블 상판 만들기

01 아웃라이너에서 앞서 작업한 **Sofa** 컬렉션을
닫아준다.

02 아웃라이너의 빈 곳에서 ❶❷**[우측 마우스 버**
튼] - [새로운 컬렉션]을 생성한 후 컬렉션 이름을

❸**[Table]**로 변경한다.

더블클릭하여 이름 수정

03 ①[Shift] + [A] 키를 눌러 ②**평면(Plane)**을 생성한 후 오브젝트 프로퍼티스의 축적에서 ③**XY**를 0.8, 0.5로 설정한다.

04 뷰포트에서 [/] 키를 눌러 방금 생성한 오브젝트 이외의 오브젝트들은 모두 숨겨놓는다.

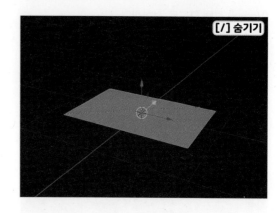

[/] 숨기기

05 ①**에디트 모드**로 변환한 후 ②③[**우측 마우스 버튼**] – [**섭디비젼**]을 적용한다. 그다음 섭디비젼 설정 창에서 ④**잘라내기의 수**를 4로 설정한다.

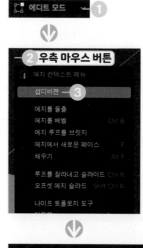

06 [우측 키패드 7] 키를 눌러 뷰포트를 ❶위쪽 (Top: Z축) 뷰로 회전한 후 [1] 키를 눌러 ❷버텍스 (Vertex) 선택 모드로 전환한다.

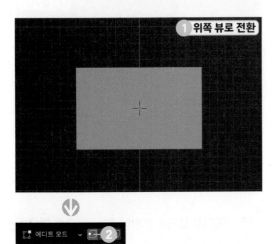

07 뷰포트의 빈 곳을 클릭하여 선택된 모든 버텍스(Vertex)를 해제한다

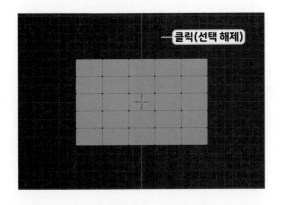

08 [Shift] 키를 이용하여 오브젝트의 우측 상단의 E1, F1, F2 버텍스(Vertex) 3개를 먼저 선택한 후 E2 버텍스를 마지막에 선택한다.

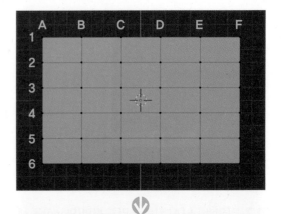

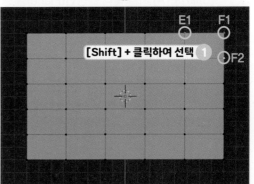

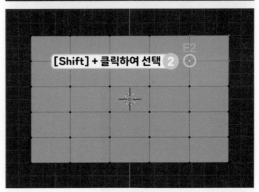

☑ 버텍스는 고유번호로 되어있기 때문에 버텍스 번호를 선택하여 편집하거나 해당 번호에 일치하는 영역의 면(페이스)을 선택할 수도 있다.

09 [M] 키를 눌러 병합(Merge) 창을 띄운 후 **마지막에(At Last)**를 선택하여 마지막으로 선택한 E2

버텍스를 기준으로 선택한 버텍스를 **병합**한다.

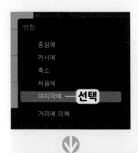

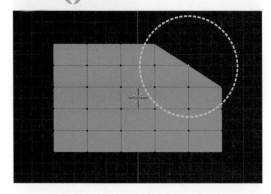

10 ①**D1** 버텍스를 선택한 후 [Shift] 키를 이용하여 ②**D2** 버텍스를 나중에 선택한다.

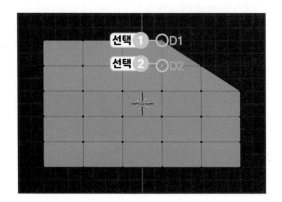

11 [M] 키를 눌러 병합(Merge) 창을 띄운 후 **마지막에(At Last)**를 선택하여 나중에 선택한 **D2** 버텍스를 기준으로 **병합**한다.

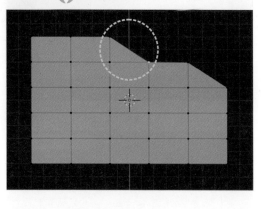

12 ①**스냅(Snap)**을 **꺼준** 후 ②**이동** 툴을 사용하여 모서리의 버텍스를 이동하여 그림처럼 전체적으로 둥글게 만든다.

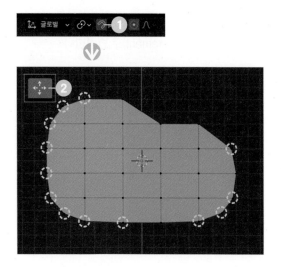

13 ❶[A] 키를 눌러 모든 버텍스를 선택한 후 뷰
포트를 ❷앞쪽(Front: −Y축) 뷰로 전환한다.

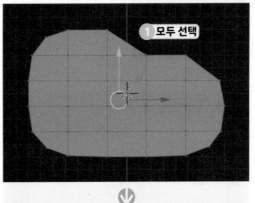

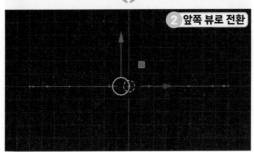

14 ❶스냅을 다시 **켜준** 후 옆쪽 ❷화살표 메뉴에
서 형태를 ❸증가(Increment)로 변경한다.

15 ❶지역 돌출 툴을 사용하여 선택한 버텍스를

❷위쪽(Z축) 방향으로 **한 칸(0.1m)** 드래그하여 새
로운 면(페이스)을 생성한다.

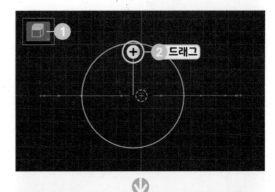

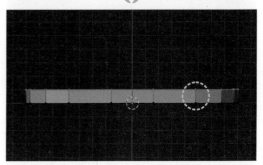

16 ❶루프 잘라내기 툴을 사용하여 오브젝트 ❷
세로 에지(Edge)를 클릭하여 중앙을 가로로 **잘라**
준다.

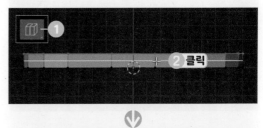

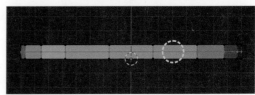

17 ❶**오브젝트 모드**로 변경한 후 ❷**모디파이어 프로퍼티스**에서 ❸❹**[모디파이어를 추가]** – **[섭디비전 표면]**을 적용한다.

19 아웃라이너에서 평면 오브젝트의 이름을 **[Table]**으로 변경한다.

18 방금 생성한 모디파이어에서 ❶**캣멀-클락**의 ❷**Levels Viewport**를 4로 설정한다.

테이블 받침대 만들기

01 뷰포트에서 ❶**[Shift] + [A]** 키를 눌러 ❷**큐브**를 생성한다.

02 오브젝트 프로퍼티스의 축적에서 **XYZ**를 **0.5, 0.2, 0.01**로 설정한다.

03 **①에디트 모드**로 변경한다. 그다음 **②[우측 키패드 7]** 키를 눌러 위쪽 뷰로 전환한 후 이어서 **[우측 키패드 9]** 키를 눌러 **③아래쪽(Bottom: -Z 축)** 뷰로 전환한다. 다른 뷰에서 아래쪽 뷰로 전환하기 위해서는 일단 위쪽 뷰로 전환해야 한다.

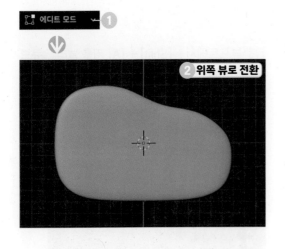

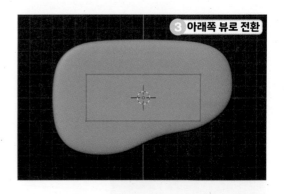

04 **①루프 잘라내기** 툴을 선택한 후 **②잘라내기의 개수**를 2로 설정한다.

05 마우스 커서를 상단 또는 하단 에지에 갖다 놓고 클릭하여 오브젝트를 **세로로 두 줄** 잘라준다.

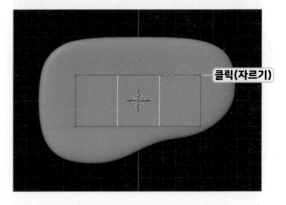

☑ 작업 후 잘라내기의 수는 계속 2 상태로 유지한다.

06 ①**축적** 툴을 사용하여 선택되어있는 ②**에지** 간격을 그림처럼 일정하게 늘려준다.

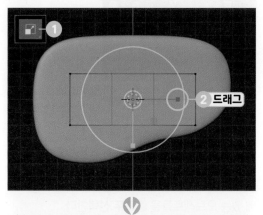

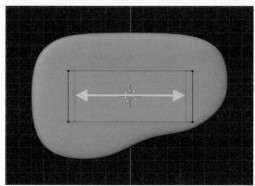

07 ①**페이스 선택** 모드로 변경한 후 뷰포트 ②**빈 곳**을 **클릭**하여 모든 페이스를 **선택 해제**한다.

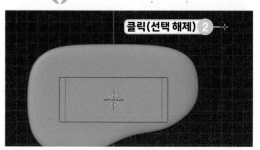

08 [Shift] 키를 사용하여 오브젝트의 **양쪽** 끝 페이스를 **선택**한다.

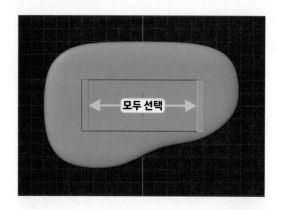

09 뷰포트를 ①**앞쪽(Front: -Y축)** 뷰로 회전한 후 ②**지역 돌출** 툴을 사용하여 선택한 페이스를 ③**아래쪽(-Z축)** 방향으로 5칸(-0.5m) 드래그하여 돌출면(다리)을 생성한다.

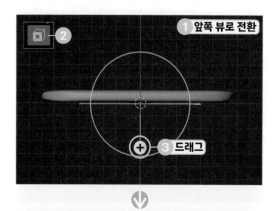

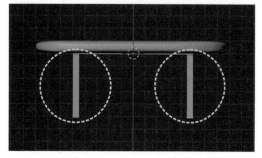

10 ①오브젝트 모드로 전환한 후 [우측 키패드 7]
키를 눌러 ②위쪽(Top: Z축)뷰로 회전한다.

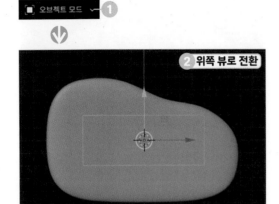

11 ①이동 툴을 사용하여 오브젝트를 ②아래쪽(-
Y축) 방향으로 **한 칸(-0.1m)** 이동한다.

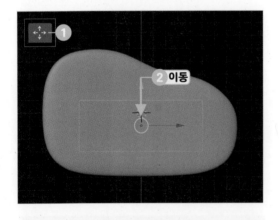

12 아웃라이너에서 오브젝트의 이름을 [Table
Prop]으로 변경한다.

13 ①[/] 키를 눌러 앞서 숨겨놓았던 오브젝트들
을 다시 활성화한 후 아웃라이너에서 Table 컬렉션
에 있는 오브젝트들을 ②모두 선택한다.

14 ①이동 툴을 사용하여 선택한 오브젝트들의
위치를 ②Rug 위로 옮겨놓는다.

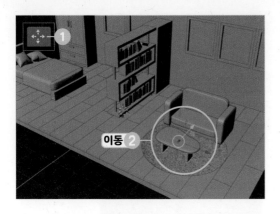

책상과 의자 만들기

기본 메쉬에서 새로운 페이스(Face)를 생성하고 버텍스(Vertex)를 연결하여 창가에 붙어있는 책상을 모델링하고, 그에 맞는 의자를 제작해 본다.

책상 만들기

01 아웃라이너에서 앞서 작업한 **Table** 컬렉션을 닫아준다.

02 아웃라이너의 빈 곳에서 ❶❷**[우측 마우스 버튼] - [새로운 컬렉션]**을 생성한 후 생성된 컬렉션의 이름을 ❸**[Desk]**로 변경한다.

03 뷰포트에서 ❶[Shift] + [A] 키를 눌러 ❷큐브를 생성한 후 오브젝트 프로퍼티스의 축적에서 ❸ XYZ를 1.1, 0.4, 0.05로 설정한다.

04 ❶[/] 키를 눌러 방금 생성한 큐브를 제외한 오브젝트는 모두 숨겨준 후 [우측 키패드 3] 키를 눌러 ❷오른쪽(Right: X축) 뷰로 회전한다.

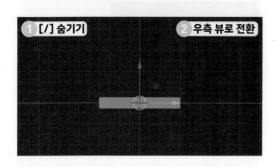

05 ❶에디트 모드로 변경한 후 ❷루프 잘라내기 툴을 선택한다. ❸잘라내기의 수는 2로 사용한다.

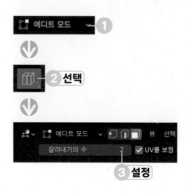

06 마우스 커서를 오브젝트의 상단 또는 하단에 갖다 놓은 후 클릭하여 세로로 두 줄 잘라준다.

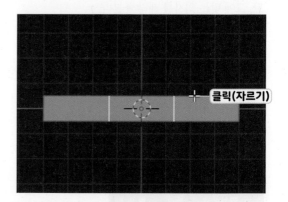

07 ❶축적 툴을 이용하여 잘려진 두 개의 에지 사이를 일정한 비율로 ❷늘려준다.

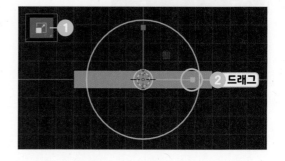

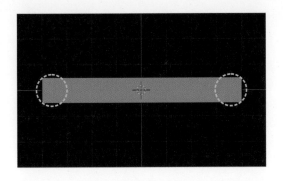

08 뷰포트를 **앞쪽(Front: -Y축)** 뷰로 전환한다.

09 ❶**루프 잘라내기** 툴을 선택한다. ❷**잘라내기의 수**는 **2**로 사용한다.

10 마우스 커서를 오브젝트의 상단 또는 하단에 갖다 놓은 후 **클릭**하여 세로로 **두 줄** 잘라준다.

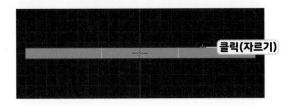

11 ❶**축적** 툴을 사용하여 잘려진 **두 개**의 에지 사이를 일정한 비율로 ❷**늘려**준다.

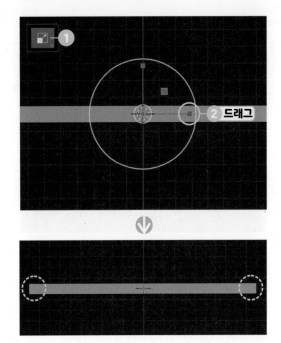

12 ❶**페이스 선택** 모드로 변경한 후 뷰포트를 ❷ 회전하여 오브젝트의 **아래쪽(-Z축)**이 보이게 한다.

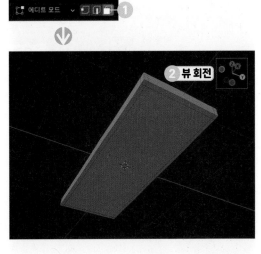

13 계속해서 그림처럼 가장자리 **두 곳**의 페이스를 **선택**(Shift 키 사용)한다.

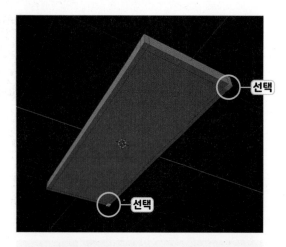

14 ❶**오른쪽**(Right: X축) 뷰로 변경한 후 ❷**지역 돌출** 툴을 사용하여 선택된 페이스를 ❸**아래**(-Z축)로 **4칸**(-0.4m) 드래그하여 돌출시킨다.

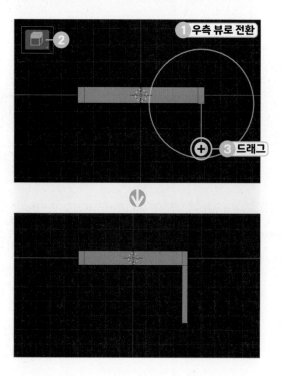

15 뷰포트를 **앞쪽**(Front: -Y축) 뷰로 변경한다.

16 ❶**루프 잘라내기**(Loop Cut) 툴을 선택한 후 ❷**잘라내기의 수**를 1로 설정한다. 그다음 아래로 돌출된 두 메쉬의 ❸❹**좌우측** 에지를 클릭하여 중앙 부분을 **가로로 잘라**준다.

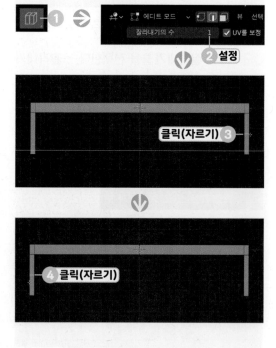

17 ❶**이동** 툴을 선택한 후 ❷[Shift] + [Alt] 키를 누른 상태로 우측 에지를 클릭하여 가로 에지를 **모두 선택**한다.

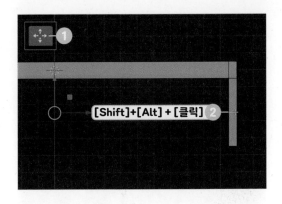

18 방금 선택한 에지를 **아래(-Z축)**로 **15칸(-0.15m)** 내려준다.

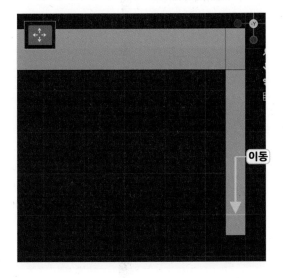

19 뷰포트를 ❶**회전**하여 **오브젝트의 -Z, X축** 방향이 되도록 한다. 그다음 뷰포트 ❷**빈 곳**을 **클릭**하여 선택된 모든 에지를 **해제**한다.

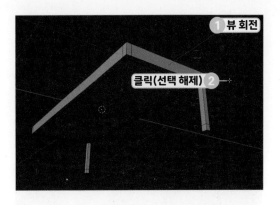

20 그림과 같은 ❶❷**두 곳**의 에지를 **선택**한 후 ❸ **[F]** 키를 눌러 연결한다.

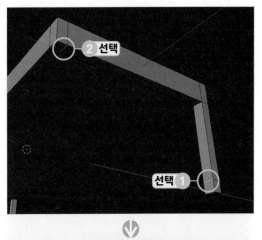

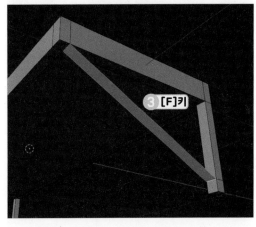

21 뷰포트 **빈 곳을 클릭**하여 선택한 에지를 모두 **해제**한다.

22 그림처럼 ❶❷**두 곳**의 에지를 **선택**한 후 ❸**[F]** 키를 눌러 연결한다.

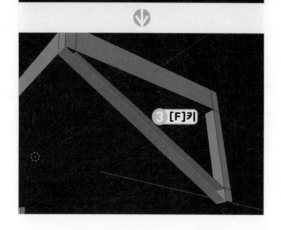

23 뷰포트 **빈 곳을 클릭**하여 선택한 에지를 모두 **해제**한다.

24 그림처럼 ❶❷❸❹**네 곳**의 에지를 **선택**한 후 ❺**[F]** 키를 눌러 연결한다.

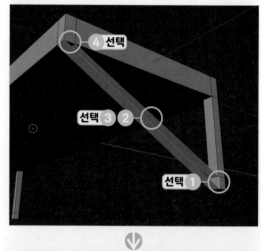

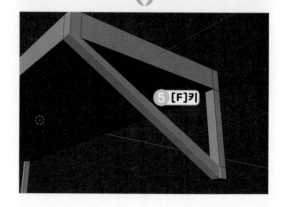

25 [1] 키를 눌러 ①**버텍스 선택** 모드로 변경한 후 그림처럼 ②③**두 곳**의 버텍스를 **선택**한다.

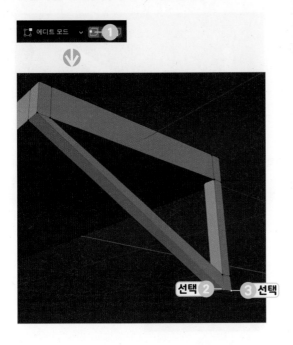

26 [M] 키를 눌러 병합 창을 띄운 후 **마지막에(At Last)**를 선택하여 위 과정의 **마지막에**를 적용하여 마지막에 선택한 버텍스를 기준으로 병합한다.

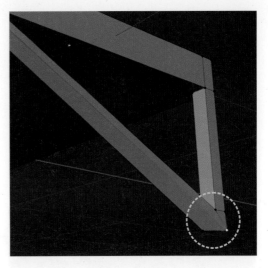

27 뷰포트를 **회전**하여 방금 생성한 페이스의 **안쪽(-X축)** 부분이 보이도록 한다.

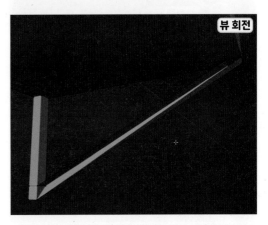

28 ①**에지 선택** 모드로 변경한 후 뷰포트의 ②**빈 곳**을 클릭하여 모든 에지를 **해제**했다가 그림처럼 ③**네 곳**의 에지를 **선택**한 후 ④[F] 키를 눌러 페이스를 생성(연결)한다.

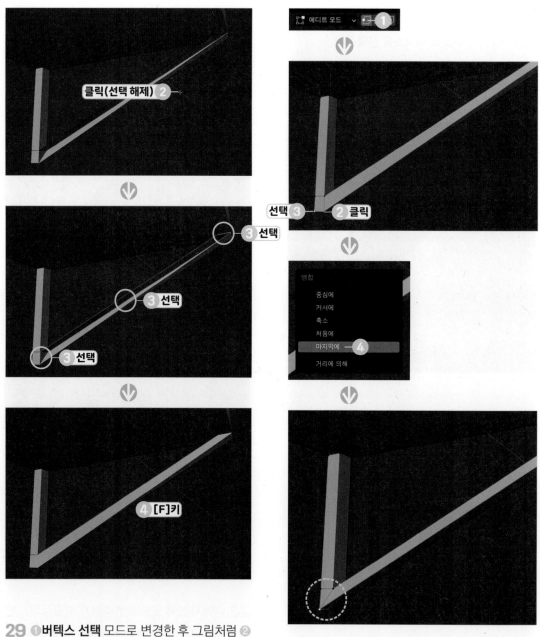

29 ①**버텍스 선택** 모드로 변경한 후 그림처럼 ②
③**두 곳**의 버텍스를 **선택**한다. 그다음 [M] 키를 눌
러 병합 창을 띄운 후 ④**마지막에**를 선택하여 마지
막에 선택한 버텍스를 기준으로 병합한다.

30 오브젝트의 하단 끝을 병합하여 뾰족하게 만
들었다면 **뷰포트**를 그림처럼 반대쪽 방향으로 회
전한다.

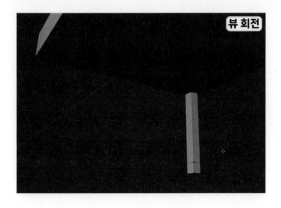

31 ❶**에지 선택** 모드로 변경한 후 뷰포트 ❷**빈 곳**을 **클릭**하여 선택한 에지를 **해제**한다.

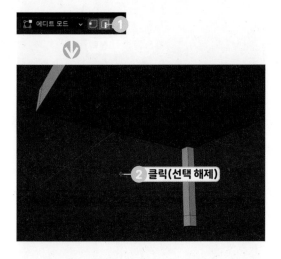

32 그림처럼 ❶❷**두 곳**의 에지를 **선택**한 뒤 ❸[F]키를 눌러 두 에지를 연결한다. 연결이 끝나면 뷰포트 ❹**빈 곳**을 클릭하여 선택한 에지를 **해제**한다.

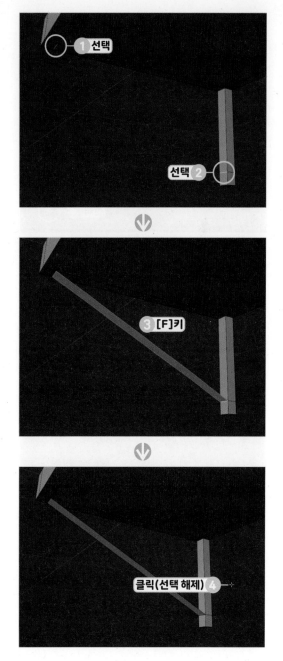

33 그림처럼 ❶❷**두 곳**의 에지를 **선택**한 후 ❸[F]키를 눌러 선택한 두 에지를 **연결**한다.

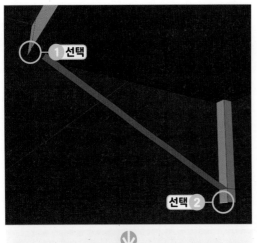

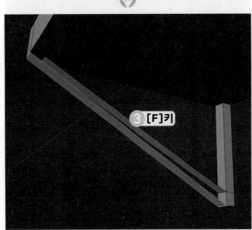

34 뷰포트 ●빈 곳을 클릭하여 선택된 **에지를 해제**한 후 그림처럼 ❷네 곳의 에지를 **선택**한 다음 ❸ [F] 키를 눌러 페이스를 생성한다.

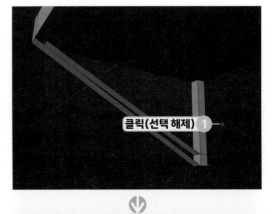

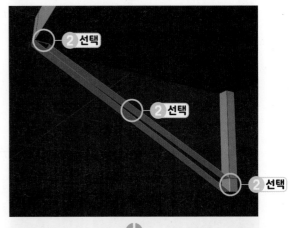

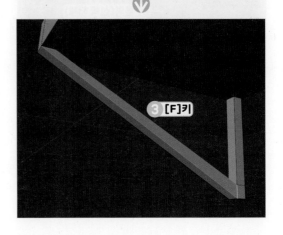

35 ●**버텍스 선택** 모드로 변경한 후 그림처럼 ❷ ❸두 곳의 버텍스를 **선택**한 후 ❹[M] 키를 눌러 병

합 창을 띄운 후 **마지막에**를 선택하여 마지막 버텍스를 기준으로 병합한다.

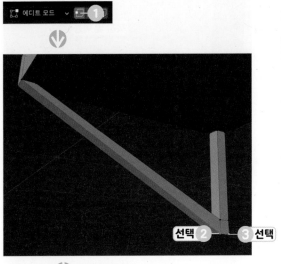

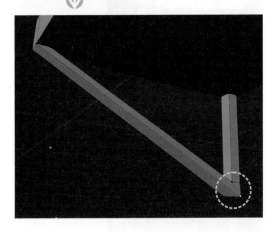

36 같은 방법으로 **안쪽(X축)** 방향으로 **회전**하여 나머지 작업을 직접 마무리한다.

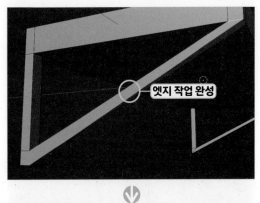

37 작업이 끝나면 아웃라이너에서 해당 오브젝트의 이름을 ❶[Desk]로 변경한 후 ❷**오브젝트 모드**로 전환한다.

38 ① [/] 키를 눌러 앞서 숨겨놓았던 오브젝트들을 모두 활성화한 후 ② **이동** 툴을 사용하여 ③ **Desk** 오브젝트를 Wall 오브젝트의 우측 창문 아래로 이동한다.

복사 및 이동

1 [/] 보이기

2

이동 3

39 Desk 오브젝트를 하나 **복사**(Ctrl + C, Ctrl + V)한 후 원본 Desk 오브젝트의 **좌측**으로 이동한다.

의자 만들기

01 아웃라이너의 빈 곳에서 ① ② **[우측 마우스 버튼] – [새로운 컬렉션]**을 생성한 후 컬렉션의 이름을 ③ **[Chair]**로 변경한다.

Room Wall V_{63}
Bed V_5
Closet V_2
Wardrobe V_9
Bookcase V_2
Book V_{61}
Rug V
1 우측 마우스 버튼
Outliner Context Menu
새로운 컬렉션 2
Paste Data-Blocks Ctrl V
Mark as Asset
Clear Asset

Room Wall V_{63}
Bed V_5
Closet V_2
Wardrobe V_9
Bookcase V_2
Book V_{61}
Rug V
Sofa V_6
Table V_2
Desk V_2
Chair 3 더블클릭하여 이름 수정

02 뷰포트에서 ❶[Shift] + [A] 키를 눌러 ❷원형
(Circle) 메쉬를 생성한다.

03 생성한 메쉬를 오브젝트 프로퍼티스의 축적
에서 **XY**를 **0.5**로 설정한다.

04 ❶**에디트 모드**로 변경한 후 ❷**[/]** 키를 눌러 방
금 생성한 오브젝트 이외의 오브젝트들은 모두 숨
겨준다.

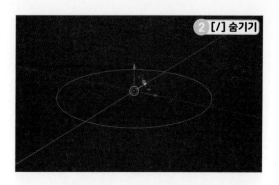

05 ❶**[F]** 키를 눌러 메쉬에 페이스를 생성하고
뷰포트를 ❷**앞쪽(Front: −Y축)** 뷰로 회전한다.

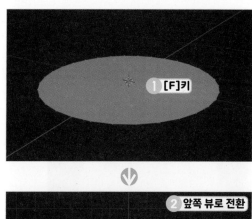

06 작업하기 좋게 뷰포트를 확대해 주고 ❶**지역
돌출** 툴을 사용하여 ❷**아래쪽(−Z축)** 방향으로 **3칸**
(−0.03m) 드래그하여 돌출 면을 생성한다.

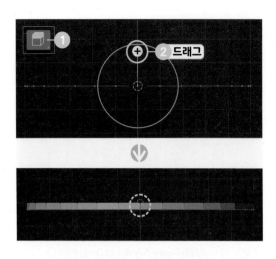

08 ①**페이스를 인셋** 툴을 사용하여 그림처럼 페이스 안쪽에 ②**작은 페이스**를 생성한다.

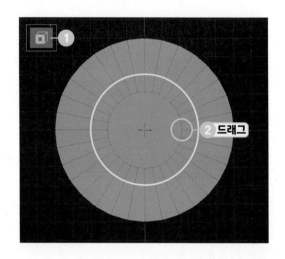

07 ①**[우측 키패드 7]** 키를 누른 후 이어서 ②**[우측 키패드 9]** 키를 눌러 뷰포트를 **아래쪽(Bottom: −Z축)** 방향으로 회전한다.

09 뷰포트를 **앞쪽(Front: −Y축)** 방향으로 회전한다.

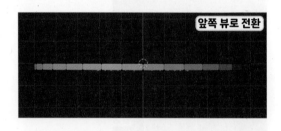

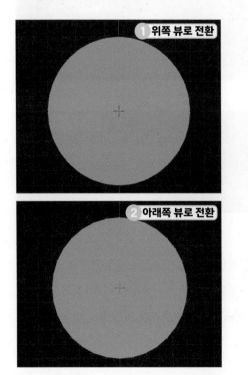

☑ 위쪽 뷰 상태에서 [키패드 9] 키를 눌러야 아래쪽 뷰로 전환할 수 있다.

10 뷰포트를 확대하고 ①**지역 돌출** 툴을 사용하여 그림처럼 ②**아래로 7칸(−0.07m)** 드래그하여 돌출 면을 생성한다.

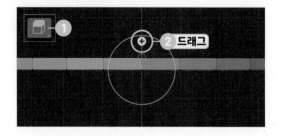

11 다시 ❶**[우측 키패드 7]** 키를 누른 후 이어서 ❷**[우측 키패드 9]** 키를 눌러 뷰포트를 **아래쪽** (Bottom: −Z축) 뷰로 회전한다.

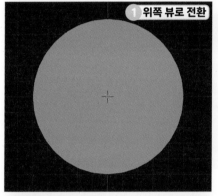

❶ 위쪽 뷰로 전환

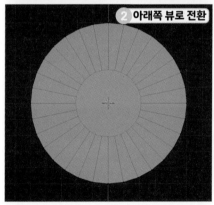

❷ 아래쪽 뷰로 전환

12 ❶**페이스를 인셋** 툴을 사용하여 그림처럼 페이스 안쪽에 ❷**새로운 페이스**를 생성한다.

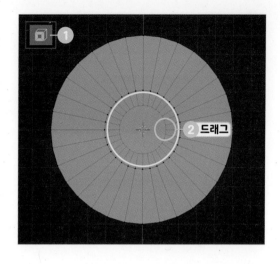

❷ 드래그

13 뷰포트를 **앞쪽**(Front: −Y축) 뷰로 회전한다.

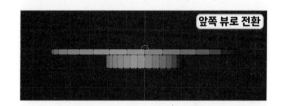

앞쪽 뷰로 전환

14 뷰포트를 축소한 후 ❶**지역 돌출** 툴을 사용하여 ❷**아래**(−Z축)로 **한 칸**(−0.1m) 드래그하여 돌출면을 생성한다.

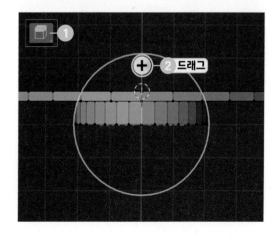

❷ 드래그

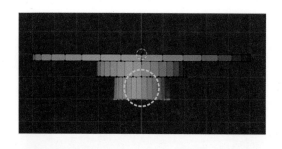

15 뷰포트를 오브젝트의 **아래쪽(-Z축)** 방향으로
①회전한 후 **②축적** 툴을 사용하여 그림처럼 비율
을 일정하게 **③줄여**준다.

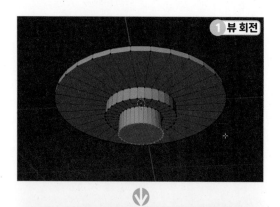

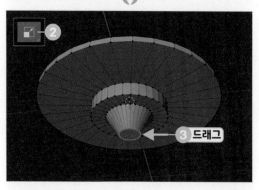

16 뷰포트를 확대하고 **①페이스를 인셋** 툴을 사
용하여 그림과 같은 **페이스**를 **②생성**한 후 **③앞쪽**
(Front: **-Y축**) 뷰로 회전한다.

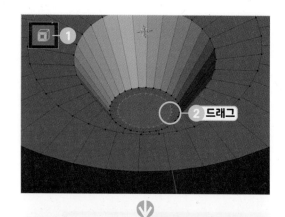

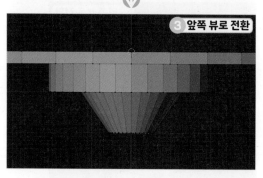

17 뷰포트를 축소하고 **①지역 돌출** 툴을 사용하
여 페이스를 드래그하여 **②아래(-Z축)**로 8칸(-
0.8m) 크기의 돌출 면을 생성한다.

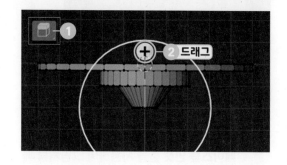

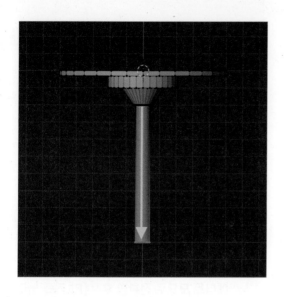

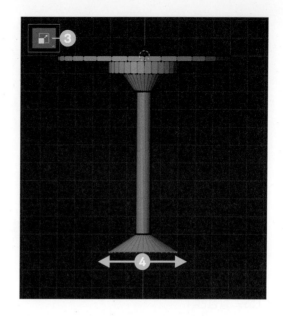

18 한 번 더 ❶**지역 돌출** 툴을 사용하여 ❷**아래(−Z축)**로 한 칸(−0.1m) 돌출된 면을 생성한 후 ❸**축적** 툴을 사용하여 선택된 돌출 면의 ❹**크기**를 일정한 비율로 키워준다.

19 뷰포트를 확대하고 ❶**지역 돌출** 툴을 사용하여 페이스를 ❷**아래(−Z축)**로 3칸(−0.03m) 돌출된 페이스를 생성한다.

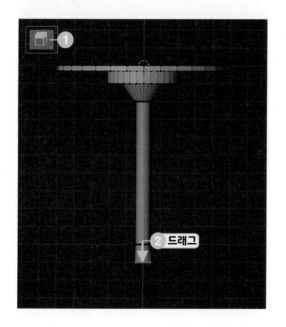

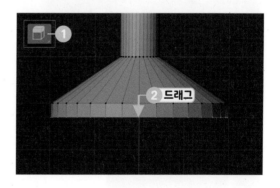

20 아웃라이너에서 원형 오브젝트의 이름을 [Chair Body]로 변경한다.

더블클릭하여 이름 수정

21 ❶**오브젝트 모드**로 변환한 후 ❷❸[Shift] + [A] 키를 눌러 새로운 **원형(Circle)** 메쉬를 생성한 후 오브젝트 프로퍼티스의 축적에서 ❹**XY축**을 **0.55**로 설정한다.

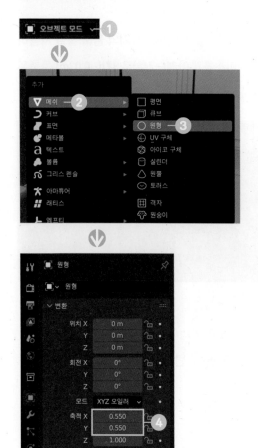

22 아웃라이너에서 **Chair Body** 오브젝트 우측의 눈 아이콘을 **꺼준다**.

끄기

23 ❶**에디트 모드**로 전환한 후 ❷[F] 키를 눌러 페이스를 생성한다.

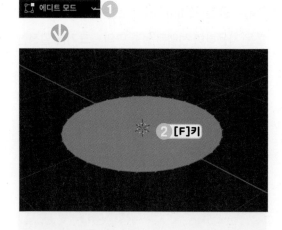

2 [F]키

24 뷰포트를 ❶**앞쪽(Front: −Y축)** 뷰로 회전한 후 ❷**지역 돌출** 툴을 사용하여 ❸**위(Z축)**로 한 칸 (0.1m) 돌출된 페이스를 생성한다.

26 ❶**페이스 선택** 모드로 변경한 후 [우측 키패드 7] 키를 눌러 뷰포트를 ❷**위쪽(Top: Z축)** 뷰로 회전한다.

27 ❶**축적** 툴을 선택한 후 오브젝트의 **Z축 페이스**를 ❷**선택**해 놓는다.

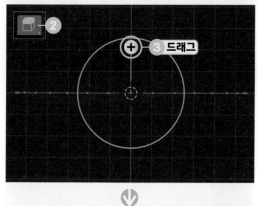

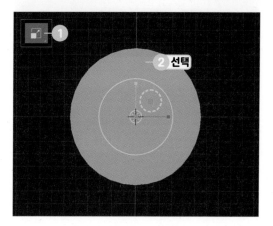

28 **축적** 툴이 선택된 상태에서 그림처럼 선택한 페이스를 일정한 비율로 **줄여**준다.

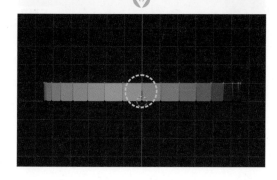

25 ❶**루프 잘라내기** 툴을 사용하여 오브젝트의 세로 에지를 클릭하여 ❷**가로로 잘라**준다.

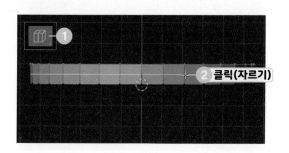

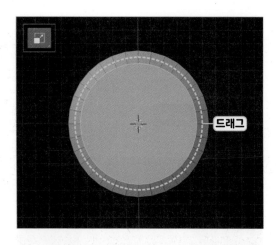

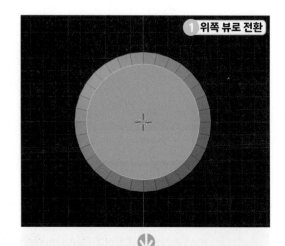

29 뷰포트를 ❶**앞쪽(Front: −Y축)** 뷰로 회전한 후 적당한 크기로 확대한 다음❷ **지역 돌출** 툴을 사용하여 ❸**위(Z축)**로 3칸(0.03m) 돌출된 페이스를 생성한다.

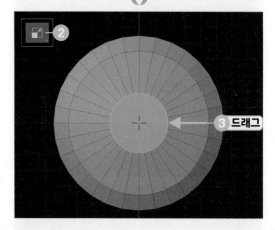

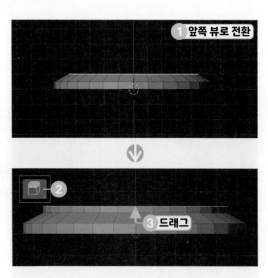

30 뷰포트를 ❶**위쪽(Top: Z축)** 뷰로 회전한 후 ❷**축적** 툴을 사용하여 그림처럼 ❸**크기**를 줄여준다.

31 ❶**루프 잘라내기** 툴을 사용하여 중앙 페이스의 에지를 ❷**클릭**하여 그림처럼 잘라준다.

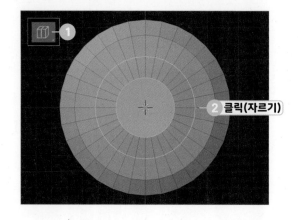

32 뷰포트를 ❶**회전**하여 오브젝트의 아래쪽(-
Z축) 방향으로 해주고 ❷**페이스 선택** 모드로 변경
한다. ❸**박스 선택(Select Box)** 툴 사용하여 오브
젝트 **하단(-Z축)** 페이스를 ❹**선택**한다.

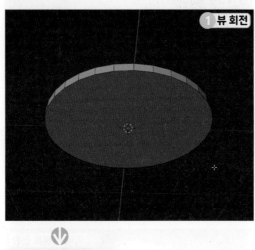

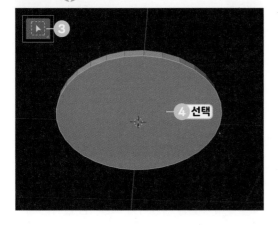

33 뷰포트를 ❶**앞쪽(Front: -Y축)** 뷰로 회전한
후 ❷**지역 돌출** 툴을 사용하여 ❸**아래(-Z축)**로 **5칸**
(-0.05m) 돌출된 페이스를 생성한다.

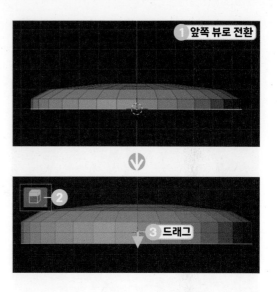

34 ❶**[우측 키패드 7]** 키를 누른 후 이어서 ❷**[우
측 키패드 9]** 키를 눌러 뷰포트를 **아래쪽(Bottom:
-Z축)** 뷰로 회전한다.

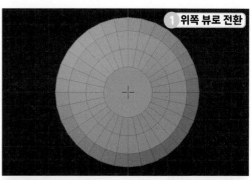

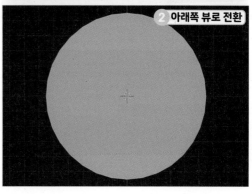

35 ❶**축적** 툴을 사용하여 선택한 페이스를 그림처럼 일정한 비율로 ❷**줄여**준다.

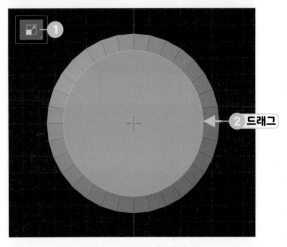

36 뷰포트를 ❶**앞쪽(Front: −Y축)** 뷰로 회전한 후 뷰포트를 적당하게 확대하고 ❷**지역 돌출** 툴을 사용하여 ❸**아래(−Z축)**로 **3칸(−0.03m)** 돌출된 페이스를 생성한다.

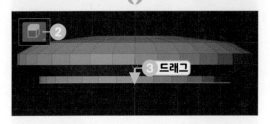

37 ❶**[우측 키패드 7]** 키를 누른 후 이어서 ❷**[우측 키패드 9]** 키를 눌러 뷰포트를 **아래쪽(Bottom: −Z축)** 뷰로 회전한다.

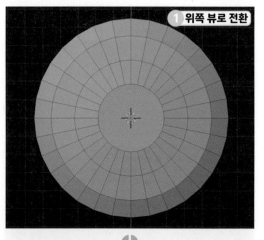

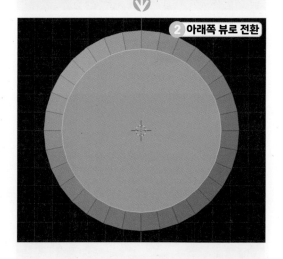

38 ❶**축적** 툴을 사용하여 그림처럼 선택한 페이스의 크기를 ❷**줄여**준다.

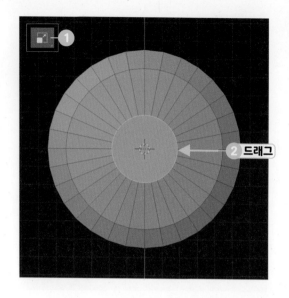

39 ❶**오브젝트 모드**로 변환한 후 ❷**모디파이어 프로퍼티스**의 ❸❹**[모디파이어를 추가] – [섭디비전 표면]**을 적용한다.

40 모디파이어에서 ❶**캐멀-클락**의 ❷**Levels Viewport**를 4로 설정한다.

41 오브젝트의 이름을 **[Cushion]**으로 변경한다.

42 아웃라이너에서 앞서 숨겨놓았던 **Chair Body** 오브젝트를 다시 활성화한다.

43 [/] 키를 눌러 앞서 숨겨놓았던 오브젝트들을 모두 활성화한다.

44 아웃라이너에서 **Chair** 컬렉션의 오브젝트를 **모두 선택**한다.

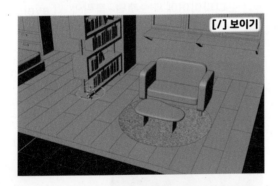

45 컬렉션의 오브젝트들을 **Desk** 오브젝트 아래로 이동한다.

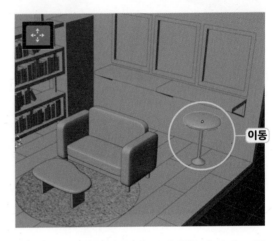

☑ 크기는 축적 툴을 사용하여 취향에 맞게 조절한다.

46 **Chair** 컬렉션의 **두 오브젝트**가 **모두 선택**된 상태에서 **복사**(Ctrl + C, Ctrl + V)한 후 원본 **Chair** 오브젝트 옆으로 **이동**한다.

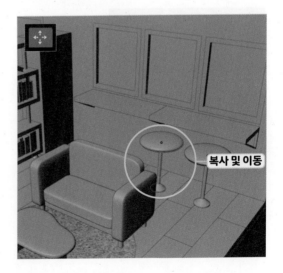

🔷 조명 만들기

베지어 커브(Bezier Curve)에 대해 살펴보고, 베지어 커브를 활용하여 메쉬와 함께 침실을 밝혀줄 조명을 제작해 본다.

조명 만들기

01 아웃라이너 빈 곳에서 ❶❷[**우측 마우스 버튼**] – [**새로운 컬렉션**]을 생성한 후 컬렉션의 이름을 ❸[Lighting]으로 변경한다.

02 뷰포트에서 ❶[Shift] + [A] 키를 눌러 ❷실린더를 생성한다.

03 오브젝트 프로퍼티스의 회전에서 **Y**를 **90**도, 축적의 **Z**를 **0.05**로 설정한다.

04 뷰포트에서 ❶[/] 키를 눌러 방금 생성한 오브젝트를 제외한 오브젝트들은 모두 숨겨준 후 ❷에디트 모드로 변경한다.

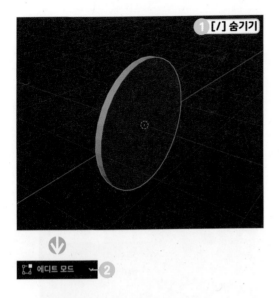

05 ❶**페이스 선택** 모드에서 실린더 오브젝트의
오른쪽(X축) 페이스를 ❷**선택**한다.

07 ❶**페이스를 인셋** 툴을 사용하여 방금 선택한
페이스 **안쪽**으로 ❷**드래그**하여 그림처럼 페이스
안쪽에 **새로운 페이스**를 생성한다.

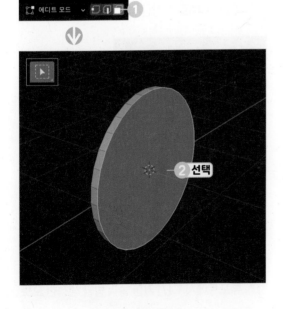

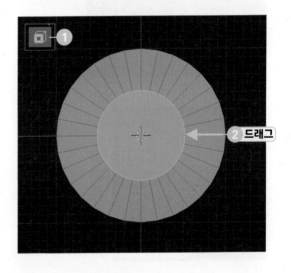

06 뷰포트를 **오른쪽(Right: X축)** 뷰로 회전한다.

08 뷰포트를 **앞쪽(Front: −Y축)** 뷰로 전환해 놓
는다.

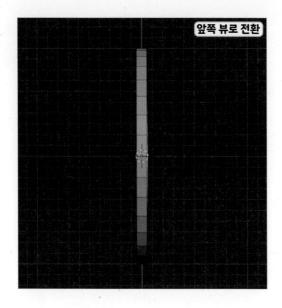

앞쪽 뷰로 전환

09 ❶**지역 돌출** 툴을 사용하여 ❷**오른쪽(X축)** 방향으로 **5칸(0.05m)** 돌출된 페이스를 생성한다.

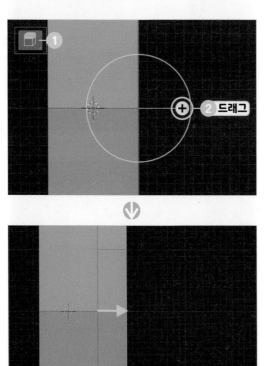

10 ❶**지역 돌출** 툴을 이용하여 한 번 더 같은 방향으로 ❷**10칸(0.1m)** 돌출된 페이스를 생성한 후 ❸**오른쪽(Right: X축)** 뷰로 회전한다.

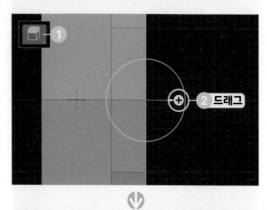

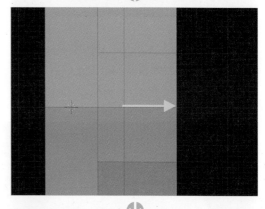

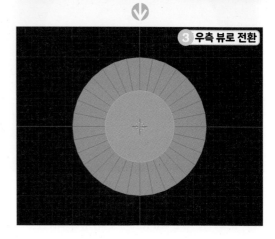

11 ❶**축적** 툴을 사용하여 그림처럼 선택된 페이스를 일정한 비율로 ❷**줄여**준다.

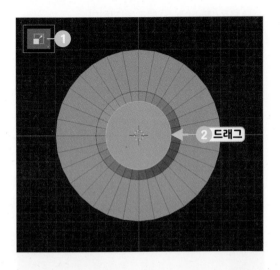

12 ❶**페이스를 인셋** 툴을 사용하여 그림처럼 선택한 페이스 안쪽에 ❷**새로운 페이스** 생성한다.

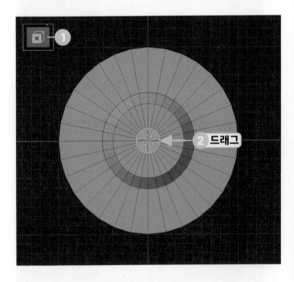

13 뷰포트를 ❶**앞쪽(Front: -Y축)** 뷰로 회전한 후 뷰포트를 적당하게 확대하고 ❷**지역 돌출** 툴을 사

용하여 ❸**오른쪽(X축)으로** 5칸(0.05m) 돌출된 페이스를 생성한다.

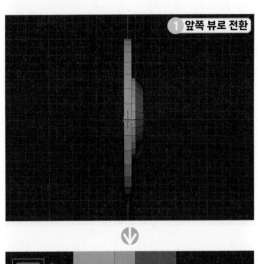

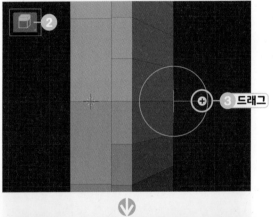

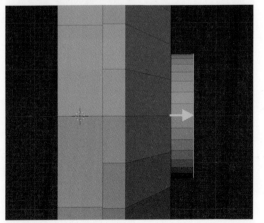

14 ❶**오브젝트 모드**로 변경한 후 아웃라이너에서 오브젝트의 이름을 ❷[Lighting Body]로 변경한다.

15 뷰포트에서 [Shift] + [A] 키를 누른 후 ❶❷[커브(Curve)] – [베지어(Bezier)]를 생성한다.

16 생성된 커브 오브젝트의 한 마디의 라인을 **세그먼트(Sagment)**라고 하며, 자유롭게 변형할 수 있다.

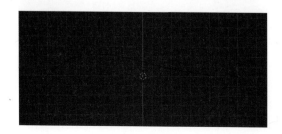

17 세그먼트의 위치를 제어(변형)할 수 있는 점을 **제어점(Control Point)**이라고 한다.

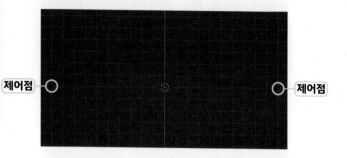

18 ❶**에디트 모드**로 변경한 후 ❷**이동** 툴을 선택해 준다.

19 **이동** 툴(또는 선택 툴)을 선택하면 선택된 제어점에 세그먼트의 곡선을 제어할 수 있는 **방향점(Handle)**이 나타난다.

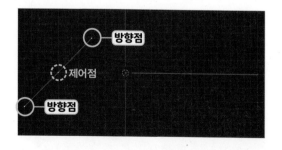

20 세그먼트의 ❶**왼쪽 제어점**을 선택한 후 ❷**오른쪽(X축)** 방향으로 **12칸(1.2m)** 이동한다.

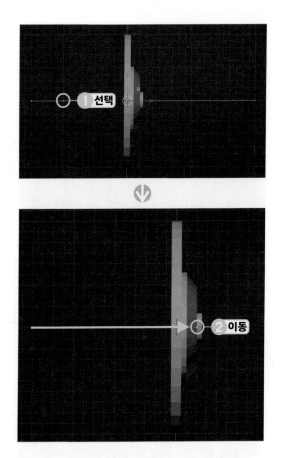

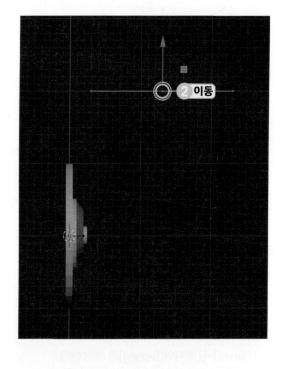

22 뷰포트를 **①오른쪽(Right: X축)** 뷰로 회전한 후 **②하단**의 **제어점(Control Point)**을 선택한다.

21 이번엔 세그먼트의 **①오른쪽 제어점**을 선택한 후 그림처럼 **②위쪽(Y축)**으로 **20칸(2m)**, 오른쪽(X축) 방향으로 **3칸(0.3m)** 이동한다.

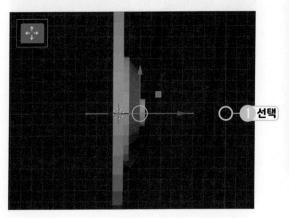

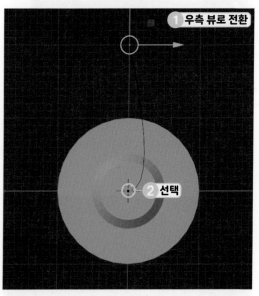

23 방금 선택한 제어점의 ❶**우측(Y축) 방향점** (Handle)을 선택한 후 ❷**왼쪽(-Y축)** 방향으로 **5칸** (-0.5m) 드래그하여 제어점이 있는 곳으로 이동한 다.

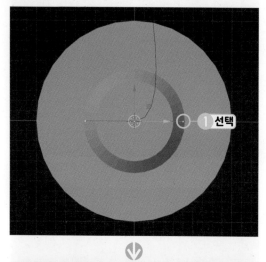

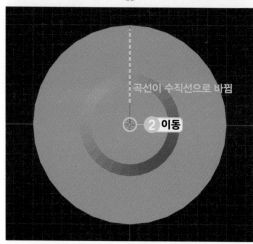

24 뷰포트를 ❶**앞쪽(Front: -Y축)** 뷰로 회전한 후 상단 ❷**제어점**을 선택한다.

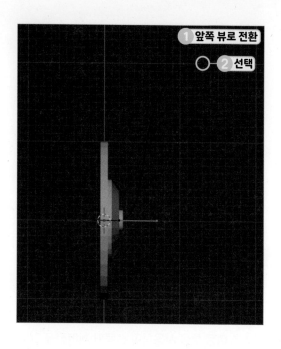

25 툴바에서 ❶**돌출(Extrude)** 툴을 사용하여 ❷ **오른쪽(X축)** 방향으로 **7칸(0.7m)** 드래그한다.

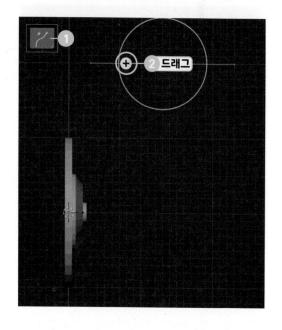

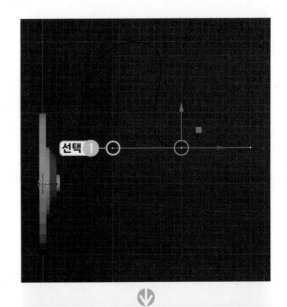

26 ①**이동** 툴을 사용하여 선택된 제어점을 그림 처럼 ②**아래쪽(−Z축)** 방향으로 **15칸(−1.5m)** 이동 한다.

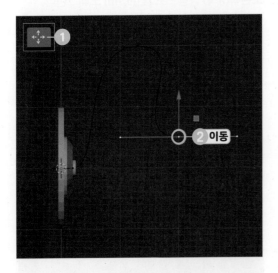

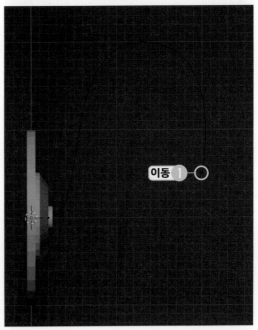

27 선택된 제어점의 ①**좌측 방향점**을 선택한 후 ②**오른쪽(X축)** 방향으로 **10칸(1m)** 이동하여 제어 점이 있는 곳에 맞춰준다.

28 ①**오브젝트 모드**로 변경한 후 ②**오브젝트 데 이터 프로퍼티스**의 ③④**[지오메트리(Geometry)]** – **[베벨(Bevel)]**에서 ⑤**깊이**를 **0.04m**로 설정한다.

29 ❶**모디파이어 프로퍼티스**의 ❷❸**[모디파이어를 추가] – [섭디비전 표면]**을 적용한 후 생성된 모디파이어의 ❹**캣멀-클락**의 ❺**Levels Viewport**를 3으로 설정한다.

30 아웃라이너에서 오브젝트의 이름을 **[Lighting Line]**으로 변경한다.

31 뷰포트에서 ❶**[Shift] + [A]** 키를 눌러 ❷**실린**

더를 생성한 후 오브젝트 프로퍼티스의 축적에서 ❸XYZ를 0.15로 설정한다.

32 뷰포트를 ❶위쪽(Top: Z축) 뷰로 회전한 후 ❷이동 툴을 이용하여 오브젝트를 ❸오른쪽(X축) 방향으로 20칸(2m) 이동한다.

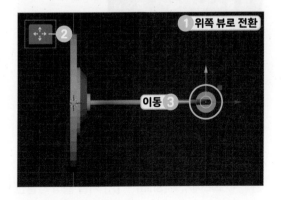

33 ❶에디트 모드로 변경한 후 오브젝트의 ❷위쪽(Z축) 페이스를 선택한다.

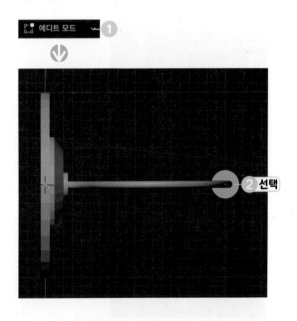

34 뷰포트를 ❶앞쪽(Front: −Y축) 뷰로 회전한 후 ❷지역 돌출 툴을 사용하여 선택한 페이스를 ❸위로 한 칸(0.1m) 돌출되는 페이스를 생성한다.

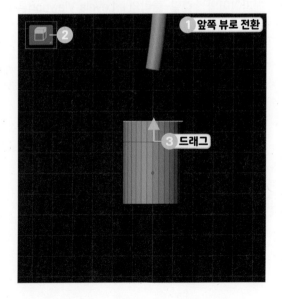

35 ❶**축적(Scale)** 툴을 선택한 후 하얀색의 ❷**원**을 드래그하여 그림처럼 **크기**를 줄여준다.

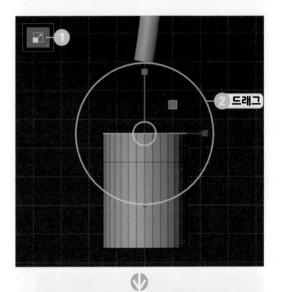

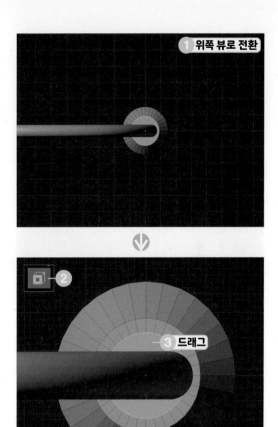

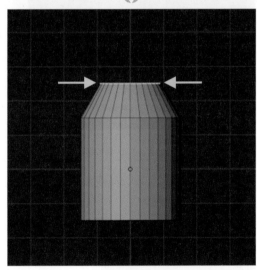

36 뷰포트를 ❶**위쪽(Top: Z축)** 뷰로 회전한 후 ❷**페이스를 인셋(Inset Faces)** 툴을 사용하여 그림처럼 페이스 안쪽에 ❸**작은 페이스**를 생성한다.

37 뷰포트를 **앞쪽(Front: −Y축)** 뷰로 회전한다.

38 ①**지역 돌출** 툴을 사용하여 ②**위쪽(Z축)** 방향으로 **5칸(0.05m)** 돌출된 페이스를 생성한다.

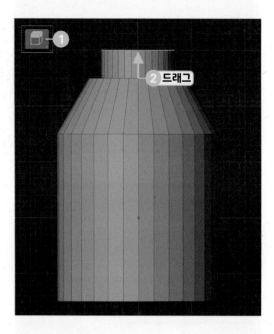

39 ①**오브젝트 모드**로 전환한 후 ②**이동** 툴을 사용하여 오브젝트를 ③**위쪽(Z축)** 방향으로 **3칸 (0.3m)** 이동한다.

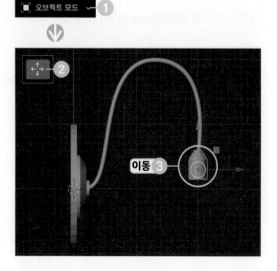

40 아웃라이너에서 실린더 오브젝트의 이름을 [Connect]으로 변경한다.

41 뷰포트에서 ①[Shift] + [A] 키를 눌러 ②**실린 더**를 생성한다.

42 오브젝트 프로퍼티스의 축적에서 XYZ를 모두 **0.7**로 설정한다.

43 ❶**이동** 툴을 사용하여 실린더 오브젝트를 Connection 오브젝트 아래로 ❷**이동**한다.

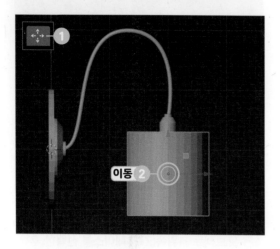

44 ❶**에디트 모드**로 전환하고 ❷**[우측 키패드 7]** 키를 누른 후 이어서 ❸**[우측 키패드 9]** 키를 눌러 뷰포트를 **아래쪽(Bottom: −Z축)** 뷰로 회전한다.

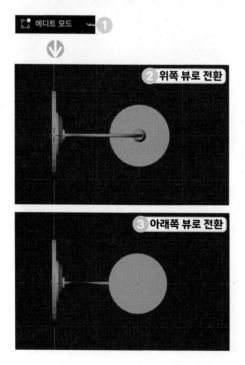

45 ❶**아래쪽(−Z축)** 페이스를 **선택**한 후 ❷**페이스를 인셋** 툴을 사용하여 그림처럼 선택한 페이스에 ❸**새로운 페이스**를 생성한다.

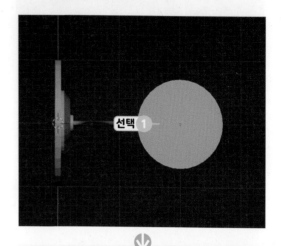

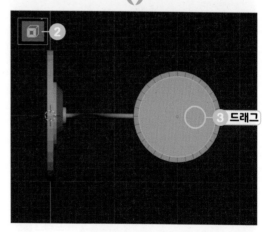

46 뷰포트를 ❶**앞쪽(Front: −Y축)** 뷰로 회전한 후 뷰포트 우측 상단에 있는 ❷**X−Ray를 토글**을 켜준다. 그다음 ❸**지역 돌출** 툴을 사용하여 선택한 페이스를 오브젝트 ❹**안쪽(Z축)**으로 **13칸(1.3m)** 들어간 페이스를 생성한다.

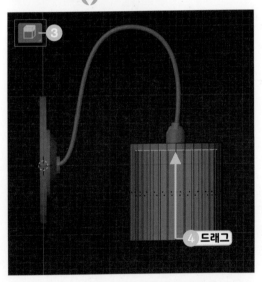

47 다시 **①X-Ray를 토글**을 **꺼준** 뒤 [우측 키패드 7] 키를 눌러 뷰포트를 **②위쪽(Top: Z축)** 뷰로 회전한다.

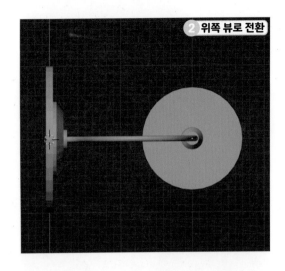

48 오브젝트 **①위쪽(Z축) 페이스를 선택**한 후 **②페이스를 인셋** 툴을 사용하여 그림처럼 선택한 페이스 안쪽에 **③새로운 페이스**를 생성한다.

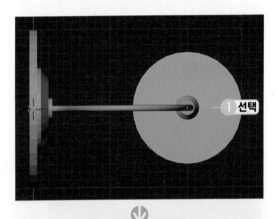

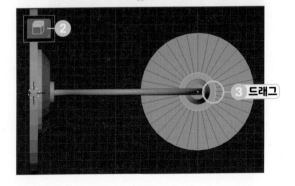

49 뷰포트를 ①**앞쪽(Front: -Y축)** 뷰로 회전한 뒤 뷰포트를 적당하게 확대한 상태에서 ②**지역 돌출** 툴을 사용하여 ③**위쪽(Z축)** 방향으로 페이스를 7칸(0.07m) 돌출된 면을 생성한다.

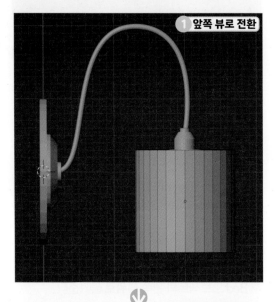

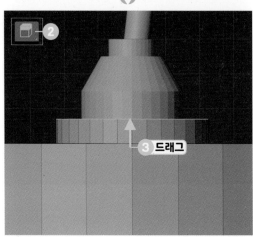

50 아웃라이너에서 실린더 오브젝트의 이름을 [Lighting Head]로 변경한다.

51 ①**오브젝트 모드**로 변경한 후 뷰포트에서② [/] 키를 눌러 앞서 숨겨놓았던 오브젝트들을 모두 보이게 한다.

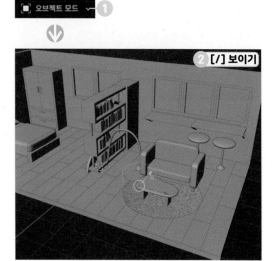

52 아웃라이너에서 **Lighting** 컬렉션에 있는 오브젝트들을 ①**모두 선택**한다. 그다음 ②**축적** 툴을 사용하여 선택된 오브젝트들을 적당한 ③**크기**로 줄여준다.

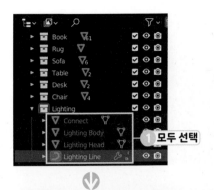

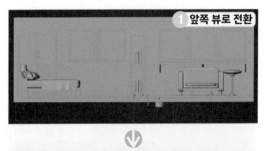

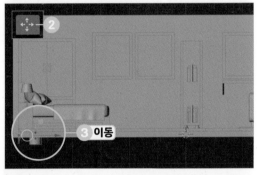

54 뷰포트를 ❶**오른쪽(Right: X축)** 뷰로 회전한 후 Bed 오브젝트의 왼쪽 ❷**위로** 옮겨준다.

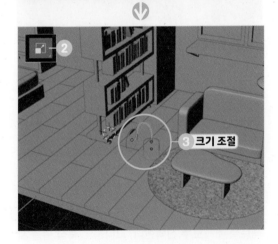

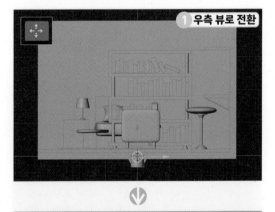

53 뷰포트를 ❶**앞쪽(Front: −Y축)** 뷰로 회전한 후 ❷**이동** 툴을 사용하여 그림처럼 ❸**왼쪽**으로 이동하여 벽으로 붙여준다.

55 선택된 오브젝트들을 **복사**(Ctrl + C, Ctrl +
V)한 후 오른쪽(Y축) 방향으로 **이동**하여 **Bed** 오브
젝트의 오른쪽에 위치시킨다.

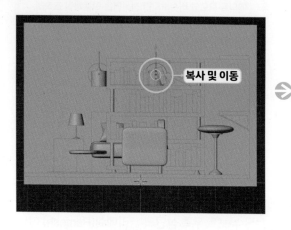

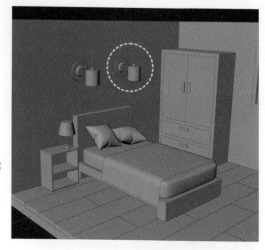

토끼 인형 캐릭터 만들기

스컬프트 모드(Sculpt Mode)를 이용하여 도형의 모양을 다듬어보고, 여러 개의 메쉬와 모디파이어(Modifier)를
이용하여 토끼 모양의 캐릭터를 제작해 본다.

머리 만들기

01 아웃라이너의 빈 곳에서 ❶❷[우측 마우스 버
튼] – [새로운 컬렉션]을 생성한다.

02 방금 생성한 컬렉션의 이름을 [Character]로
변경한다.

03 뷰포트에서 ❶[Shift] + [A] 키를 눌러 ❷UV

구체(UV Sphere) 메쉬를 생성한 후 ③[/] 키를 눌러 방금 생성한 오브젝트를 제외한 나머지 오브젝트들은 모두 숨겨준다.

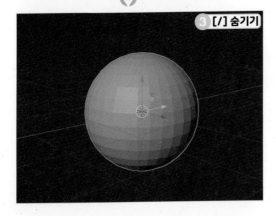

③ [/] 숨기기

04 뷰포트에서 [Ctrl] + [Tab] 키를 눌러 **스컬프트 모드(Sculpt Mode)**로 전환한다.

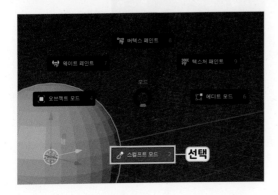

선택

팁 & 노트

스컬프트 모드(Sculpt Mode)에 대하여

스컬프트 모드는 오브젝트의 모양을 변형하는 점에서 에디트 모드와 비슷하지만 점선면을 이용하여 조작하는 에디트 모드와는 다르게 브러시에 의해 모양을 변형되는 방식이 다르다.

05 뷰포트 우측 상단의 ①**리메쉬(Remesh)** 메뉴에서 ②**복셀 크기(Voxel Size)**를 0.07m로 설정한 후 하단의 ③**리메쉬(Remesh)** 버튼을 클릭하여 적용한다.

☑ 복셀 크기(Voxel Size)가 작을수록 오브젝트의 버텍스 수가 늘어난다. 버텍스 수가 많으면 디테일한 작업을 할 수 있지만 데이터가 비대해지기 때문에 프로그램이 갑자기 종료되거나 렉이 걸리는 등의 문제가 발생될 수 있다.

06 계속해서 **미러(Mirror)**의 **X축**을 켜서 해당 축 방향에만 영향을 준다.

선택

07 툴바에서 **①스무스(Smooth)** 툴을 선택한 후 뷰포트 좌측 상단의 **②강도(Strength)**를 0.2로 변경한다

☑ 스컬프트 모드에서 **[Shift]** 키를 누르면 스무스(Smooth) 툴을 언제든지 사용할 수 있다.

08 오른쪽 대괄호 **]** 키를 몇 차례 눌러 브러쉬의 크기를 적당하게 조절한 후 뷰포트를 **회전**해 가며 오브젝트 표면을 **문질러(좌측 마우스 버튼으로 드래그)** 모든 표면을 부드럽게 만들어준다.

스컬프트 브러시

문지르기(드래그)

☑ 대괄호 **][** 키로 브러쉬의 크기를 조절할 수 있어 오브젝트의 형체를 제어하는 범위를 자유롭게 변형할 수 있다.

09 툴바에서 **①엘라스틱 변형(Elastic Deform)** 툴을 선택한 후 뷰포트를 **②앞쪽(Front: −Y축)** 뷰로 회전한다.

② 앞쪽 뷰로 전환

10 왼쪽 대괄호 **[** 키를 눌러 브러시 크기를 줄여

준다. 그다음 오브젝트의 **오른쪽(X축)** 또는 **왼쪽(-X축)** 면을 안쪽으로 드래그(문지르기)한 후 **상단 옆면**과 **하단**을 **문질러** 그림과 같은 삼각형 모양의 형체를 만든다.

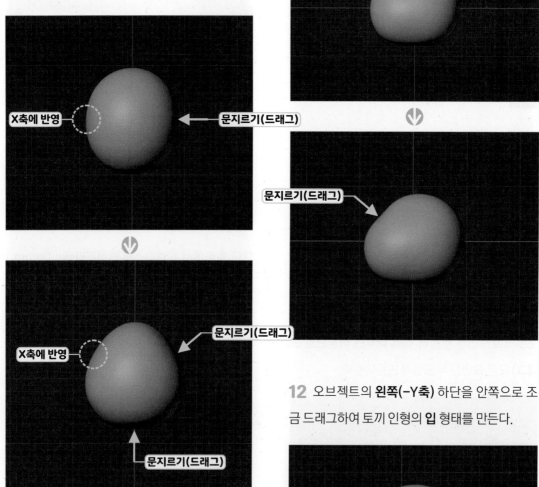

X축에 반영 ← 문지르기(드래그)

문지르기(드래그)

문지르기(드래그)

X축에 반영

문지르기(드래그)

문지르기(드래그)

11 [우측 키패드 3] 키를 눌러 뷰포트를 **오른쪽 (Right: X축)** 뷰로 회전한 후 오브젝트의 **왼쪽(-Y축)** 상단을 드래그하여 그림처럼 찌그러진 구 형태를 제작한다.

12 오브젝트의 **왼쪽(-Y축)** 하단을 안쪽으로 조금 드래그하여 토끼 인형의 **입** 형태를 만든다.

문지르기

문지르기

13 아래 첫 번째 그림처럼 **전체**적으로 **모양**을 잡아준 후 뷰포트를 **위쪽(Top: Z축)** 뷰로 회전한다.

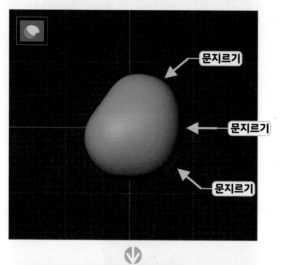

문지르기
문지르기
문지르기

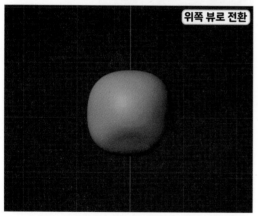

위쪽 뷰로 전환

14 오브젝트의 **우측(X축)** 또는 **좌측(-X축) 하단 (-Y축)**을 드래그(문지르기)하여 그림처럼 -Y축을 살짝 뾰족하게 만든 후 **[Shift]** 키를 누른 상태에서 오브젝트 표면을 문질러서 부드럽게 만들어준다.

X축에 반영
문지르기

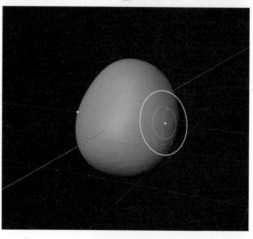

15 **[Ctrl]** + **[Tab]** 키를 눌러 **오브젝트 모드**로 변경한다.

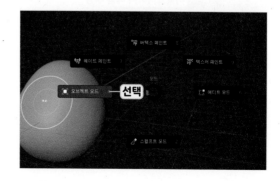

버텍스 페인트
페인트 페인트   텍스처 페인트
모드
오브젝트 모드 ─ **선택**   에디트 모드
스컬프트 모드

16 뷰포트에서 ❶❷[우측 마우스 버튼] – [셰이드 스무스(Shade Smooth)]를 적용한다.

17 아웃라이너에서 해당 오브젝트의 이름을 [Head]로 변경한다.

코 만들기

01 ❶[Shift] + [A] 키를 눌러 새로운 ❷UV 구체 (UV Sphere) 메쉬를 생성한다.

02 오브젝트 프로퍼티스의 위치에서 Y를 −0.6, 축적의 XYZ를 0.2로 설정한다.

본 도서에 제시된 위치, 크기, 회전 등의 설정값은 필자가 임의로 설정한 것이므로 자신이 원하는 값으로 변경해도 무관하다.

03 뷰포트에서 [Ctrl] + [Tab] 키를 눌러 ❶스컬프트 모드(Sculpt Mode)로 변경한 후 뷰포트 우측 상단 ❷미러(Mirror)의 X축이 켜져 있는지 확인한다.

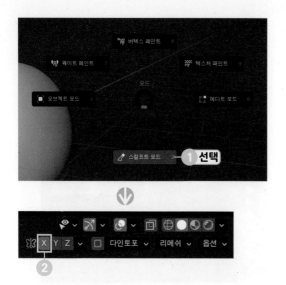

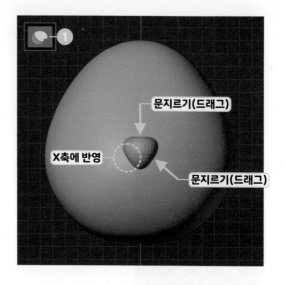

04 뷰포트를 **앞쪽**(Front: -Y축) 뷰로 회전한다.

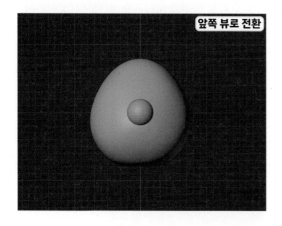

06 오른쪽(Right: X축) 뷰에서 오브젝트의 **좌측** (-Y축)을 Head에 맞는 **모양**으로 만들어준다.

05 툴바에서 ❶**엘라스틱 변형**(Elastic Deform) 툴을 선택한 후 오브젝트의 **우측(X축)** 또는 **좌측(-X축) 하단**과 **상단(Z축)**을 드래그(문지르기)하여 역삼각형 모양의 코를 만든다. 엘라스틱 변형 툴은 물체를 잡거나 비틀기와 같이 사실적인 변형이 가능하기 때문에 사람이나 동물과 같은 형체를 모델링하는데 매우 유용하다.

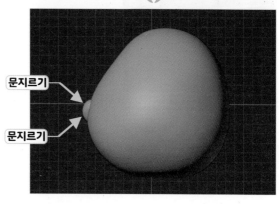

07 ①**오브젝트 모드**로 변경한 후 뷰포트에서 ②
③**[우측 마우스 버튼] - [셰이드 스무스]**를 적용한
다.

08 작업이 끝나면 아웃라이너에서 구체 오브젝
트의 이름을 **[Nose]**로 변경해 준다.

01 ①**[Shift] + [A]** 키를 눌러 새로운 ②**UV 구체
(UV Sphere)** 메쉬를 생성한다.

02 오브젝트 프로퍼티스의 회전에서 **XY**를 **-11**
도, **9**도, 축적의 **XY**를 **0.3, 0.2**로 설정한다.

03 우측 속성 창의 ①**모디파이어 프로퍼티스**에
서 ②③**[모디파이어를 추가(Add Modifier) - [미러
(Mirror)]**를 생성한다.

05 뷰포트를 ❶**앞쪽(Front: −Y축)** 뷰로 회전한 후 ❷**이동** 툴을 사용하여 오브젝트를 ❸**위쪽(Z축)** 방향으로 **13칸(1.3m)** 이동한 다음 **오른쪽(X축)** 방향으로 **4칸(0.4m)** 이동한다.

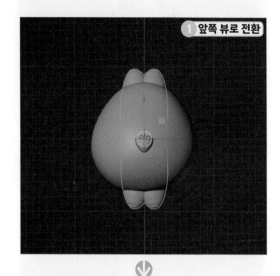

04 모디파이어에서 미러 오브젝트의 ❶**사각형** 메뉴를 클릭하여 ❷**Head** 오브젝트로 선택한다.

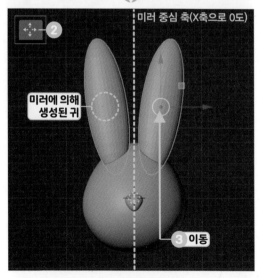

06 뷰포트를 ❶**오른쪽(Right: X축)** 뷰로 회전한 후 ❷**오른쪽(Y축)** 방향으로 **3칸(0.3m)** 이동한다.

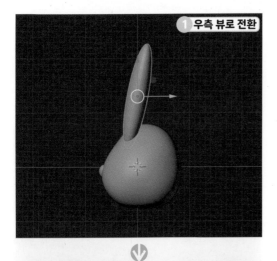

① 우측 뷰로 전환

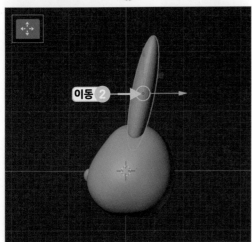

이동 ②

08 뷰포트 우측 상단의 ❶**리메쉬(Remesh)** 메뉴에서 ❷**복셀 크기(Voxel Size)**를 0.07m로 설정한후 하단의 ❸**리메쉬(Remesh)** 버튼을 클릭하여 적용한다.

09 계속해서 **미러(Mirror)**의 X축을 켜준다.

선택

10 ❶**스무스(Smooth)** 툴을 사용하거나 [Shift]키를 누른 상태로 오브젝트 표면을 ❷**문질러(드래그)** 전체적으로 부드럽게 해준다.

07 뷰포트에서 [Ctrl] + [tab] 키를 눌러 **스컬프트 모드**로 변경한다.

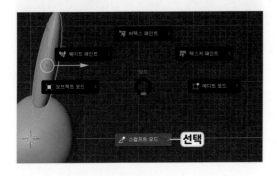

선택

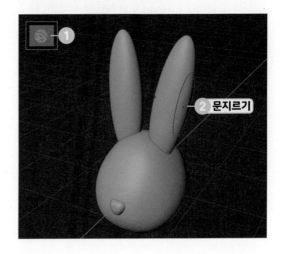

② 문지르기

11 [X] 키 또는 좌측 툴바에서 ❶그리기(Draw) 툴을 선택한 후 뷰포트를 ❷앞쪽(Front: -Y축) 뷰로 전환한다.

2 앞쪽 뷰로 전환

12 왼쪽 대괄호 ❶[키를 눌러 브러시의 크기를 적당하게 줄여준 후 ❷[Ctrl] 키를 누른 상태로 그림처럼 귀 안쪽에 홈을 파준다.

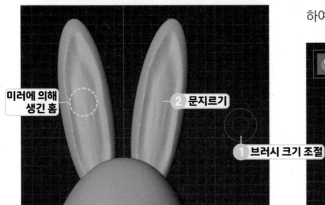

미러에 의해 생긴 홈

2 문지르기

1 브러시 크기 조절

13 [Shift] 키를 누른 상태로 **문질러(드래그)** 귀 표면을 부드럽게 한다.

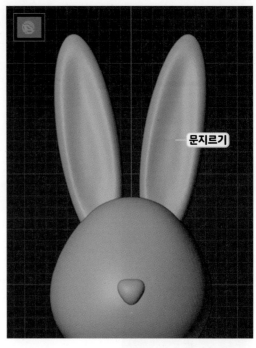

문지르기

✓ 미러를 사용하면 거울에 비친 모습처럼 오브젝트의 반대쪽의 모습도 똑같이 변형된다.

14 ❶**엘라스틱 변형(Elastic Deform)** 툴을 선택한 후 ❷**귀 상단(Z축)** 모서리를 바깥쪽으로 드래그하여 **둥글게** 만든다.

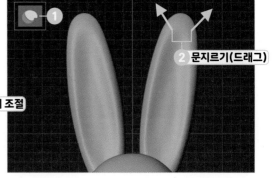

2 문지르기(드래그)

15 ❶**오브젝트 모드**로 변경한 후 뷰포트에서 ❷ ❸**[우측 마우스 버튼] – [셰이드 스무스]**를 적용한다.

16 방금 생성된 미러 모디파이어 **빈 곳에** 마우스 커서를 갖다 놓고 **[Ctrl] + [A]** 키를 눌러 **병합**한다.

17 작업이 끝나면 아웃라이너에서 구체 오브젝트의 이름을 **[Ears]**로 변경해 준다.

눈 만들기

01 뷰포트에서 ❶**[Shift] + [A]** 키를 눌러 ❷**실린더**를 생성한다.

02 오브젝트 프로퍼티스의 회전에서 **X**를 **90도**, 축적의 **XYZ**를 **0.2, 0.2, 0.02**로 설정한다.

03 작업의 편의를 위해 아웃라이너에서 Head, Nose, Ear 오브젝트를 잠시 **숨겨**놓는다.

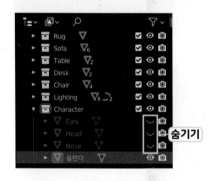

04 ❶**에디트 모드**로 변경한 후 [3] 키 또는 직접 ❷**페이스 선택** 모드로 변경한다.

05 오브젝트의 ❶**앞쪽(-Y축) 페이스를 선택**한 후 [I] 키 또는 ❷**페이스를 인셋** 툴을 사용하여 페이스 안쪽에 ❸**새로운 페이스**를 생성한다.

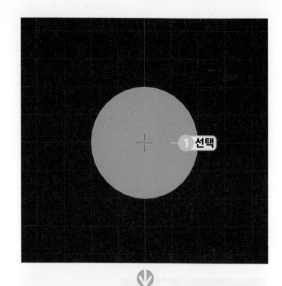

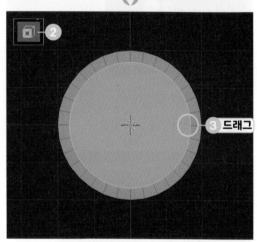

06 뷰포트 상단에 활성화되어있는 **스냅(Snap)**을 **꺼**놓는다.

07 뷰포트를 ❶**오른쪽(Right: X축)** 뷰로 회전한 후 ❷**X-Ray를 토글**을 켜준다.

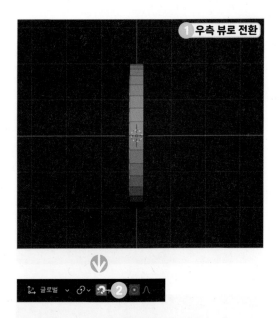

① 우측 뷰로 전환

09 ①앞쪽(Front: -Y축) 뷰로 회전한 후 ②페이스를 인셋 툴을 사용하여 그림처럼 페이스 안쪽에 ③새로운 페이스를 생성한다.

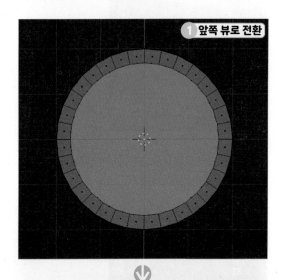

① 앞쪽 뷰로 전환

08 [E] 키 또는 ①지역 돌출 툴을 사용하여 오브젝트의 오른쪽(Y축) 방향으로 드래그하여 선택된 페이스를 ②안쪽으로 밀어 넣는다.

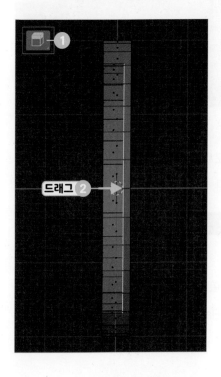

드래그 ②

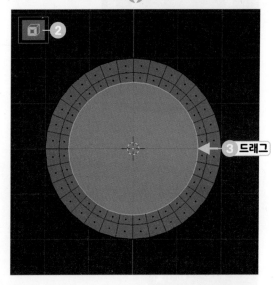

③ 드래그

10 ①오른쪽(Right: X축) 뷰로 회전한 후 ②이동 툴을 사용하여 그림처럼 오브젝트의 ③왼쪽(-Y축) 방향으로 이동한다.

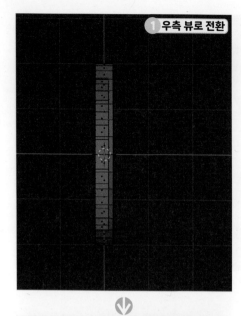

① 우측 뷰로 전환

② ③ 이동

11 우측 상단에 활성화되어있는 **①X-Ray**를 토글을 다시 **꺼준다**. 그리고 **②오브젝트 모드**로 변경한 후 아웃라이너에서 실린더 오브젝트의 이름을 **③[Eyes]**로 변경한다.

③ 더블클릭하여 이름 수정

12 뷰포트에서 **①[Shift] + [A]** 키를 눌러 **②실린더**를 생성한다.

13 오브젝트 프로퍼티스의 회전에서 X를 90도, 축적의 **XYZ**를 0.03, 0.03, 0.1로 설정한다.

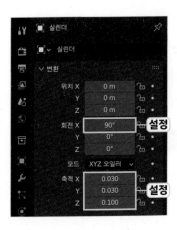

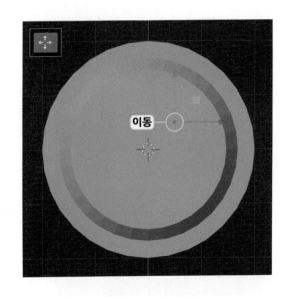

14 ❶스냅을 다시 **켜놓고** ❷**앞쪽(Front: -Y축)** 뷰로 회전한다.

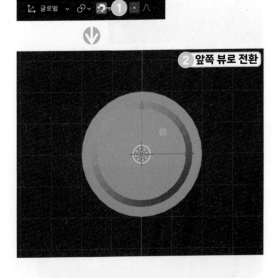

15 뷰포트를 적당하게 확대하고 오브젝트를 위쪽(Z축) 방향으로 5칸(0.5m), 오른쪽(X축) 방향으로 5칸(0.5m) 이동한다.

16 ❶**모디파이어 프로퍼티스**에서 ❷❸**[모디파이어를 추가] – [미러]**를 적용한다.

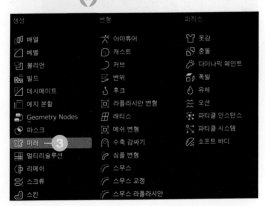

17 방금 생성한 모디파이어에서 ❶Y축을 **켠** 후 미러 오브젝트의 ❷**사각형** 메뉴에서 ❸Eyes 오브젝트를 선택한다.

18 방금 생성된 미러 모디파이어 **빈 곳**에 **마우스 커서**를 갖다 놓고 [Ctrl] + [A] 키를 눌러 **병합**한다.

19 아웃라이너에서 실린더 오브젝트의 이름을 [Holes]로 변경한다.

20 아웃라이너에서 ❶Eyes 오브젝트를 **선택**한 후 모디파이어 프로퍼티스에서 ❷❸[**모디파이어를 추가**] – [**불리언(Boolean)**]을 적용한다.

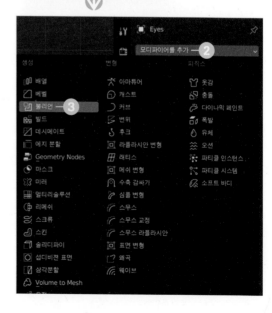

21 생성한 모디파이어에서 ①**차이(Difference)**를 **선택**한 후 오브젝트의 ②**사각형** 메뉴에서 ③Holes 오브젝트를 적용한다.

☑ **차이(Difference)**는 모디파이어를 적용한 오브젝트에 대상 오브젝트를 빼는 기능이다.

적용 오브젝트 = Eyes 오브젝트
대상 오브젝트 = Holes 오브젝트

☑ **교차** : 모디파이어 적용과 대상 오브젝트의 교차 부분만 남는다.

결합 : 모디파이어 적용 오브젝트와 대상 오브젝트의 결합합다. 교차되는 부분에 메쉬가 추가되며, 내부 면은 제거된다.

차이 : 모디파이어 적용 오브젝트에 대상 오브젝트를 빼준다.

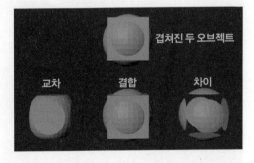

22 방금 생성된 미러 모디파이어 **빈 곳**에 **마우스 커서**를 갖다 놓고 [Ctrl] + [A] 키를 눌러 **병합**한다.

23 뷰포트 또는 아웃라이너에서 Holes 오브젝트를 선택한 후 [Delete] 키를 눌러 구멍을 뚫기 위해 사용했던 Holes는 제거한다.

24 ①Eyes 오브젝트를 **선택**한 후 ②③[**모디파이어를 추가**] – [**미러**]를 적용한다.

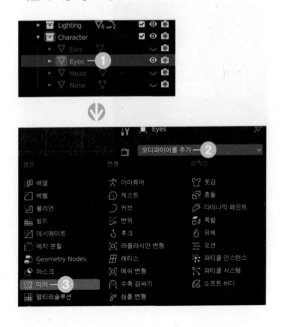

25 모디파이어에서 미러 오브젝트의 ❶사각형 메뉴를 클릭하여 ❷Head 오브젝트를 선택한다.

26 오브젝트 프로퍼티스의 위치에서 **XYZ**를 **0.3m**, **−0.5m**, **0.22m**, 회전의 **XYZ**를 **61**도, **0**도, **25**도로 설정한다.

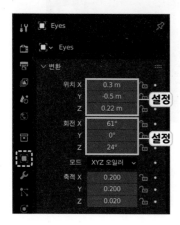

☑️ 위의 설정값은 자신이 만든 Head 오브젝트에 맞추어 조절하면 된다.

27 방금 생성된 미러 모디파이어 **빈 곳**에 **마우스 커서**를 갖다 놓고 **[Ctrl]** + **[A]** 키를 눌러 **병합**한다.

28 아웃라이너에서 앞서 숨겨놓았던 **3개**의 **오브젝트**를 다시 **보이게** 해준다.

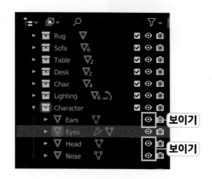

몸통 만들기

01 뷰포트에서 [Shift] + [A] 키를 눌러 ❶❷UV **구체** 메쉬를 생성한다.

02 우측 오브젝트 프로퍼티스의 위치에서 **Z축**을 −1.4m, 축적의 **XYZ**를 0.8로 설정한다.

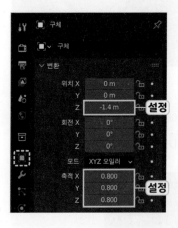

03 뷰포트에서 [Ctrl] + [Tab] 키를 눌러 **스컬프 트 모드**로 변경한다.

04 뷰포트 우측 상단 미러의 ❶**X축**을 **활성화**한 후 ❷**리메쉬(Remesh)** 메뉴에서 ❸**복셀 크기**를 0.07m로 설정한 다음 하단의 ❹**[리메쉬]** 버튼을 클 릭하여 적용한다.

05 [Shift] 키를 누른 상태 또는 **스무스** 툴을 선택 하여 그림처럼 오브젝트의 모든 표면을 부드럽게 만들어준다.

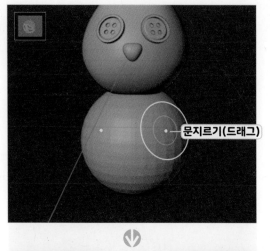

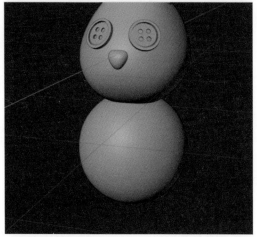

☑ 스컬프트 모드에서 [Shift] 키를 누르면 스무스(Smooth) 툴을 언제든지 사용할 수 있다.

06 ❶**앞쪽(Front: −Y축)** 뷰로 회전한 후 ❷**엘라스틱 변형(Elastic Deform)** 툴을 사용하여 오브젝트의 **우측(X축) 상단(Z축)**과 **우측(X축)**을 안쪽으로 드래그(문지르기)한 후 **우측(X축) 하단(−Z축)**을 바깥쪽으로 드래그하여 그림처럼 물방울 형태의 몸통으로 만들어준다.

앞쪽 뷰로 전환 ❶

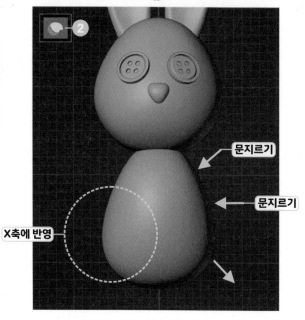

❷

문지르기

문지르기

X축에 반영

07 **오른쪽(Right: X축)** 뷰로 회전한 후 오브젝트의 **좌측(−Y축) 상단**과 **우측(Y축)**을 그림처럼 인형의 배 모양을 만들어준다.

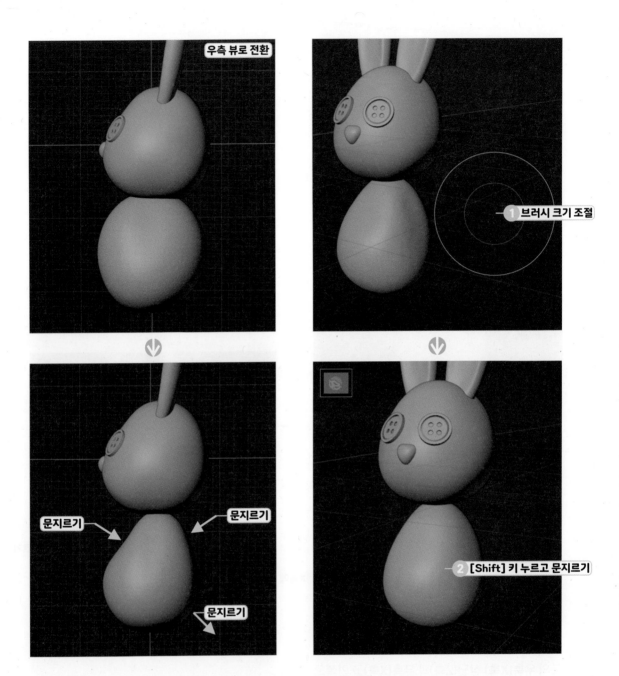

우측 뷰로 전환

1 브러시 크기 조절

문지르기

문지르기

문지르기

2 [Shift] 키 누르고 문지르기

08 뷰포트를 **회전**해 가면서 [Shift] 키 또는 **스무스** 툴을 사용하여 오브젝트의 모든 표면을 부드럽게 만든다.

09 ❶**오브젝트 모드**로 변경한 후 ❷❸[**우측 마우스 버튼**] − [**셰이드 스무스**(Shade Smooth)]를 적용한다.

12 생성한 메쉬를 오브젝트 프로퍼티스의 축적
에서 **XYZ**를 **0.2**로 설정한다.

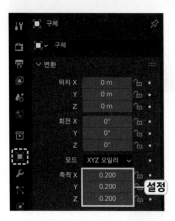

10 작업이 끝나면 아웃라이너에서 구체 오브젝트
의 이름을 **Body**로 변경해 준다.

꼬리 만들기

11 ❶**[Shift] + [A]** 키를 눌러 새로운 ❷**UV 구체**
(UV Sphere) 메쉬를 생성한다.

13 뷰포트를 **오른쪽**(Right: X축) 뷰로 회전한다.

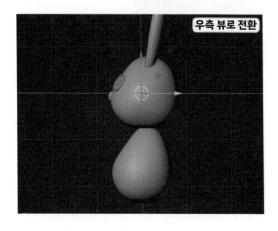

14 ①이동 툴을 이용하여 그림처럼 ②아래쪽(-
Z축) 방향으로 18칸(-1.8m), 오른쪽(Y축) 방향으로
8칸(0.8m) 이동한다.

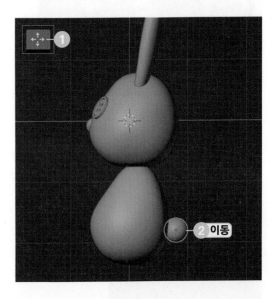

15 뷰포트에서 ①②[우측 마우스 버튼] - [셰이
드 스무스]를 적용한다.

16 작업이 끝나면 아웃라이너에서 구체 오브젝
트의 이름을 Tail로 변경한다.

팔과 다리 만들기

팔 만들기

01 ①[Shift] + [A] 키를 눌러 새로운 ②UV 구체
(UV Sphere) 메쉬를 생성한다.

02 생성한 메쉬를 오브젝트 프로퍼티스의 회전
에서 Y를 90도, 축적의 XYZ를 0.3, 0.3, 0.6으로 설
정한다.

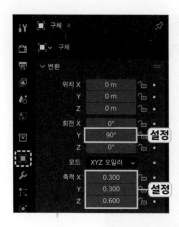

03 ❶이동 툴을 사용하여 그림처럼 오브젝트를
❷아래쪽(-Z축) 방향으로 10칸(-1m), ❸오른쪽
(Y축) 방향으로 14칸(0.14m) 이동한다.

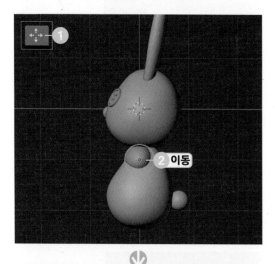

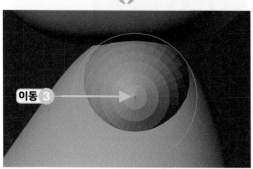

04 뷰포트를 ❶앞쪽(Front: -Y축) 방향으로 회전
한 후 ❷오른쪽(X축) 방향으로 8칸(0.8m) 이동한
다.

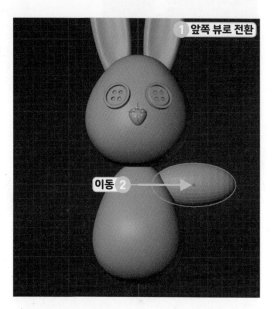

05 뷰포트에서 ❶❷[우측 마우스 버튼] - [셰이
드 스무스]를 적용한다.

06 ❶모디파이어 프로퍼티스에서 ❷❸[모디파이어를 추가] – [미러]를 적용한다.

07 생성한 모디파이어에서 미러 오브젝트 옆의 ❶사각형 메뉴를 클릭하여 ❷Body 오브젝트를 선택한다. 그다음 모디파이어 빈 곳에 ❸마우스 커서를 갖다 놓고 [Ctrl] + [A] 키를 눌러 Body 오브젝트와 병합한다.

08 아웃라이너에서 구체 오브젝트의 이름을 [Arm]으로 변경한다.

다리 만들기

09 ❶[Shift] + [A] 키를 눌러 새로운 ❷**UV 구체**
(UV Sphere) 메쉬를 생성한다.

10 생성한 메쉬를 오브젝트 프로퍼티스의 회전
에서 Y를 −15도, 축적의 **XYZ**를 **0.35**로 변경한다.

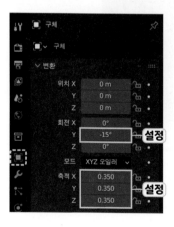

11 ❶**이동** 툴을 사용하여 오브젝트를 ❷**아래쪽(−
Z축)** 방향으로 **25칸(−2.5m)**, **오른쪽(X축)** 방향으로
4칸(0.4m) 이동한다.

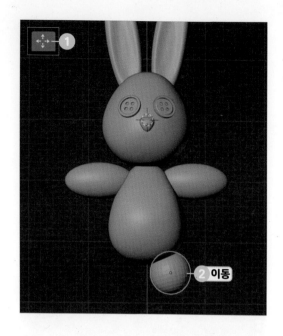

12 뷰포트에서 ❶❷**[우측 마우스 버튼] − [셰이
드 스무스]**를 적용한다.

13 모디파이어 프로퍼티스에서 ❶❷**[모디파이어
를 추가] − [미러]**를 적용한다.

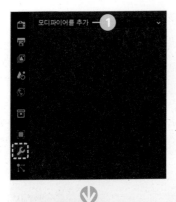

15 방금 생성된 미러 모디파이어 **빈 곳**에 **마우스 커서를 갖다 놓고 [Ctrl] + [A]** 키를 눌러 **병합**한다.

16 아웃라이너에서 구체 오브젝트의 이름을 [Leg]로 변경한다.

14 모디파이어의 미러 오브젝트 옆의 ❶**사각형** 메뉴를 클릭하여 ❷**Body** 오브젝트를 적용한다.

17 뷰포트 [/] 키를 눌러 앞서 숨겨놓았던 오브젝트들을 모두 활성화한다.

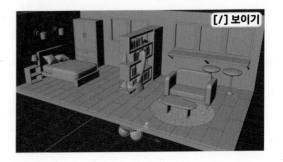

18 아웃라이너에서 **Character** 컬렉션의 오브젝트를 **모두 선택**한다.

모두 선택

두 가지 툴 사용

크기와 위치 설정

19 뷰포트에서 **축적** 툴과 **이동** 툴을 사용하여 그림처럼 크기와 위치를 설정하여 소파 위쪽으로 옮겨준다.

☑ Character 컬렉션의 오브젝트는 차후 **리깅(Rigging)** 편에서 뼈대를 만들어 캐릭터의 자세를 새롭게 만들기 때문에 모델링 단계에서는 지금의 상태를 그대로 보존한다.

🔵 여러 가지 소품 만들기

지금까지 제작한 침대나 소파, 책장 등의 대형 가구가 아닌 집 안을 다양하게 장식할 작은 머그컵, 노트북, 선인장 등의 소품들을 제작해 본다.

머그컵 만들기

01 아웃라이너의 **빈 곳**에서 **[우측 마우스 버튼]** – **[새로운 컬렉션]**을 생성한다.

새로운 컬렉션 ── 2

우측 마우스 버튼 ── 1

02 방금 생성된 컬렉션의 이름을 [Cup]로 변경한다.

03 뷰포트에서 ❶[Shift] + [A] 키를 눌러 ❷**실린더**를 생성한 후 오브젝트 프로퍼티스의 축적에서 ❸**XYZ를 0.9**로 설정한다.

04 ❶**에디트 모드**로 변경한 후 뷰포트에서 ❷**[/]** 키를 눌러 생성한 오브젝트를 제외한 모든 오브젝트를 숨겨준다.

05 뷰포트를 ❶**위쪽(Top: Z축)** 뷰로 회전한 후 오브젝트의 ❷**상단(Z축) 페이스**를 **선택**한다.

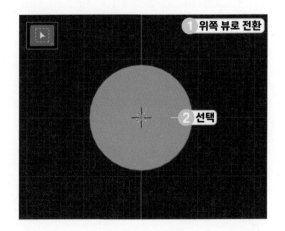

06 ❶**페이스**를 인셋 툴을 사용하여 그림처럼 페이스 안쪽에 ❷**새로운 페이스**를 생성한다.

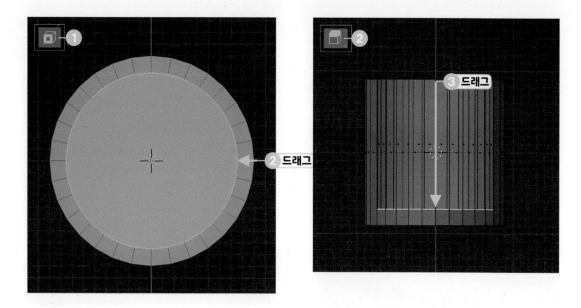

07 뷰포트를 **앞쪽(Front: -Y축)** 뷰로 회전한다.

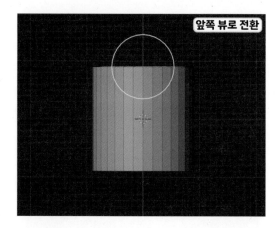

08 뷰포트 우측 상단에 있는 ❶**X-Ray를 토글**을 켜준 후 ❷**지역 돌출** 툴을 사용하여 ❸**아래쪽(-Z 축)** 방향으로 **16칸(-1.6m)** 들어간 페이스를 생성한다.

09 ❶**[우측 키패드 7]** 키를 누른 후 이어서 ❷**[우 측 키패드 9]** 키를 눌러 뷰포트를 **아래쪽(Bottom:- Z축)** 뷰로 회전한다.

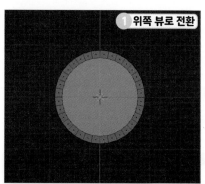

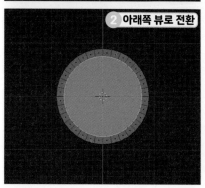

10 우측 상단의 ❶X-Ray를 토글을 **꺼준** 후 오브젝트의 ❷**아래쪽(-Z축) 페이스**를 **선택**한다.

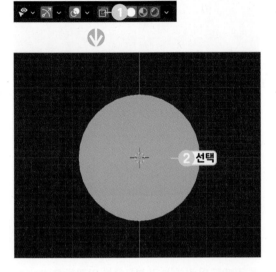

☑ X-Ray를 토글을 켜놓고 페이스를 선택하면 원치 않는 반대쪽 혹은 주변 페이스가 선택될 수 있기 때문에 특정 하나의 페이스를 정확하게 선택하고자 한다면 X-Ray 토글을 꺼놓고 선택하는 것이 좋다.

11 ❶**페이스를 인셋** 툴을 사용하여 그림처럼 페이스 안쪽에 ❷**새로운 페이스**를 생성한다.

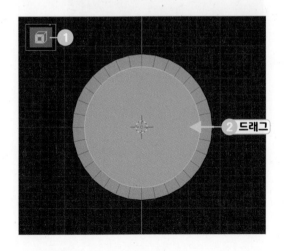

12 뷰포트를 ❶**앞쪽(Front: -Y축)** 뷰로 회전한 후 다시 ❷**X-Ray를 토글**을 클릭하여 **켜준**다.

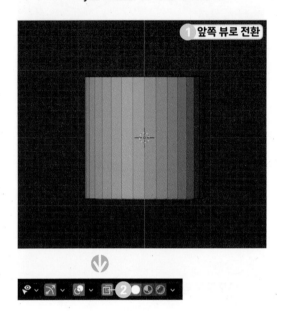

13 ❶**지역 돌출** 툴을 사용하여 ❷**위쪽(Z축)** 방향으로 **1칸(-0.1m)** 들어간 페이스를 생성한다.

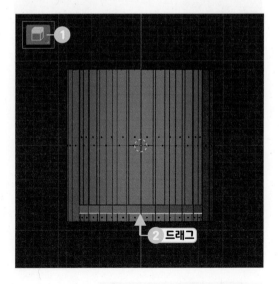

14 ❶**축적** 툴을 사용하여 흰색 역역을 ❷**안쪽**으로 **드래그**하여 선택된 페이스의 비율을 그림처럼 일정하게 줄여준다.

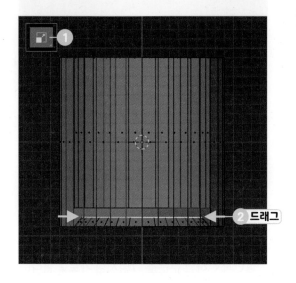

15 ❶**[우측 키패드 7]** 키를 누른 후 이어서 ❷**[우측 키패드 9]** 키를 눌러 뷰포트를 **아래쪽(Bottom: −Z축)** 뷰로 회전한다.

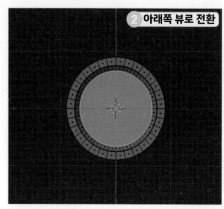

16 ❶**X−Ray를 토글**을 눌러 꺼준 후 ❷**페이스를 인셋** 툴을 사용하여 그림처럼 페이스 안쪽에 ❸**새로운 페이스**를 생성한다.

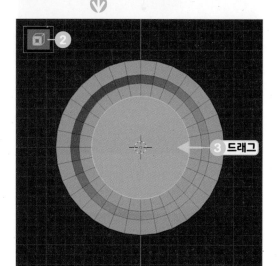

17 ❶**루프 잘라내기(Loop Cut)** 툴을 사용하여 그림처럼 오브젝트의 가장 자리 페이스에 ❷**새로운 에지**를 생성한다.

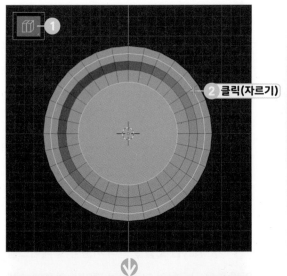

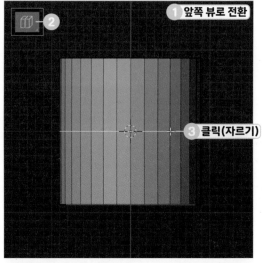

① 앞쪽 뷰로 전환

③ 클릭(자르기)

19 계속해서 방금 잘라준 **중앙 에지를 기준**으로 **①상단**과 **②하단** 부분을 그림처럼 **가로로 잘라**준 후 **③상단 에지**를 기준으로 위쪽을 **가로**로 한 번 더 **자른**다.

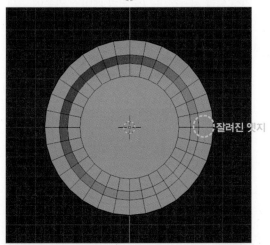

잘려진 엣지

☑ 지금의 과정에서는 잘라내기의 수가 1로 되어있어야 한다.

18 뷰포트를 **①앞쪽**(Front: −Y축) 뷰로 회전한 후 다시 한번 **②루프 잘라내기** 툴을 사용하여 오브젝트의 중앙을 **③가로**로 **자른**다.

① 클릭(자르기)

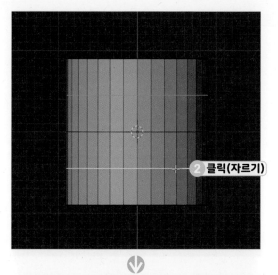

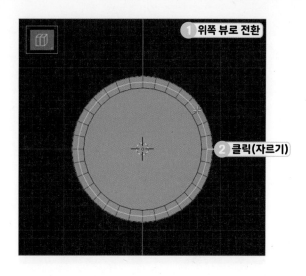

① 위쪽 뷰로 전환

② 클릭(자르기)

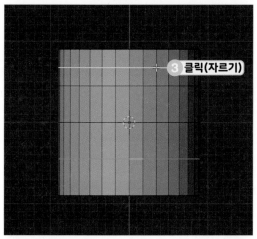

③ 클릭(자르기)

21 ①**페이스 선택** 모드로 변경한 후 ②**박스 선택 (Select Box)** 툴을 사용하여 오브젝트의 가운데 페이스를 ③**선택**한다.

에디트 모드 ①

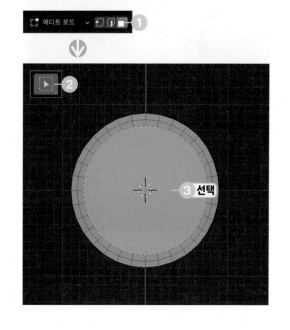

②

③ 선택

20 뷰포트를 ①**위쪽(Top: Z축)** 뷰로 회전한 후 오브젝트의 가장 자리 페이스를 그림처럼 ②**잘라** 새로운 에지를 생성한다.

22 ①**페이스를 인셋** 툴을 사용하여 그림처럼 안쪽에 ②**새로운 페이스**를 생성한다.

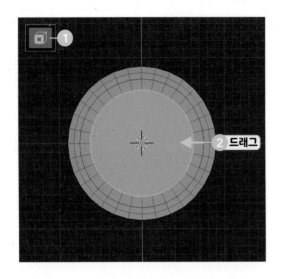

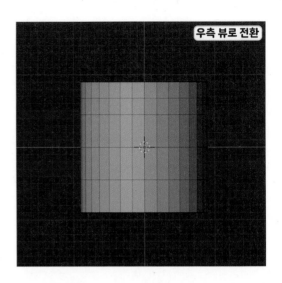

23 [Shift] + [R] 키를 눌러 안쪽에 페이스를 하나 더 생성한다.

25 가운데 세로 에지를 기점으로 위에서 두 번째의 **우측 페이스**와 **좌측 페이스**를 선택한다.

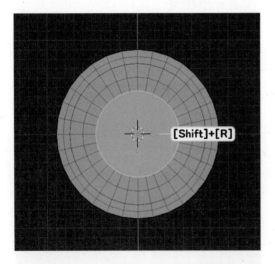

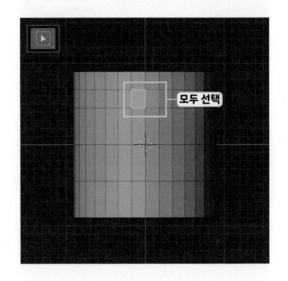

☑ [Shift] + [R] 키를 누르면 앞서 작업한(페이스를 인셋) 내용과 같은 비율로 반복 실행된다. 이것은 크기를 조절했을 때나 위치를 이동했을 때에도 같은 결과를 얻을 수 있다.

24 뷰포트를 **오른쪽(Right: X축)** 뷰로 회전한다.

26 뷰포트를 ❶**앞쪽(Front: -Y축)** 뷰로 회전한 후 ❷**지역 돌출 툴**을 사용하여 ❸**오른쪽(X축)** 방향으로 **두 칸(0.2m)** 돌출된 페이스를 생성한다.

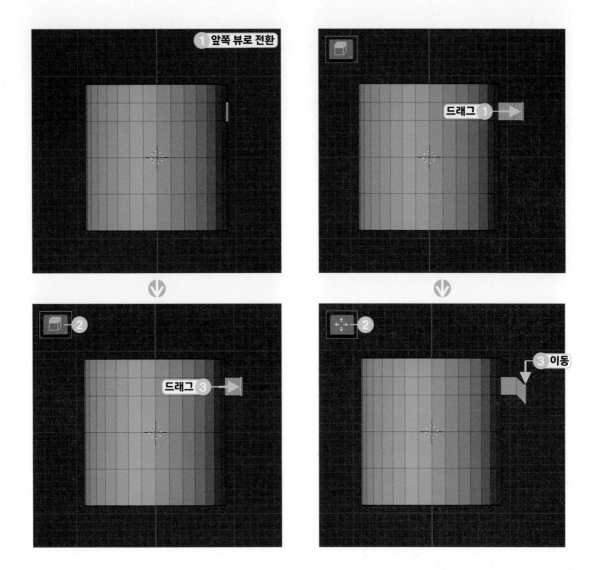

27 한 번 더 오른쪽(X축) 방향으로 **①한 칸(0.1m)** 돌출된 페이스를 만든 후 **②이동** 툴을 사용하여 그림처럼 **③아래쪽(-Z축)** 방향으로 **한 칸(-0.1m)** 내려준다.

28 **①회전(Rotate)** 툴을 선택한 후 **②초록색(Y 축)**을 **드래그**(회전)하여 그림처럼 선택한 페이스를 아래쪽에 만들어질 손잡이 모습과 이어지도록 **회 전**한다.

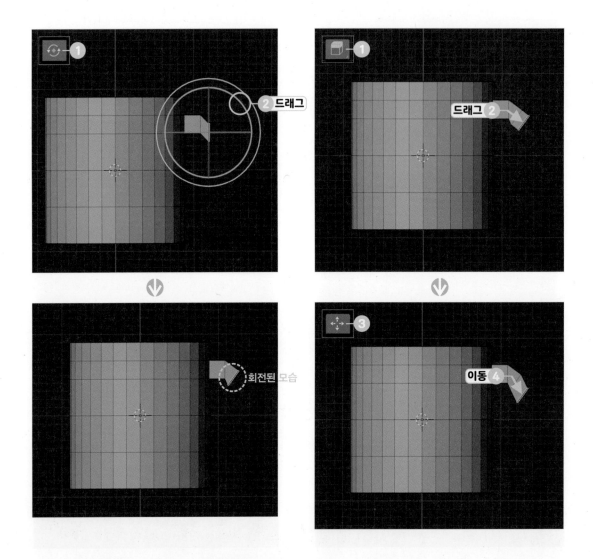

29 ①지역 돌출 툴을 사용하여 **오른쪽(X축)** 방향으로 **②한 칸(0.1m)** 돌출된 페이스를 생성한 후 **③이동** 툴을 사용하여 **④아래쪽(−Z축)** 방향으로 **한 칸(−0.1m)** 이동한다.

30 다시 **①회전** 툴을 사용하여 **②초록색(Y축)**을 드래그해서 그림처럼 선택한 페이스를 다음 손잡이 모습과 이어지도록 **회전**한다.

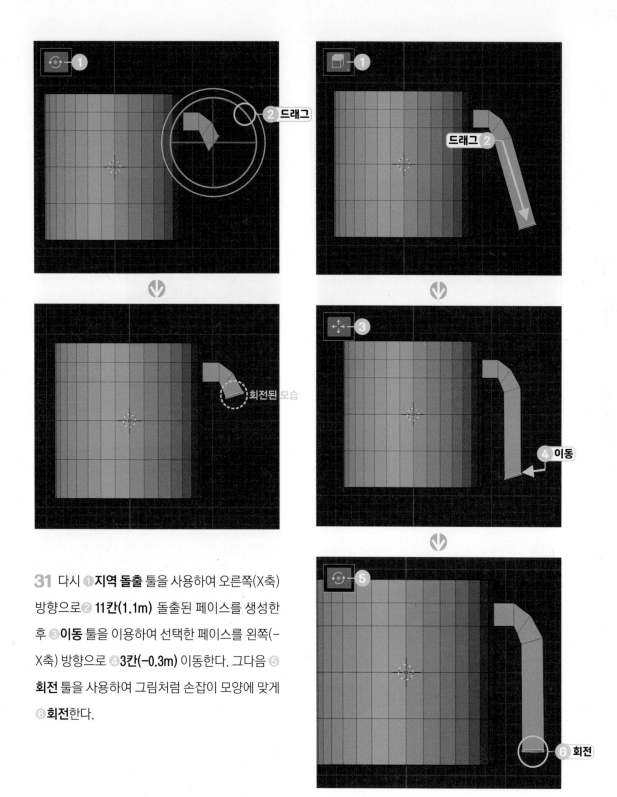

31 다시 **❶지역 돌출** 툴을 사용하여 오른쪽(X축) 방향으로**❷ 11칸(1.1m)** 돌출된 페이스를 생성한 후 **❸이동** 툴을 이용하여 선택한 페이스를 왼쪽(-X축) 방향으로 **❹3칸(-0.3m)** 이동한다. 그다음 **❺회전** 툴을 사용하여 그림처럼 손잡이 모양에 맞게 **❻회전**한다.

32 ❶에지(Edge) 선택 모드로 변경한 후 **오브젝트 상단** 손잡이 **곡선** 부분을 명확하게 볼 수 있도록 ❷**확대**한다.

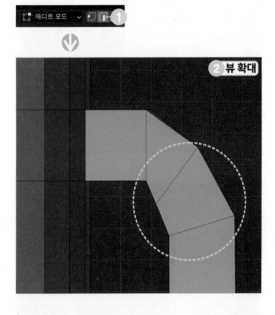

33 ❶[Alt] 키를 누른 상태로 곡선 부분의 **가로 에지**를 클릭하여 해당 둘레의 라인을 **모두 선택**한 후 ❷**이동** 툴과 **회전** 툴을 사용하여 자연스러운 곡선 모양을 만든다.

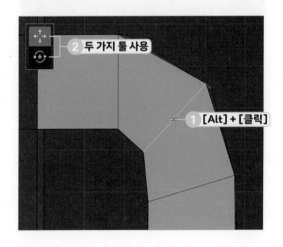

34 ❶**오브젝트 모드**로 변경한 후 모디파이어 프로퍼티스에서 ❷❸[모디파이어를 추가] – [섭디비전 표면]을 생성한다.

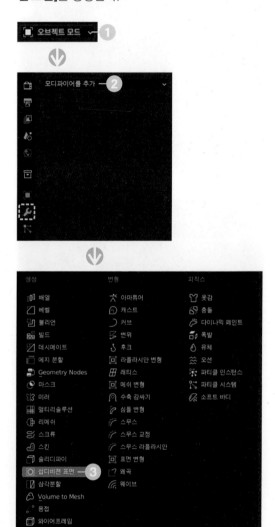

35 방금 생성한 모디파이어에서 ❶캣멀-클락의 ❷Levels Viewport 값을 4로 설정한다.

36 아웃라이너에서 실린더 오브젝트의 이름을 [Cup]으로 변경한다.

37 뷰포트에서 [/] 키를 눌러 앞서 숨겨놓았던 오브젝트를 모두 보이도록 한다.

38 ❶**축적** 툴을 사용하여 **컵** 오브젝트의 크기를 적당하게 ❷**줄여**준다.

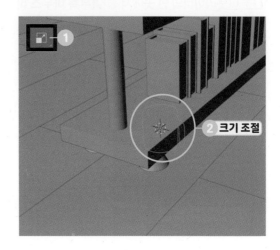

39 크기가 조절되면 ❶**이동** 툴을 사용하여 Table 오브젝트 위쪽으로 ❷**옮겨**준다.

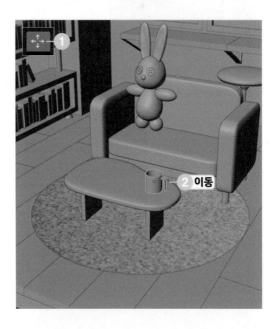

노트북 만들기

01 아웃라이너의 **빈 곳**에서 ❶❷[**우측 마우스 버튼**] – [**새로운 컬렉션**]을 생성한 후 컬렉션의 이름을 ❸[Laptop]로 변경한다.

02 뷰포트에서 ❶[Shift] + [A] 키를 눌러 ❷**큐브**를 생성한다.

03 오브젝트 프로퍼티스의 축적에서 XYZ를 1, 0.7, 0.01로 설정한다.

04 작업의 편의를 위해 뷰포트 [/] 키를 눌러 방금 생성한 오브젝트 이외의 오브젝트들은 모두 숨겨준다.

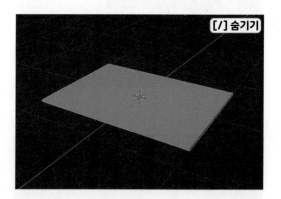

05 ❶**에디트 모드**로 변경한다. 그리고 ❷[**우측 키패드 7**] 키를 누른 후 이어서 ❸[**우측 키패드 9**] 키를 눌러 뷰포트를 **아래쪽(Bottom: -Z축)** 뷰로 회전한다.

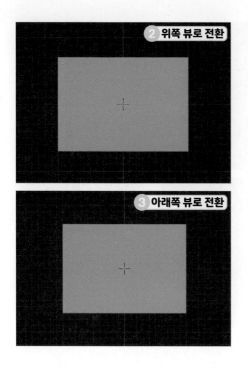

택한 페이스 안쪽에 ②**새로운 페이스**를 생성한다.

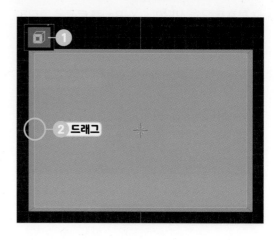

08 ①**축적** 툴을 사용하여 ②**빨간색(X축)** 포인트를 **드래그**하여 바깥쪽 페이스의 가로세로 간격을 비슷하게 조절한다.

06 ①**페이스 선택** 모드로 변경한 후 오브젝트의 **아래쪽(-Z축) 페이스**를 ②**선택**한다.

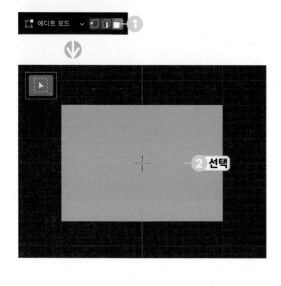

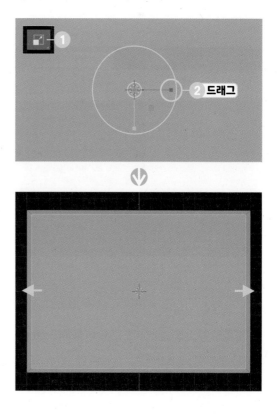

07 ①**페이스를 인셋** 툴을 사용하여 그림처럼 선

09 뷰포트를 ❶**앞쪽(Front: -Y축)** 뷰로 회전한 후 뷰포트 우측 상단의 ❷**X-Ray를 토글**을 클릭하여 **켜준다.**

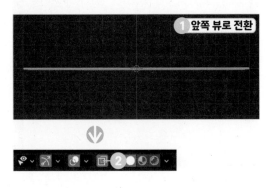

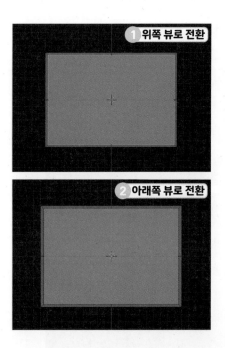

10 뷰포트 상단에 활성화되어있는 ❶**스냅**을 **꺼**준 후 ❷**지역 돌출** 툴을 사용하여 그림처럼 ❸**위쪽 (Z축)** 방향으로 조금 드래그하여 들어간 페이스를 생성한다.

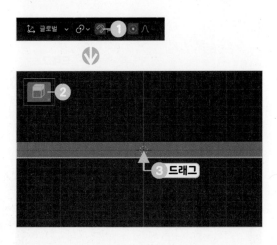

11 ❶**[우측 키패드 7]** 키를 누른 후 이어서 ❷**[우측 키패드 9]** 키를 눌러 뷰포트를 **아래쪽(Bottom: -Z축)** 뷰로 회전한다.

12 ❶**페이스를 인셋** 툴을 사용하여 선택된 페이스 안쪽에 아주 작은 ❷**새로운 페이스**를 생성한다.

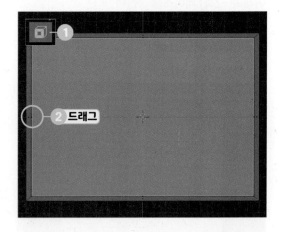

13 ❶**X-Ray를 토글**을 **꺼**준 후 **[우측 키패드 1]** 키를 눌러 뷰포트를 ❷**앞쪽(Front: -Y축)** 뷰로 회전한다.

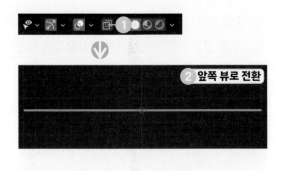

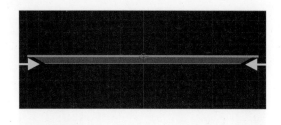

14 ①**지역 돌출** 툴을 선택한 후 ②**아래쪽(-Z축)** 방향으로 드래그하여 돌출 면을 생성한다.

15 ①**축적** 툴을 선택한 후 ②**흰색**의 **원**을 **드래그** 하여 그림처럼 선택한 페이스의 비율을 일정하게 줄여준다.

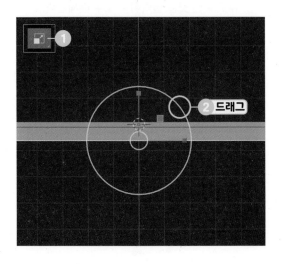

16 ①**[우측 키패드 7]** 키를 누른 후 이어서 ②**[우측 키패드 9]** 키를 눌러 뷰포트를 **아래쪽(Bottom: -Z축)** 뷰로 회전한다.

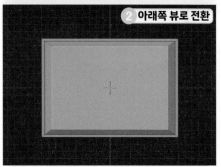

17 ①**에지 선택** 모드로 변경한 후 뷰포트 ②**빈 곳** 을 **클릭**하여 선택된 모든 에지를 **해제**한다.

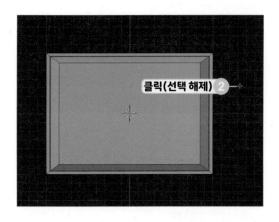

19 뷰포트를 ❶**오른쪽(Right: X축)** 뷰로 회전한
후 ❷**이동** 툴을 이용하여 선택한 에지를 그림처럼
❸**아래쪽(-Z축)** 방향으로 이동한다.

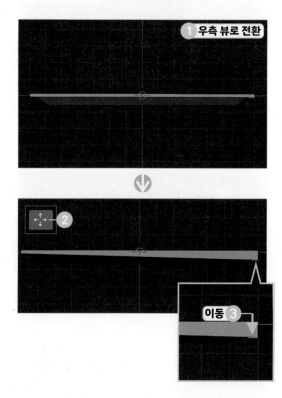

18 [Shift] 키를 사용하여 오브젝트 **아래쪽(Y축)**
가장자리의 **대각선 에지를 모두 선택**한다.

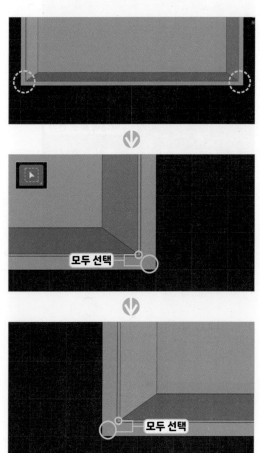

20 뷰포트 **빈 곳을 클릭**하여 모두 **해제**한다.

21 [Shift] 키를 사용하여 오브젝트의 **우측(Y
축)**과 **좌측(-Y축)** 세로 에지(모서리)를 **모두 선택**
한다.

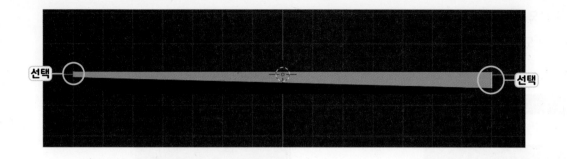

22 계속해서 뷰포트를 **왼쪽(Left: −X축)** 뷰로 회전한 후 **[Shift]** 키를 사용하여 오브젝트의 **우측(−Y축)**과 **좌측(Y축)** 세로 에지(모서리)도 **함께 선택**한다.

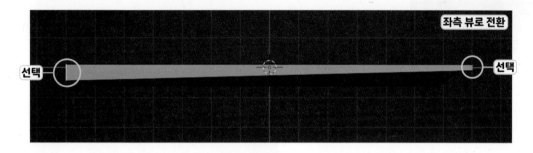

23 뷰포트를 **위쪽(Top: Z축)** 뷰로 회전한다.

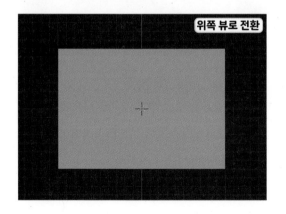

상태)에서 **마우스 휠을**❸ **6번 회전하여** 그림처럼 가장자리를 곡선 형태로 부드럽게 만든다.

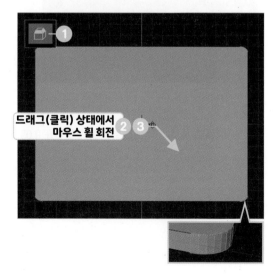

24 **[Ctrl] + [B]** 키나 ❶**베벨(Bevel)** 툴을 사용하여 오브젝트 바깥쪽으로 ❷**드래그**한 **상태(클릭한**

25 ❶**오브젝트 모드**로 변경한 후 아웃라이너에서 큐브 오브젝트의 이름을 ❷[Laptop_B]로 변경한다.

26 뷰포트에서 ❶[Shift] + [A] 키를 눌러 ❷**큐브**를 생성한다.

27 오브젝트 프로퍼티스의 축적 XYZ를 0.8, 0.05, 0.05로 설정한다.

28 ❶**이동** 툴을 사용하여 그림처럼 ❷**위쪽(Y축)** 방향으로 **이동**한다.

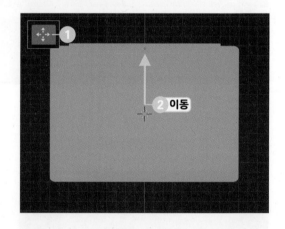

29 Laptop_B 오브젝트가 선택된 상태에서 모디파이어 프로퍼티스의 ❶❷[모디파이어를 추가] – [불리언(Boolean)]을 적용한다.

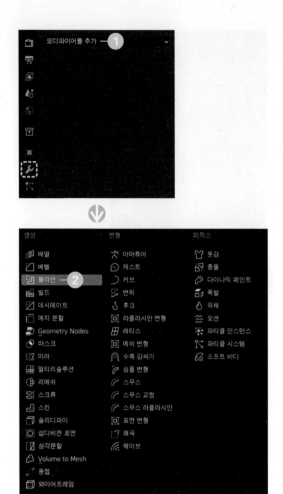

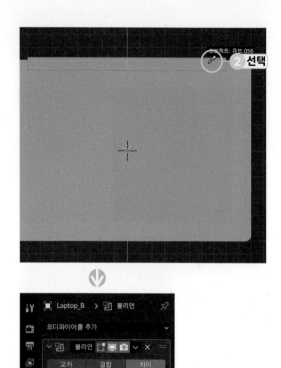

모디파이어의 오브젝트 선택 시 지금처럼 스포이트를 사용하여 오브젝트를 선택할 수도 있다.

30 모디파이어의 **차이**에서 오브젝트 옆의 ❶**스포이트**를 선택한 후 뷰포트에서 이전에 생성된 ❷ **큐브** 오브젝트를 선택한다.

31 모디파이어의 빈 곳에 마우스 커서를 갖다 놓고 [Ctrl] + [A] 키를 눌러 오브젝트와 **병합**한다.

32 뷰포트 또는 아웃라이너에서 이전에 생성한 **큐브** 오브젝트를 [Delete] 키를 눌러 제거한다.

33 뷰포트에서 ①[Shift] + [A] 키를 눌러 ②**큐브** 를 생성한 후 오브젝트 프로퍼티스의 축적 ③ XYZ를 1, 0.7, 0.01로 설정한다.

34 ①**스냅**을 **켜**준 후 스냅 옆에 있는 ②**화살표** 메 뉴에서 형태를 ③**에지**로 변경한다.

35 뷰포트를 ①**앞쪽(Front: −Y축)** 뷰로 회전한 후 생성한 큐브 오브젝트를 ②**위쪽(Z축)** 방향으로 이동하여 Laptop_B 오브젝트 위로 위치시킨다.

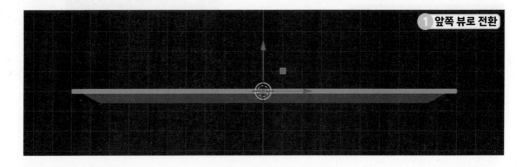

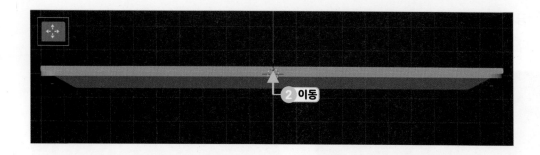

36 ①**에디트 모드**로 변경한 후 [우측 키패드 7] 키를 눌러 ②**위쪽(Top: Z축)** 뷰로 전환한다.

37 X-Ray를 **토글**을 **켜준다.**

38 ①**루프 잘라내기** 툴을 사용하여 그림처럼 오브젝트를 ②**가로로 잘라준다.**

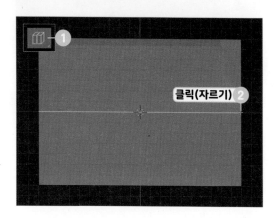

39 활성화되어있는 ①**스냅** 아이콘을 **꺼준** 후 ② **이동** 툴을 사용하여 잘려진 에지를 그림처럼 ③**위쪽(Y축) 방향**으로 **이동**한다.

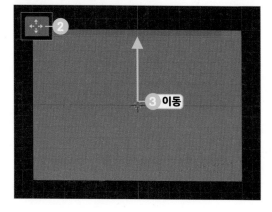

40 방금 이동한 에지는 **Laptop_B** 오브젝트 상단에지보다 조금 위로 이동하면 된다.

오브젝트 중앙의 세로 에지 라인에 맞게 일정한 비율로 **늘려**준다.

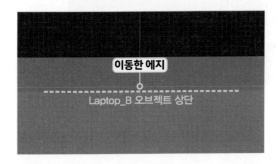

41 다시 **①루프 잘라내기** 툴을 선택한 후 **②잘라내기의 수**를 2로 설정한 다음 그림처럼 오브젝트를 세로로 **③두 줄 잘라**준다.

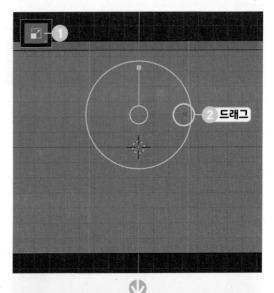

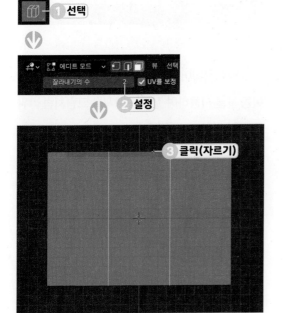

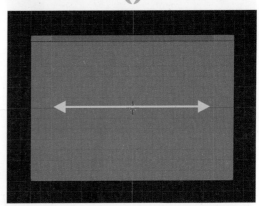

43 활성화되어있는 **X-Ray를 토글**을 **꺼**준다.

42 **①축적** 툴을 선택한 후 **②빨간색(X축)** 포인트를 이동하여 잘려진 두 줄의 에지 간격을 Laptop_B

44 [우측 키패드 9] 키를 눌러 뷰포트를 **아래쪽 (Bottom: −Z축)** 뷰로 회전한다.

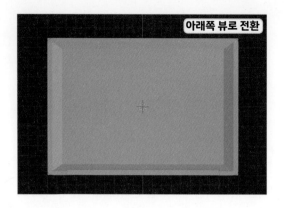

아래쪽 뷰로 전환

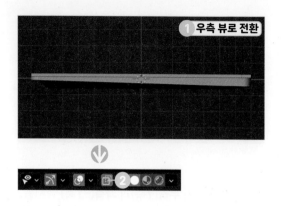

① 우측 뷰로 전환

45 ①**페이스 선택** 모드로 변경한 후 오브젝트 ②
하단(Y축)의 중앙 **페이스**를 **선택**한다.

에디트 모드 ①

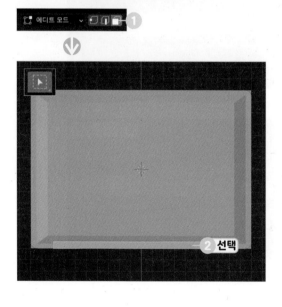

② 선택

46 [우측 키패드 3] 키를 눌러 뷰포트를 ①**오른쪽**
(Right: **X축**) 뷰로 회전한 후 뷰포트 우측 상단의 ②
X-Ray를 토글을 **켜**준다.

47 ①**지역 돌출** 툴을 사용하여 ②**아래쪽(-Z축)**
방향으로 드래그하여 그림처럼 돌출된 페이스를
생성한다.

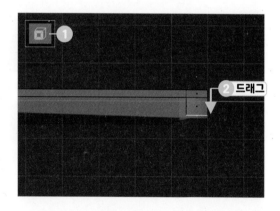

① ② 드래그

48 다시 뷰포트 우측 상단에 활성화되어있는 ①
X-Ray를 토글을 **꺼**준 후 ②**에지 선택** 모드로 변경
한 다음 뷰포트 **빈 곳**을 ③**클릭**하여 **모든 에지**를 선
택 **해제**한다.

에디트 모드 ②

49 오브젝트의 **우측(Y축)**과 **좌측(-Y축)** 에지를 **모두 선택**한다. 그다음 뷰포트를 왼쪽(Left: −X축) 뷰로 회전한 후 **우측(-Y축)**과 **좌측(Y축)** 에지도 **함께 선택**한다.

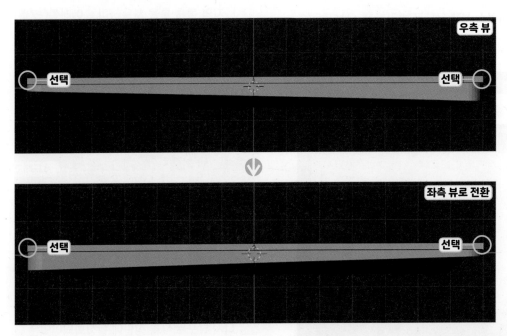

50 [우측 키패드 7] 키를 눌러 뷰포트를 **위쪽**
(Top: Z축) 뷰로 회전한다.

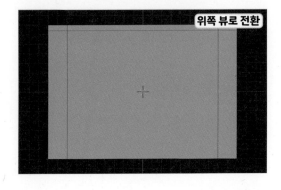

51 [Z] 키 또는 [Shift] + [Z] 키를 눌러 **와이어 프레임**으로 변경한다.

52 ❶**베벨** 툴을 선택한 후 바깥쪽으로 **드래그**하여 앞서 만든 ❷Laptop_B 오브젝트의 가장 자리 곡선과 맞춰준다. **드래그**한 **상태(클릭한 상태)**에서 **마우스 휠**을 ❸**6번 회전**하여 곡선 모서리 곡선 모양을 맞춰주면 된다.

53 ❶**오브젝트 모드**로 변경한 후 아웃라이너에서 해당 오브젝트의 이름을 ❷[Laptop_T]로 변경한다.

글자 로고 만들기

54 [Shift] + [Z] 키를 눌러 ❶**솔리드** 모드로 변경한 후 [Shift] + [A] 키를 눌러 ❷**텍스트(Text)**를 생성한다.

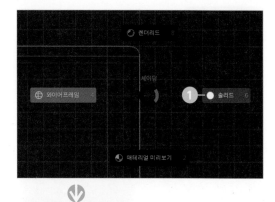

55 오브젝트 프로퍼티스의 위치에서 **Z**축을
0.1m, 축적의 **XY**축을 **0.15**로 설정한다.

☑ 마우스 커서가 뷰포트 안에 있어야 글자를 입
력할 수 있다.

56 ❶**에디트 모드**로 변경한 후 ❷**[Backspace]**
키를 눌러 텍스트 오브젝트의 기본 글자를 지운다.

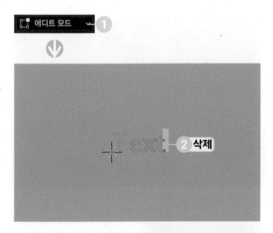

☑ 마우스 커서가 뷰포트 안에 있어야 글자를 지
울 수 있다.

57 노트북 커버에 새기고 싶은 자신만의 **글자(로
고)**를 **영문**으로 **입력**한다.

58 ❶**오브젝트 모드**로 변경한 후 오브젝트 프로
퍼티스의 회전에서 ❷**Z**축을 **180**도 설정한다.

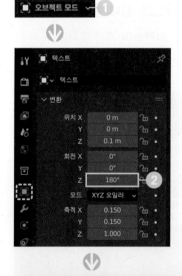

59 뷰포트 좌측 상단 **①오브젝트(Object)** 메뉴에서 **②③오리진을 설정(Set Origin)]** – [**지오메트리를 오리진으로 이동(Geometry to Origin)**]을 선택하여 오브젝트를 오브젝트의 **가운데**로 이동한다.

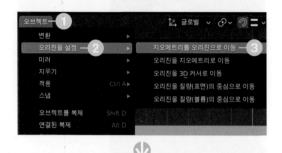

60 한 번 더 **①오브젝트** 메뉴에서 **②③[Convert]** – [**메쉬(Mesh)**]를 선택하여 텍스트 오브젝트의 속성을 **메쉬(Mesh)**로 변경한다.

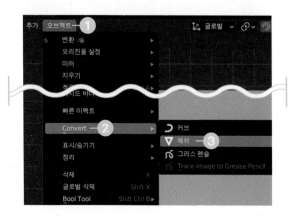

☑ [Convert] – [메쉬(Mesh)]를 적용하면 글자 수정 가능한 글자에서 일반 메쉬 오브젝트로 전환되기 때문에 글자에 문제가 없는지 확인 후 적용해야 한다.

☑ 뷰포트 상단의 [오브젝트] – [Convert]에서 오브젝트 속성(유형)을 변경할 수 있으며, 해당 기능이 적용되는 오브젝트는 한정적이다.

61 **①스냅**을 **켜준** 후 스냅 아이콘 옆의 **②화살표** 메뉴에서 형태를 **③증가**로 변경한다.

62 **①이동** 툴을 사용하여 그림처럼 오브젝트를 Laptop_T 오브젝트의 중앙 **②좌측(-X축)** 방향으로 **8칸(-0.8m)** 이동한다.

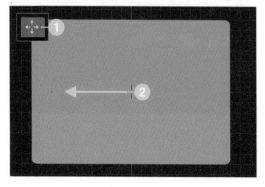

63 뷰포트를 **앞쪽(Front: -Y축)** 뷰로 회전한다.

64 모디파이어 프로퍼티스에서 ❶❷**[모디파이어를 추가]** - **[솔리드파이(Solidify)]**를 생성한다.

65 생성한 모디파이어에서 **두께(Thickness)**를 0.05m로 설정한다.

66 ❶**위쪽(Top: Z축)** 뷰로 회전한 후 텍스트 오브젝트 기준으로 뷰포트를 ❷**확대**해 놓는다.

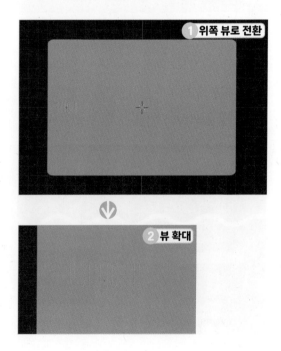

67 속성 창 오브젝트 프로퍼티스의 **뷰포트 표시**(Viewport Display)에서 **와이어프레임**을 체크한다.

68 모디파이어 프로퍼티스에서 ❶❷[**모디파이어를 추가**] – [**리메쉬(Remesh)**]를 생성한다.

69 생성한 모디파이어에서 ❶**샤프(Sharp)**에서 체크되어있는 ❷**Remove Disconnected**를 해제하고 ❸**옥트리 깊이(Octree Depth)**를 7로 설정한다.

70 뷰포트를 **오른쪽(Right: X축)** 뷰로 회전한다.

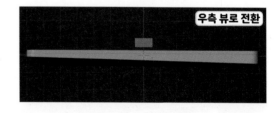

71 ❶**이동** 툴을 사용하여 그림처럼 텍스트 오브젝트를 **아래쪽(-Z축)** 방향으로 23칸(-0.023m) 이동하여 Laptop_T 오브젝트와 ❷**겹치게** 한다.

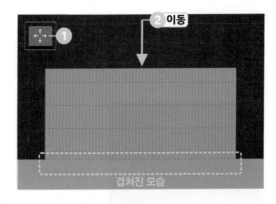

73 방금 생성한 모디파이어의 ①**차이**에서 오브젝트의 ②**사각형** 메뉴를 클릭하여 ③**텍스트** 오브젝트를 **선택**한다.

72 뷰포트 또는 아웃라이너에서 **Laptop_T** 오브젝트를 ①**선택**한 후 모디파이어 프로퍼티스에서 ②③**[모디파이어를 추가] – [불리언]**을 생성한다.

74 방금 생성된 모디파이어 **빈 곳**에 **마우스 커서**를 갖다 놓고 **[Ctrl] + [A]** 키를 눌러 **병합**한다.

75 뷰포트 또는 아웃라이너에서 **텍스트** 오브젝트를 [Delete] 키를 눌러 **제거**한다.

76 뷰포트를 확대 및 회전하여 **텍스트**(로고)가 Laptop_T 오브젝트에 잘 표현됐는지 확인한다.

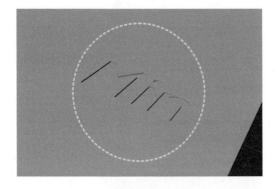

77 [/] 키를 눌러 앞서 숨겨놓았던 오브젝트들을 다시 활성화한다.

78 아웃라이너에서 Laptop 컬렉션의 오브젝트를 **모두 선택**한다.

79 **축적**과 **이동** 툴을 사용하여 그림처럼 Table 오브젝트 위로 이동한다.

80 작업이 끝나면 Laptop 컬렉션을 **닫아**준다.

선인장 만들기

화분 만들기

01 아웃라이너의 **빈 곳**에서 ❶❷[**우측 마우스 버튼**] – [**새로운 컬렉션**]을 생성한 후 컬렉션의 이름을 ❸[Cactus]로 변경한다.

02 뷰포트에서 ❶[Shift] + [A] 키를 눌러 ❷**실린더**를 생성한다.

03 [/] 키를 눌러 생성한 오브젝트 이외의 오브젝트들은 모두 숨겨준다.

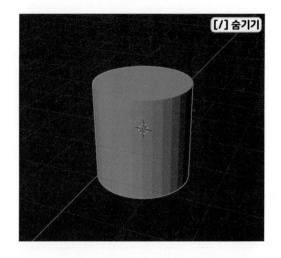

04 ❶**에디트 모드**로 변경한 후 ❷**페이스 선택** 모드로 전환한다. 그다음 뷰포트를 ❸**위쪽(Top: Z축)** 뷰로 회전한다.

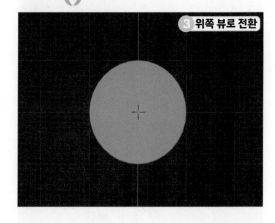

05 ❶**위쪽(Z축) 페이스**를 선택한 뒤 ❷**페이스**를

인셋 툴을 선택한다.

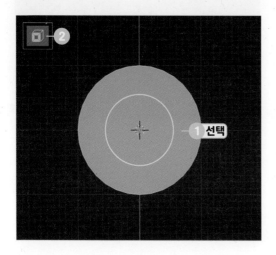

06 **노란색** 영역에서 **안쪽**으로 **드래그**하여 그림 처럼 페이스 안쪽에 **새로운 페이스**를 생성한다.

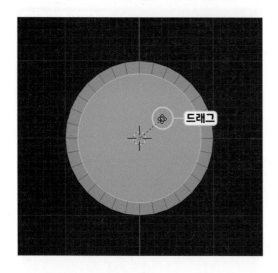

07 뷰포트를 ❶**앞쪽(Front: −Y축)** 뷰로 회전한 후 **[Z]** 키를 눌러 ❷**와이어 프레임** 모드로 변경한 다.

08 ❶**지역 돌출** 툴을 사용하여 ❷**아래쪽(−Z축)** 방향으로 **18칸(−1.8m)** 들어간 페이스를 생성한다.

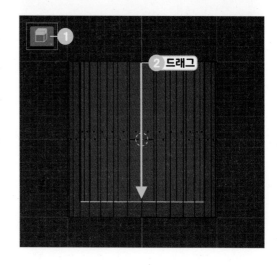

09 뷰포트를 **위쪽(Top; Z축)** 뷰로 회전한다.

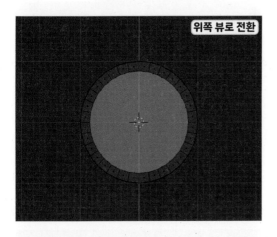

10 ❶ **페이스를 인셋** 툴을 사용하여 그림처럼 ❷ **안쪽**으로 드래그하여 안쪽에 **새로운 페이스**를 생성한다.

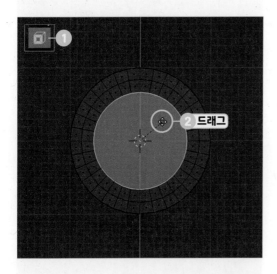

11 [Shift] + [R] 키를 **3번** 눌러 그림처럼 같은 간격의 페이스를 **3개** 생성한다.

12 ❶ **아래쪽(Bottom: -Z축)** 뷰로 회전한 후 ❷ [Shift] + [Z] 키를 눌러 **솔리드** 모드로 변경한다.

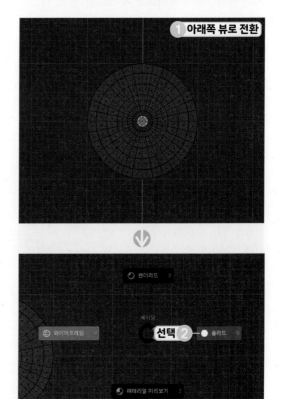

13 오브젝트의 **아래쪽(-Z축) 페이스**를 선택한다.

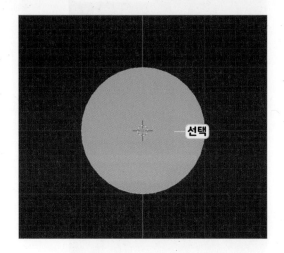

14 다시 **[Shift] + [Z] 키 또는 [Z] 키**를 눌러 **와이어 프레임**으로 변경한다.

15 ❶**페이스를 인셋** 툴을 선택한 후 안쪽으로 드래그하여 오브젝트의 **가장 바깥쪽**에서 ❷**두 번째 에지** 라인에 맞추어 페이스를 생성한다.

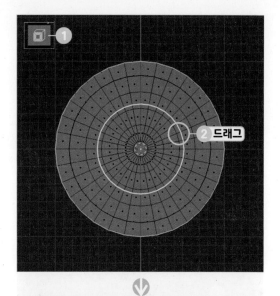

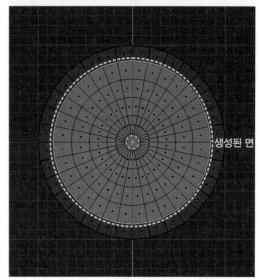

16 ❶**앞쪽(Front: -Y축)** 뷰로 회전한 후 ❷**지역 돌출** 툴을 사용하여 ❸**위쪽(Z축)** 방향으로 **한 칸 (0.1m)** 들어간 페이스를 생성한다.

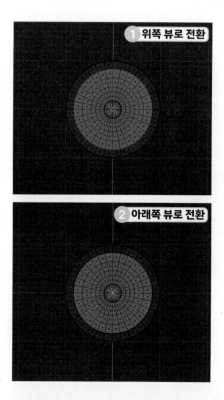

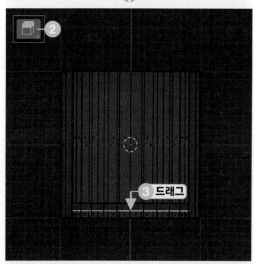

18 ❶**페이스를 인셋 툴을 사용하여** 그림처럼 오브젝트의 바깥쪽에서 ❷**세 번째 에지**에 맞추어 페이스를 생성한다.

17 ❶[우측 키패드 7] 키를 누른 후 이어서 ❷[우측 키패드 9] 키를 눌러 뷰포트를 **아래쪽(Bottom: −Z축)** 뷰로 전환한다.

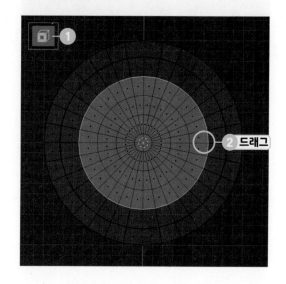

19 [Shift] + [R] 키를 3번 눌러 같은 간격의 페이스를 3개 생성한다.

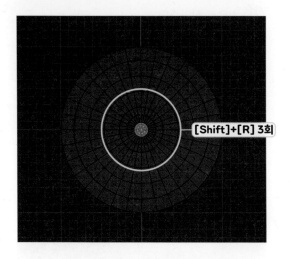

[Shift]+[R] 3회

20 [Z] 키 또는 [Shift] + [Z] 키를 눌러 **솔리드** 모드로 변경한다.

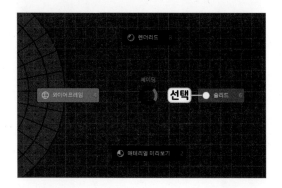

21 ❶**루프 잘라내기** 툴을 사용하여 그림처럼 오브젝트의 ❷**바깥쪽 페이스**를 잘라준다.

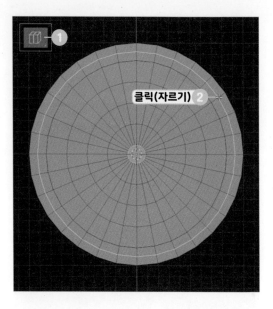

클릭(자르기) ❷

22 ❶**위쪽(Top: Z축)** 뷰로 회전한 후 **루프 잘라내기** 툴을 사용하여 위와 ❷**같은 지점**의 페이스를 잘라준다.

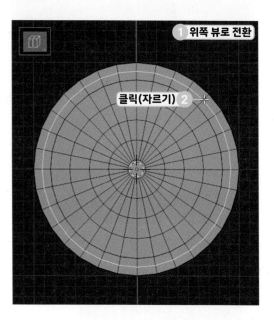

❶위쪽 뷰로 전환

클릭(자르기) ❷

23 뷰포트를 **①앞쪽(Front: −Z축)** 뷰로 회전한 후 **②루프 잘라내기** 툴을 사용하여 오브젝트의 중앙을 가로로 **③잘라준다.**

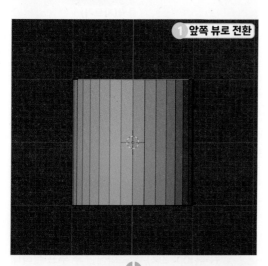

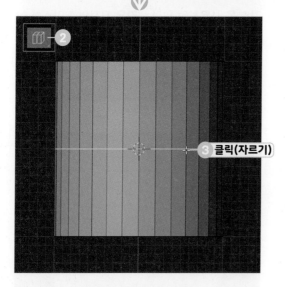

☑ 지금의 작업에서는 **잘라내기의 수가 1**로 설정되어있어야 한다.

24 계속해서 방금 잘라준 중앙 에지를 기점으로 **루프 잘라내기** 툴을 사용하여 그림처럼 **상단**과 **하단**을 가로로 잘라준다.

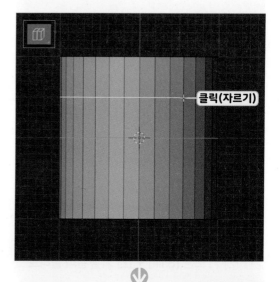

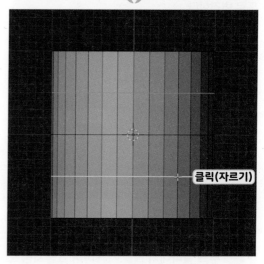

25 **①오브젝트 모드**로 변경한 후 모디파이어 프로퍼티스에서 **②③[모디파이어를 추가]** − **[섭디비전 표면]**을 생성한다.

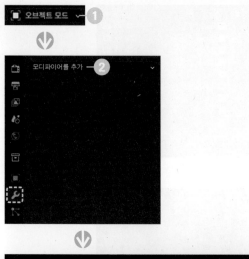

26 방금 생성한 모디파이어의 ❶**캣멀-클락**에서
❷**Levels Viewport**의 수를 3으로 설정한다.

27 모디파이어 **빈 곳**에 **마우스 커서**를 갖다 놓고
[Ctrl] + [A] 키를 눌러 **병합**한다.

28 아웃라이너에서 실린더 오브젝트의 이름을
[Flowerpot]로 변경한다.

29 뷰포트에서 ❶**[Shift] + [A]** 키를 눌러 ❷**실린
더**를 생성한다.

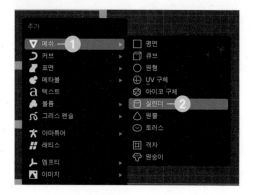

30 오브젝트 프로퍼티스의 축적에서 **XY**를 **0.1**로
설정한다.

31 ❶**이동** 툴을 사용하여 해당 오브젝트를 ❷아
래쪽**(-Z축)** 방향으로 **10칸(-1m)** 이동한다.

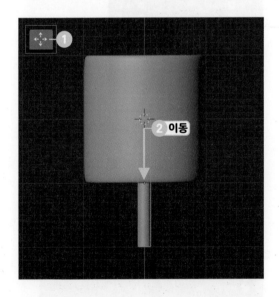

32 ❶**Flowerpot** 오브젝트를 **선택**한 후 모디파이
어 프로퍼티스에서 ❷❸**[모디파이어를 추가]** - **[불
리언]**를 적용한다.

33 생성한 모디파이어의 ❶**차이**에서 오브젝트
옆의 ❷**스포이트**를 선택한 후 **뷰포트**에서 이전에

생성한 ❸**실린더** 오브젝트를 **선택**하여 적용한다.

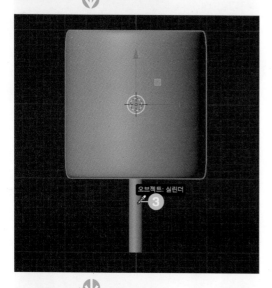

오브젝트: 실린더

34 모디파이어 **빈 곳**에 **마우스 커서**를 갖다 놓고
[Ctrl] + [A] 키를 눌러 **병합**한다.

[Ctrl]+[A] 병합

35 이제 불필요해진 **실린더** 오브젝트를 [Delete]
키를 눌러 제거한다.

[Delete] 키로 삭제

36 뷰포트에서 ❶[Shift] + [A] 키를 눌러 ❷**실린
더**를 생성한다.

37 오브젝트 프로퍼티스의 축적에서 **XYZ**를 **1.1,**

1.1, 0.1로 설정한다.

38 ❶**이동** 툴을 사용하여 오브젝트를 ❷**아래쪽 (-Z축)** 방향으로 **10칸(-1m)** 이동한다.

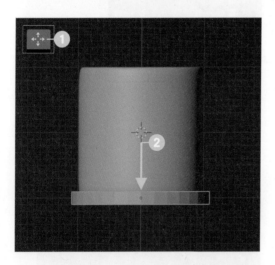

39 ❶**에디트 모드**로 변경한 후 ❷**페이스 선택** 모드로 전환한다. 그다음 뷰포트를 ❸**위쪽(Top: Z축)** 뷰로 회전한다.

40 ❶**박스 선택** 툴을 사용하여 오브젝트의 **위쪽 (Z축)** 페이스를 ❷**선택**한다.

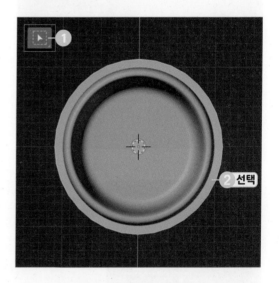

41 ❶**페이스를 인셋** 툴을 사용하여 그림처럼 안쪽에 ❷**새로운 페이스**를 생성한다.

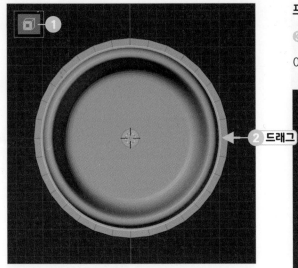

프레임으로 변경한 후 ❷**지역 돌출** 툴을 사용하여
❸**아래쪽(–Z축)** 방향으로 **한 칸(–0.1m)** 들어간 페
이스를 생성한다.

❷ 드래그

42 Flowerpot 오브젝트를 ❶**숨겨놓고** 뷰포트를
❷**앞쪽(Front: –Y축)** 뷰로 전환한다.

❶ 숨기기

❷ 앞쪽 뷰 전환

43 [Z] 키 또는 [Shift] + [Z] 키를 눌러 ❶**와이어**

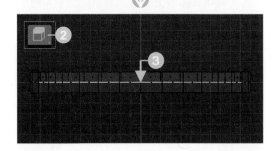

44 다시 [Z] 키 또는 [Shift] + [Z] 키를 눌러 ❶**솔
리드**로 변경한 후 뷰포트를 ❷**위쪽(Top: Z축)** 뷰로
회전한다.

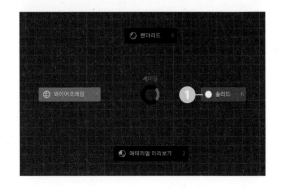

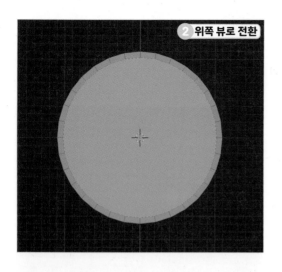

45 ❶페이스를 인셋 툴을 사용하여 그림처럼 안쪽에 ❷새로운 페이스를 생성한다.

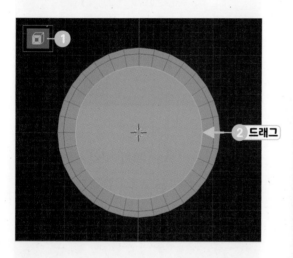

46 [Shift] + [R] 키를 3번 눌러 그림처럼 같은 간격의 페이스를 안쪽에 3개 생성한다.

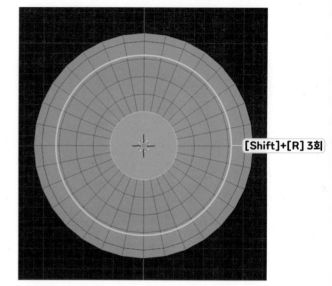

47 뷰포트를 ❶아래쪽(Bottom: -Z축) 뷰로 회전한 후 오브젝트의 ❷아래쪽(-Z축) 페이스를 선택한다.

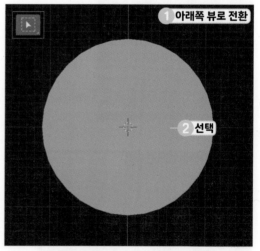

48 ❶페이스를 인셋 툴을 사용하여 안쪽에 ❷새로운 페이스를 생성한다.

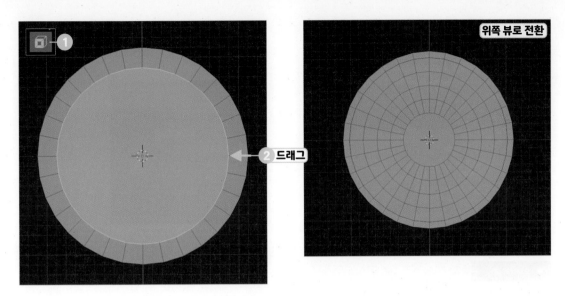

위쪽 뷰로 전환

49 [Shift] + [R] 키를 **3번** 눌러 그림처럼 같은 간격의 페이스를 안쪽에 **3개** 생성한다.

51 **①루프 잘라내기** 툴을 사용하여 오브젝트의 가장 바깥쪽 페이스를 **②잘라**준다.

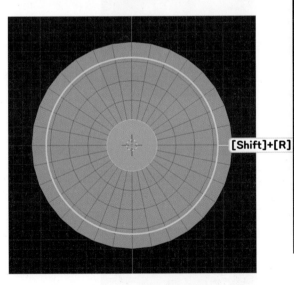

[Shift]+[R]

50 뷰포트를 **위쪽**(Top: Z축) 뷰로 회전한다.

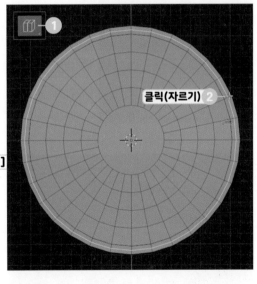

클릭(자르기) ②

52 계속해서 **①앞쪽**(Front: −Y축) 뷰로 회전한 후 **루프 잘라내기** 툴로 그림처럼 오브젝트의 중앙을 가로로 **②잘라**준다.

53 ❶**오브젝트 모드**로 변경한 후 모디파이어 프로퍼티스에서 ❷❸[**모디파이어를 추가**] – [**섭디비전 표면**]을 생성한다.

54 모디파이어에서 ❶**캣멀-클락**의 Levels ❷ Viewport의 수를 **3**으로 설정한다.

55 모디파이어 **빈 곳**에 **마우스 커서**를 갖다 놓고 [Ctrl] + [A] 키를 눌러 **병합**한다.

56 실린더 오브젝트의 이름을 ❶[Plant Stand]로 변경한 후 ❷Flowerpot 오브젝트를 다시 활성화한다.

57 뷰포트에서 ❶[Shift] + [A] 키를 눌러 ❷**원형**
을 생성한다.

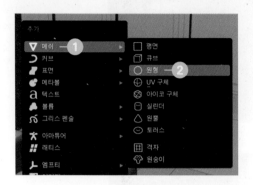

58 ❶**이동** 툴을 사용하여 방금 생성한 원형을 ❷
위쪽(Z축) 방향으로 6칸(0.6m) 이동한다.

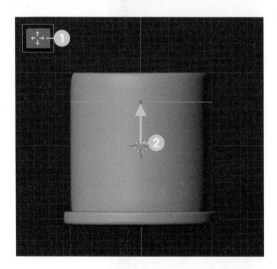

59 오브젝트 프로퍼티스의 축적에서 **XY**축을
0.95로 변경한다.

60 ❶**에디트 모드**로 변경한 후 ❷**뷰포트**를 그림
처럼 **회전**하여 **위쪽(Z)**축 방향이 보이도록 한 상태
에서 ❸**[F]** 키를 눌러 페이스를 생성한다.

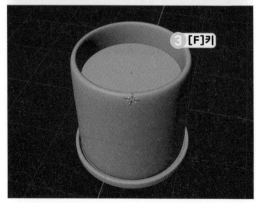

61 ❶**오브젝트 모드**로 변경한 후 모디파이어 프로퍼티스에서 ❷❸[**모디파이어를 추가**] – [**변위 (Displace)**]을 생성한다.

62 모디파이어에서 ❶[**새로운**] 버튼을 클릭한 후 ❷**텍스처 프로퍼티스(Texture Properties)**에서 ❸ **유형(Type)**을 ❹**구름(Clouds)**으로 변경한다.

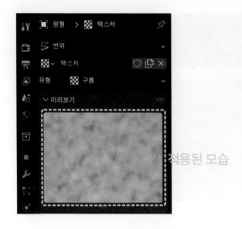

적용된 모습

63 아웃라이너에서 원형 오브젝트의 이름을 [Soil]로 변경한다.

더블클릭하여 이름 수정

선인장 만들기

01 ❶[Shift] + [A] 키를 눌러 새로운 ❷UV 구체 (UV Sphere) 메쉬를 생성한다.

02 뷰포트를 ❶앞쪽(Front: -Y축) 뷰로 회전한 후 ❷이동 툴을 사용하여 ❸위쪽(Z축) 방향으로 20칸(2m) 이동한다.

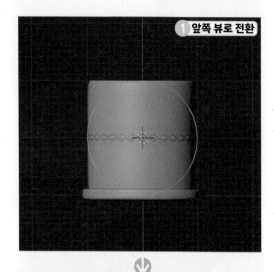

❶앞쪽 뷰로 전환

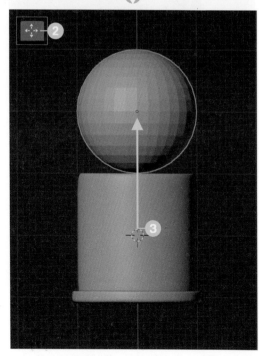

03 ❶**에디트 모드**로 변경한 후 ❷**페이스 선택** 모드로 전환한다.

04 뷰포트 우측 상단의 **X-Ray를 토글**을 활성화한다.

05 ❶**박스 선택** 툴을 사용하여 그림처럼 오브젝트의 ❷**하단(-Z축) 페이스**를 **선택**한다.

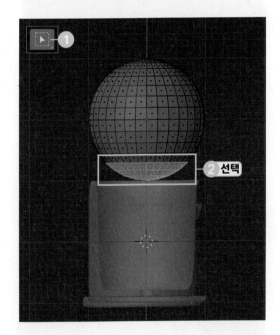

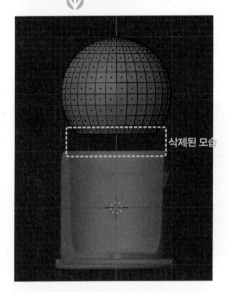

삭제된 모습

07 뷰포트를 **위쪽(Top: Z축)** 뷰로 회전한다.

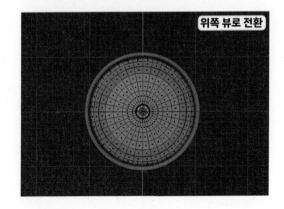

위쪽 뷰로 전환

06 선택 후 [Delete] 키를 누르면 나타나는 선택 창에서 페이스를 **선택**하여 선택한 페이스를 **삭제**한다.

08 뷰포트 우측 상단 ❶X-Ray를 토글을 클릭하여 **꺼준 후** ❷**비례 편집 오브젝트(Proportional Editing Objects)**을 활성화한다. 그다음 ❸**에지 선택** 모드로 변경한다.

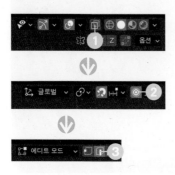

09 오브젝트의 중앙 우측(X축) **가로 에지**를 [Alt] 키를 누른 상태로 **클릭(선택)**한다.

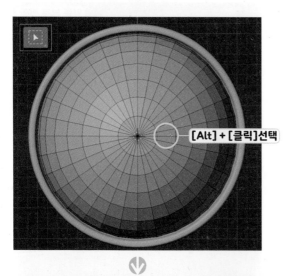

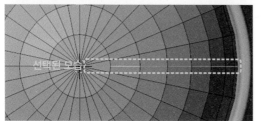

10 이번엔 반대쪽을 선택하기 위해 **[Shift] + [Alt]** 키를 누른 상태로 그림처럼 오브젝트의 중앙 **좌측 (-X축) 에지**를 함께 선택한다.

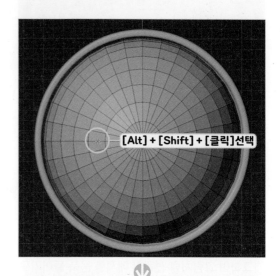

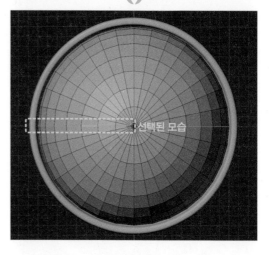

11 같은 방법(Shift + Alt)으로 그림처럼 오브젝트의 중앙 **상단(Y축), 중앙 하단(-Y축), 대각선 에지**들을 **모두 선택**한다.

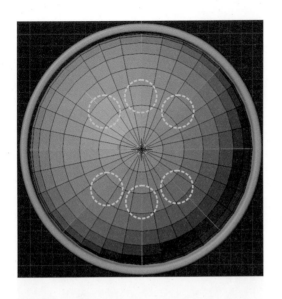

12 **축적** 툴을 선택한 후 **흰색** 영역을 안쪽으로 드래그하여 그림처럼 선택한 에지를 움푹 들어가도록 축소한다.

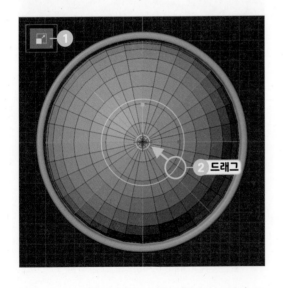

13 뷰포트를 **앞쪽**(Front: −Y축) 뷰로 회전한다.

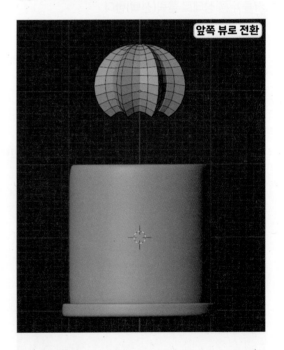

14 [Alt] 키를 누른 상태로 오브젝트의 **하단 가로 에지**를 선택한다.

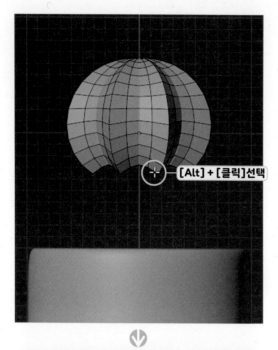

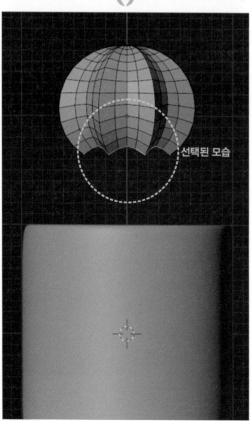

선택된 모습

15 ❶이동 툴을 사용하여 ❷아래쪽(−Z축) 방향으로 **13칸(−1.3m)** 이동하여 선인장을 늘려준다.

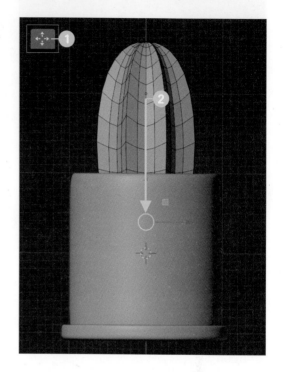

16 ❶축적 툴로 변경한 후 ❷[Alt] 키를 누른 상태로 그림처럼 오브젝트의 **가로 에지**를 **선택**한다.

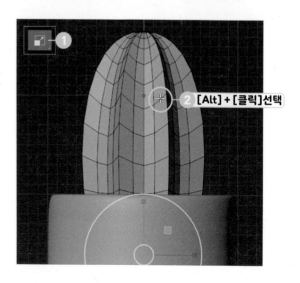

❷ [Alt] + [클릭]선택

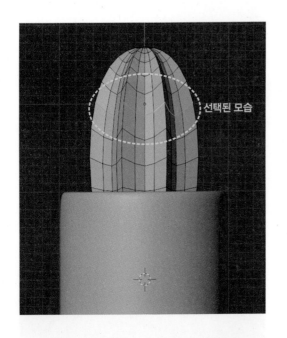

선택된 모습

조절된 모습

17 **축적** 툴이 선택된 상태에서 **흰색 영역**을 바깥
쪽으로 드래그하여 그림처럼 오브젝트의 **크기**를
늘려준다.

18 ❶[Alt] 키를 누른 상태로 이번엔 ❷**위쪽 가로**
에지를 선택한 뒤 그림처럼 모양을 잡아준다.

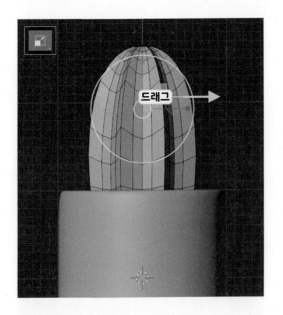

드래그

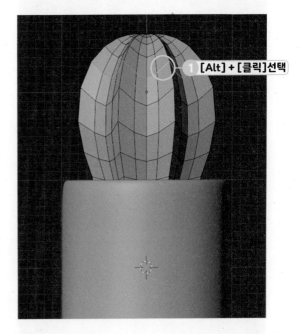

1 [Alt] + [클릭]선택

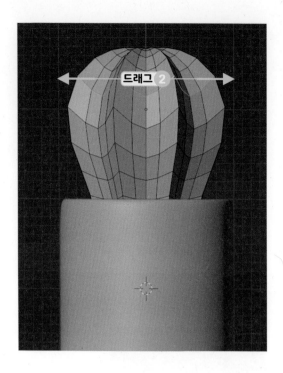

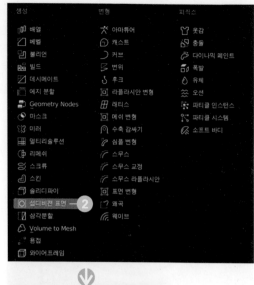

19 모디파이어 프로퍼티스에서 ❶❷**[모디파이어를 추가] - [섭디비젼 표면]**을 적용한다. 그다음 생성한 모디파이어에서 ❸**캣멀-클락**의 ❹**Levels Viewport**의 수를 **3**으로 설정한다.

20 ❶**위쪽(Top: Z축)** 뷰로 회전한 후 뷰포트 **빈 곳을 클릭하여 선택된 에지를** ❷**모두 해제**한다.

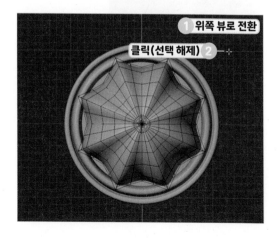

21 [Shift] + [Alt] 키를 사용하여 오브젝트의 튀어 나온 에지를 **모두 선택**한다.

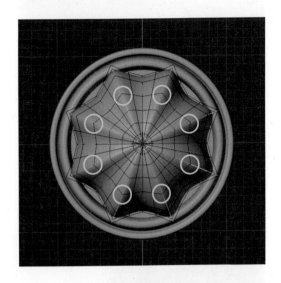

22 ❶**오브젝트 데이터 프로퍼티스**의 ❷**버텍스 그룹(Vertex Groups)**에서 ❸[+] 버튼을 클릭하여 하나의 **그룹**을 **생성**한다.

23 하단의 ❶**할당(Assign)**을 선택해서 선택한 에 지들을 하나의 **그룹**으로 지정한다. 그다음 그룹 이 름을 ❷**더블클릭**하여 [Thorn Line]으로 변경한다.

☑ 그룹으로 할당된 후에도 **선택(Select)** 기능 을 사용하면 이전에 선택한 에지를 다시 선택 할 수 있다.

25 [Shift] + [A] 키를 눌러 ❶❷**원뿔(Cone)** 메쉬를 생성한 후 뷰포트 좌측 하단의 ❸**원뿔을 추가 (Add Cone)**을 선택하여 설정 창을 열어준다.

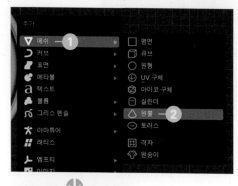

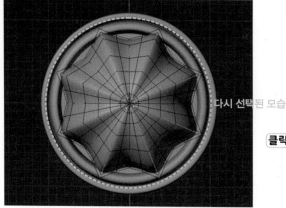

다시 선택된 모습

26 열린 설정 창에서 ❶**버텍스(Vertex)** 수를 3으로 설정한 후 창을 다시 ❷**닫아**준다.

24 ❶**오브젝트 모드**로 변경한 후 아웃라이너에서 해당 오브젝트의 이름을 ❷**[Cactus]**로 변경한다.

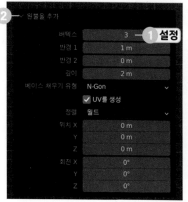

27 오브젝트 프로퍼티스의 회전에서 **X**를 **−90**도, 축적에서 **XYZ**를 0.02, 0.02, 0.15로 변경한다.

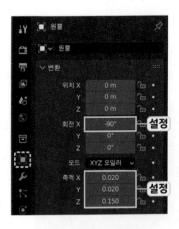

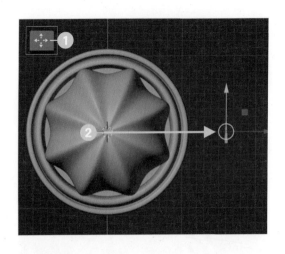

28 뷰포트에서 [Ctrl] + [A] 키를 누른 후 **모든 변환(All Transforms)**을 **적용**하여 앞서 속성 창에서 설정했던 회전과 축적 데이터 값을 **원뿔** 오브젝트에 적용한다. 현재 원뿔이 선택한 상태이기 때문에 원뿔에만 적용되며, 적용한 후 이전에 설정한 변환 값을 보면 **0**으로 맞춰진 것을 알 수 있다.

29 ❶**이동** 툴을 사용하여 오브젝트를 ❷**오른쪽(X축)** 방향으로 **이동**하여 다른 오브젝트와 겹쳐지지 않도록 한다.

30 오브젝트의 이름을 [Thorn]으로 변경한다.

31 뷰포트 또는 아웃라이너에서 ❶Cactus 오브젝트를 **선택**한 뒤 ❷**파티클 프로퍼티스** 우측의 ❸ [+] 버튼을 클릭하여 **파티클 시스템**을 생성한다.

적용된 모습

33 계속해서 ❶**렌더(Render)**의 ❷**다음과 같은 렌더링(Render As)**을 ❸**오브젝트(Object)**로 변경한다.

32 ❶**헤어(Hair)** 항목의 ❷❹**[방출(Emission)]** – **[소스]**에서 ❸**다음에서 방출(Emit from)**을 ❺**버텍스(Vertex)**로 선택한다.

34 렌더의 ❶**오브젝트(Object)**에서 **인스턴스 오브젝트(Instance Object)** 옆의 ❷**스포이트**를 선택한 후 뷰포트에서 ❸**Thorn** 오브젝트를 선택한다.

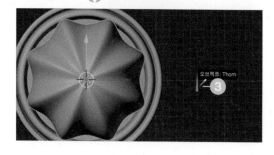

35 하단의 ❶**버텍스 그룹(Vertex Groups)**에서
❷**밀도(Density)**를 ❸**Thorn Line**으로 선택한다.

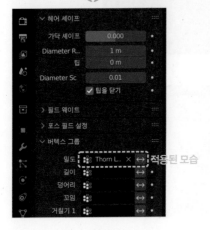

36 상단에 있는 **고급(Advanced)**과 하단의 **회전
(Rotation)**도 체크해 준다.

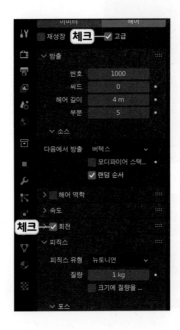

37 ❶**회전** 항목을 열어준 후 ❷**오리엔테이션 축
(Orientation Axis)**을 ❸**노멀(Normal)**로 변경하고
❹**랜덤화(Randomize)**를 0.2로 설정한다.

40 아웃라이너에서 **Cactus** 컬렉션에 있는 숨겨 놓은 **Thorn** 오브젝트를 **제외**한 나머지 오브젝트들을 **모두 선택**한다.

모두 선택

38 아웃라이너에서 **Thorn** 오브젝트를 잠시 **숨겨** 준다.

숨기기

41 뷰포트에서 **축적** 툴을 사용하여 오브젝트의 크기를 **줄여**준다.

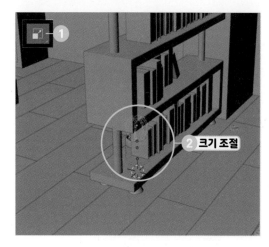

① 크기 조절

39 뷰포트에서 **[/]** 키를 눌러 앞서 숨겨놓았던 오브젝트들을 다시 활성화시킨다.

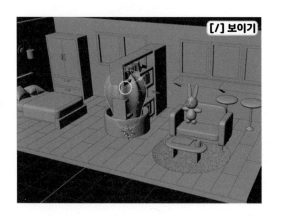

[/] 보이기

42 ①**이동** 툴을 사용하여 ②**Desk** 오브젝트 위로 이동한 후 선택된 오브젝트를 ③**복사**(Ctrl + C, Ctrl + V)한다. 그다음 ④**우측(X축)** 방향으로 이동하여 그림처럼 두 개의 **Cactus** 오브젝트를 나란히 배치한다.

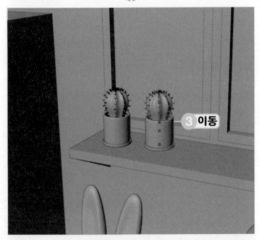

43 아웃라이너에서 방금 복사한 **Thorn.001** 오브
젝트의 모습도 **숨겨**놓는다.

미디어파사드 무료 100강 수강링크

Media Facade

미디어파사드 주말워크샵 신청링크

HTTPS://URL.KR/QXKCZJ

Designed for artists

Weekend Workshop

미디어파사드 주말워크샵

〈실감미디어를 위한 미디어파사드〉

베이직 클래스 모집

매주 토,일 15:00~18:00

● 문의 : 주식회사 감성놀이터
● artsuk@gmail.com / 010-7771-1857

메타휴먼랩
감성놀이터

재질(Texturing)

3D 모델에 색상이나 이미지를 적용하는 과정을 재질 입히기(텍스

처링: Texturing)라고 하며, 이 과정에서 색상과 이미지의 속성을

설정하는 매개체를 머티리얼(Material)이라고 한다.

재질 적용(셰이더 에디터 생성) 방법

블렌더 3D에서의 **머티리얼(Material: 표준 발음)** 생성 방법은 다양하지만 텍스처링할 **오브젝트**(기본 큐브 활

용)를 **선택**한 상태에서 우측 속성 창의 **매트리얼 프로퍼티스(Material Properties: 블렌더에서의 발음)**에서 **[새**

로운] 버튼을 선택하여 매트리얼을 생성하는 방법을 표준화하고 있다.

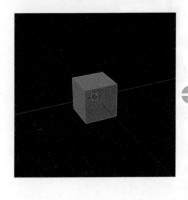

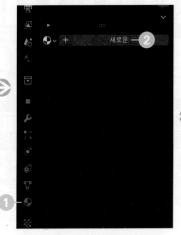

또한 상단 표시줄의 작업 공간에서 **Shading**을 선택한 후 **셰이더 에디터**(Shader Editor) 상단의 [새로운] 버튼을 눌러 매트리얼(Material)을 생성하는 방법도 사용된다.

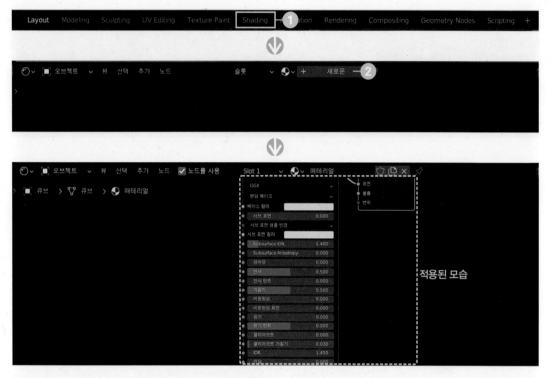

☑ 셰이딩(Shading) 작업 상태에서의 상단 인터페이스를 뷰포트(Viewport)라고 하며, 하단 인터페이스를 셰이더 에디터(Shader Editor)라고 한다.

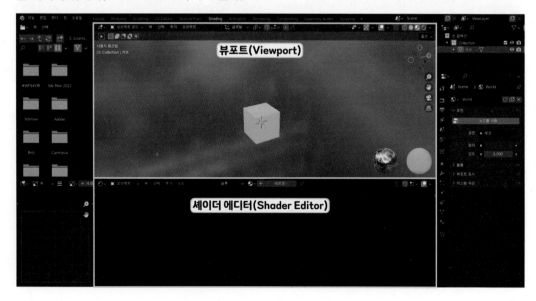

셰이더 에디터는 뷰포트나 **아웃라이너** 또는 프로퍼티스와 **타임라인** 좌측 상단에 있는 **에디터 유형(Editor Type)**을 통해 사용할 수 있다.

🔷 노드(Node)의 기초

블렌더는 **노드(Node)** 방식의 3D 프로그램이다. 다른 프로그램과 다르게 **라인(선으로 특성 속성값을 전달해 주는 방식)**을 이어주는 것에 따라 데이터가 전달되는 과정을 조절할 수 있기 때문에 작업물을 보다 더 정교하게 만들어 줄 수 있다.

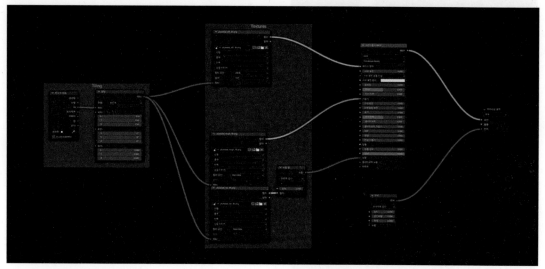

▲ 노드로 연결된 라인들의 모습

블렌더에서 제공되는 노드(Node)의 종류는 매우 다양한다. 물론 수 많은 노드를 전부 외우는 것은 쉽지 않기 때문에 즐겨 사용되는 노드 이외에는 블렌더에서 제공하는 사용설명서 웹사이트를 참고하거나 구글링(검색)하여 숙지한 후 사용하는 것을 권장한다.

◀▲ 다양한 노드들

새로운 **머티리얼(재질: Material)**을 생성하면 블렌더에 기본으로 탑재 되어있는 셰이더(Shader)인 **프린시폴드 BSDF(Principled BSDF)**가 생성된다. 이 셰이더는 세상에 존재하는 가장 **기본적인 물질**을 토대로 프린시폴드 BSDF 셰이더의 다양한 설정 옵션들을 통해 원하는 재질을 무한대로 표현할 수 있다.

베이스 컬러(Base Color) 물체의 기본 색상을 설정한다.

색상서브 표면(Subsurface) 빛이 표면 내부에서 산란하는 값을 설정한다.

예) 손전등을 손가락에 갖다 대었을 때 빛에 의해 손가락의 색이 변하게 되는 것들

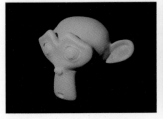 

서브 표면 샘플 반경(Subsurface Radius) 빛이 퍼지는 범위를 설정한다.

서브 표면 컬러(Subsurface Color) 퍼지는 빛의 색상을 설정한다.

Subsurface IOR 서브 표면 산란에 대한 굴절률을 설정한다. [사이클(Cycles) 렌더러 전용]

Subsurface Anisotropy 서브 표면 산란의 방향을 제어한다. [사이클 렌더러 전용]

금속성(Metallic) 비금속 및 금속 재질을 구성한다.

반사(Specular) 빛의 반사값을 설정한다. 가장 일반적인 0 ~ 8% 범위에서 마주보는 반사도를 지정(반사율이 8% 이상인 재료가 존재하기 때문에 1이상의 값을 허용한다.

반사(Specular) = ((ior − 1)/(ior+1))² /0.08

예) 물 : ior = 1.33, 반사값 = 0.25

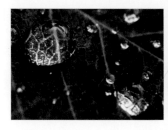

예) 유리 : ior = 1.5, 반사값 = 0.5

예) 다이아몬드 : ior = 2.417, 반사값 = 2.15

반사 틴트(Specular Tint) 반사에 베이스 컬러(Base Color) 표현 값을 설정한다.

거칠기(Roughness) 물체의 표면이 거친 정도를 설정한다.

비등방성(Anisotropic) 비등방성(이방성)을 설정한다. 비등방성이란 빛의 방향이나 보는 각도에 따라 반

사율이 다른 성질을 보이는 것을 말한다. [사이클(Cycles) 렌더러 전용]

예) 지폐 표면에 붙은 홀로그램, 솔질이 된 알루미늄, 섬유, 옷감, 근육 등

비등방성 회전(Anisotropic Rotation) 반사된 형상의 값을 회전한다. [사이클(Cycles) 렌더러 전용]

윤기(Sheen) 천(직물)과 같은 섬유의 광택을 표현한다.

윤기 틴트(Sheen Tint) 광택의 색상을 베이스 컬러(Base Color)로 표현한다.

클리어코트(Clearcoat) 코팅과 같은 투명막을 표현한다.

클리어코트 거칠기(Clearcoat Roughness) 투명막의 거칠기를 표현한다.

IOR 투과 굴절률(회절률)을 설정함한다. IOR에 관련된 표를 검색하면 재질별로 상세하게 수치가 정리된 자료를 찾을 수 있다.

전달(Transmission) 투명도를 설정한다. 금속성(Matallic)이 0일 때에만 적용할 수 있다.

전송 거칠기(Transmission Roughness) GGX 분포로 투과광에 사용되는 거칠기를 제어한다. [사이클(Cycles) 렌더러 전용]

방출(Emission) 방출(Emission) 셰이더(Shader)와 같은 표면의 빛 방출한다.

방출 강도(Emission Strength) 방출된 빛의 강도를 설정한다.

알파(Alpha) 표면의 투명도 제어한다. 일반적으로 이미지 텍스처 노드(Image Texture Node)의 알파(Alpha) 출력에 연결한다.

노멀(Normal) 기본 레이어의 법선을 제어한다. 일반적으로 노멀 맵(Normal Map)과 연결하여 사용한다.

클리어코트 노멀(Clearcoat Normal) 클리어코트(Clearcoat) 레이어의 법선을 제어한다. 클리어코드(Clearcoat) 층에 노멀 맵(Normal Map)을 넣는다.

탄젠트(Tangent) 비등방선(Anisotropic) 레이어의 접선을 제어한다.

본 도서에서는 블렌더의 기초를 다루기 때문에 자주 쓰이는 **프린시폴드 BSDF(Principled BSDF)** 위주로 사용할 것이며, 이외의 다른 노드(Node)는 자신이 직접 재질 입히기(Texturing) 작업을 하면서 습득해 나가면 될 것이다.

무료 머티리얼(Material) 이용하기

3D 작품은 어떠한 재질을 적용하느냐에 따라 표현하고자 하는 작품의 방향성과 품질이 달라진다. 그렇기 때문에 프로그램 내에서 제공되는 기본 재질 외에도 직접 그리거나 실사 이미지 등을 활용하여 재질을 만들어 사용하기도 한다. 하지만 사실적인 재질을 만드는 과정은 모델링(Modeling)보다 복잡하고 어렵기 때문에 이미 만들어진 머티리얼(Material)을 사용하는 경우가 더 많다. 여기에서는 인터넷에 배포된 머티리얼 중 가장 많이 알려진 Poly Haven이라는 사이트에서 제공하는 무료 머티리얼을 활용하는 방법에 대해 알아본다.

무료 머티리얼(재질) 내려받기

01 3D 모델 또는 머티리얼, 3D배경(HDRI) 등의 에셋(Assets)을 무료로 제공하는 사이트 중 **Poly Haven**이라는 사이트를 이용해 본다. 먼저 검색(구글이나 네이버 또는 다음 활용) 창에서 ❶**[Poly Haven]**을 검색한 후 상단에 검색된 사이트를 ❷**클릭**하여 들어간다.

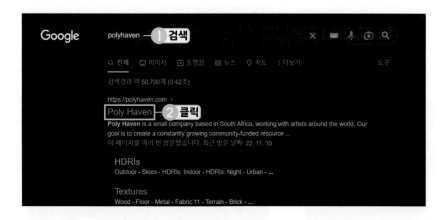

02 Poly Haven 웹사이트 상단의 ❶**에셋(Assets)** 메뉴에서 ❷**텍스처(Textures)**를 클릭하거나 사이트 중앙의 **텍스처 찾아보기(Browse Textures)**를 클릭한다.

☑ Poly Haven 웹사이트는 한글을 지원한다. 화면 우측 상단에서 [한국어]를 선택하여 전환할 수 있다.

03 사이트 상단의 검색 창에서 [Wood Table 001]을 입력하여 검색한다.

04 검색 후 맨 처음의 Wood Table001 머티리얼을 **클릭(선택)**한다.

05 우측 상단의 다운로드 창에서 **①머티리얼 해상도**를 **②4K급**으로 선택한 후 **③[다운로드]** 버튼을 눌러 선택된 머티리얼을 저장한다.

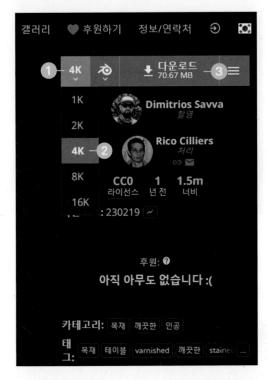

☑ 다운로드받고자 하는 파일의 유형도 변경할 수 있다.

06 같은 방법으로 Red Laterite Soil Stones와 Book Pattern, Wood Table Worn 머티리얼도 다운로드받는다. [큐알코드 활용]

Red Laterite Soil Stones
https://polyhaven.com/ko/a/red_laterite_soil_stones

Book Pattern
https://polyhaven.com/ko/a/book_pattern

Wood Table Worn
https://polyhaven.com/ko/a/wood_table_worn

☑ 위 주소(큐알코드)는 웹사이트 사정에 따라 변경될 수 있다.

07 우측 상단의 다운로드 창에서 **①머티리얼 해상도**를 **②4K급**으로 선택한 후 **③[다운로드]** 버튼을 눌러 선택된 머티리얼을 저장한다.

블렌더에서 에셋 가져오기

에셋이 저장될 폴더 및 압축 풀기

01 바탕화면 또는 원하는 위치(드라이브)로 가서 **[우측 마우스 버튼] – [새 폴더]**를 선택하여 새로운 폴더를 생성한다.

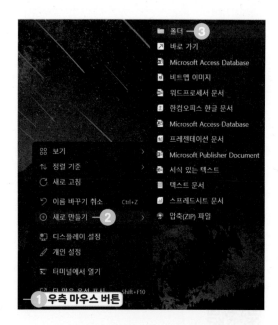

02 생성한 폴더의 이름을 [Blender Texture]로 변경한다. 폴더의 이름은 자신이 원하는 이름을 사용해도 된다.

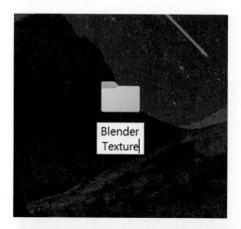

03 앞서 ❶**다운로드**받은 **4개**의 **머티리얼** 압축 파일들을 ❷**모두 선택**한 후 ❸**드래그**하여 방금 만든 폴더에 갖다 넣는다. 학습에 필요한 머티리얼이므로 반드시 다운로드받아둔다.

04 Blender Texture 폴더로 들어가 옮겨놓은 **4개**의 파일의 **압축**을 모두 **풀어**준다. 기본적으로 **ZIP** 방식의 압축 파일은 **윈도우즈**에서 풀 수 있지만 **알집**이나 **윈집** 같은 압축 프로그램을 설치해서 풀어 줄 수도 있다.

머티리얼 실행 및 등록하기

05 압축을 푼 파일 중 **book_pattern_4k.blend** 폴더로 들어가 해당 **블렌더(Blender)** 파일을 **더블 클릭**하여 실행한다.

06 매트리얼 프로퍼티스의 **book_pattern** 머티리얼 인덱스(Material Index)에서 ❶❷**[우측 마우스 버튼] – [Mark as Asset]**을 선택한다.

☑ 속성 창이 보이지 않는다면 상단 표시줄에 있는 **Layout**을 선택한다.

에서 [Z] 키를 눌러 ❶메테리얼 미리보기로 변경한 후 재질이 적용된 오브젝트를 ❷선택하면 매트리얼 프로퍼티스를 확인할 수 있다.

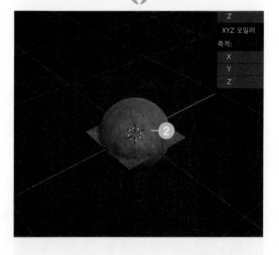

07 [Ctrl] + [S] 키를 눌러 현재 상태를 저장해 놓는다.

08 같은 방법으로 나머지 **3개**의 머티리얼도 **실행**한 후 매트리얼 프로퍼티스의 머티리얼 인덱스에서 **Mark as Asset**을 등록한 후 [Ctrl] + [S] 키를 눌러 저장해 놓는다.

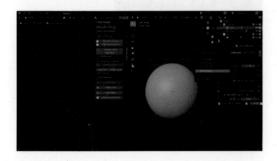

09 적용된 머티리얼이 보이지 않는다면 뷰포트

블렌더 3D 한글판에서의 **머티리얼**은 **매트리얼과 매테리얼** 등으로 표기되고 있어 용어가 아직 정립되지 않은 상태임을 알 수 있다. 그렇기 때문에 위 3개의 용어는 모두 같은 것임을 참고하면서 학습을 하기 바란다.

10 SECTION 03. 모델링(Modeling) 편에서 제작한 전체 모델링 작업이 완료된 파일을 **실행**한다.

11 블렌더 상단 표시줄(풀다운 메뉴)의 ❶**편집 (Edit)**에서 ❷**환경 설정(Preferences)**을 선택한다.

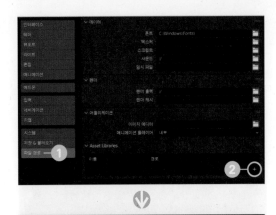

12 블렌더 환경 설정 창에서 좌측 하단의 ❶**파일 경로(File Paths)**를 클릭한 후 **Asset Libraries** 우측 하단에 있는 ❷**[+]** 버튼을 누른다. 그다음 좌측의 ❸**Desktop**을 선택하여 바탕화면으로 이동한 후 이전에 생성한 ❹**Blender Texture** 폴더를 더블클릭하여 열어준다. 그리고 하단의 ❺**[Add Asset Library]** 버튼을 누른다.

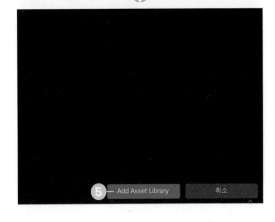

13 머티리얼 에셋 라이브러리를 가져왔다면 이제 블렌더 환경 설정 창은 **닫아**준다.

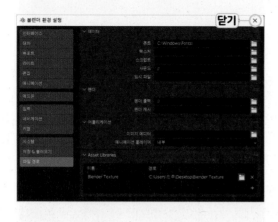

14 머티리얼 작업의 편의를 위해 뷰포트 하단의 **타임라인(Timeline)**의 공간을 **넓혀**준다.

15 타임라인 좌측 상단의 ❶**에디터 유형(Editor Type)**에서 ❷**Asset Browser**를 선택하여 타임라인의 공간을 에셋 브라우저로 전환한다.

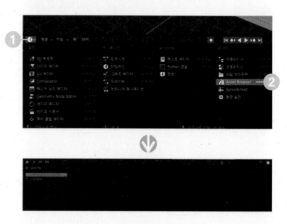

16 Asset Browser의 좌측 ❶Current File에서 이전에 에셋 라이브러리로 설정한 ❷**Blender Texture** 폴더를 선택한다.

17 Blender Texture 폴더에 **4개**의 머티리얼이 생성되어있는지 확인한다.

💡 팁 & 노트

머티리얼에 텍스처(이미지)가 보이지 않을 때

가끔 머티리얼 에셋은 생성되지만 머티리얼 표면에
이미지(텍스처)가 보이지 않는 경우가 있다. 물론 이
상태로 사용해도 되지만 어떤 머티리얼인지 구분할
수 없기 때문에 해당 **머티리얼 블렌더** 파일을 **다시 실
행**한 후 매트리얼 프로퍼티스의 머티리얼 인덱스에서
[우측 마우스 버튼] - [Clear Asset]을 선택한 다음 다
시 **[Mark as Asset]** 메뉴를 선택해야 한다.

타일에 머티리얼 적용하기

01 뷰포트에서 **[Z]** 키를 눌러 **뷰포트 셰이딩**
(Viewport Shading)을 **매테리얼 미리보기**
(Material Preview)로 변경한다.

02 아웃라이너에서 ❶**Room Wall** 컬렉션의 ❷
Tile 오브젝트를 **선택**한다.

03 에셋 브라우저에서 ❶**wood_table_001** 머티
리얼을 **끌어(드래그)**서 방금 선택한 ❷**Tile** 오브젝
트에 갖다 놓는다. 이와 같은 방법으로 머티리얼을
오브젝트에 적용한다.

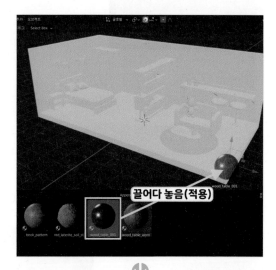

끌어다 놓음(적용)

적용된 모습

04 아웃라이너에서 ❶Tile 오브젝트 안에 있는 오브젝트를 ❷모두 선택한다.

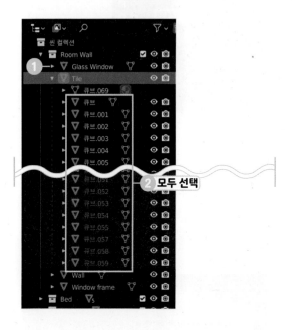

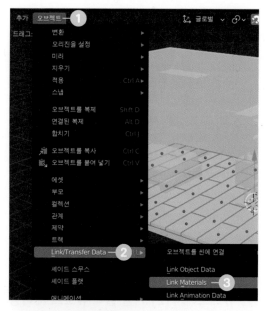

☑ 뷰포트에서 [Ctrl] + [L] 키를 눌러 Link Materials를 선택할 수도 있다.

05 ❶오브젝트 메뉴에서 ❷❸[Link/Transfer Data] – [Link Materials]를 선택한다.

06 그러면 처음 **Tile** 오브젝트에 적용한 머티리얼이 **링크(선택)**된 오브젝트들에도 적용된 것을 알 수 있다.

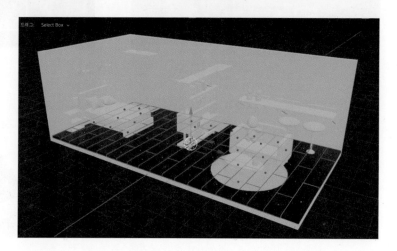

책에 머티리얼 적용하기

01 아웃라이너에서 ❶Book 컬렉션에 있는 Book 오브젝트를 ❷**선택**한다.

02 에셋 브라우저에서 **book_pattern** 머티리얼 을 방금 선택된 **Book** 오브젝트에 적용한다.

끌어다 적용

☑️ 머티리얼을 적용할 때 오브젝트를 **선택**하지 **않아도** 되지만 지금처럼 여러 개의 오브젝트 가 복잡하게 사용될 경우에는 구분하기 위해 선택한 후 적용하는 것이 좋다.

03 뷰포트에서 **머티리얼**이 **적용**된 Book 오브젝 트를 뺀 나머지 Book 오브젝트 중 그림에서 **선택** (**짙은 주황색**)된 오브젝트들만 ❶**모두 선택**한 후 ❷**마지막**으로 **머티리얼**이 **적용**된 Book 오브젝트 를 선택하여 **기준 오브젝트**로 지정한다.

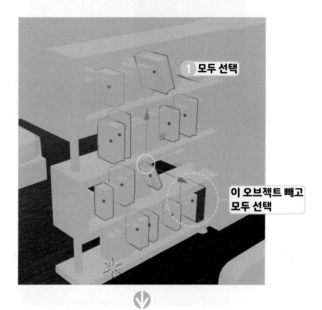

1 모두 선택

이 오브젝트 빼고 모두 선택

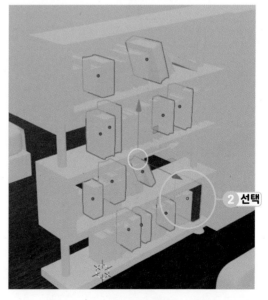

2 선택

04 ❶**오브젝트** 메뉴에서 ❷❸[Link/Transfer Data] – [Link Materials]를 선택한다.

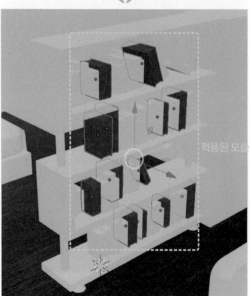

05 뷰포트에서 **머티리얼**이 **적용**된 Book 오브젝트를 **아무거나** 하나 선택한 후 상단 표시줄의 작업 공간에서 Shading을 선택한다.

06 작업의 편의를 위해 방금 선택된 Book 오브젝트를 **확대**해 놓는다.

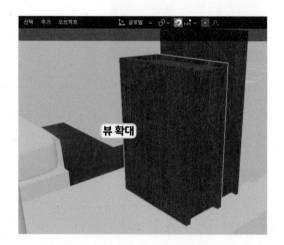

07 이번엔 뷰포트 하단의 **셰이더 에디터(Shader Editor)**에서 Tiling 공간의 **맵핑(Mapping) 노드 (Node)** 부분을 **확대(마우스 휠 회전)**해 놓는다.

08 맵핑(Mapping) 노드에서 회전(Rotation)의

Z축을 3도로 설정한 후 축적(Scale) XYZ축을 2로
설정한다.

☑ 대각선으로 기울어져있는 텍스처의 방향을
직선으로 맞추고 해당 텍스처를 확대하여 질
감을 강조하기 위해 회전 및 축적의 값을 설정
하였다.

09 셰이더 에디터(Shader Editor)에 마우스 커서
를 갖다 놓고 [A] 키를 눌러 ❶**모든 노드(Node)를
선택**한다. 그다음 ❷**[Ctrl] + [C]** 키를 눌러 선택한
노드를 복사한다.

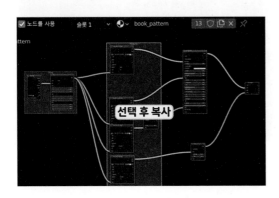

10 뷰포트에서 머티리얼을 적용하지 않은 Book
오브젝트 중 아무거나 **하나**를 **선택**한다.

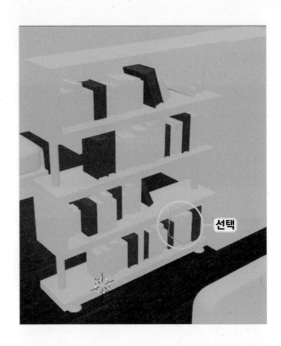

11 셰이더 에디터 상단에서 ❶**[새로운(New)]** 버
튼을 클릭하여 새로운 머티리얼을 생성한 후 ❷
[Delete] 키를 눌러 **기본 노드**를 **제거**한다.

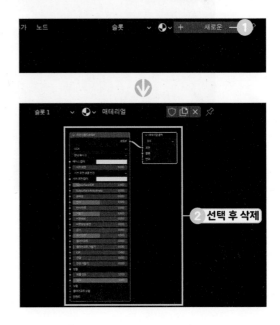

12 [Ctrl] + [V] 키를 눌러 이전에 복사한 노드를 **붙여넣기**한다.

13 [Shift] + [A] 키 또는 상단의 **추가** 메뉴에서 ❶ ❷[컬러(Color)] – [색조/채도(Hue/Saturation)] 노드를 생성한다.

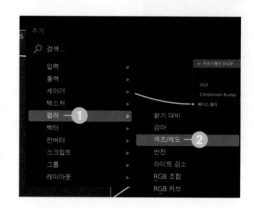

14 **베이스 컬러(Base Color)**에 연결된 라인 사이를 클릭하여 생성하고자 하는 **노드(Node)**를 끌어서 **연결**한다.

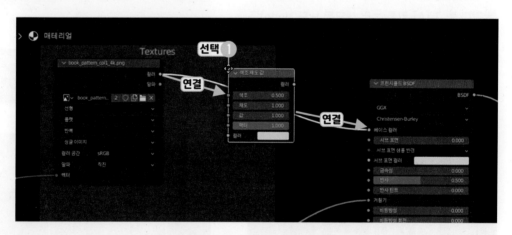

☑ 연결된 두 개의 노드 사이에 새로운 노드를 끌어오면 이미 이어져있는 연결 선이 흰색으로 변하여 노드 사이에 새로운 노드를 연결할수 있다.

15 **색조/채도(Hue/Saturation)** 노드에서 **색조 (Hue)**를 1로 변경하여 **파란색**으로 바꿔준다.

16 뷰포트에서 그림처럼 **머티리얼**이 ❶적용되지 않은 Book 오브젝트들을 **선택**한 후 ❷**파란색** Book 오브젝트를 **마지막**으로 **선택**하여 **기준 오브젝트**로 지정한다.

17 뷰포트 상단의 ❶**오브젝트** 메뉴를 클릭하여 ❷❸[Link/Transfer Data] – [Link Materials]를 선택한다.

18 셰이더 에디터 상단에 있는 **머티리얼** 이름을 [book_pattern_B]로 변경한다.

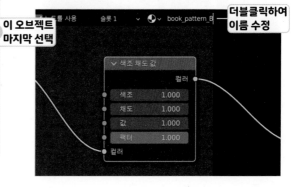

19 셰이더 에디터에서 [A] 키를 눌러 **모든 노드를** 선택한 후 [Ctrl] + [C] 키를 눌러 **복사**한다.

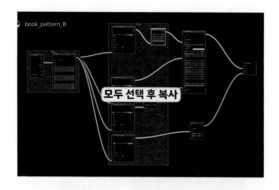

20 뷰포트에서 **머티리얼**을 적용하지 않은 Book 오브젝트 **하나를 선택**한다.

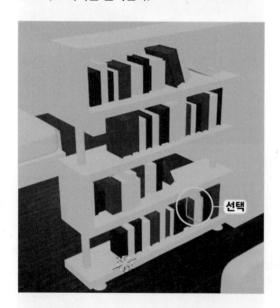

21 셰이더 에디터 상단의 ●[새로운(New)] 버튼을 눌러 기본 머티리얼을 생성한 후 ❷[Delete] 키를 눌러 생성된 **노드(Node)**를 **삭제**한다.

☑ 노드는 머티리얼 슬롯을 만들어야 생성할 수 있기 때문에 [새로운]을 통해 만들지만 이렇게 생성된 슬롯은 불필요한 데이터이기 때문에 삭제하는 것이다. 또한 노드를 붙여넣기 하는 이유는 이전에 생성한 book_pattern 머티리얼을 바탕으로 새로운 색상의 책 머티리얼을 만들기 위함이다.

22 [Ctrl] + [V] 키를 눌러 이전에 복사한 노드를 **붙여넣기** 한다.

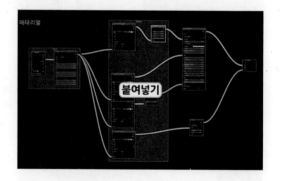

23 색조/채도(Hue/Saturation) 노드에서 **색조** (Hue)를 **0.35** 정도로 설정하여 색상을 **빨간색**으로

바꿔준다.

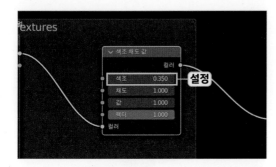

24 뷰포트에서 **머티리얼**을 적용하지 않은 나머지 ❶Book 오브젝트들을 모두 선택한 뒤 ❷**빨간색** Book 오브젝트를 **마지막**으로 **선택**하여 **기준 오브젝트**로 지정한다.

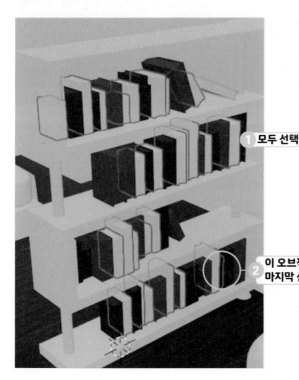

25 뷰포트 상단의 ❶**[오브젝트(Object)]** 메뉴에서 ❷❸[Link/Transfer Data] - [Link Materials]를 선택한다.

26 셰이더 에디터 상단에서 머티리얼의 이름을 [book_pattern_R]로 변경한다.

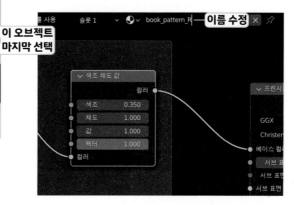

01 상단 표시줄에서 ❶Layout을 클릭한 뒤 하단 에셋 브라우저에서 ❷wood_table_worn 머티리얼을 끌어다 Desk 오브젝트에 적용한다.

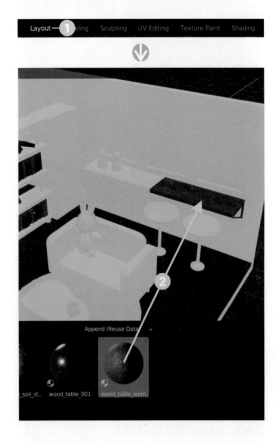

02 계속해서 왼쪽에 있는 Desk 오브젝트에도 wood_table_worn 머티리얼을 적용한다.

03 아웃라이너에서 Cactus 컬렉션에 있는 Soil 오브젝트와 Soil.001 오브젝트를 **선택**한다.

04 뷰포트에서 [/] 키를 눌러 선택되지 않은 오브

젝트들은 **모두 숨겨**준다.

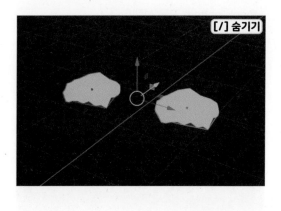

05 하단의 에셋 브라우저(Asset Browser)에서 **red_laterite_soil_stones** 머티리얼을 **Soil** 오브젝트에 적용한다.

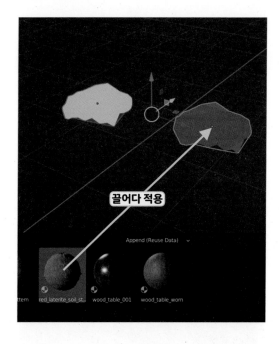

06 같은 방법으로 **red_laterite_soil_stones** 머티리얼을 왼쪽 **Soil** 오브젝트에도 적용한다.

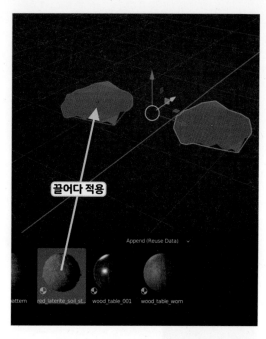

☑ 해당 오브젝트는 차후 UV 매핑(Mapping) 편에서 계속 작업하기로 한다.

07 상단 표시줄에서 ❶**Shading**을 클릭한 후 ❷ **Desk** 오브젝트를 **선택**한다.

08 셰이더 에디터에서 **맵핑(Mapping)** 노드를 **확대**한 후 해당 노드에서 회전의 **Z**를 **0**도, 축적의 **XYZ**를 **2**로 설정한다.

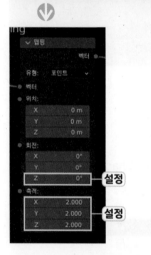

소파에 머티리얼 적용하기

01 아웃라이너에서 ❶**Sofa** 컬렉션의 ❷**Back** 오브젝트를 **선택**한다.

02 셰이더 에디터의 ❶**머티리얼(Material)**에서 ❷**book_pattern_R**을 선택한다.

03 계속해서 ❶**[새로운 머티리얼]** 버튼을 눌러 머티리얼을 생성한 후 이름을 ❷**[Sofa]**로 변경한다.

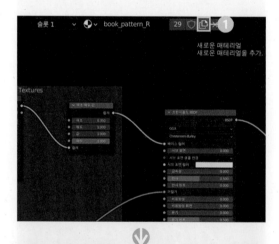

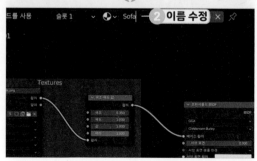

04 **색조/채도** 노드에서 채도를 0, 값을 5로 설정한다.

05 **맵핑(Mapping)** 노드에서 축적 **XYZ**를 5로 변경한다.

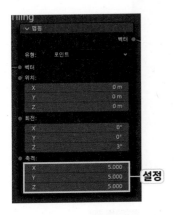

06 ❶**Sofa** 컬렉션에서 ❷**Left, Right, Top** 오브젝트를 선택한 후 **마지막**으로 ❸**Back** 오브젝트를 **선택**하여 기준 오브젝트로 지정한다.

07 뷰포트에서 **[Ctrl] + [L]** 키를 눌러 **[Link Materials]**를 선택하여 방금 선택한 오브젝트에도 **Sofa** 머티리얼을 적용한다.

☑ 위 작업은 **오브젝트** 메뉴의 **[Link/Transfer Data]** – **[Link Materials]**에서 적용할 수도 있다.

08 Link Materials를 통해 Sofa에 적용된 머티리얼을 확인해 본다.

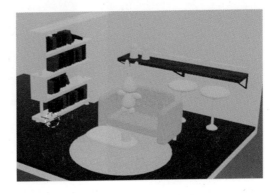

기본 재질 적용 및 설정하기

재질 적용하기(Texturing) 작업은 블렌더의 기본 노드(Node)인 **프린시폴드 BSDF(Principled BSDF)**를 사용하여 직접 재질을 만들고 입혀보는 기초 과정이다. 이번 학습에서는 머티리얼을 직접 만들고 설정하는 방법에 대해 알아본다.

재질 입히기를 시작하기에 앞서 **[PART 04. 렌더링(아웃풋)]** 편의 라이팅(Righting)과 렌더링(Rendering) 부분을 참고하여 미리 ❶빛(조명)을 생성하고 렌더러를 ❷**사이클(Cycles)**로 변경한 후 **뷰포트 셰이딩(Viewport Shading)**을 ❸**렌더리드(Rendered)**로 바꿔주면 차후 렌더링(Rendering) 했을 때의 작품 모습을 볼 수 있다.

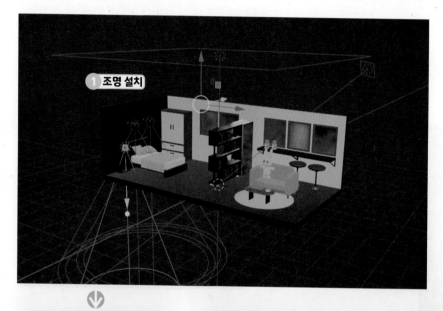

☑ 본 학습의 파일은 [학습자료] − [Lighting] 폴더의 Light 블렌더 프로젝트 파일을 실행하여 활용할 수 있다.

Room Wall 컬렉션 재질 적용하기

01 뷰포트 또는 아웃라이너에서 **Wall** 오브젝트를 **선택**한다.

02 셰이더 에디터에서 **[새로운(New)]** 버튼을 클릭하여 머티리얼을 생성한다.

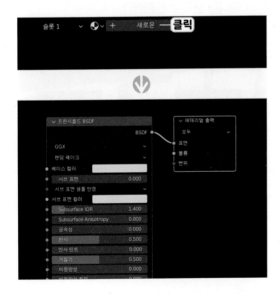

03 생성된 머티리얼의 이름을 **[Wall]**로 변경한다.

04 생성된 **프린시폴드 BSDF(Principled BSDF)** 노드에서 ❶**베이스 컬러(Base Color)**를 **선택**한 후 ❷**명도(V: Value)**를 **0.015**로 설정한다.

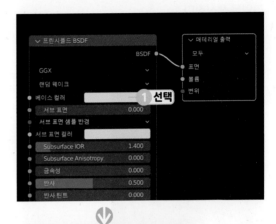

☑ 본 학습에서 설정하는 모든 색상과 설정값은 자신의 취향에 맞게 조정한다.

05 프린시폴드 BSDF 노드의 **반사(Specular)**는 **0.1**, **거칠기(Roughness)**는 **0.3**으로 변경한다.

06 이번엔 다른 방법으로 머트리얼을 생성하기 위해 매트리얼 프로퍼티스에서 우측 상단의 ❶[+] 버튼을 누르고 ❷[새로운(New)] 버튼을 눌러 머티리얼을 생성한다.

07 생성된 머티리얼의 이름을 [Wall_W]로 변경한다.

08 Wall_W 머티리얼에서 **반사(Specular)**를 0.1, **거칠기(Roughness)**를 0.3으로 변경한다.

09 뷰포트에서 [Tab] 키 또는 [Ctrl] + [Tab] 키를 눌러 **에디트 모드**로 전환한다.

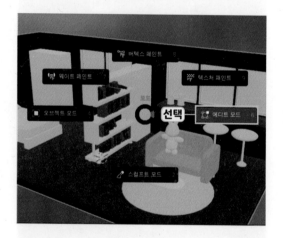

10 [Ctrl] 키를 누른 상태로 Wall 오브젝트에서 창문이 있는 쪽 **벽**을 **선택**한다.

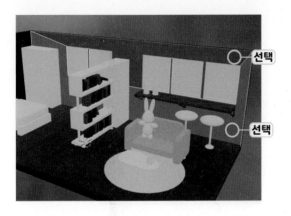

11 ❶Wall_W 머티리얼이 **선택**된 상태에서 ❷**할당(Assign)**을 **선택**하여 방금 **선택한 페이스**에만 머티리얼을 **적용**한다.

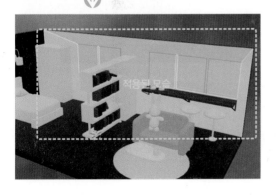

12 다시 뷰포트에서 [Tab] 키 또는 [Ctrl] + [Tab] 키를 눌러 **오브젝트 모드**로 변경한다.

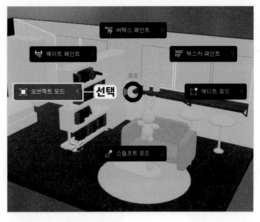

13 뷰포트 또는 아웃라이너에서 **Window frame** 오브젝트를 **선택**한다.

14 뷰포트 하단의 셰이더 에디터에서 **[새로운]** 버튼을 눌러 머티리얼을 생성한다.

15 새로 생성된 머티리얼의 이름을 [Window frame]으로 변경한다.

16 프린시폴드 BSDF 노드에서 **①베이스 컬러 (Base Color)**를 **선택**한 후 **②명도(V)**를 **0.08**로 설정한다.

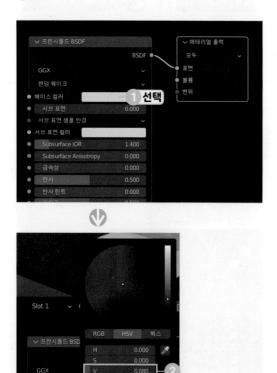

17 그밖에 **반사**는 **0.4**, **거칠기**는 **0.3**으로 변경한다.

18 아웃라이너에서 **①Glass Window 오브젝트**를 **선택**한 후 셰이더 에디터에서 **②[새로운]** 버튼을 눌러 머티리얼을 **생성**한다.

19 생성된 머티리얼 이름을 **[Glass]**로 변경한다.

20 셰이더 에디터에서 **①프린시폴드 BSDF 노드**를 **선택**한 후 **②[Delete]** 키를 눌러 해당 노드를 제거한다.

선택 후 삭제

생성된 모습

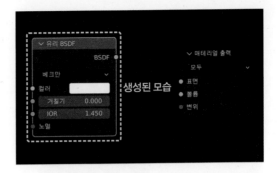

☑ 노드 찾기는 [Shift] + [A] 키를 누른 후 나타나는 검색기에서도 가능하다.

삭제된 모습

22 방금 생성한 **유리 BSDF(Glass BSDF)** 노드의 BSDF를 **클릭 & 끌어(드래그)**서 **매테리얼 출력** 노드의 **표면**과 **연결**한다.

21 셰이더 에디터에서 [Shift] + [A] 키를 눌러 ❶ ❷[셰이더] – [유리 BSDF(Glass BSDF)]를 생성한다.

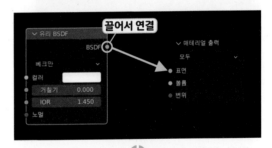

끌어서 연결

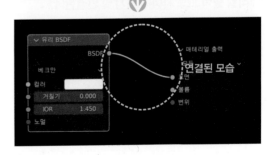

연결된 모습

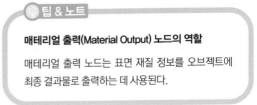

팁 & 노트

매테리얼 출력(Material Output) 노드의 역할

매테리얼 출력 노드는 표면 재질 정보를 오브젝트에 최종 결과물로 출력하는 데 사용된다.

23 [Shift] + [A] 키로 ❶❷[셰이더(Shader)] –
[조합 셰이더(Mix Shader)]를 생성한다.

24 생성한 **조합 셰이더**를 유리 BSDF 노드와 매
테리얼 출력 노드 사이에 **배치** 및 **연결**한다.

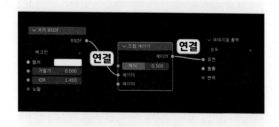

25 [Shift] + [A] 키를 눌러 ❶❷[셰이더] – [투명
BSDF]를 생성한 후 **투명 BSDF** 노드의 ❸BSDF를
조합 셰이더 노드의 **셰이더(Shader)**와 **연결**한다.

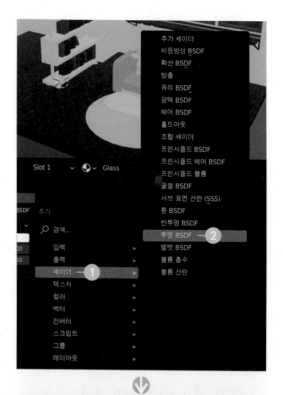

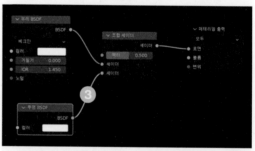

26 계속해서 [Shift] + [A] 키를 눌러 ❶❷[입력
(Input)] – [라이트 경로(Light Path)]를 생성한 후
라이트 경로 노드의 ❸Is 섀도우 광선(Is Shadow
Ray)을 **조합 셰이더(Mix Shader)** 노드의 **팩터
(Fac)**와 **연결**한다.

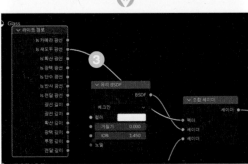

팁 & 노트

조합 셰이더(Mix Shader) 노드의 역할

조합 셰이더는 두 개의 셰이더를 혼합하는 데 사용된다. **팩터(Fac)**가 0일 때는 첫 번째 셰이더만 사용하고, 1일 때는 두 번째 셰이더만 사용한다. 이를 조절하여 두 개의 셰이더를 레이어링 할 수 있다.

27 지금까지 작업한 노드의 결과를 확인해 보면 아래 그림처럼 표현된다.

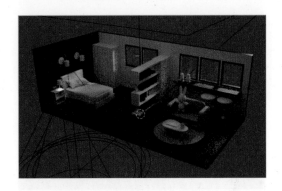

Bed 컬렉션 재질 적용하기

01 뷰포트 또는 아웃라이너에서 ❶**Bed** 오브젝트를 **선택**한 후 뷰포트 하단의 셰이더 에디터에서 ❷**[새로운]** 버튼을 눌러 머티리얼을 생성한다.

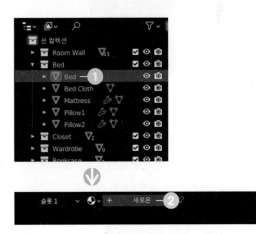

02 방금 생성한 머티리얼 이름을 **[Bed]**로 변경한다.

03 프린시폴드 BSDF 노드에서 ❶베이스 컬러를 선택한 후 ❷명도(V)를 0.045로 설정한다.

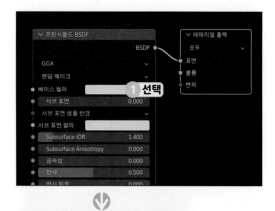

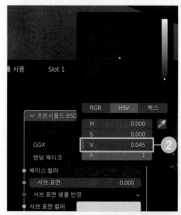

04 프린시폴드 BSDF의 **금속성(Metallic)**을 0.3, **반사**를 0.07, 그리고 **거칠기**를 0.09, 클리어코트 (Clearcoat)를 0.2로 설정한다.

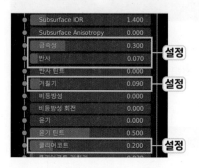

05 뷰포트 또는 아웃라이너에서 ❶Bed Cloth 오 브젝트를 **선택**한 뒤 뷰포트 하단의 셰이더 에디터에서 ❷**[새로운]** 버튼을 눌러 머티리얼을 생성한다. 생성한 머티리얼의 이름은 ❸[Bed Cloth]로 변경한다.

06 셰이더 에디터에서 **[Shift] + [A]** 키를 누른 후 ❶❷[텍스처(Texture)] – [이미지 텍스처(Image Texture)]을 생성한다.

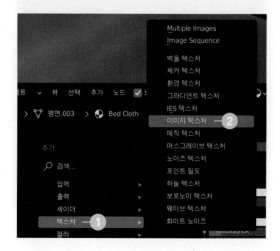

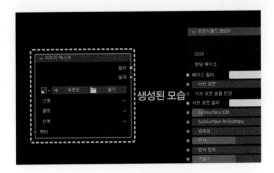

07 이미지 텍스처 노드의 **컬러(Color)**를 프린시폴드 BSDF 노드의 **베이스 컬러**와 연결한다.

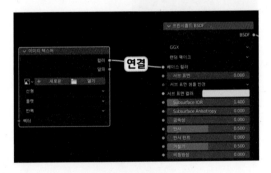

08 이미지 텍스처 노드에서 왼쪽 ❶**이미지** 아이콘을 클릭한 후 ❷**book_pattern_disp_4k.png**를 적용한다.

09 [Shift] + [A] 키를 눌러 ❶❷**[벡터(Vector)] – [맵핑(Mapping)]**을 생성한다.

10 **맵핑(Mapping)** 노드의 **벡터(Vector)**와 이미지 **텍스처** 노드를 연결한다.

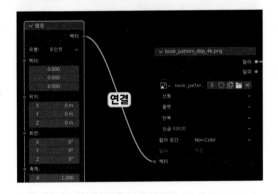

11 맵핑 노드에서 회전의 **Z축을 5도**, 축적의 **XYZ를 5**로 변경한다.

12 [Shift] + [A] 키를 눌러 ❶❷[입력(Input)] –
[텍스처 좌표(Texture Coordinate)]를 **생성**한 후
❸**텍스처 좌표** 노드의 UV를 **맵핑** 노드의 **백터**와
연결한다.

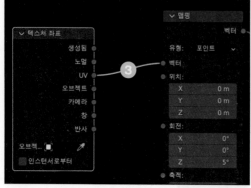

13 상단 표시줄의 ❶❷[편집] – [환경설정]을 열
고 ❸**에드온(Add-ons)**에서 ❹Node Wrangler을
검색한 후 ❺Node: Node Wrangler을 **체크**한다.
이때 ❻**활성화된 애드온 만(Enabled Add-ons
Only)**을 체크 **해제** 상태로 검색해야 애드온을 찾
을 수 있다.

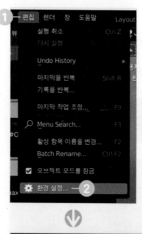

14 설정이 끝나면 환경설정 창을 닫고 ❶**이미지 텍스처** 노드를 **선택**한 상태에서 ❷**[Ctrl] + [T]** 키를 누르면 ❸**맵핑** 노드와 **텍스처 좌표(Texture Coordinate)** 노드를 쉽게 생성할 수 있다.

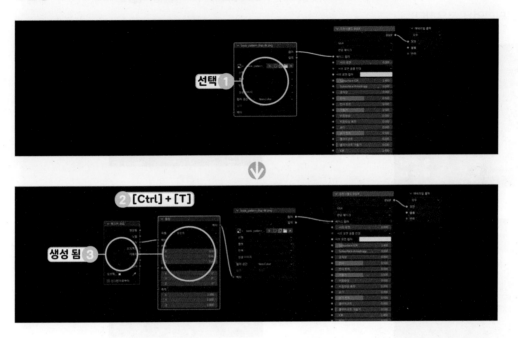

15 뷰포트 또는 아웃라이너에서 ❶Mattress 오브젝트를 **선택**한 후 셰이더 에디터에서 ❷**[새로운]** 버튼을 클릭하여 머티리얼을 생성한다.

16 생성된 머티리얼의 이름을 ❶**[Mattress]**로 변경한다. **프린시폴드 BSDF** 노드에서 ❷**반사**를 0으로 설정하고 ❸**거칠기**와 ❹**윤기(Sheen)**를 각각 0.1, 0.5로 변경한다.

17 ①Pillow1 오브젝트를 **선택**한 뒤 셰이더 에디터에서 ②**머티리얼** 아이콘을 클릭하여 ③Bed Cloth 머티리얼을 적용한다.

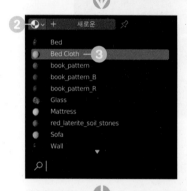

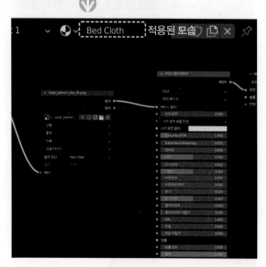

18 같은 방법으로 ①Pillow2 오브젝트에도 ②③ Bed Cloth 머티리얼을 **적용**한다.

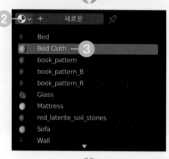

19 적용 후 지금까지의 결과를 **렌더**를 통해 확인해 본다. [F12] 키 또는 [Ctrl] + [F12] 키로 렌더를 할 수 있다.

Closet 컬렉션 재질 적용하기

01 ❶Closet 오브젝트를 **선택**한 후 **매트리얼 프로퍼티스**에서 ❷**[새로운]** 버튼을 눌러 머티리얼을 생성한다.

02 생성된 머티리얼의 이름을 **[Closet]**으로 변경한다.

03 매트리얼 프로퍼티스에서 ❶❷❸**[뷰포트 표시]** – **[설정]** – **[혼합 모드(Blend Mode)]**를 ❹**알파 혼합(Alpha Blend)**으로 변경한다.

04 셰이더 에디터 **프린시폴드 BSDF** 노드에서 ❶**베이스 컬러**를 선택한 후 ❷**명도(V)**를 0.005로 설정한다.

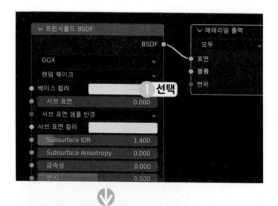

06 ❶Lamp 오브젝트를 선택한 후 매트리얼 프로퍼티스에서 ❷[새로운] 버튼을 눌러 머티리얼을 생성한다.

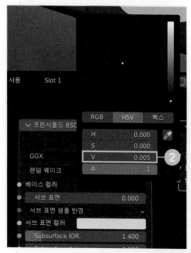

05 프린시폴드 BSDF 노드에서 **알파**를 **0.55**로 변경하여 오브젝트를 **투명**하게 만든다.

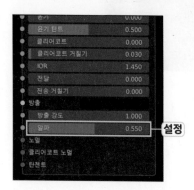

07 생성된 머티리얼의 이름을 [Lamp Body]로 변경한다.

08 우측 매트리얼 프로퍼티스에서 ❶❷[표면
(Surface)] – [베이스 컬러]를 선택하여 ❸명도
(Value)를 0으로 설정한 후 ❹금속성(Metallic)은
0.7, ❺거칠기(Roughness)는 0.2으로 변경한다.

09 매트리얼 프로퍼티스 상단에서 ❶[+] 버튼을
누르고 ❷[새로운] 버튼을 눌러 새로운 머티리얼을
생성한다.

10 생성된 머티리얼의 이름을 [Lamp Head]로
변경한다.

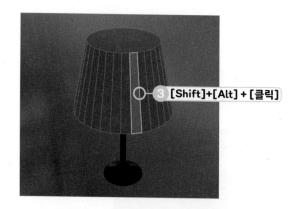

11 뷰포트에서 [/] 키를 눌러 **선택**된 Lamp 오브젝트를 제외한 오브젝트들을 모두 숨겨준다.

13 [Shift] + [Alt] 키를 누른 상태로 오브젝트의 **하단(-Z축)** 페이스의 **세로 에지**를 선택한 뒤 같은 방법으로 **안쪽 페이스의 세로 에지**도 선택한다.

12 ❶**에디트 모드로** 변경한 후 오브젝트의 ❷**상단(Z축) 페이스를 선택**한다. 그다음 [Shift] + [Alt] 키를 누른 상태로 옆면 ❸**세로 에지**를 클릭하여 페이스를 선택한다.

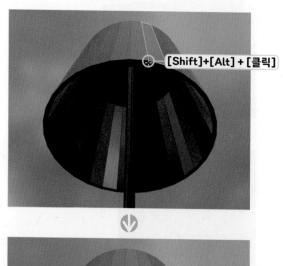

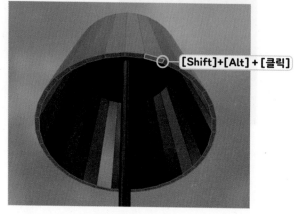

리얼을 선택한 후 ❷[할당(Assign)] 버튼을 눌러 적
용한다.

[Shift]+[Alt] + [클릭]

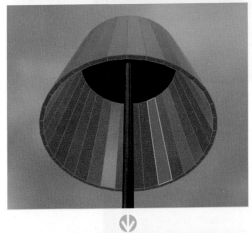

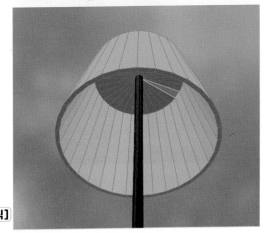

[Shift]+[Alt] + [클릭]

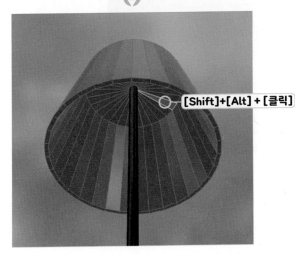

15 셰이더 에디터에서 [Shift] + [A] 키를 누른 후
❶❷[텍스처] – [이미지 텍스처]를 생성한다.

14 매트리얼 프로퍼티스에서 ❶Lamp head 머티

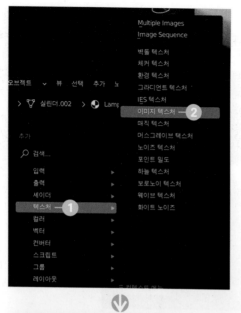

17 이미지 텍스처 노드에서 왼쪽 ❶**이미지** 아이콘을 클릭한 후 ❷**book_pattern_disp_4k.png**를 적용한다.

18 프린시폴드 BSDF 노드에서 **거칠기**를 1로 설정한다.

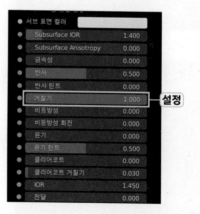

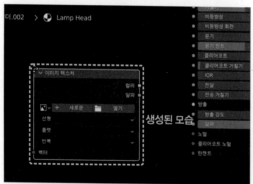

16 이미지 텍스처 노드에서 **컬러(Color)**를 프린시폴드 BSDF 노드의 **알파(Alpha)**와 연결한다.

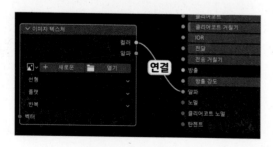

19 ❶**오브젝트 모드**로 변경한 후 ❷**[/]** 키를 눌러 앞서 숨겨놓았던 오브젝트들을 모두 활성화한다.

20 지금까지의 결과를 렌더를 통해 확인해 본다.

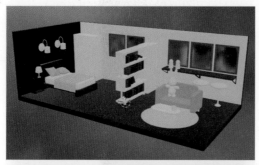

☑ **[F12] 키 : 현재 프레임을 이미지로 렌더링 (자동으로 저장 안됨)**

[Ctrl] + [F12] 키 : 애니메이션 렌더링(자동 으로 저장됨)

Wardrobe 컬렉션 재질 적용하기

01 ❶Frame 오브젝트를 선택한 후 셰이더 에디터에서 ❷[새로운] 버튼을 클릭하여 머티리얼을 생성한다. 그다음 머티리얼 이름을 ❸[Wardrobe Frame]으로 변경한다.

02 셰이더 에디터에서 [Shift] + [A] 키를 눌러 ❶ ❷[텍스처] – [이미지 텍스처]를 생성한다.

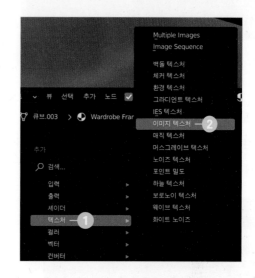

03 ❶이미지 텍스처 노드의 이미지 아이콘에서 ❷wood_table_worn_diff_8k.png를 적용한다.

04 **이미지 텍스처** 노드의 컬러를 **프린시폴드 BSDF** 노드의 **베이스 컬러**와 연결한다.

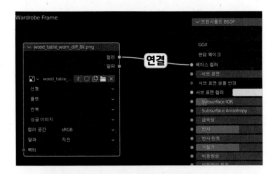

06 **색조/채도** 노드에서 **채도(Saturation)**를 0으로 설정하고 **값(Value)**을 0.3으로 변경한다.

05 [Shift] + [A] 키를 눌러 ❶❷[컬러] – [색조/채도]를 적용하고, 그림처럼 **이미지 텍스처** 노드와 **프린시폴드 BSDF** 노드 사이로 ❸**이동**한 후 ❹ ❺**연결**한다.

07 [Shift] + [A] 키를 눌러 ❶❷[컬러] – [밝기 대비(Bright Contrast)]를 생성한다.

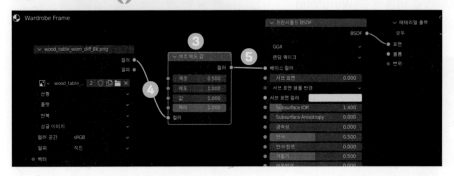

08 생성한 **밝기/대비** 노드를 **이미지 텍스처** 노드와 **색조/채도** 노드 사이로 ❶**이동**한 후 ❷❸**연결**한다.

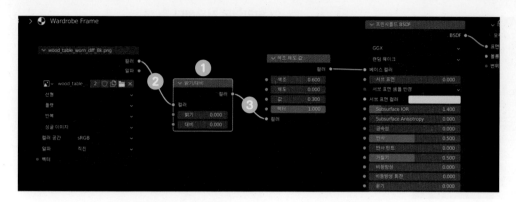

09 밝기/대비 노드의 ❶**밝기(Bright)**를 **0.1**로 설정한 다음 **프린시폴드 BSDF** 노드에서 ❷**반사 (Specular)**를 **0.1**로 변경한다.

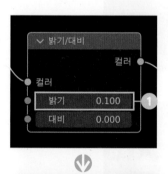

10 뷰포트 또는 아웃라이너에서 **Right Door** 오브젝트를 **선택**한다.

11 셰이더 에디터에서 ❶**[새로운]** 버튼을 눌러 머티리얼(Material)을 생성한 후 머티리얼 이름을 ❷**[Wardrobe Door]**로 변경한다.

12 셰이더 에디터에서 **프린시폴드 BSDF** 노드의

반사(Specular)를 0으로 설정한다.

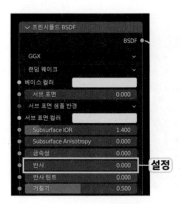

13 ❶Left Door 오브젝트를 **선택**한 후 셰이더 에디터 상단에 있는 ❷**머티리얼** 아이콘을 클릭하여 ❸Wardrobe Door 머티리얼을 적용한다.

14 같은 방법으로 **Middle Drawer** 오브젝트와

Bottom Drawer 오브젝트에도 Wardrobe Door 머티리얼을 적용한다.

15 ❶Handle을 **선택**한 뒤 셰이더 에디터에서 ❷
[**새로운**] 버튼을 눌러 머티리얼을 생성한다.

16 방금 생선한 머티리얼 이름을 [Wardrobe
Handle]로 변경한다.

17 셰이더 에디터에서 **프린시폴드 BSDF** 노드의
❶**베이스 컬러**를 선택한 후 ❷**명도(V)**를 **0.05**로 설
정한다.

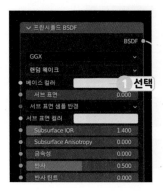

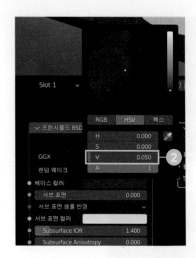

18 **프린시폴드 BSDF** 노드의 **금속성(Metallic)**과
반사(Specular)를 모두 **0.2**, **거칠기(Roughness)**를
0.1로 변경한다.

19 ❶Bottom Handle 오브젝트를 **선택**한 후 셰이
더 에디터 상단에 있는 ❷**머티리얼** 아이콘을 눌러
❸Wardrobe Handle 머티리얼을 적용한다.

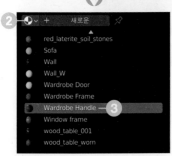

21 ①Mirror 오브젝트를 **선택**한 뒤 셰이더 에디터 상단에서 ②[**새로운**] 버튼을 클릭하여 머티리얼을 생성한다.

20 같은 방법으로 Bottom Handle.001 오브젝트를 선택한 후 Wardrobe Handle 머티리얼을 적용한다.

22 생성한 머티리얼 이름을 [Case]로 변경한다.

23 셰이더 에디터의 **프린시폴드 BSDF** 노드에서 ①**베이스 컬러**를 선택한 후 ②**명도(V)**를 0.005로 설정한다.

24 **프린시폴드 BSDF 노드**의 **금속성(Metallic)**을 0.5, **클리어코트(Clearcoat)**를 0.3, **거칠기**를 0으로 변경한다.

☑ 클리어코트(Clearcoat)는 자동차 페인트처럼 코팅 질감을 표현할 때 사용된다.

25 뷰포트에서 ❶[/] 키를 눌러 선택한 **Mirror** 오브젝트 이외의 오브젝트들을 모두 숨겨준 후 [Tab] 키 또는 [Ctrl] + [Tab] 키를 눌러 ❷**에디트 모드**로 변경한다.

26 매트리얼 프로퍼티스에서 ❶[+] 버튼을 누른 후 ❷[새로운] 버튼을 눌러 머티리얼을 **생성**한다.

27 생성한 머티리얼의 이름을 [Mirror]로 변경한다.

29 [우측 키패드 1] 키를 눌러 **앞쪽(Front: -Y축)**
뷰로 회전한다.

앞쪽 뷰로 전환

28 뷰포트에서 **Mirror** 오브젝트의 ❶**우측(X축)**
페이스를 **선택**한 후 반대쪽 ❷**좌측(-X축) 페이스**
도 함께 **선택**한다.

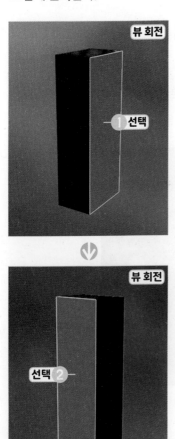

뷰 회전

❶ 선택

뷰 회전

선택 ❷

30 [Shift] + [Alt] 키를 사용하여 오브젝트 ❶**우**
측(X축) 상단(Z축)과 ❷**좌측(-X축) 가로 에지**를 선
택한다.

❶ [Shift]+[Alt] + [클릭]

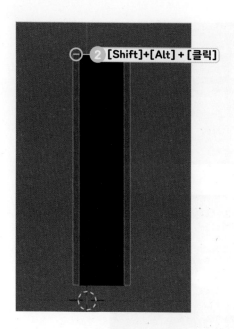

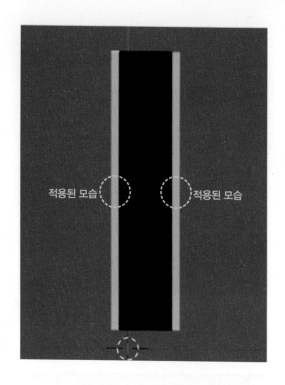

적용된 모습   적용된 모습

31 매트리얼 프로퍼티스에서 ❶**Mirror** 머티리얼
을 선택한 다음 ❷**[할당(Assign)]** 버튼을 클릭하여
적용한다.

☑️ 사이클 렌더러로 설정한 상태에서 뷰포트 우
측 상단의 **뷰포트 셰이딩** 또는 **[Z]** 키를 통해
렌더리드 모드로 변경하면 실시간으로 머티
리얼이 적용된 모습을 확인할 수 있다.

32 셰이더 에디터에서 **프린시폴드 BSDF** 노드
의 **금속성**과 **반사**를 1,**거칠기**를 0으로 변경한다.

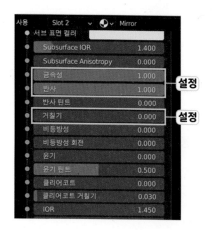

33 ❶**오브젝트 모드**로 변경한 후 ❷[/] 키를 눌러 앞서 숨겨놓았던 오브젝트들을 다시 활성화한다.

34 지금까지의 렌더를 통해 작업을 확인해 본다.

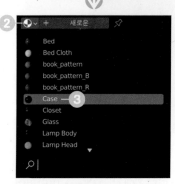

02 아웃라이너에서 **Prop** 오브젝트를 **선택**한다.

Bookcase 컬렉션 재질 적용하기

01 ❶**Bookcase** 오브젝트를 **선택**한 후 셰이더 에디터에서 ❷**머티리얼** 아이콘을 클릭하여 ❸**Case** 머티리얼을 **적용**한다.

03 뷰포트에서 **[/]** 키를 눌러 방금 선택한 오브젝트를 제외한 모든 오브젝트들을 숨겨준다.

[/] 숨기기

04 셰이더 에디터에서 ❶[**새로운**] 버튼을 눌러 머티리얼을 생성한 후 머티리얼의 이름을 ❷ [**Bookcase Prop**]으로 변경한다.

05 셰이더 에디터에서 **프린시폴드 BSDF** 노드의 **금속성**을 1, **거칠기**를 0.2로 변경한다.

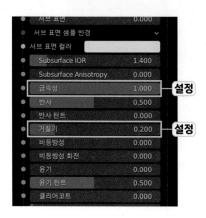

06 뷰포트에서 [/] 키를 눌러 앞서 숨겨놓았던 오브젝트들을 다시 활성화한다.

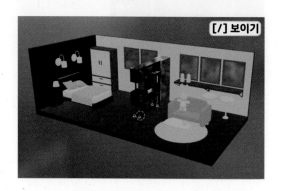

[/] 보이기

07 지금까지의 작업을 렌더를 통해 확인해 본다.

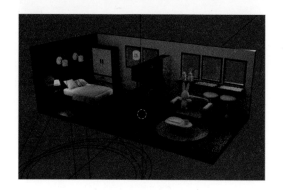

Sofa 컬렉션 재질 적용하기

01 Sofa 컬렉션에 있는 Back, Left, Right, Top 오브젝트는 이전에 무료 머티리얼을 사용하여 재질을 적용했기 때문에 나머지 **Bottom** 오브젝트와 **Sofa Prop** 오브젝트에 재질을 적용해 본다.

먼저 **Sofa** 컬렉션의 오브젝트를 **모두 선택**한다.

02 [/] 키를 눌러 선택한 Sofa 컬렉션의 오브젝트를 제외한 오브젝트들을 모두 숨겨준다.

03 ❶Bottom 오브젝트를 **선택**한 뒤 셰이더 에디터 상단의 ❷[새로운] 버튼을 클릭하여 머티리얼을 생성한다. 머티리얼의 이름을 ❸[Sofa Bottom]으로 변경한다.

04 셰이더 에디터에서 **프린시폴드 BSDF** 노드의 ❶**베이스 컬러**를 선택한 후 ❷**명도(Value)**를 0.2로 설정한다.

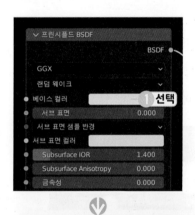

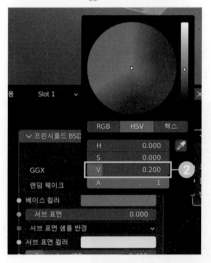

05 프린시폴드 BSDF 노드의 **반사**와 **거칠기**, 윤

기 틴트(Sheen Tint)를 모두 0으로 설정한 후 **클리어코트(Clearcoat)**만 **0.2**로 변경한다.

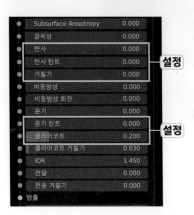

07 셰이더 에디터의 **프린시폴드 BSDF** 노드에서 ①**베이스 컬러**를 선택한 후 ②**명도(Value)**를 **0.2**로 설정한다.

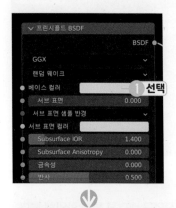

06 ①**Sofa Prop** 오브젝트를 **선택**한 후 셰이더 에디터 상단의 ②**[새로운]** 버튼을 클릭하여 머티리얼을 생성한다. 생성한 머티리얼의 이름을 ③**[Sofa Prop]**으로 변경한다.

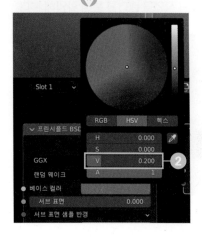

08 프린시폴드 BSDF 노드에서 **금속성**과 **반사**를 **0.3**, **거칠기**는 **0.1**로 변경한다.

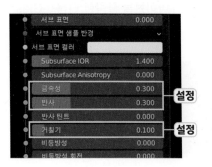

09 뷰포트에서 [/] 키를 눌러 앞서 숨겨놓았던 오
브젝트들을 다시 활성화한다.

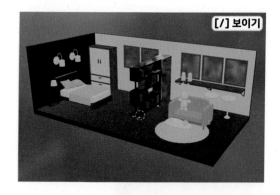

10 지금까지의 작업을 렌더를 통해 확인해 본다.

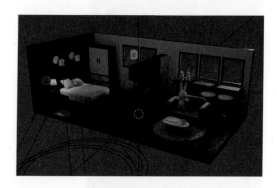

Table 컬렉션 재질 적용하기

01 ❶Table 오브젝트를 **선택**한 후 셰이더 에디터
에서 ❷**머티리얼** 아이콘을 클릭한 다음 ❸Glass
머티리얼을 적용한다.

02 ❶Table Prop 오브젝트를 선택한다. 셰이더
에디터에서 ❷[새로운] 버튼을 눌러 머티리얼을 생
성한 후 이름을 ❸[Table Prop]으로 변경한다.

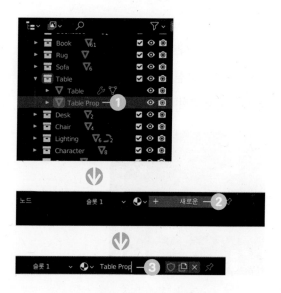

03 셰이더 에디터의 **프린시폴드 BSDF** 노드에서
❶**베이스 컬러(Base Color)**를 선택한 후 ❷**명도
(Value)**를 0.01로 설정한다.

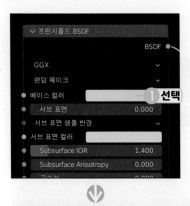

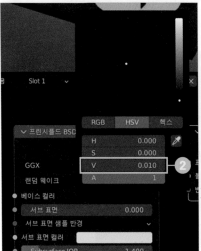

04 프린시폴드 BSDF 노드에서 **금속성**을 0.3, 거**칠기**를 0.2로 변경한다.

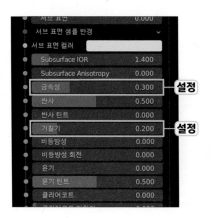

05 지금까지의 작업을 렌더를 통해 확인해 본다.

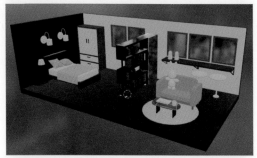

Desk 컬렉션 재질 적용하기

01 아웃라이너(Outliner)에서 **Desk** 오브젝트를 **선택**한다.

02 [/] 키를 눌러 선택한 오브젝트 이외의 오브젝트들을 모두 숨겨준다.

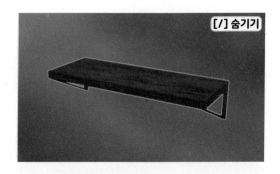

[/] 숨기기

☑ 선택영역 반전은 [선택(Select)] ─ [반전(Invert)] 메뉴에서도 가능하다.

03 ①에디트 모드로 변경한 후 **[Alt]** 키를 누른 상태로 오브젝트의 중앙 **②가로 에지**를 클릭하여 해당 둘레의 페이스를 **모두 선택**한다.

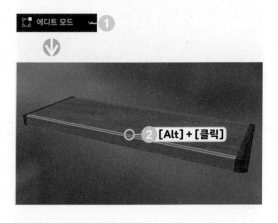

04 방금 선택된 페이스 **영역**을 **반전** 선택하기 위해 **[Ctrl] + [I]** 키를 누른다.

05 매트리얼 프로퍼티스에서 ①**[+]** 버튼을 클릭한 후 ②**[새로운]** 버튼을 눌러 머티리얼을 생성한다.

06 생성한 머티리얼의 이름을 **[Desk Prop]**으로 변경한다.

07 하단의 **할당(Assign)**을 선택하여 앞서 선택한 페이스에 **Desk Prop** 머티리얼을 적용한다.

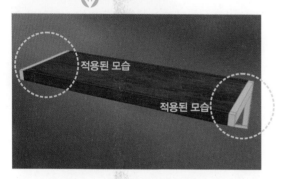

08 셰이더 에디터의 **프린시폴드 BSDF** 노드에서 ①**베이스 컬러**를 선택한 후 ②**명도(Value)**를 0.1로 설정한다.

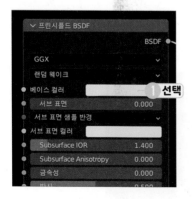

09 **프린시폴드** BSDF 노드에서 **금속성**을 1, **반사**를 **0**으로 변경한다.

10 [Tab] 키 또는 [Ctrl] + [Tab] 키를 눌러 **오브젝트 모드**로 전환한다.

11 뷰포트에서 [/] 키를 눌러 앞서 숨겨놓았던 오브젝트들을 모두 활성화한다.

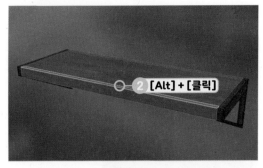

12 ①**Desk.001** 오브젝트를 선택한 후 다시 ②**[/]** 키를 눌러 선택한 오브젝트 이외의 오브젝트들을 모두 숨겨준다.

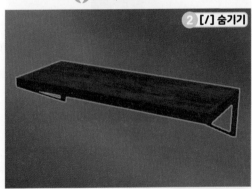

13 ①**에디트 모드**로 변경한 후 **[Alt]** 키를 누른 상태로 오브젝트의 중앙 ②**가로 에지**를 클릭하여 해당 둘레의 페이스를 **모두 선택**한다.

14 방금 선택된 페이스 **영역**을 **반전** 선택하기 위해 **[Ctrl]** + **[I]** 키를 누른다.

15 매트리얼 프로퍼티스에서 ①**[+]**버튼을 클릭한 후 ②**머티리얼** 아이콘을 클릭하여 ③**Desk Prop** 머티리얼을 추가한다.

17 ❶**오브젝트 모드**로 변환한 뒤 ❷**[/]** 키를 눌러 앞서 숨겨놓았던 오브젝트들을 다시 활성한다.

16 하단의 **[할당]** 버튼을 눌러 앞서 선택한 페이스에 **Desk Prop** 머티리얼을 적용한다.

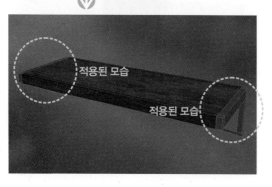

18 지금까지의 작업을 렌더를 통해 확인해 본다.

Chair 컬렉션 재질 적용하기

01 **Chair Body** 오브젝트를 선택한다.

02 셰이더 에디터에서 **①[새로운]** 버튼을 눌러 머티리얼을 생성한 후 머티리얼의 이름을 **②** **[Chair Body]**로 변경한다.

03 프린시폴드 BSDF 노드에서 **①베이스 컬러**를 선택한 후 **②명도(Value)**를 0.5로 설정한다.

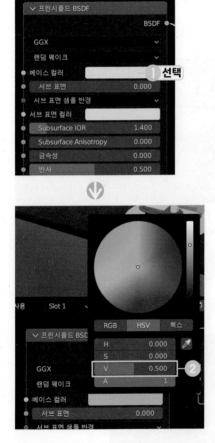

04 프린시폴드 BSDF 노드에서 **금속성**을 1, **거칠기**를 0으로 변경한다.

05 **①Chair Body.001** 오브젝트를 선택한 뒤 셰이더 에디터 상단의 **②머티리얼** 아이콘을 클릭하여 **③Chair Body** 머티리얼을 적용한다.

06 ❶Cushion 오브젝트를 선택하고, 셰이더 에디터에서 ❷[새로운] 버튼을 눌러 머티리얼을 생성한 후 이름을 ❸[Chair Cushion]으로 변경한다.

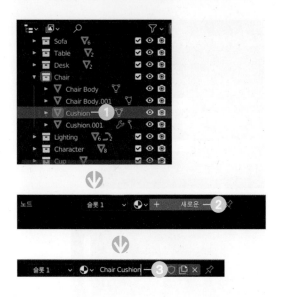

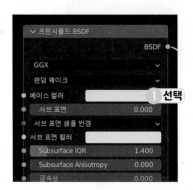

07 셰이더 에디터의 프린시폴드 BSDF 노드에서 ❶베이스 컬러를 선택한 후 ❷명도(V)를 0.03으로 설정한다.

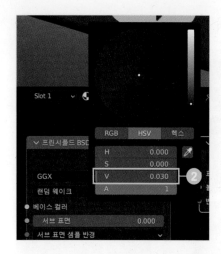

08 ❶Cushion.001 오브젝트를 선택한 후 셰이더 에디터에서 ❷머티리얼 아이콘을 클릭하여 ❸ Chair Cushion 머티리얼을 적용한다.

09 지금까지의 작업을 렌더를 통해 확인해 본다.

Lighting 컬렉션 재질 적용하기

01 ❶Connect 오브젝트를 선택한다. 셰이더 에디터에서 ❷[새로운] 버튼을 눌러 머티리얼을 생성한 뒤 이름을 ❸[Lighting]으로 변경한다.

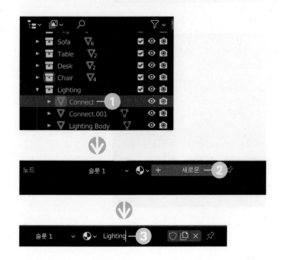

02 셰이더 에디터의 프린시폴드 BSDF 노드에서 ❶베이스 컬러를 선택한 후 ❷명도(Value)를 0.1로 설정한다.

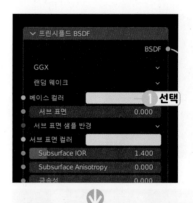

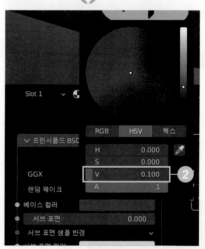

03 프린시폴드 BSDF 노드에서 금속성을 1, 거칠기를 0.1로 변경한다.

04 Lighting 컬렉션에 있는 오브젝트 중 **기준 오브젝트**가 맨 위쪽에 있는 ❷**Connect 오브젝트(마지막에 선택)**인 상태로 Lighting 컬렉션의 오브젝트를 ❶**모두 선택**한다.

05 뷰포트에서 ❶❷**[오브젝트]** – **[Link/Transfer Data]** – **[Link Materials]**를 선택하여 방금 선택한 모든 오브젝트에 ❸Lighting 머티리얼을 적용한다.

06 지금까지의 작업을 렌더를 통해 확인해 본다.

01 ❶Cup 오브젝트를 선택한다. 셰이더 에디터에서 ❷[새로운] 버튼을 눌러 머티리얼을 생성한 후 이름을 ❸[Cup_Top]으로 변경한다.

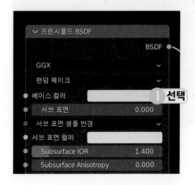

02 셰이더 에디터의 프린시폴드 BSDF 노드에서 ❶베이스 컬러를 선택하여 자신의 ❷취향에 맞게 색상을 설정한다.

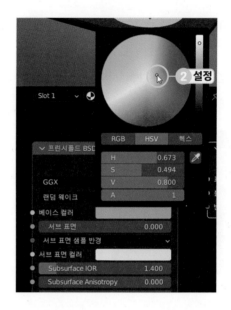

03 프린시폴드 BSDF 노드에서 **거칠기**를 0.2, **클리어코트(Clearcoat)**를 0.5로 변경한다.

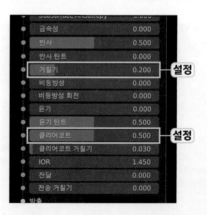

04 뷰포트에서 [/] 키를 눌러 선택된 **Cup** 오브젝트 이외의 오브젝트들을 모두 숨겨준다.

[/] 숨기기

05 ❶**에디트 모드**로 변경한다. ❷**[Alt]** 키를 누른 상태로 그림처럼 오브젝트 하단의 **세로 에지를 클릭**하여 해당 둘레의 가로 라인 페이스를 **모두 선택**한다.

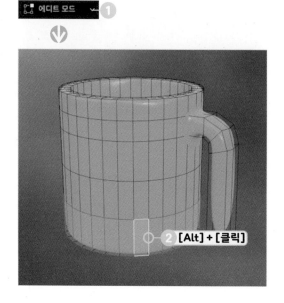

에디트 모드 ❶

❷ [Alt] + [클릭]

06 계속해서 [Shift] + [Alt] 키를 사용하여 그림처럼 **위쪽 세로 에지를 클릭**하여 두 줄의 가로 페이스

를 **모두 선택**한다.

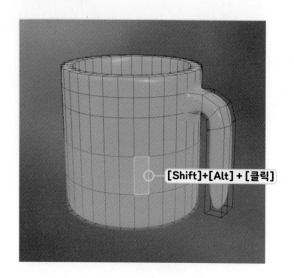

[Shift]+[Alt] + [클릭]

07 뷰포트에서 ❶**[우측 키패드 7]** 키를 누른 후 ❷**[우측 키패드 9]** 키를 눌러 뷰포트를 **아래쪽**(Bottom: −Z축) 뷰로 전환한다.

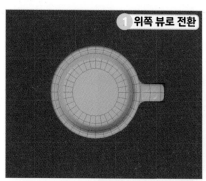

❶ 위쪽 뷰로 전환

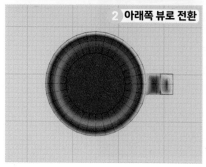

❷ 아래쪽 뷰로 전환

08 [Shift] 키를 사용하여 오브젝트의 **하단(-Z축)** 페이스를 **선택**(드래그하여 선택)한다. 이때 오브젝트 우측 손잡이 부분이 포함되지 않도록 주의한다.

영역을 드래그하여 선택

09 매트리얼 프로퍼티스에서 ①[+] 버튼을 누른 후 ②[새로운] 버튼을 클릭하여 머티리얼을 생성한다. 생성한 머티리얼의 이름은 ③[Cup_Bottom]으로 변경한다.

10 매트리얼 프로퍼티스에서 **할당**을 클릭하여 **선택된 페이스**에 적용한다.

적용된 모습

11 셰이더 에디터의 프린시폴드 BSDF 노드에서 ①**베이스 컬러**를 선택한 후 이전에 설정한 ② Cup_Top 머티리얼과 **다른 색**으로 변경한다.

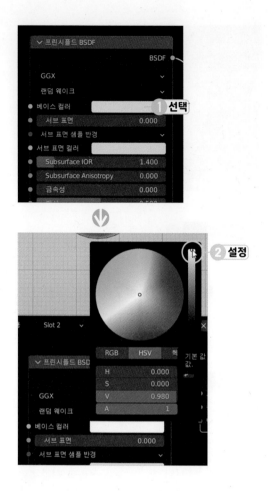

12 프린시폴드 BSDF 노드에서 **거칠기**를 **0.2**, **클리어코트**를 **0.5**로 변경한다.

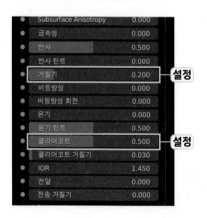

13 ❶**오브젝트 모드**로 변경한 후 ❷**[/]** 키를 눌러 앞서 숨겨놓았던 오브젝트들을 모두 활성한다.

14 지금까지의 작업을 렌더를 통해 확인해 본다.

Laptop 컬렉션 재질 적용하기

01 ❶**Laptop_T** 오브젝트를 선택한다. 셰이더 에디터에서 ❷**[새로운]** 버튼을 눌러 머티리얼을 생성한 후 생성한 머티리얼의 이름을 ❸**[Laptop]**으로 변경한다.

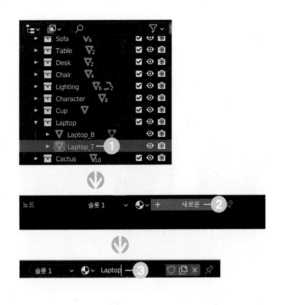

02 셰이더 에디터의 프린시폴드 BSDF 노드에서 **금속성**을 1, **거칠기**를 0.2로 변경한다.

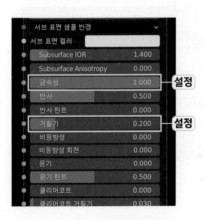

03 뷰포트에서 ❶**[/] 키**를 눌러 **Laptop_T** 오브젝트를 제외한 오브젝트들을 모두 숨겨준다. 그다음 [Tab] 키 또는 [Ctrl] + [Tab] 키를 눌러 ❷**에디트 모드**로 변경한다.

04 뷰포트를 ❶**위쪽(Top: Z축)** 뷰로 회전한 후 그림처럼 ❷**텍스트**(글자 로고)가 있는 부분의 페이스를 드래그하여 **선택**한다.

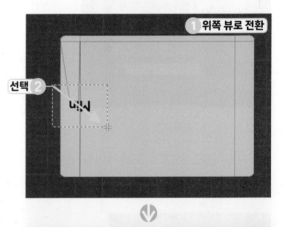

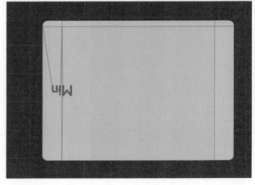

05 텍스트 이외의 영역도 같이 선택되었다면 [Ctrl] 키를 사용하여 **텍스트를 제외한 부분**의 페이스를 드래그하여 **해제**한다. 뷰포트를 확대한 상태에서 작업을 하면 보다 쉽게 선택할 수 있다.

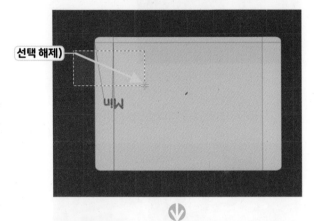

선택 해제)

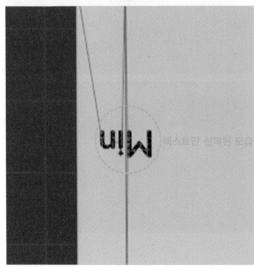

06 매트리얼 프로퍼티스에서 ❶[+] 버튼을 누른 후 ❷[새로운] 버튼을 눌러 머티리얼을 생성한다. 생성한 머티리얼의 이름은 ❸[Laptop Name]으로 변경한다.

07 매트리얼 프로퍼티스에서 [할당] 버튼을 눌러 머티리얼을 선택한 **텍스트**에 적용한다.

08 셰이더 에디터의 프린시폴드 BSDF 노드에서 **금속성**을 **1**, **거칠기**를 **0**으로 변경한다.

09 ❶**오브젝트 모드**로 전환한 후 ❷**[/]** 키를 눌러 앞서 숨겨놓았던 오브젝트들을 모두 활성화한다.

10 ❶Laptop_B를 선택한 후 셰이더 에디터에서 ❷**머티리얼** 아이콘을 선택하여 ❸Laptop 머티리얼을 적용한다.

11 지금까지의 작업을 렌더를 통해 확인해 본다.

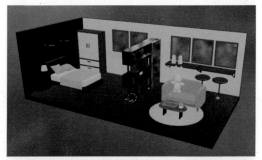

Cactus 컬렉션 재질 적용하기

01 ❶Cactus 오브젝트를 선택한 후 셰이더 에디터에서 ❷**[새로운]** 버튼을 눌러 머티리얼을 생성한다. 머티리얼의 이름은 ❸**[Cactus]**로 변경한다.

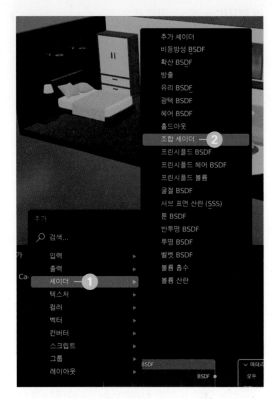

02 셰이더 에디터의 **매테리얼 출력(Material Output)** 노드에서 **프린시폴드 BSDF** 노드와 연결된 **표면(Surface)**을 **클릭 & 드래그**하여 연결 **해제 (해제)**한다.

☑ 조합 셰이더(Mix Shader)는 두 개의 셰이더를 혼합할 때 사용되는 셰이더이다.

04 조합 셰이더 노드의 **셰이더**를 끌어다 **매테리얼 출력** 노드의 **표면(Surface)**과 **연결**한다.

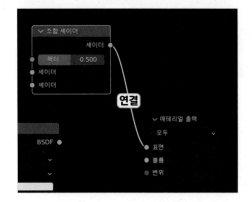

03 [Shift] + [A] 키를 누른 후 ❶❷[셰이더] - [조

05 [Shift] + [A] 키를 누른 후 ①②[컨버터] - [컬러 램프(ColorRamp)]를 생성한다.

☑ 컬러 램프(Color Ramp)는 그라데이션을 사용하여 색상에 매핑하는 노드이다.

06 컬러 램프 노드의 **컬러(Color)**를 끌어다 조합 셰이더 노드의 첫 번째 **셰이더(Shader)**와 **연결**한다.

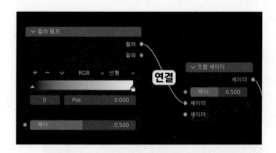

07 [Shift] + [A] 키를 누른 후 ①②[텍스처] - [노이즈 텍스처(Noise Texture)]를 생성한다.

☑ 노이즈 텍스처(Noise Texture)는 펄린(Perlin) 노이즈를 추가하는데 사용된다.

08 노이즈 텍스처 노드의 **컬러(Color)**를 컬러 램프 노드의 **팩터(Fac)**와 연결한다.

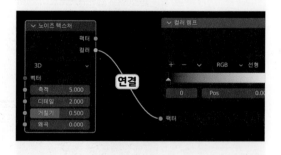

09 계속해서 프린시폴드 BSDF 노드의 **BSDF**를 조합 셰이더의 두 번째 **셰이더(Shader)**와 연결한다.

11 이번엔 컬러 램프 노드에서 하단의 ❶**색상**을 클릭한 후 ❷**색상(Hue)**을 0.35, **채도(Saturation)**를 1, **명도(Value)**를 0.2로 설정한다.

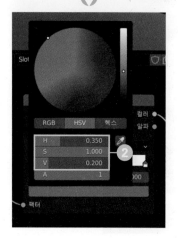

10 프린시폴드 BSDF 노드에서 ❶**베이스 컬러**를 선택한 후 ❷**색상(Hue)**을 0.25, **채도(Saturation)**를 1, **명도(Value)**를 0.3으로 설정한다.

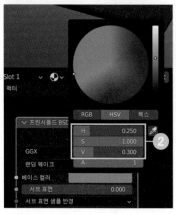

12 계속해서 Pos를 0.45로 설정하여 그라데이션 의 모습을 변경한다.

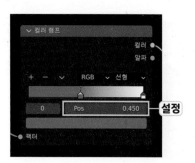

13 **그라데이션** 색상 우측의 하얀색 ❶**사각형** 아이콘을 클릭한 후 하단의 ❷**색상**을 클릭하여 ❸**색상(Hue)**을 0.25, **채도**와 **명도**를 1로 설정한다.

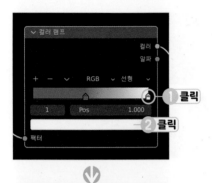

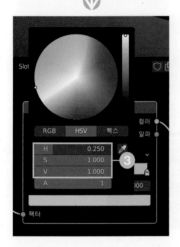

14 노이즈 텍스처 노드에서 **축적**을 3, **디테일(Detail)**을 7로 변경한다.

15 ❶Cactus.001 오브젝트를 선택한 후 셰이더 에디터에서 ❷**머티리얼** 아이콘을 클릭하여 ❸ Cactus 머티리얼을 적용한다.

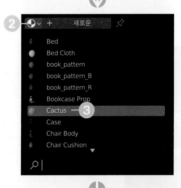

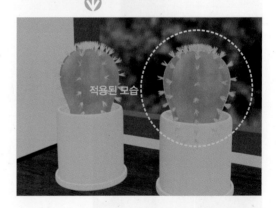

16 ❶Flowerpot 오브젝트를 선택한다. 셰이더 에디터에서 ❷**[새로운]** 버튼을 클릭하여 머티리얼을 생성한 후 이름을 ❸**[Flowerpot]**으로 변경한다.

17 셰이더 에디터에서 **[Shift] + [A]** 키를 눌러 ❶
❷**[텍스처] – [보로노이 텍스처(Voronoi Texture)]**
를 생성한다.

18 보로노이 텍스처 노드의 **컬러**를 프린시폴드
BSDF 노드의 **베이스 컬러**와 연결한다.

19 **[Shift] + [A]** 키를 눌러 ❶❷**[컨버터] – [컬러
램프(ColorRamp)]**를 생성한다.

20 보로노이 텍스처 노드와 프린시폴드 BSDF 노
드 사이로 ❶**이동**한 후 그림처럼 ❷❸**연결**한다.

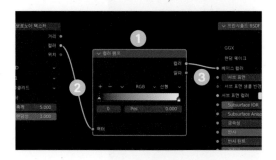

21 프린시폴드 BSDF 노드에서 **반사를 1, 거칠기**를 **0.1, 클리어코트**를 **0.2**로 변경한다.

22 ❶Flowerpot.001 오브젝트를 선택한다. 셰이더 에디터에서 ❷**머티리얼** 아이콘을 선택하여 ❸Flowerpot 머티리얼을 적용한다.

23 ❶Plant Stand 오브젝트를 선택한다. 셰이더 에디터에서 ❷**[새로운]** 버튼을 클릭하여 머티리얼을 생성한 후 이름을 ❸**[Plant Stand]**로 변경한다.

24 셰이더 에디터의 프린시폴드 BSDF 노드에서 **반사를 1, 거칠기를 0.1, 클리어코트를 0.2**로 변경한다.

25 ❶Plant Stand.001 오브젝트를 선택한다. 셰이더 에디터에서 ❷**머티리얼** 아이콘을 선택하여 ❸Plant Stand 머티리얼을 적용한다.

26 ❶Thorn 오브젝트를 선택한다. 셰이더 에디터에서 ❷**[새로운]** 버튼을 선택하여 머티리얼을 생성한 후 이름을 ❸**[Thorn]**으로 변경한다.

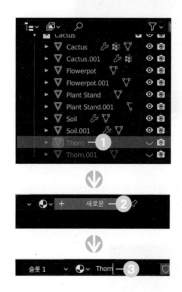

27 셰이더 에디터의 프린시폴드 BSDF 노드에서 ❶**베이스 컬러**를 선택한 후 ❷**색상**을 0.1, **채도**를 0.7, **명도**를 0.15로 설정한다.

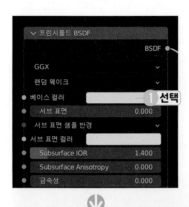

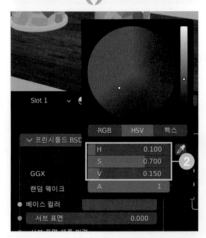

28 ①Thorn.001 오브젝트를 선택한다. 셰이더 에디터에서 ②**머티리얼** 아이콘을 클릭하여 ③Thorn 머티리얼을 적용한다.

29 지금까지의 작업을 렌더를 통해 확인해 본다.

UV 매핑(Mapping) 적용 및 설정하기

UV 맵(Map)이란 3D 모델의 표면을 평면으로 펼쳐놓은 상태로 표현한 2차원의 그림이며, 3D 모델에 2D 이미지를 투사하는 과정을 UV 매핑(Mapping)이라고 한다. 예를 들어 정육면체가 하나 있다고 가정해 보자. 해당 정육면체의 전개도를 보았을 때 아래 오른쪽 그림처럼 총 6개의 면으로 나눠지게 된다.

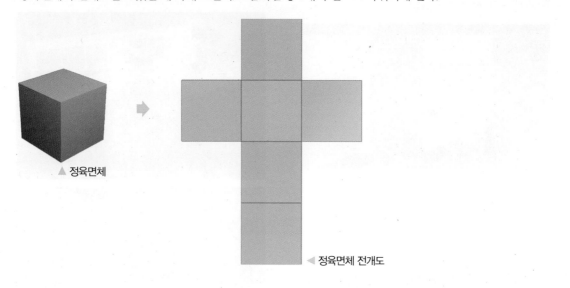

▲ 정육면체

◀ 정육면체 전개도

이 육면체 평면에 이미지를 적용한 상태를 UV 맵(Map)이라고 하며, 이미지를 적용한 평면을 정육면체에 적용하는 과정을 UV 매핑(Mapping)이라고 이해하면 된다. 이제부터 설명한 내용을 참고하면서 UV 매핑을 시작해 본다.

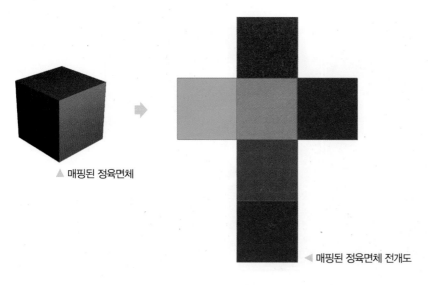

▲ 매핑된 정육면체

◀ 매핑된 정육면체 전개도

Wardrobe 컬렉션 매핑하기

01 뷰포트에서 **Frame** 오브젝트를 확대해 보면 오브젝트의 하단 **텍스처(Texture)**가 일그러졌다는 것을 알 수 있다.

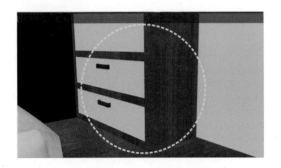

02 상단 표시줄의 **UV Editing**을 클릭하여 UV 편집 레이아웃으로 전환한다.

03 UV 편집 모드로 전환되면 그림처럼 **우측 뷰포트**와 **좌측 UV 에디터**로 나눠진다.

04 가끔 이전에 만든 오브젝트를 확인하면 숨겨져 있는 오브젝트들이 있을 경우가 있다. 이럴 땐 우측 뷰포트에 마우스 커서를 갖다 놓고 [/] 키를 눌러 모두 나타나도록 한다.

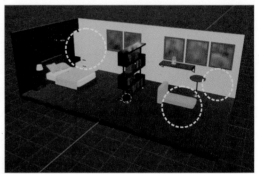

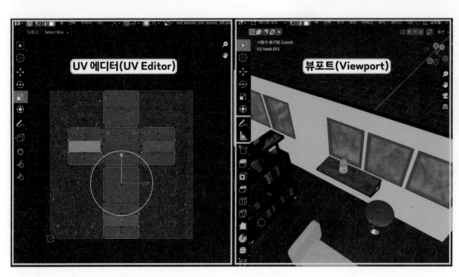

05 우측 뷰포트에서 [Tab] 키 또는 [Ctrl] + [Tab] 키를 눌러 ❶**오브젝트 모드**로 변경한 후 ❷**Frame** 오브젝트를 **선택**한다.

06 뷰포트에서 [/] 키를 눌러 선택한 Frame 오브젝트 이외의 오브젝트들을 모두 숨겨준다.

07 [Tab] 키 또는 [Ctrl] + [Tab] 키를 눌러 ❶**에디트 모드**로 변경한 후 [우측 키패드 3] 키를 눌러 ❷**오른쪽(Right: X축)** 뷰로 회전한다.

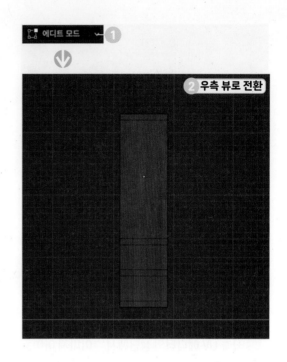

08 우측 뷰 정면으로 보이는 오브젝트의 **오른쪽 (X축) 페이스**를 모두 **선택**한다.

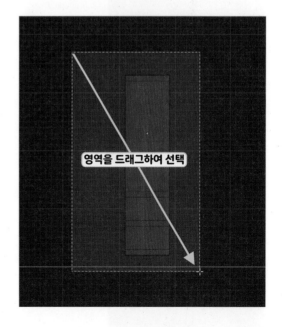

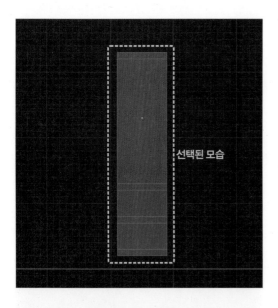

선택된 모습

10 UV 에디터에서 ①②[우측 마우스 버튼] – [펼치기(Unwrap)]를 선택하여 뷰포트에서 선택한 페이스를 UV 맵(Map)에 맞춰준다.

09 좌측 **UV 에디터**의 상단에서 ①**이미지** 아이콘을 클릭한 후 ②wood_table_worn_diff_8k.png을 적용한다.

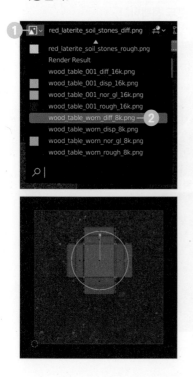

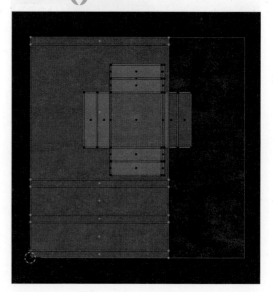

11 살펴보면 펼쳐진 페이스에 맞게 이미지가 오브젝트에 **매핑**된 것을 알 수 있다.

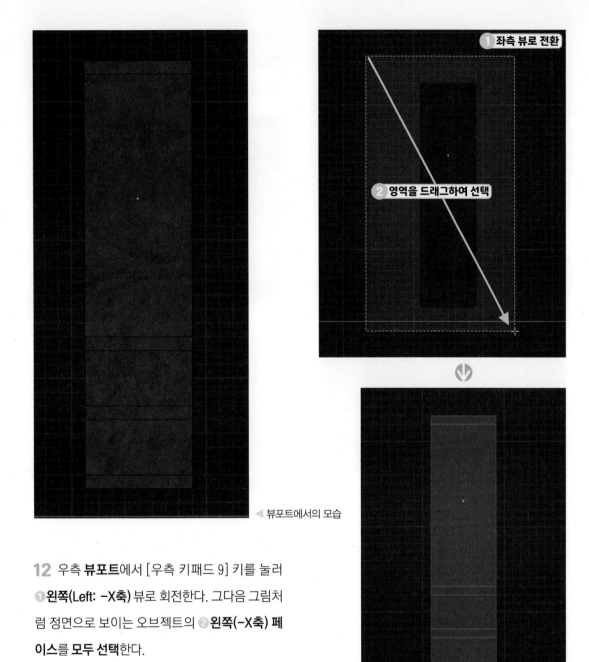

◀ 뷰포트에서의 모습

12 우측 **뷰포트**에서 [우측 키패드 9] 키를 눌러 **①왼쪽(Left: -X축)** 뷰로 회전한다. 그다음 그림처럼 정면으로 보이는 오브젝트의 **②왼쪽(-X축) 페이스를 모두 선택**한다.

13 좌측 **UV 에디터**에서 **①②[우측 마우스 버튼]**

– [펼치기(Unwrap)]를 선택하여 뷰포트에서 선택한 페이스를 UV 맵(Map)에 맞춰준다.

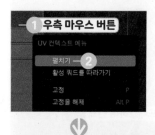

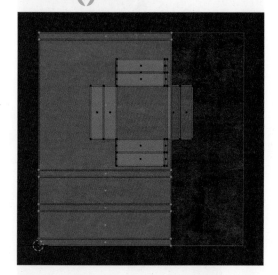

☑️ 오브젝트의 모든 페이스를 한꺼번에 매핑할 수도 있지만 그 과정에서 페이스가 꼬이거나 펼쳐지지 않는 문제가 생기기 때문에 UV 매핑을 할 때는 페이스 별도로 나눠서 매핑하는 것을 권장한다.

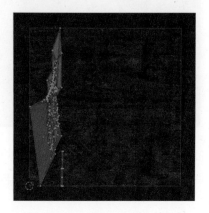

14 뷰포트에서 [우측 키패드 7] 키를 눌러 ❶**위쪽(Top: Z축) 뷰**로 회전한 후 정면으로 보이는 오브젝트의 ❷**위쪽(Z축) 페이스를 모두 선택**한다.

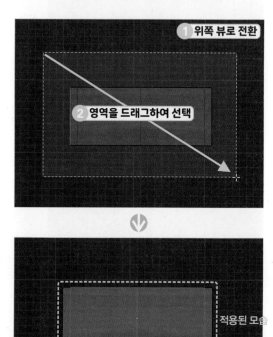

15 UV 에디터에서 ❶❷[**우측 마우스 버튼**] – [**펼치기(Unwrap)**]를 선택하여 뷰포트에서 선택한 페이스를 UV 맵(Map)에 맞춰준다.

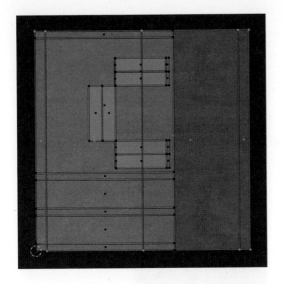

16 뷰포트에서 [우측 키패드 9] 키를 눌러 ❶**아래쪽(Bottom: −Z축)** 뷰로 회전한 후 정면으로 보이는 오브젝트의 ❷**아래쪽(−Z축) 페이스를 모두 선택**한다.

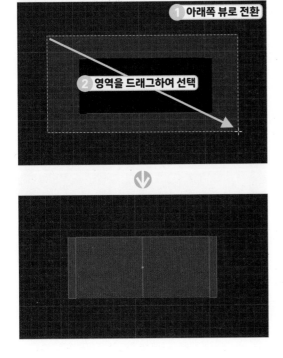

17 UV 에디터에서 ❶❷**[우측 마우스 버튼]−[펼치기(Unwrap)]**를 선택하여 뷰포트에서 선택한 페이스를 **UV 맵(Map)**에 맞춰준다.

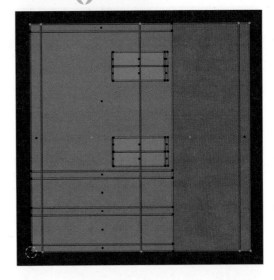

18 뷰포트에서 [우측 키패드 1] 키를 눌러 **앞쪽(Front: −Y축)** 뷰로 회전한다.

앞쪽 뷰로 전환

20 UV 에디터에서 ❶❷[우측 마우스 버튼] – [펼치기(Unwrap)]를 선택하여 뷰포트에서 선택한 페이스를 UV 맵(Map)에 맞춰준다.

❶ 우측 마우스 버튼

UV 컨텍스트 메뉴

펼치기 — ❷
활성 쿼드를 따라가기

고정   P
고정을 해제   Alt P

스냅   ▶
미러 X
미러 Y

직선화
직선화 X
직선화 Y
정렬 자동
정렬 X
정렬 Y

병합   M▶
봉합   Alt V
분할   Alt M▶

19 그림처럼 **외각 페이스**와 중앙 하단에 있는 **4개**의 **가로** 페이스를 **모두 선택**한다.

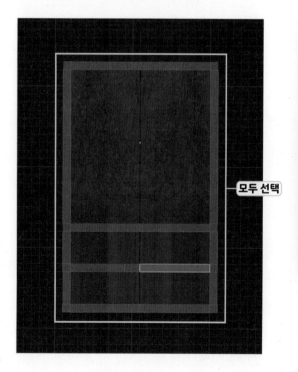

모두 선택

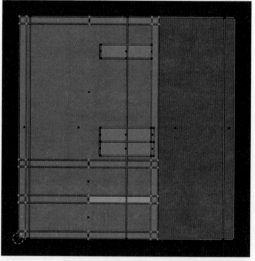

21 뷰포트에서 그림처럼 오브젝트 **중앙**과 **아래쪽 페이스를 모두 선택**한다.

모두 선택

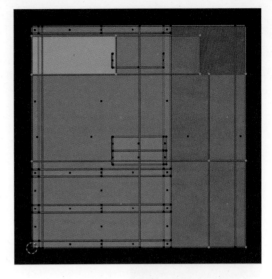

22 UV 에디터에서 ❶❷**[우측 마우스 버튼] – [펼치기(Unwrap)]**를 선택하여 뷰포트에서 선택한 페이스를 **UV 맵(Map)**에 맞춰준다.

우측 마우스 버튼

23 [우측 키패드 9] 키를 눌러 ❶**뒤쪽(Back: – Y축)** 뷰로 회전한 후 정면으로 보이는 오브젝트의 ❷**뒤쪽(–Y축)** 페이스를 **모두 선택**한다.

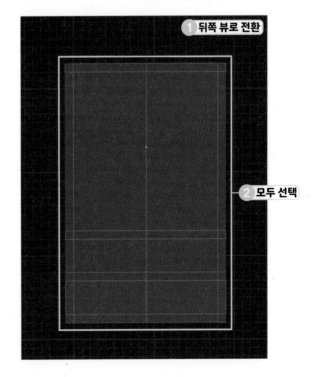

❶ 뒤쪽 뷰로 전환

❷ 모두 선택

24 UV 에디터에서 ❶❷**[우측 마우스 버튼] – [펼치기(Unwrap)]**를 선택하여 뷰포트에서 선택한 페이스를 **UV 맵(Map)**에 맞춰준다.

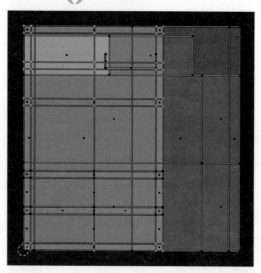

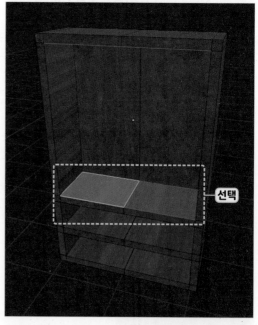

25 뷰포트에서 오브젝트의 **앞쪽(-Y축)** 방향으로 회전한 후 **위아래** 페이스를 **모두 선택**한다.

26 UV 에디터에서 ❶❷**[우측 마우스 버튼] – [펼치기(Unwrap)]**를 선택하여 뷰포트에서 선택한 페

이스를 **UV 맵(Map)**에 맞춰준다.

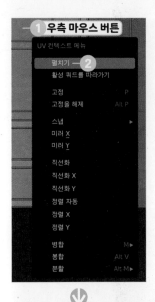

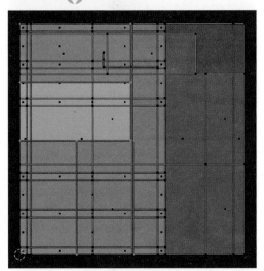

27 뷰포트에서 오브젝트 **안쪽**의 **좌측 페이스**를
선택한 후 마주보이는 반대쪽 **우측 페이스**도 함께
선택한다.

28 UV 에디터에서 ❶❷[우측 마우스 버튼] – [펼치기(Unwrap)]를 선택하여 뷰포트에서 선택한 페이스를 UV 맵(Map)에 맞춰준다.

UV 에디터에서 **펼치기(Unwrap)**를 해준다.

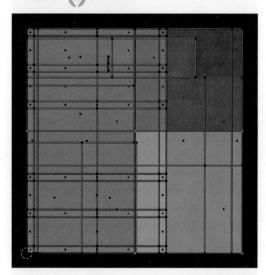

29 같은 방법으로 **뷰포트**에서 그림처럼 오브젝트 **안쪽**의 **중앙**과 **하단** 페이스를 나누어 선택한 후

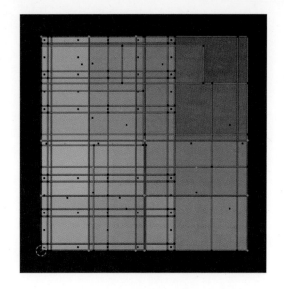

30 뷰포트에서 [Tab] 키 또는 [Ctrl] + [Tab] 키를 눌러 ①**오브젝트 모드**로 변경한 후 ②**[/]** 키를 눌러 앞서 숨겨놓았던 오브젝트들을 모두 활성화한다.

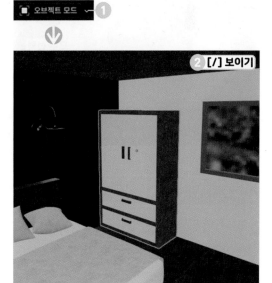

Rug 컬렉션 매핑하기

01 ❶Rug 오브젝트를 선택한다. 뷰포트에서 ❷ **에디트 모드**로 변경한 후 ❸[A] 키를 눌러 오브젝트의 페이스를 **모두 선택**한다.

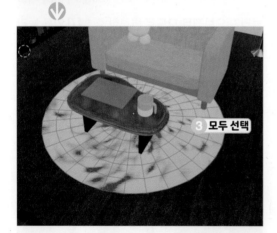

02 지금의 작업을 UV 에디터에서 살펴보면 Rug 오브젝트의 매핑이 원활하지 않고 좌측 하단에 하나의 점으로 뭉쳐 있는 것을 볼 수 있다.

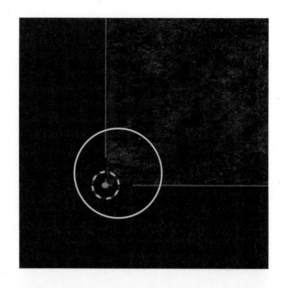

03 UV 에디터에서 ❶❷[**우측 마우스 버튼**] - [**펼치기(Unwrap)**]를 선택하여 뷰포트에서 선택한 페이스를 **UV 맵(Map)**에 맞춰준다.

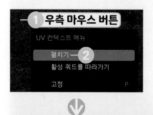

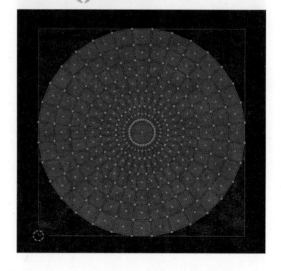

04 [Tab] 키 또는 [Ctrl] + [Tab] 키를 눌러 **오브젝트 모드**로 변경한다. 참고로 Rug 오브젝트의 마무리는 **텍스처 페인트(Texture Paint)** 단계에서 이어서 작업한다.

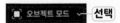

Cactus 컬렉션 매핑하기

01 Soil 오브젝트와 Soil.001 오브젝트를 선택한다

02 뷰포트에서 ❶[/] 키를 눌러 선택한 오브젝트 이외의 오브젝트들을 모두 숨겨준 후 ❷**에디트 모드**로 전환한다.

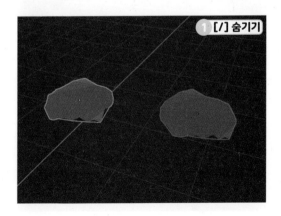

03 뷰포트에서 Soil 오브젝트의 **상단(Z축) 페이스**를 **선택**한다.

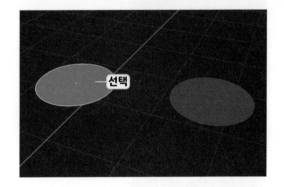

04 UV 에디터 상단에서 ❶**이미지** 아이콘을 선택하여 ❷red_laterite_soil_stones_diff.png를 적용한다.

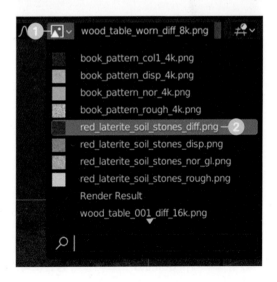

05 UV 에디터에서 ❶❷[우측 마우스 버튼] – [펼

치기(Unwrap)]를 선택하여 뷰포트에서 선택한 페이스를 UV 맵(Map)에 맞춰준다.

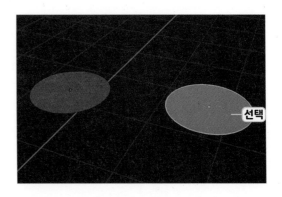

07 UV 에디터에서 ❶❷[우측 마우스 버튼] - [펼치기(Unwrap)]를 선택하여 뷰포트에서 선택한 페이스를 UV 맵(Map)에 맞춰준다.

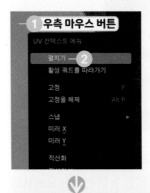

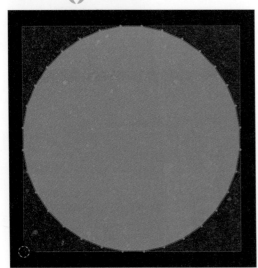

06 뷰포트에서 **Soil.001** 오브젝트의 **상단(Z축)페이스**를 **선택**한다.

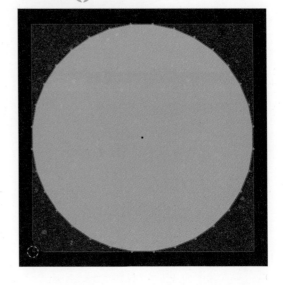

08 뷰포트에서 **①오브젝트 모드**로 변경한 후 **②**
[/] 키를 눌러 앞서 숨겨놓았던 오브젝트들을 모두
활성화한다.

09 지금까지의 작업을 렌더를 통해 확인해 본다.

텍스처 페인팅 작업하기

3D 모델 표면에 직접 색칠을 하고 그림을 그리는 작업을 **텍스처 페인트(Texture Paint)**라고 한다. 이 것은 UV
맵을 통해 메쉬에 매핑할 수 있고, 3D 모델 자체에 직접 텍스처(Texture)를 입혀줄 수도 있다. 텍스처 페인트 작
업을 하기 위해서는 먼저 해당 3D 모델에 색칠을 할 수 있는 이미지 맵이 필요하며, 이미지 맵은 **셰이더 에디
터(Shader Editor)**에서 이미지 텍스처 노드를 통해 생성하는 방법과 **텍스처 페인트(Texture Paint)**에서 우측 속
성 창의 **활성 도구 및 작업 공간을 설정(Active Tool and Workspace settings)**을 통해 생성하는 방법이 있다.

셰이더 에디터를 통해 이미지 맵 생성하기

01 뷰포트 상단에서 Shading을 선택한다.

02 뷰포트 또는 아웃라이너에서 원하는 **①오브
젝트 생성** 및 **선택**한 후 셰이더 에디터에서 **②[새
로운]** 버튼을 클릭하여 **머티리얼**을 생성한다.

04 이미지 텍스처 노드에서 ①[새로운(New)] 버튼을 클릭한 후 적당한 ②이름(Name)과 ③컬러(Color)를 설정하고 ④[OK] 버튼을 누른다.

03 셰이더 에디터에서 [Shift] + [A] 키를 눌러 ①②[텍스처] – [이미지 텍스처]을 생성한 후 이미지 텍스처 노드의 **컬러**와 프린시폴드 BSDF 노드의 **베이스 컬러**를 ③연결한다.

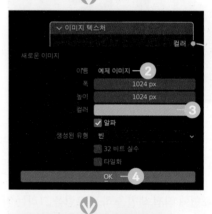

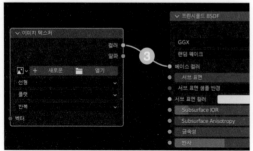

텍스처 페인트에서 이미지 맵 생성하기

01 상단에서 ①**Texture Paint**를 클릭하여 텍스처 페인트 레이아웃으로 전환한다. ②**오브젝트 모드**로 변경한 후 원하는 ③**오브젝트 생성** 및 **선택**한다.

02 뷰포트에서 **[Ctrl] + [Tab]** 키를 눌러 **텍스처 페인트(Texture Paint)**를 선택한다.

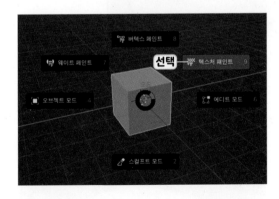

03 ①**활성 도구 및 작업공간을 설정(Active Tool and Workspace settings)**에서 ②**텍스처 슬롯 (Texture Slots)** 항목의 ③**[+]** 버튼을 클릭하여 ④

베이스 컬러를 선택한다.

04 **텍스처 페인트 슬롯을 추가**에서 적당한 ①**이름(Name)**과 ②**컬러(Color)**을 설정한 후 ③**[OK]** 버튼을 누른다.

01 상단에서 **❶Texture Paint**를 클릭하여 텍스처 페인트 레이아웃으로 전환한다.

02 텍스처 페인트 모드로 전환되면 그림처럼 **좌측 이미지 에디터(Image Editor)**와 **우측 뷰포트**로 나눠진다.

03 뷰포트에서 **[Z]** 키를 눌러 **매테리얼 미리보기 (Material Preview)**로 변경한다.

04 **[Ctrl] + [Tab]** 키를 눌러 **❶오브젝트 모드**로 변경한 후 **❷Rug** 오브젝트를 선택한다.

05 뷰포트에서 **[/]** 키를 눌러 선택한 **Rug** 오브젝트를 제외한 오브젝트들을 모두 숨겨준다.

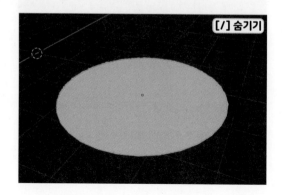

06 뷰포트에서 [Ctrl] + [Tab] 키를 눌러 **텍스처 페인트(Texture Paint)**로 변경한다.

07 ❶**활성 도구 및 작업공간을 설정**의 텍스처 슬롯에서 ❷[+] 버튼을 클릭한 후 ❸**베이스 컬러**를 선택한다.

08 이름을 ❶[Rug]로 변경한 후 ❷**컬러**를 클릭하여 ❸**명도(Value)**를 1로 설정하고 ❹[OK] 버튼을 누른다.

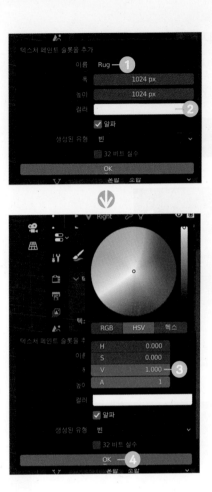

09 이미지 에디터 상단에서 ❶**이미지** 아이콘을 클릭한 뒤 ❷**Rug**를 적용한다.

10 이미지 에디터 상단에서 ①**컬러**를 클릭하여 원하는 ②**사용자 색**을 설정한 후 대괄호 ③**]**[키를 눌러 적당한 브러쉬 크기로 조절한다.

11 이미지 에디터에 생성된 동그란 **Rug** 이미지에서 마우스로 그림을 그리듯 **드래그(드로잉)**하여 원하는 그림을 그린다.

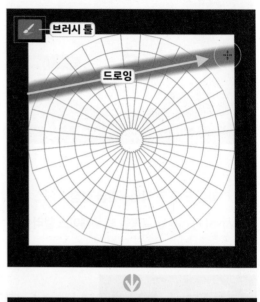

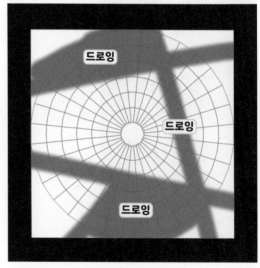

12 뷰포트를 보면 방금 그린 그림이 **Rug** 오브젝트의 **텍스처**로 표현된 것을 알 수 있다.

13 페인팅 작업은 **뷰포트**에서도 가능하다.

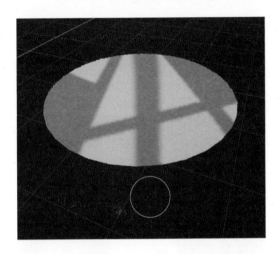

14 드로잉이 잘 못되면 [Ctrl] + [Z] 키를 눌러 작업 취소를 하거나 이미지 에디터의 좌측 툴바의 ❶ **마스크(Mask)** 툴을 사용하여 ❷**지울(페인팅할 때처럼 드로잉)** 수 있다.

15 마스크 툴 사용 시 **강도(Strength)**를 **높이면** 더 선명하고 깔끔하게 지울 수 있다.

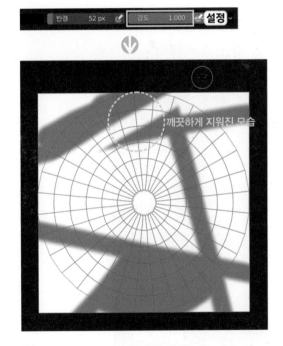

☑ 지우기 전으로 돌아가고자 할 때는 [Ctrl] + [Shift] + [Z] 키를 누른다. 다만 돌아가기 횟수는 한정되어있다.

16 뷰포트에서 [Ctrl] + [Tab] 키를 눌러 **❶오브 젝트 모드**로 변경한 후 **❷[/]** 키를 눌러 앞서 숨겨 놓았던 오브젝트들을 다시 활성화한다.

17 **❶매트리얼 프로퍼티스**에서 머티리얼의 이름 을 **❷[Rug]**로 변경한다.

01 **Character** 컬렉션에 있는 오브젝트를 **모두 선택**한다.

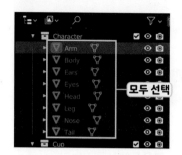

02 뷰포트에서 **[/]** 키를 눌러 선택한 **Character** 컬렉션 오브젝트들을 제외한 오브젝트들을 모두 **숨겨준다.**

03 **❶Ears** 오브젝트를 선택한다. 뷰포트에서 **[Ctrl]** + **[Tab]** 키를 눌러 **❷텍스처 페인트**로 변경한 다.

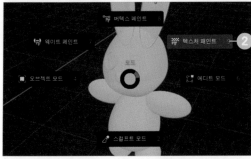

04 **활성 도구 및 작업공간을 설정**의 텍스처 슬롯에서 **①**[+] 버튼을 누른 후 **②베이스 컬러**를 적용한다.

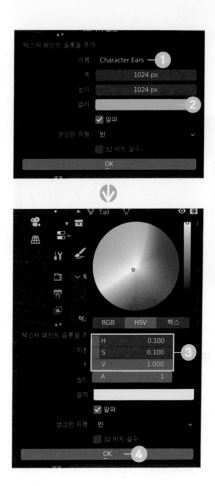

05 이름을 **①**[Character Ears]로 변경하고 **②컬러**를 선택하여 **③색상**과 **채도**를 0.1, **명도**를 1로 설정한 후 **④**[OK] 버튼을 누른다.

06 텍스처 슬롯에 생성된 **①**Character Ears 이미지를 한 번 더 **클릭**한 후 하단의 **②**[+ 심플 UV를 추가] 버튼을 누른다

07 텍스처 슬롯에 생성된 **Character Ears** 이미지를 **선택**한다. 그러면 이미지 에디터에서 표시되는 이미지 맵이 선택한 이미지로 변경된다.

08 앞선 **6번** 과정처럼 텍스처 슬롯에서 **[+ 심플 UV를 추가]** 버튼을 클릭하면 해당 오브젝트가 자동으로 **매핑(Mapping)**된다. 매핑이 이루어져야 텍스처 페인트를 사용할 수 있다.

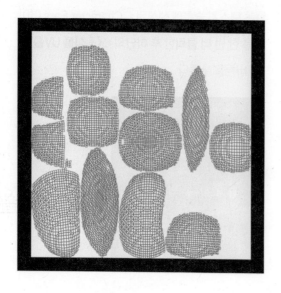

09 뷰포트에서 [우측 키패드 1] 키를 눌러 **앞쪽(Front: −Y축)** 뷰로 회전한다.

10 뷰포트 상단에서 ❶**컬러**를 선택한 후 ❷**색상(H)**을 0.001, **채도(S)**를 0.3, **명도(V)**를 1로 설정한다.

11 뷰포트 상단의 **미러(Mirror)**에서 활성화되어 있는 **X축**을 **꺼준다.**

끄기

12 뷰포트에서 **그리기(Draw)** 툴 선택 후 대괄호][키로 브러시 크기를 적당하게 조절해 가며 Ears 오브젝트 중앙의 귀를 **분홍색**으로 칠한다.

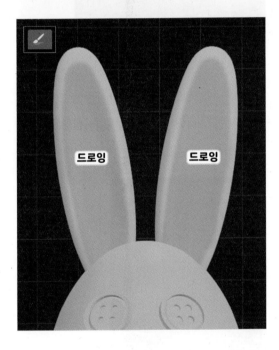

드로잉   드로잉

13 매트리얼 프로퍼티스에서 머티리얼의 이름을 ❶[Character Ears]로 변경한다. 그다음 뷰포트에서 [Ctrl] + [Tab] 키를 눌러 ❷**오브젝트 모드**로 변경한 후 ❸Head 오브젝트를 선택한다

14 뷰포트에서 [Ctrl] + [Tab] 키를 눌러 **텍스처 페인트(Texture Paint)** 모드로 변경한다.

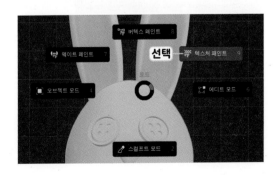

선택

15 **활성 도구 및 작업공간을 설정**의 텍스처 슬롯에서 ❶[+] 버튼을 클릭하여 ❷**베이스 컬러**를 선택한다.

16 이름을 ❶[Character Head]로 변경한 후 ❷컬러를 선택한다.

17 ❶색상(H)과 채도(S)를 0.1, 명도(V)를 1로 설정하고 ❷[OK] 버튼을 누른다.

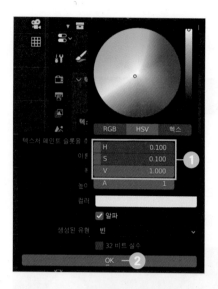

18 텍스처 슬롯에 생성된 ❶Character Ears 이미지를 한 번 더 **클릭**한 후 하단의 ❷[+ 심플 UV를 추가] 버튼을 누른다

19 뷰포트에서 ❶그리기(Draw) 툴 사용하여 Head 오브젝트 우측에 ❷볼터치를 그려준다.

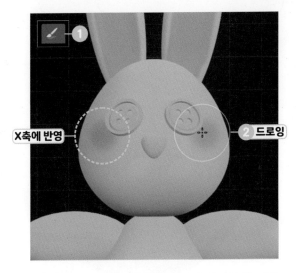

X축에 반영

② 드로잉

☑ 드로잉할 때 작업 상황에 따라 대괄호][키를
사용하여 브러시 크기를 조절해 가면서 작업
을 한다.

☑ 미러(Mirror)의 X축이 활성화되어있기 때문
에 드로잉(텍스처)을 하면 반대쪽에도 똑같은
그림이 그려진다.

20 **매트리얼 프로퍼티스**에서 머티리얼의 이름을
[Character Head]로 변경한다.

21 ❶**오브젝트 모드**로 변경한 후 ❷**Eyes** 오브젝
트를 선택한 후 다시 [Ctrl] + [Tab] 키를 눌러 ❸**텍
스처 페인트** 모드로 변경한다.

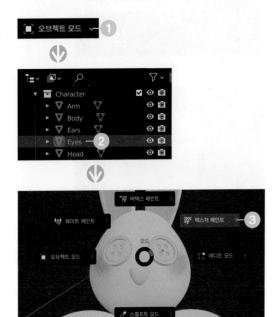

22 **활성 도구 및 작업공간을 설정**의 텍스처 슬롯
에서❶ [+] 버튼을 클릭한 후 ❷**베이스 컬러**를 선택
한다.

23 이름을 ❶[Character Eyes]로 변경한 후 ❷**컬
러**를 선택하여 ❸**색상(H)**은 **0.07**, **채도(S)**는 **0.67**,
명도(V)는 **0.35**로 설정하고 ❹[OK] 버튼을 누른다.

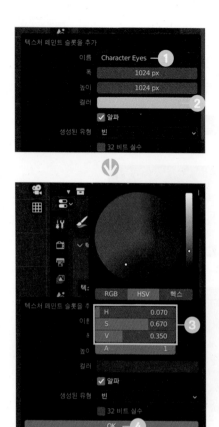

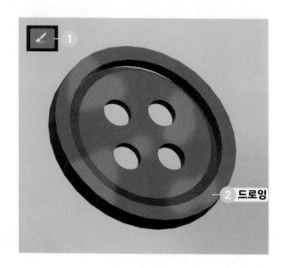

25 ❶그리기(Draw) 툴을 사용하여 그림처럼 ❷ Eyes 오브젝트에 점을 찍어준다.

드로잉

26 ❶문지르기(Smear) 툴을 선택한 후 ❷강도 (Strength)를 0.5 정도로 설정한다. 그다음 앞서 점을 찍은 부분을 ❸드로잉(문지르기)하여 조금씩 뭉개준다.

24 뷰포트 상단에서 ❶컬러를 선택한 후 ❷색상 (H) **0.09**, 채도(S) **0.75**, 명도(V) **0.55**로 설정한다.

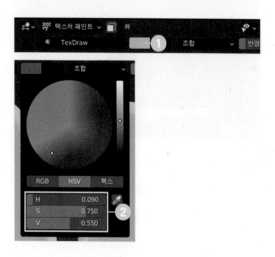

드로잉

27 매트리얼 프로퍼티스에서 머티리얼의 이름을 [Character Eyes]로 변경한다.

28 ①**오브젝트 모드**로 변경한 후 ②Nose 오브젝트를 선택한다.

29 뷰포트에서 [Ctrl] + [Tab] 키를 눌러 ①**텍스처 페인트**로 변경한 후 **활성 도구 및 작업공간을 설정**의 텍스처 슬롯에서 ②[+] 버튼을 클릭하여 ③**베이스 컬러**를 선택한다.

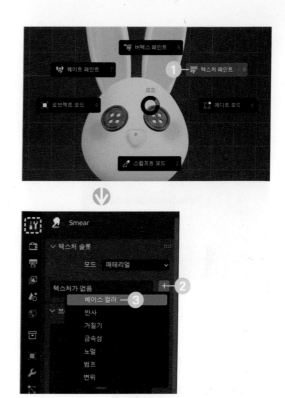

30 이름을 ①[Character Nose]로 변경한 후 ② **컬러**를 클릭한다.

31 ①색상(H) 0, 채도(S) 0.35, 명도(V) 1로 설정하고 ②[OK] 버튼을 누른다.

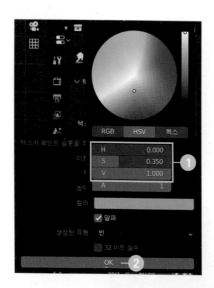

32 매트리얼 프로퍼티스에서 머티리얼의 이름을 [Character Nose]로 변경한다.

33 ❶오브젝트 모드로 변경한 후 ❷Body 오브젝트를 선택한다.

34 뷰포트에서 [Ctrl] + [Tab] 키를 눌러 텍스처 페인트(Texture Paint)로 변경한다.

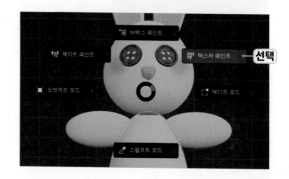

35 활성 도구 및 작업공간을 설정의 텍스처 슬롯에서 ❶[+] 버튼을 클릭한 후 ❷베이스 컬러를 선택한다. 이름을 ❸[Character Body]로 변경한 후 ❹컬러를 클릭하여 ❺색상(H)과 채도(S)를 0.1, 명도(V)를 1로 설정하고 ❻[OK] 버튼을 누른다.

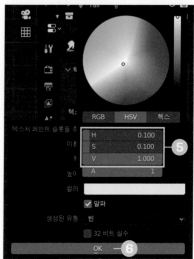

36 매트리얼 프로퍼티스에서 머티리얼의 이름을
[Character Body]로 변경한다.

37 ❶**오브젝트 모드**로 변경한다. ❷Arm, Leg,
Tail, Body 오브젝트를 **모두 선택**한 후 뷰포트 상단
의 ❸**오브젝트** 메뉴에서 ❹❺[Link/Transfer Data]
– [Link Materials]를 선택한다.

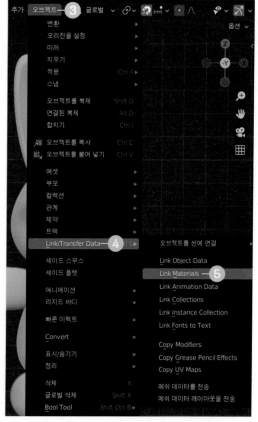

38 뷰포트에서 [/] 키를 눌러 앞서 숨겨놓았던
오브젝트들을 모두 활성화한다.

39 지금까지의 내용을 렌더를 통해 확인해 본다.

Story Telling Real Acting Motion Capture Pack Vol.1

EmotionPlayground - 애니메이션 - 2023/02/27

평점 없음

This anim pack contains realistic mocap animations of story-telling motion capture data.

₩58,000

지금 구매

또는

카트 내용 ♥

지원 플랫폼

지원 엔진 버전
5.0 - 5.1

다운로드 유형
에셋 팩

설명   리뷰   질문

Video : https://youtu.be/w92knkRa6SY

<u>**※ Metahuman in the images is not included in the product.**</u>

▶ This animation pack contains realistic and story-telling motion capture data for 3D animation, 3D games and any other 3D productions in Unreal Engine.

▶ Retargeted to UE4 Manny(SK_Mannequin) / UE5 Manny(SKM_Manny)

▶ If you want to retarget this animation to another character like metahuman in UE5, please check 'UE5 IK Retargeter documents'.
(Link : https://docs.unrealengine.com/5.0/en-US/ik-rig-animation-retargeting-in-unreal-engine/)

▶ If you want to retarget this animation to another character like metahuman in UE5, please check 'UE5 IK Retargeter documents'.
(Link : https://docs.unrealengine.com/5.0/en-US/ik-rig-animation-retargeting-in-unreal-engine/)

▶ **Contents : Total 40*2 = 80 animation sequences (UE4 Mannequin / UE5 Manny)**

001_Walk_slowly_UE4 / UE5	▶ **내용물 : 총 40 * 2 = 80개의 애니메이션 시퀀스 (UE4 Mannequin / UE5 Manny)**

001_Walk_slowly_UE4 / UE5
002_Walk_normally_UE4 / UE5
003_Walk_briskly_UE4 / UE5
004_Walk_turn_head_right_UE4 / UE5
005_Walk_waving_hand_UE4 / UE5
006_Walk_nod_UE4 / UE5
007_Walk_take_a_bow01_UE4 / UE5
008_Walk_take_a_bow02_UE4 / UE5
009_Walk_join_hands01_UE4 / UE5
010_Walk_join_hands02_UE4 / UE5
011_Walk_dance01_UE4 / UE5
012_Walk_dance02_UE4 / UE5
013_Walk_dance03_UE4 / UE5
014_Walk_dance_nod_UE4 / UE5
015_Walk_straight_in_a_line01_UE4 / UE5
016_Walk_straight_in_a_line02_UE4 / UE5
017_Walk_watch_smartphone01_UE4 / UE5
018_Walk_watch_smartphone02_UE4 / UE5
019_Walk_stepping_stone01_UE4 / UE5
020_Walk_stepping_stone02_UE4 / UE5
021_Walk_narrow_alley_UE4 / UE5
022_Walk_step_back_UE4 / UE5
023_Walk_trudge_UE4 / UE5
024_Walk_look_at_the_sky_UE4 / UE5
025_Walk_restless_and_busy_UE4 / UE5
026_Walk_dodge_UE4 / UE5
027_Walk_crouch_UE4 / UE5
028_Walk_over_obstacles_UE4 / UE5
029_Walk_kick_the_ground_UE4 / UE5
030_Walk_highheels_UE4 / UE5
031_Walk_cutegirl_UE4 / UE5
032_Walk_gangster_UE4 / UE5
033_Walk_drunk_UE4 / UE5
034_Walk_fuss_UE4 / UE5
035_Walk_gorgeous_UE4 / UE5
036_Walk_balletgirl_UE4 / UE5
037_Walk_look_around_UE4 / UE5
038_Walk_delightful_UE4 / UE5
039_Walk_army_march01_UE4 / UE5
040_Walk_army_march02_UE4 / UE5

001_정면 느리게 걷기
002_정면 중간속도 걷기
003_정면 손을 크게 휘저으며 걷기
004_정면 고개를 오른쪽으로 돌리며 걷기
005_정면 걸으며 앞의 사람에게 오른손인사
006_정면 걸으며 목례
007_정면 걷다가 45도 인사 후 다시 걷기
008_정면 걷다가 90도 인사 후 다시 걷기
009_정면 걸으며 합장인사 여러번
010_정면 걸으며 멋진 합장인사
011_정면 노래를 들으며 춤을 추듯 걷기 A 펑크
012_정면 노래를 들으며 춤을 추듯 걷기 B 힙합
013_정면 노래를 들으며 춤을 추듯 걷기 C 발랄
014_정면 걸으며 노래를 들으며 목례
015_양팔을 벌리고 일자로 걷기 A 똑바로 걷기
016_양팔을 벌리고 일자로 걷기 B 휘청거리기
017_멈춰서 스마트폰을 보다가 정면 걷기(횡단보도)
018_스마트폰의 지도를 보면서 주변을 살피며 걷기
019_중간 간격의 돌다리 건너기
020_넓은 간격의 돌다리 건너기
021_몸을 옆으로 돌려 좁은 골목을 지나기
022_뒤로 물러나기
023_밑을 보면서 터덜터덜 걷기
024_하늘을 보면서 느리게 걷기
025_손목시계를 보면서 급하게 걷기
026_걸으면서 옆의 사물 옆으로 피해가기
027_걸으면서 위의 사물 숙여서 피해가기
028_걸으면서 앞의 장애물 넘어서 피해가기
029_걸으면서 짜증내며 땅을 발로 차기
030_하이힐 워킹
031_귀여운 총총 걸음
032_건달 걸음
033_술취한 걸음
034_호들갑떨며 앞사람에게 다가가기
035_우아한 걸음
036_발레포즈 앞으로 걷기
037_두리번 거리며 걷기
038_폴짝폴짝 뛰며 걷기
039_군대식 행진
040_군대식 행진(코믹)

Blender Guide for Beginner

블 렌 더 3 D

Br

PART 03

애니메이팅

애니메이팅(Animating)은 정지된 각각의 객체(오브젝트)를 일정한 속도로 재생하여 움직이게 하는 작업이다. 애니메이팅을 수행하기 위해서는 먼저 모델링된 객체를 움직이는 뼈대(Bone)를 구축하는 리깅(Rigging) 작업을 해야 한다. 이번 파트에서는 리깅 세팅과 키프레임을 통한 기본적인 애니메이팅 작업을 수행해 본다.

SECTION 05

리깅(Rigging)

리깅(Rigging)이란 3D 모델에 뼈대를 심어 움직일 수 있도록 만드는 작업이다. 이 과정은 애니메이션을 만들 때에 반드시 필요한 것이며, 영화나 게임 등의 다양한 분야에 사용된다.

🔵 리깅을 위한 본(Bone) 이해하기

블렌더 3D에서 뼈대를 만들기 위해서는 **본(Bone)**을 이용해야 한다. 본은 뷰포트에서 [Shift] + [A] 키를 누른 후 **[아마튜어(Armature)]**을 통해 생성할 수 있다.

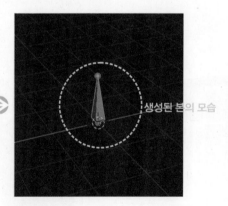

생성된 본의 모습

☑ 본의 생성은 블렌더 버전에 따라 [아마튜어(Armature)] − [싱글 본 (Single Bone)] 메뉴로 생성되는 경우도 있다.

생성된 본(Bone)은 **끝(Tip)**과 **몸(Body)**, **뿌리(Root)** 형태의 구조로 이루어져 있다.

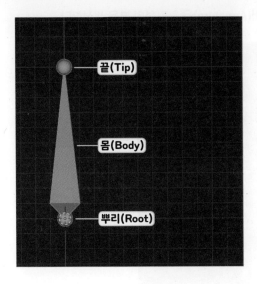

🔵 캐릭터 리깅(Rigging) 세팅하기

리깅(Rigging)의 가장 보편적인 대상은 캐릭터(Character) 오브젝트이다. 여기에서는 앞서 제작한 토끼 인형 캐릭터에 본(Bone)을 생성하여 리깅을 해보기로 한다.

Character 컬렉션 리깅하기

01 ❶Layout 모드로 전환한 후 ❷[/] 키를 눌러 앞서 숨겨놓았던 오브젝트를 모두 활성화한다.

02 Character 컬렉션에 있는 오브젝트들을 **모두 선택**한다.

03 뷰포트에서 [/] 키를 눌러 방금 선택한

Character 컬렉션의 오브젝트를 제외한 오브젝트들을 **모두 숨겨**준다.

[/] 숨기기

☑ 작업의 편의를 위해 앞서 넓혀놓은 에셋 프라우저(Asset Browser)를 다시 줄여준다.

04 뷰포트에서 [우측 키패드 1] 키를 눌러 **앞쪽**(Front: −Y축) 뷰로 회전한다.

앞쪽 뷰로 전환

05 뷰포트에서 **[Shift] + [A]** 키를 누른 후 **아마튜어(Armature)**을 클릭하여 **본**을 생성한다.

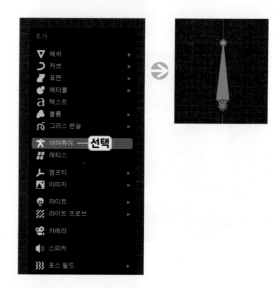

06 뷰포트 상단의 ❶**스냅(Snap)**을 **꺼**준다. 그다음 ❷**이동** 툴을 사용하여 **본(Bone)**을 Body 오브젝트의 ❸**중앙 하단**으로 **이동**한다.

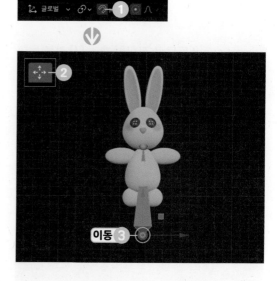

07 ➊**오른쪽(Right: X축)** 방향으로 뷰를 회전한 후 **본(Bone)**을 Body 오브젝트의 ➋**중앙 하단**으로 **이동**한다.

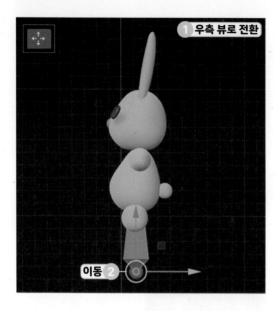

08 오브젝트 프로퍼티스의 **뷰포트 표시**에서 **앞에 표시(In Front)**를 클릭하여 **체크**한다.

09 뷰포트를 ➊**앞쪽(Front: -Y축)** 뷰로 회전한 후 생성한 ➋**본**이 **선택**된 상태로 **[Tab]** 키를 눌러 ➌**에디트 모드**로 변경한다.

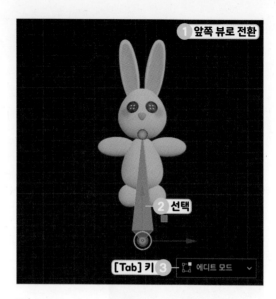

☑ 본의 끝(Tip), 몸(Body), 뿌리(Root)를 개별 선택하여 편집하는 과정이므로 캐릭터의 몸이 아닌 뼈대를 선택한 상태에서 편집 가능한 에디트 모드로 전환하였다. 오브젝트 모드에서는 본의 끝, 몸, 뿌리를 개별 선택할 수 없기 때문이다.

10 본의 **끝(Tip)**을 **클릭(선택)**한 후 **이동** 툴을 사용하여 그림처럼 **아래쪽(-Z축)** 방향으로 **이동**하여 본의 **크기**를 줄여준다.

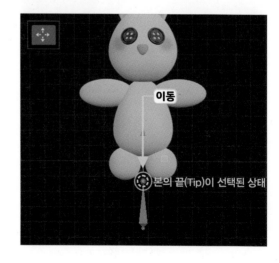

11 우측 **①본 프로퍼티스(Bone Properties)**에서 앞서 선택한 **본(Bone)**의 이름을 **②[All]**로 변경한다.

12 뷰포트에서 **All** 본 또는 **끝(Tip)**이 **선택**된 **상태**에서 **[E]** 키를 누르고 **마우스 커서**를 그림처럼 **위쪽**으로 **이동**한 후 **클릭**하여 **새로운 본**을 생성한다.

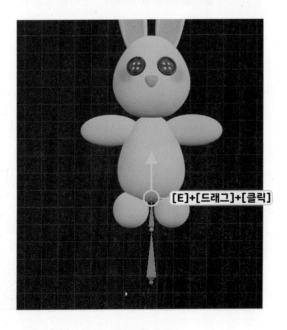

13 생성한 본의 **①몸(Body)**를 **선택**한다. **[Alt] + [P]** 키를 누른 다음 **②본을 연결 끊기(Disconnect Bone)**를 선택하여 두 본을 **분리**한다.

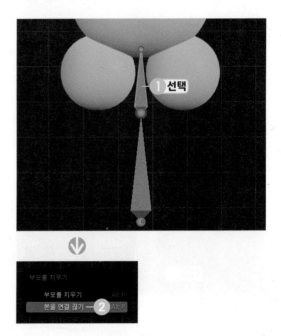

☑ 위 작업은 선택된 본에서 **[우측 마우스 버튼] – [부모(Parent)] – [지우기(Clear)]**를 선택한 후 열리는 메뉴 창에서 **[본을 연결 끊기]**로도 가능하다.

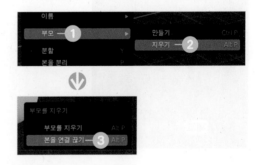

14 분리된 위쪽 본을 **위쪽(Z축)** 방향으로 이동한다. 이때 이동되는 본의 하단, 즉 **뿌리(Root)**는 Body 오브젝트 **중앙 하단**에 맞춰준다.

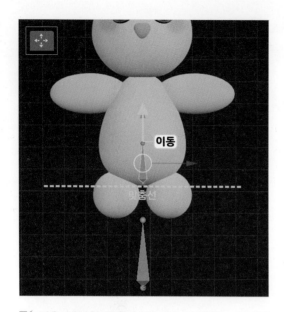

☑ 처음 생성한 본은 캐릭터를 구성하는 오브젝트 전체를 제어하는 역할을 하며, 캐릭터와 본을 연결한 상태에서 캐릭터 오브젝트를 움직일 경우, 오브젝트의 형태가 깨지거나 변형되기 때문에 본으로 캐릭터의 위치나 각도를 제어해야한다.

15 분리된 위쪽 본의 ❶끝(Tip)을 선택한 후 **아래쪽(-Z축)** 방향으로 ❷**이동**하여 그림처럼 길이를 **짧게** 해준다.

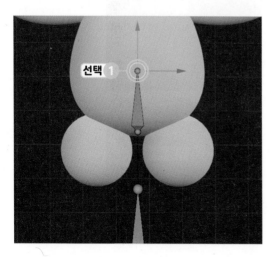

16 본 프로퍼티스에서 위쪽 본(Bone)의 이름을 [Hip]으로 변경한다.

17 뷰포트에서 [E] 키를 눌러 그림처럼 위쪽 몸통 부분에 새로운 본(Bone)을 **생성**한다.

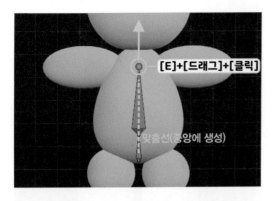

[E]+[드래그]+[클릭]

맞춤선(중앙에 생성)

☑ 본이 생성되는 위치는 **오브젝트의 가운데여**
야 차후 **제어(리깅)**하는데 문제가 발생되지
않기 때문에 가운데에서 벗어나지 않게 주의
해야 한다.

☑ **[E]** 키를 통해 본을 생성할 때 **[Ctrl]** 키를 이
용하면 생성하는 본의 방향 또는 각도를 편하
게 조정할 수 있다.

18 생성된 본의 이름을 **[Body]**로 변경한다.

19 계속해서 **[E]** 키를 눌러 그림처럼 **목** 부분에
짧은 본을 **생성**한 뒤 다시 **[E]** 키를 눌러 머리 부분
까지 본을 생성한다.

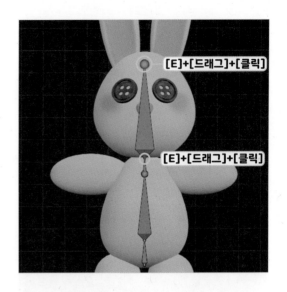

[E]+[드래그]+[클릭]

[E]+[드래그]+[클릭]

20 본 프로퍼티스에서 방금 생성한 2개의 본의
이름을 각각 **[Neck]**과 **[Head]**로 변경한다.

21 뷰포트를 ①**오른쪽(Right: X축)** 뷰로 회전한다. 그리고 Body 본의 ②**뿌리(Root)**을 선택한 후 그림처럼 ③**왼쪽(-Y축)** 방향인 Body 오브젝트의 중앙으로 이동한다.

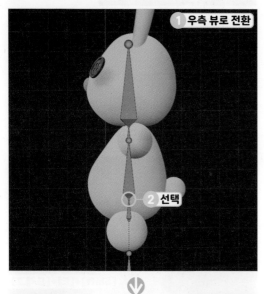

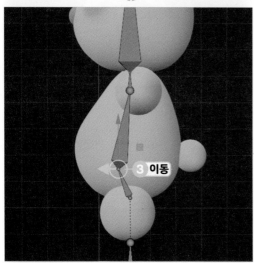

☑ 본은 연결할 오브젝트의 가운데로 이동해야 오브젝트를 제어하는데 편리하다. 그러므로 Body 본을 수직이 아닌 앞으로 빼내어 캐릭터 몸통 오브젝트의 가운데로 이동한다.

22 계속해서 Body 본의 **끝(Tip)**을 그림처럼 오른쪽(Y축) 방향인 Arm 오브젝트 중앙으로 이동한다.

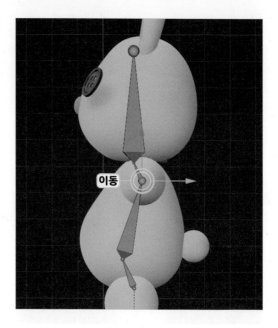

23 Neck 본의 **끝(Tip)**도 오른쪽(Y축) 방향으로 이동하여 **뿌리(Root)**와 **수직**이 되도록 한다.

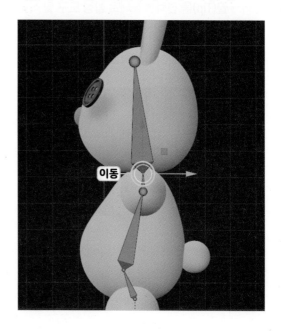

24 마지막 Head 본의 **끝(Tip)**을 오른쪽(Y축) 방향으로 이동하여 **뿌리(Root)**와 **수직**이 되도록 한다.

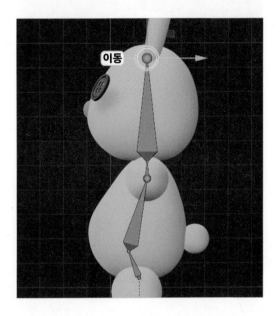

25 ❶**앞쪽(Front: −Y축)** 뷰로 회전한 후 Head 본의 ❷**끝(Tip)**을 **선택**한 상태로 **활성 도구 및 작업 공간을 설정**의 **옵션(Options)**에서 ❸**X축 미러(X–Axis Mirror)**를 클릭하여 활성화한다.

☑ X축 미러(X–Axis Mirror) 체크 후 본을 설정하면 반대쪽 본도 함께 설정된다.

26 뷰포트에서 [Shift] + [E] 키를 누른 후 선택된 본에서 귀 영역에 **2개**의 본을 생성한다.

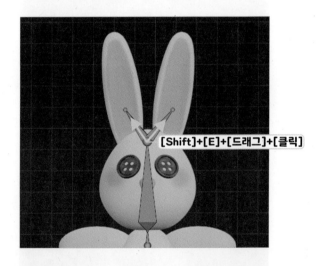

27 2개의 본 중 ❶**우측 본**을 **선택**한 후 [Alt] + [P] 키를 눌러 ❷**본을 연결 끊기**를 적용한다.

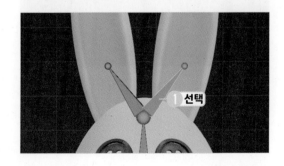

28 분리된 우측 본를 이동하여 그림처럼 본의 **뿌리(Root)**를 우측 Ears 오브젝트 하단에 맞춰준다.

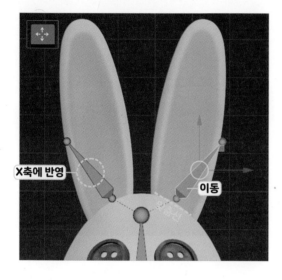

29 계속해서 우측 본의 **끝(Tip)**을 Ears 오브젝트의 3분의 1쯤 되는 부분의 중앙으로 **이동**한다.

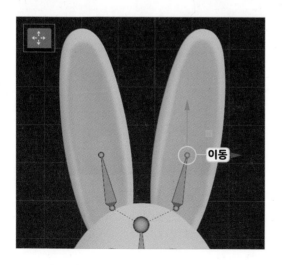

30 [E] 키를 **두 번** 반복하여 그림처럼 귀 모양에 맞는 **2개**의 본(Bone)을 추가한다.

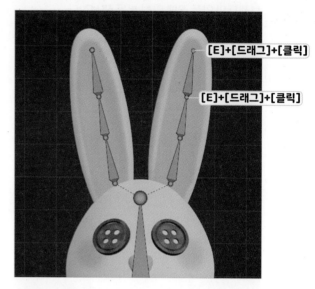

☑ 본은 **관절** 역할을 하기 때문에 **꺾이거나 휘어지는** 부분에 맞춰 생성해야 한다.

31 방금 생성한 귀 부분의 본들을 **본 프로퍼티스(Bone Properties)**에서 각각 그림과 같은 이름으로 **변경**한다.

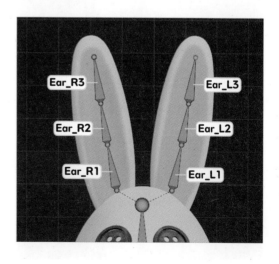

32 뷰포트에서 Body 본의 ❶끝(Tip)을 선택한 후 ❷[Shift] + [E] 키를 사용하여 그림처럼 Arm 오브젝트의 양쪽 끝에 맞춰 본을 생성한다.

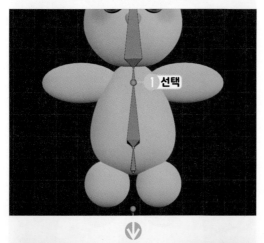

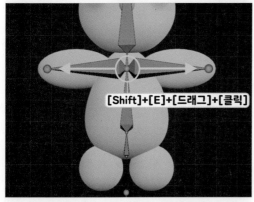

33 생성된 ❶우측 본을 선택한 후 [Alt] + [P] 키를 눌러 ❷본을 연결 끊기를 적용한다.

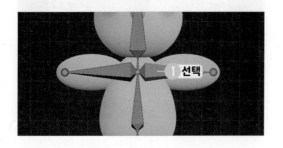

34 분리된 우측 본의 뿌리(Root)를 Arm 오브젝트에 맞게 이동한다.

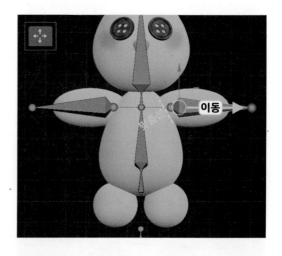

35 본의 우측 끝(Tip)을 이동하여 Arm 오브젝트 끝에 맞춰준다.

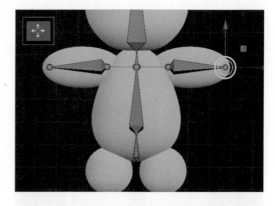

☑ 본이 오브젝트(캐릭터)보다 커도 상관없지만 정확한 리깅을 위해서는 오브젝트와 일치시키는 것이 좋다.

36 우측 팔 부분에 있는 본들의 이름을 그림처럼 [Arm_L]와 [Arm_R]로 변경한다.

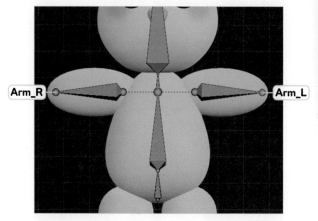

37 뷰포트에서 Body 본의 **뿌리(Root)**도 [Shift] + [E] 키를 사용하여 그림처럼 **2개**의 본을 **생성**한 후 이름을 [Pelvis_L], [Pelvis_R]로 변경한다.

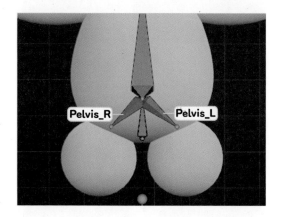

38 뷰포트에서 Pelvis_L 본의 **끝(Tip)**을 선택한 후 [E] 키를 사용하여 그림처럼 Leg 오브젝트 **하단 끝**에 맞춰 본을 생성한다.

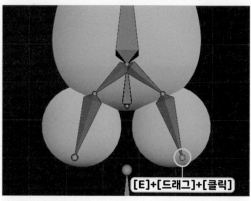

39 생성한 본의 이름을 [Leg_L], [Leg_R]로 변경한다.

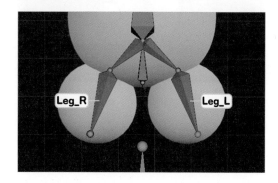

40 뷰포트를 **오른쪽**(Right: X축) 뷰로 전환한다.

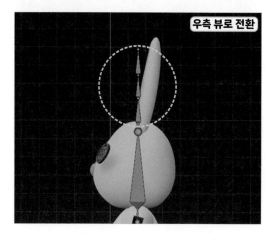

41 Ear 본의 **끝(Tip)**을 Ears 오브젝트 모양에 맞게 이동한다.

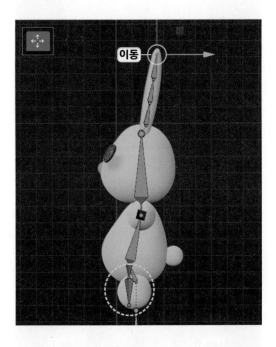

42 Leg 본의 **뿌리(Root)**와 **끝(Tip)**을 그림처럼 Leg 오브젝트 모양에 맞춰준다.

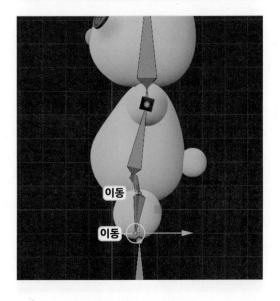

43 뷰포트를 ❶**앞쪽(Front: −Y축)** 뷰로 회전한 후 Body 본의 ❷**뿌리(Root)**를 선택한 다음 다시 ❸**오른쪽(Right: X축)** 뷰로 전환한다.

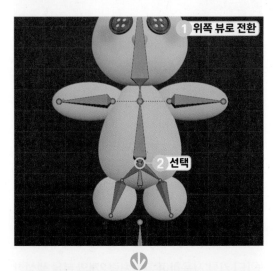

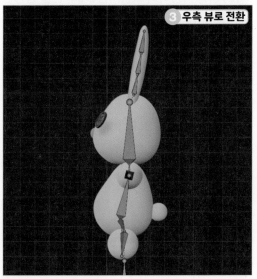

44 [E] 키를 사용하여 꼬리 모양의 Tail 오브젝트에 맞게 **본(Bone)**을 **생성**한다.

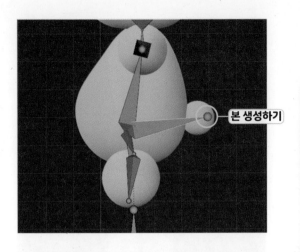

본 생성하기

45 생성한 **꼬리** 본이 선택된 상태에서 **[Alt] + [P]** 키를 눌러 **본의 연결을 끊어(분리)**해 준다.

46 분리된 본을 **오른쪽(Y축)** 방향으로 이동하여 본의 **뿌리**를 Tail 오브젝트와 **Body** 오브젝트가 겹쳐지는 부분에 맞춰준다.

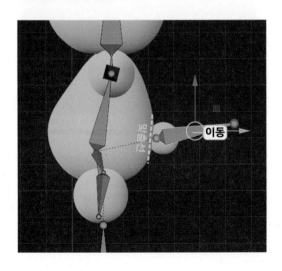

이동

47 분리된 본의 크기도 Tail 오브젝트 **크기**에 맞춰준다.

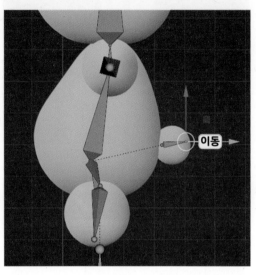

이동

48 본 프로퍼티스에서 상단의 본 이름도 **[Tail]**로 변경한다.

49 뷰포트를 **①앞쪽(Front: −Y축)** 뷰로 회전한 후 **②오브젝트 모드**로 변경한다.

웨이트(Weights) 적용하기

50 아웃라이너에서 **Character** 컬렉션에 있는
오브젝트를 **모두 선택**한다.

51 뷰포트에서 [Shift] 키를 사용하여 ❶처음 생
성한 **본**을 **함께 선택**한다. 그다음 ❷❸❹[우측 마
우스 버튼] – [부모(Parent)] – [자동 웨이트와 함
께(With Automatic Weights)]를 적용한다.

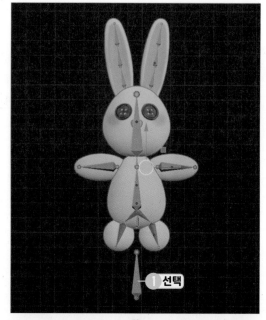

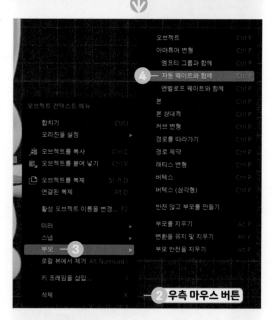

☑ 자동 웨이트와 함께는 단축키 [Ctrl] + [P]로
도 가능하다.

☑ 자동 웨이트(Automatic Weights)는 각각의 본들이 오브젝트에 영향을 미치는 거리를 자동으로 계산하여 연결해 준다.

52 **아마튜어 오브젝트(생성한 본)**가 선택된 상태에서 [Ctrl] + [Tab] 키를 눌러 ❶**포즈 모드(Pose Mode)**로 변경한 후 원하는 ❷**본** 하나를 **선택**하여 **회전**해 보면 **오브젝트**와 **본**이 **연결**(본으로 오브젝트 제어 가능)된 것을 알 수 있다.

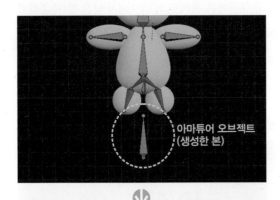

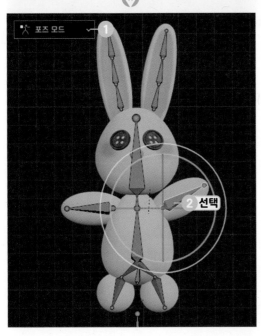

☑ 포즈 모드(Pose Mode)는 본을 제어하여 본과 연결된 오브젝트의 형태를 변경하는 모드이다.

53 아웃라이너에서 **아마튜어(Armature)**를 Character 컬렉션 안으로 넣어준다.

☑ 아마튜어 오브젝트는 캐릭터의 뼈대. 즉 캐릭터의 일부이기 때문에 오브젝트를 쉽게 찾을 수 있도록 캐릭터 컬렉션으로 이동해 주는 것이 좋다.

🎨 웨이트 페인트(Weight Paint) 활용하기

블렌더 3D에서 제공하는 **웨이트 페인트(Weight Paint)** 기능은 오브젝트를 리깅(Rigging)한 후 해당 본(Bone)이 오브젝트에 **영향(움직임)**을 주는 **범위**를 정의하는 데에 사용된다. 본을 통해 뼈대를 만들고 본과 오브젝트를 연결하는 과정에서 **자동 웨이트와 함께(With Automatic Weights)**를 적용하면 본의 웨이트 페인트 범위가 자동적으로 설정되기 때문에 별도로 웨이트 페인트를 사용하지 않아도 사실상 큰 문제는 없다. 하지만 더 세밀한 작업을 할 경우에는 웨이트 페인트가 필요하다.

웨이트 페인트는 **가중치 브러쉬**를 이용하여 해당 본에 영향을 주는 범위를 직접 지정할 수 있다. 가중치가 낮을수록 영향이 적고, 가중치가 높을수록 영향이 크다. 아래 그림처럼 웨이트 페인트에서 **낮은 값(가중치가 0.0에 가까운)** 영역은 **파란색**으로 표시되고, **높은 값(가중치가 1.0에 가까운)** 영역은 **빨간색**으로 표시되는데, 해당 기능은 그라데이션으로 가중치의 값을 시각화하기 때문에 범위를 지정하고 강도를 조절하는 데에 있어 매우 유용하다.

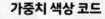

가중치 색상 코드

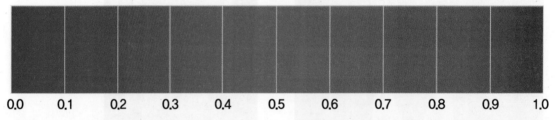

| 0.0 | 0.1 | 0.2 | 0.3 | 0.4 | 0.5 | 0.6 | 0.7 | 0.8 | 0.9 | 1.0 |

Character 컬렉션 웨이트 페인팅하기

01 **포즈 모드(Pose Mode)**에서 **Ear_L1** 본을 움직이면 **Head** 오브젝트까지 움직이는 모습을 볼 수 있다.

02 이러한 문제를 해결하기 위해서는 **웨이트 페인트(Weight Paint)**를 이용하여 해당 본을 움직였을 때 영향을 받는 부위의 **가중치를 낮춰**야 한다. 일단 [Ctrl] + [Z] 키를 눌러 본을 원래 상태로 되돌려놓는다.

03 아웃라이너에서 **Character** 컬렉션에 있는 ❶ **아마튜어**를 보이지 않게 한 후 해당 그룹을 ❷ **열어**놓는다.

04 ❶**오브젝트 모드**로 변경한 후 ❷**Head** 오브젝트를 **선택**한다.

05 [Ctrl] + [Tab] 키를 눌러 ❶**웨이트 페인트** 모드로 변경한 후 ❷**오브젝트 데이터 프로퍼티스(Object Data Properties)**의 **버텍스 그룹(Vertex Group)**에서 ❸Ear_L1을 선택한다.

06 **오른쪽(Right: X축)** 뷰로 회전하면 **Ear_L1** 본이 영향을 주는 범위를 확인할 수 있다.

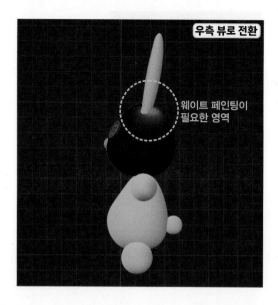

07 뷰포트 상단의 ❶**웨이트(Weight)**를 0으로 설정한 후 Head 오브젝트와 겹치는 ❷**Eyes, Ears, Nose** 오브젝트를 **숨겨준다.**

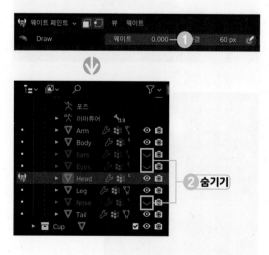

08 뷰포트를 회전하면서 **파란색**이 아닌 부분을

문질러(마우스 왼쪽 버튼으로 드로잉) **파란색**으로만으로 만들어준다.

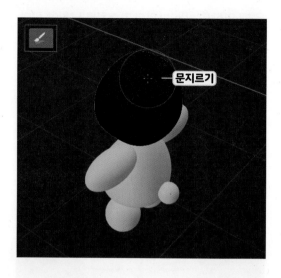

09 이번엔 오브젝트 데이터 프로퍼티스의 버텍스 그룹에서 **Ear_R1**을 선택한다.

10 뷰포트를 회전하면서 **파란색**이 아닌 부분을 **문질러**(마우스 왼쪽 버튼으로 드로잉) **파란색**으로만으로 만들어준다.

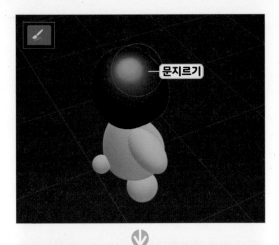

문지르기

파란색이 된 모습

12 오브젝트 데이터 프로퍼티스의 버텍스 그룹에서 **Ear_L1**을 선택한다.

Head

Ear_L1 ── 선택

11 앞서 숨겨놓았던 ❶Eyes, Ears, Nose 오브젝트를 **보이게** 한다. Eyes 오브젝트의 좌측 ❷**포인트**를 **클릭**하여 웨이트 페인트 대상을 변경한 후 ❸ Head 오브젝트를 **숨겨**준다.

클릭 ❷

보이기 ❶

13 뷰포트를 회전하면서 **파란색**이 아닌 Eyes 오브젝트가 모두 **파란색**이 될 때까지 문지른다.

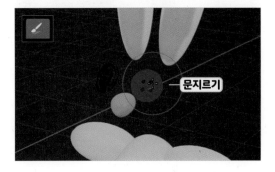

문지르기

파란색이 된 모습

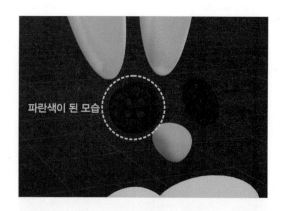

파란색이 된 모습

14 오브젝트 데이터 프로퍼티스의 버텍스 그룹에서 **Ear_R1**을 선택한 후 같은 방법으로 **Eyes** 오브젝트가 파란색이 될 때까지 문지른다.

15 웨이트 페인트 대상을 ❶**Nose** 오브젝트로 변경한 후 오브젝트 데이터 프로퍼티스의 버텍스 그룹에서 ❷**Ear_L1**을 선택한다. 그다음 **Nose** 오브젝트를 ❸**파란색**으로 만들어준다.

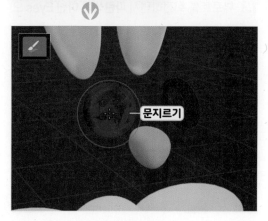

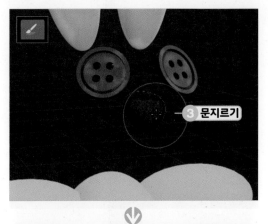

3 문지르기

파란색이 된 모습

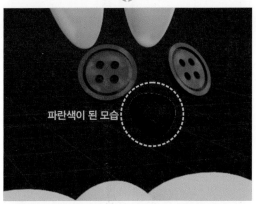

파란색이 된 모습

18 앞서 **Ear** 본과 관련된 부분에서 캐릭터 얼굴 부분의 **가중치**를 모두 **0**으로 설정했기 때문에 **Ear_L1 본**을 **회전**해 보면 캐릭터의 얼굴은 움직이지 않지만 **귀**와 연결된 **머리**의 연결 지점의 움직임이 부자연스러운 것을 알 수 있다.

16 계속해서 오브젝트 데이터 프로퍼티스의 버텍스 그룹에서 **Ear_R1**을 선택한다.

선택

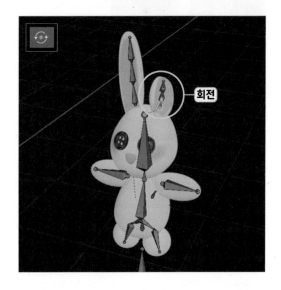

회전

17 뷰포트에서 **Nose** 오브젝트를 **파란색**으로 만들어준다.

19 문제를 해결하기 위해 **Head** 오브젝트를 ❶보이게 한 후 ❷웨이트 페인트 대상으로 지정해 준다.

1위쪽 뷰로 전환

20 오브젝트 데이터 프로퍼티스의 버텍스 그룹에서 **①Ear_L1**을 선택한다. 뷰포트 상단에서 **미러(Mirror)**의 **②X축 꺼준** 후 **③웨이트(Weight)**를 1로 변경한다.

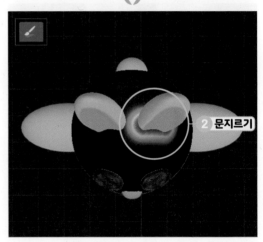

2문지르기

21 **①위쪽(Top: Z축)** 뷰로 회전한 후 그림처럼 오브젝트의 **오른쪽(X축)** 방향의 귀 모양에 맞게 **②웨이트 드로잉**(문지르기)을 해준다. 왼쪽 마우스 버튼으로 그림을 그리듯 문지르면 가중치 값이 높아졌기 때문에 그림과 같은 색상이 만들어진다.

22 툴바에서 **①블러(Blur)** 툴을 사용하여 **②초록색** 웨이트 부분을 문질러 경계를 부드럽게 만든다.

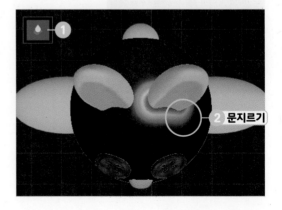

2문지르기

23 오브젝트 데이터 프로퍼티스의 버텍스 그룹에서 ❶Ear_R1을 선택한다. 툴바에서 ❷**그리기(Draw)** 툴을 사용하여 **왼쪽(-X축)** 귀 모양에 맞게 ❸웨이트 드로잉을 한다.

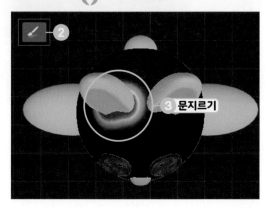

24 툴바에서 ❶**블러(Blur)** 툴을 사용하여 ❷**초록색** 웨이트 부분을 문질러 경계를 부드럽게 만든다.

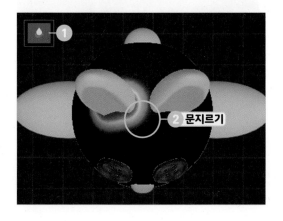

25 지금까지의 작업을 확인해 보면 **Ears** 오브젝트와 **Hear** 오브젝트 연결 지점의 가중치 값을 높임으로써 **Ear_L1** 본 또는 **Ear_R1** 본을 움직였을 때보다 더 자연스럽게 움직인다는 것을 알 수 있다.

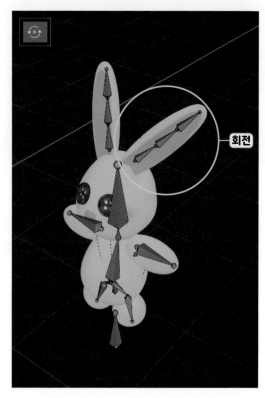

☑ 가중치 값이 높다는 것, 즉 빨간색에 가까운 영역일수록 반응을 많이 하고, 파라색에 가까울수록 반응도가 낮아지기 때문에 토끼의 귀를 움직였을 때 귀와 멀리있는 영역은 거의 반응하지 않게 되는 것이다.

SECTION 06

애니메이션(Animation)

3D 애니메이션(Animation)은 실사 영화처럼 입체적인 생동감을
살리는 것이 특징으로 2D 애니메이션과 다르게 모든 장면을 컴퓨
터 그래픽으로 처리한다.

애니메이팅(Animating) 연출하기

애니메이팅(Animating)은 완성된 3D 모델에 리깅(Rigging)을 한 후 캐릭터에 움직임을 주는 과정이며, 애니메
이션의 핵심이라고 할 수 있다. 이것은 영상뿐만 아니라 게임 등을 제작할 때에도 중요한 과정이다.

캐릭터 애니메이팅하기

초기 포즈 세팅하기

01 ❶**오브젝트 모드**로 전환한 후 이어서 ❷**[Z]** 키
를 눌러 **솔리드** 모드로 변경한다.

02 **①아마튜어(Armature)**를 다시 **보이게** 한 후 뷰포트에서 **②[/]** 키를 눌러 앞서 숨겨놓았던 오브젝트들을 다시 활성화한다.

03 에셋 브라우저를 조금 **①넓혀준** 후 **②에디터 유형**을 **③타임라인(Timeline)**으로 전환한다.

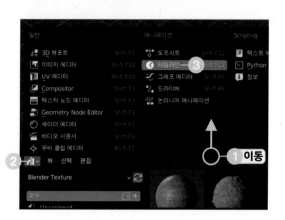

04 **①아마튜어**를 선택한 후 뷰포트에서 **[Ctrl]** + **[Tab]** 키를 눌러 **②포즈 모드**로 변경한다.

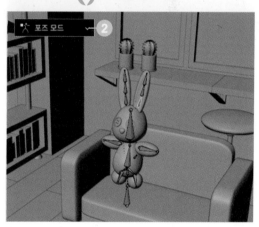

05 **①앞쪽(Front: -Y축)** 뷰로 회전한다. **②회전 (Rotate)** 툴을 사용하여 **③Arm_L** 본을 선택한다.

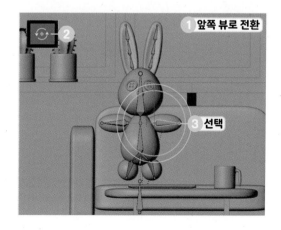

06 **초록색(Y축)** 영역을 **드래그**하여 캐릭터의 **왼쪽** 팔을 그림처럼 **내려**준다.

07 Arm_R 본을 선택한 후 **초록색(Y축)** 영역을 드래그하여 캐릭터의 **오른쪽 팔**을 내려준다.

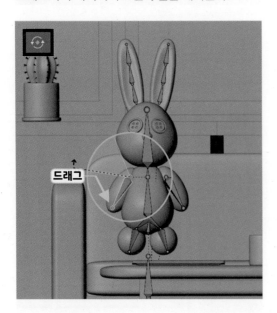

08 ①Leg_L 본을 선택한 후 **빨간색(X축)** 영역을 **위쪽(Z축)**으로 드래그하여 그림처럼 캐릭터의 발을 앞으로 이동한다. 계속해서 ②Leg_R 본도 그림처럼 발을 앞으로 이동한다.

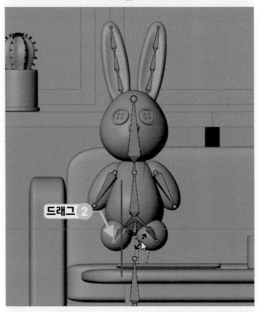

09 같은 방법으로 ❶Pelvis_L 본과 ❷Pelveis_R 본도 **빨간색(X축)** 바를 드래그하여 그림처럼 캐릭터가 앉은 모습으로 표현해 준다.

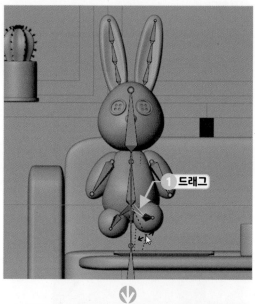

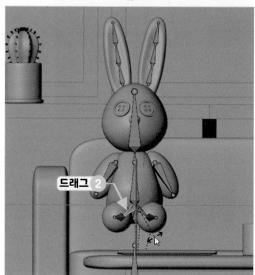

10 ❶**오브젝트 모드**로 변경한 후 ❷**이동** 툴을 사용하여 처음 만든 본을 **아래쪽(-Z축)**으로 이동하여 소파 위에 캐릭터가 ❸**앉아있**도록 한다.

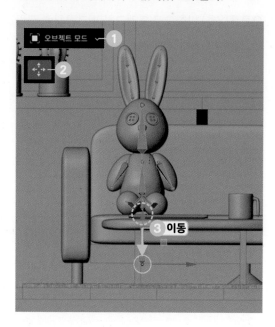

11 뷰포트를 ❶**오른쪽(Right: X축)** 뷰로 회전한 후 본을 **왼쪽(-Y축)** 방향으로 이동하여 캐릭터가 ❷**소파 앞쪽**에 위치하도록 한다.

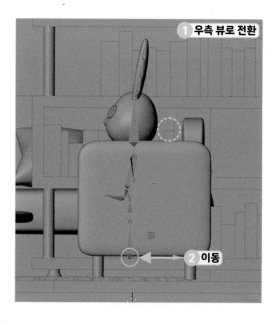

12 ❶회전 툴을 사용하여 **파란색(Z축)** 영역을 ❷
오른쪽(Y축) 방향으로 드래그하여 그림처럼 캐릭
터가 **조금 회전**하도록 한다.

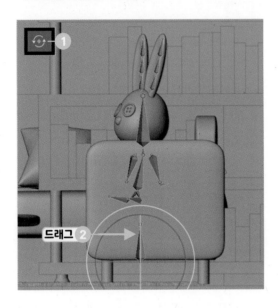

애니메이팅 설정하기

13 다음과 같이 캐릭터의 기본 자세가 설정됐다
면 이제 애니메이팅 작업을 시작한다.

14 뷰포트를 ❶**앞쪽(Front: −Y축)** 뷰로 회전한 후
이어서 ❷**[우측 키패드 6]** 키를 **두 번** 누르고 ❸**[우
측 키패드 8]** 키를 **한 번** 눌러 **대각선 상단**의 뷰로
회전한다.

☑ 단축키 회전이 어렵다면 축 표시(Aixs)를 직
접 회전하여 원하는 뷰로 전환해도 된다.

15 아마튜어 오브젝트(본)가 ❶**선택**되어있는 상
태에서 **[Ctrl] + [Tab]** 키를 눌러 ❷**포즈 모드(Pose
Mode)**로 변경한다.

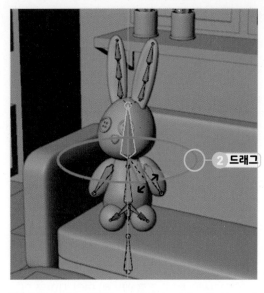

☑ 앞서 **자동 키잉(Auto Keying)**을 켜놓았기 때문에 오브젝트(캐릭터)의 변화가 생기면 자동으로 키프레임이 생성된다.

16 타임라인에서 ❶**시간을 0프레임으로 이동**한 후 ❷**자동 키잉(Auto Keying)**을 클릭하여 **켜준다.**

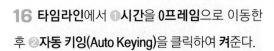

17 ❶Head 본을 선택한 후 **파란색(Z축)** 영역을 그림처럼 ❷**회전**하여 **키프레임을 생성**한다.

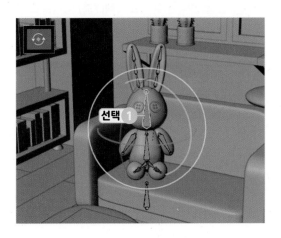

18 **시간(Frame)**을 ❶**15프레임**으로 이동한 후 그림처럼 **파란색(Z축)** 영역을 오른쪽으로 드래그하여 캐릭터의 **머리**를 ❷**회전**한다.

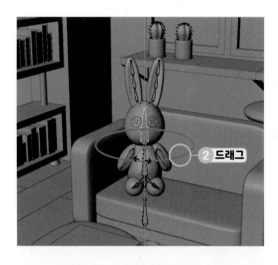

19 **빨간색(X축)**과 **초록색(Y축)** 영역 사이를 위쪽으로 드래그하여 그림처럼 캐릭터의 **고개를 올려**준다.

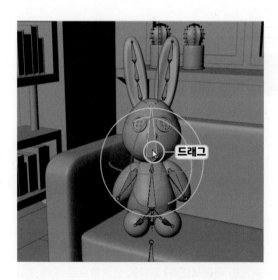

20 **15프레임** 지점의 **키프레임**을 **선택**한 후 ❶ [Ctrl] + [C] 키를 눌러 복사한다. 그다음 **시간을** ❷ **55프레임**으로 이동한 후 [Ctrl] + [V] 키를 눌러 복사한 키프레임을 붙여넣기 한다.

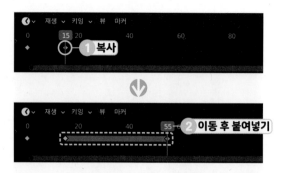

☑ **갈색** 바 영역은 두 키프레임 사이에서 애니메이션이 구현되는 구간을 의미한다.

21 이번엔 **0프레임**의 키프레임을 복사(Ctrl + C)한 후 **70프레임**에 붙여넣기(Ctrl + V)한다.

22 시간을 ❶**15프레임**으로 이동한다. 그다음 ❷ **Arm_L** 본을 선택한 후 ❸**초록색(Y축)** 영역을 조금 움직여 **15프레임**에 키프레임을 생성한다.

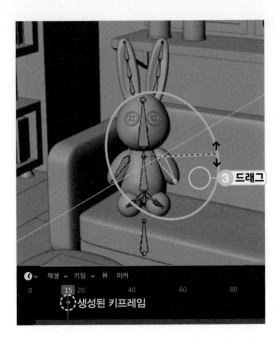

23 **①25프레임**으로 이동한 후 **초록색(Y축)** 영역을 위쪽 방향으로 드래그하여 그림처럼 캐릭터의 **②팔을 올려**준다.

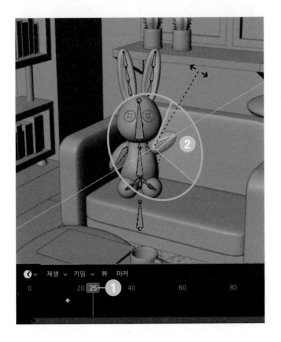

24 **①30프레임**으로 이동한 후 **초록색(Y축)** 영역을 위쪽 방향으로 드래그하여 그림처럼 캐릭터의 **②팔을 내려**준다.

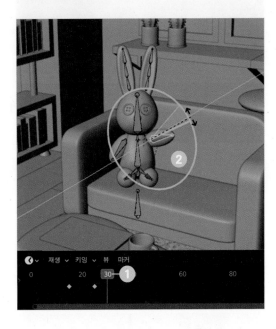

25 같은 방법으로 **35프레임**에서 팔을 올리고, **40프레임**에서 팔을 내려주며, **45프레임**에서 팔을 다시 올리는 반복 애니메이션을 만들어준다.

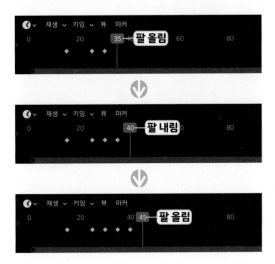

26 ❶15프레임의 키프레임을 복사(Ctrl + C)한 후 ❷55프레임에서 **붙여넣기**(Ctrl + V) 한다.

☑ 이렇듯 키프레임은 복사한 후 원하는 시간(프레임)에 붙여넣기 하여 같은 속성(움직임)의 애니메이션을 간편하게 표현할 수 있다.

27 이번엔 다른 곳(왼쪽 귀)을 움직이기 위해 ❶0프레임으로 이동한 후 ❷Ear_L2 본을 선택한다.

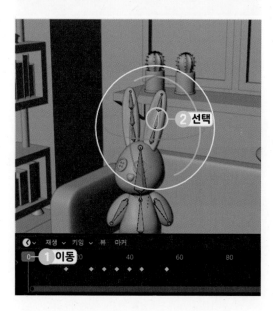

28 0프레임에서 **초록색(Y축)** 영역을 조금 움직여 키프레임을 생성한다.

29 ❶25프레임으로 이동한 후 ❷**초록색(Y축)** 영역을 아래쪽으로 드래그하여 귀를 움직인다.

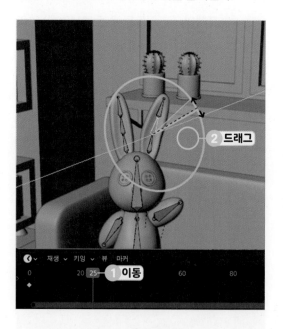

30 ❶25프레임에 생성된 키프레임을 복사한 후 ❷45프레임에 붙여넣기 한다.

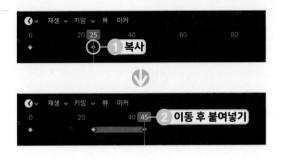

31 계속해서 **①0프레임**에 있는 키프레임을 **복사**한 후 **②65프레임**에 **붙여넣기** 한다.

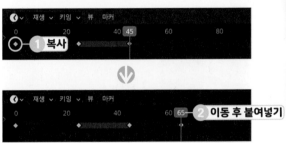

32 다른 곳(귀 끝)을 움직이기 위해 **①0프레임**에서 **②Ear_L3** 본을 선택한다.

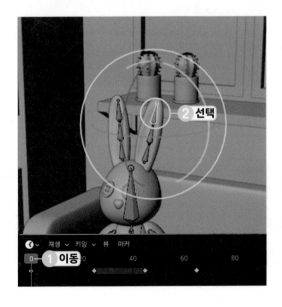

33 초록색(Y축) 영역을 조금 **움직여 0프레임**에 키프레임을 생성한다.

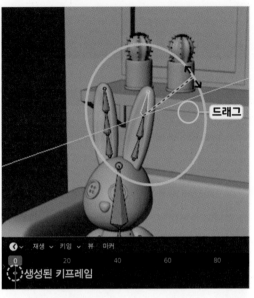

34 **①25프레임**으로 이동한 **②초록색(Y축)** 영역을 아래쪽 으로 드래그하여 그림처럼 귀를 조금 움직여준다.

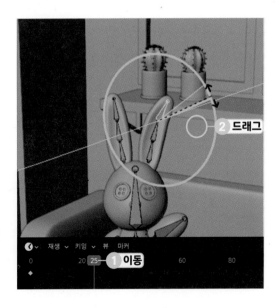

35 ①**25프레임**에 생성된 키프레임을 **복사**한 후 ②**45프레임**에 **붙여넣기** 한다.

36 ①**0프레임**에 있는 키프레임을 **복사**한 후 ② **65프레임**에 **붙여넣기** 한다.

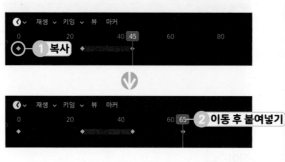

37 확인을 하기 위해 타임라인 우측 상단의 ①**종료(End)**를 **70**으로 설정하여 전체 애니메이션 시간을 70프레임까지 작동하도록 한 후 시간을 ②**0프레임**으로 이동한다.

38 [Space Bar] 키를 누르거나 타임라인 중앙 상단에 있는 [재생] 버튼을 클릭하여 작업한 내용을 확인해 본다.

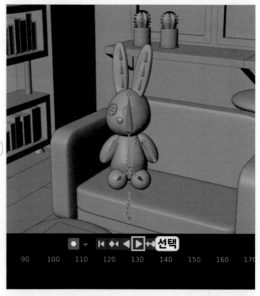

프리뷰 ▶

39 버텍스(Vertex)와 텍스처(Texture)가 많은 상태에서는 시스템 성능이 저하되기 때문에 애니메이션 재생 시 렉이 걸려 멈추거나 느리게 재생되는 등의 문제가 발생될 수 있다. 이 점을 감안하고 미리 **[Ctrl] + [S]** 키를 눌러 파일을 저장해 준다. 참고로 애니메이션 작업이 끝났다면 활성화되어있는 **자동 키잉(Auto Keying)**을 꺼 주는 것이 좋다. 자동 키잉이 활성화되어있으면 작업 시 자칫 잘못하여 작업을 할 때마다 모두 **애니메이션(키 프레임)**으로 만들어질 수 있기 때문이다.

Blender Guide for Beginner

블 렌 더 3 D

Br

PART 04

렌더링(아웃풋)

3D 그래픽스 작업의 마지막 단계로 작업한 객체나 장면을 최종적으로 동영상이나 이미지 파일로 출력하는 것을 렌더링(Rendering)이라고 한다. 렌더링 과정에서는 먼저 모델링된 객체나 장면을 구성하는 모든 요소들을 가상의 카메라로부터 보이는 방향과 각도로 배치하며, 빛의 반사, 그림자, 광원 등 다양한 요소를 고려하여 다양한 작업을 수행하게 된다.

SECTION 07

렌더링의 모든 것

렌더링(Rendering)이란 3차원의 장면을 이미지나 동영상으로 만들어내는 과정을 말하며, 이 과정에서 카메라와 광원(조명)을 설치 및 설정하여 최적의 퀄리티를 구현할 수 있도록 해야 한다.

라이팅(Lighting) 세팅하기

빛이 없으면 아무것도 보이지 않는 것과 같이 블렌더 3D에서 빛이 없으면 렌더링(Rendering) 자체가 무의미하다. 그렇기 때문에 렌더링 과정에서 라이팅(Lighting) 작업은 반드시 필요한 과정이다.

블렌더에서 제공하는 라이트(Light)는 포인트(Point)와 태양(Sun), 스폿(Spot), 영역(Area)으로 총 4개이다.

포인트 라이트(Point Light) 객체 주위에서 빛을 방출하는 라이팅(lightning) 기술 중 하나이다. 이 기술은 빛이 한 점에서부터 모든 방향으로 발산하는 것을 모방하여 빛의 강도가 거리에 따라 감소하는 형태로 구현된다. 포인트 라이트는 빛의 위치, 색상, 강도, 반사율 등을 설정하여 적용할 수 있으며, 주변의 라이트와 함께 사용하여 더욱 자연스러운 라이팅 효과를 구현할 수 있다.

태양 라이트(Sun Light) 객체 주위에서 빛을 방출하는 라이팅 기술 중 하나이다. 이 기술은 태양에서 나오는 빛을 모방하여 한 방향에서 모든 방향으로 발산하는 빛을 생성한다. 태양 라이트는 매우 큰 규모의 장면에서 사용되는데, 예를 들어 실제 태양과 같이 전지구적 규모의 광원을 모방하기 위해 사용되며 또한 실외 장면에서 그림자 효과를 구현하는 데 많이 사용된다. 태양 라이트는 빛의 위치, 색상, 강도, 반사율 등을 설정하여 적용할 수 있으며, 주변의 라이트와 함께 사용하여 더욱 자연스러운 라이팅 효과를 구현할 수 있다.

스폿 라이트(Spot Light) 객체에 직접 빛을 비추는 라이팅 기술 중 하나이다. 이 기술은 특정한 위치에서 좁은 범위의 빛을 방출한다. 스폿 라이트는 일반적으로 협소한 공간에서 주로 사용되는데, 예를 들어 손전등의 빛, 무대 위의 조명, 자동차의 헤드라이트 등을 구현할 수 있다. 스폿 라이트는 빛의 강도, 범위, 반

사율, 그림자 등을 조절하여 라이팅 효과를 구현할 수 있으며, 광원과 물체 사이의 거리와 각도에 따라 빛의 강도가 변화하므로 라이팅 효과를 더욱 자연스럽게 구현할 수 있다. 스폿 라이트는 빛의 위치, 색상, 강도, 반사율 등을 설정하여 적용할 수 있으며, 주변의 라이트와 함께 사용하여 더욱 자연스러운 라이팅 효과를 구현할 수 있다.

영역 라이트(Area Light) 빛이 한 점에서 나오는 것이 아니라 특정한 영역에서 빛을 방출한다. 조명기구의 빛, 창문으로 들어오는 햇빛, TV나 모니터의 화면 등을 구현할 때 사용된다. 영역 라이트는 일반적으로 사각형이나 원 형태로 표현되며, 빛의 강도, 색상, 반사율 등과 물체의 형태, 텍스처, 재질 등에 따라 다양한 라이팅 효과를 구현할 수 있다. 또한 영역 라이트는 그림자 효과를 구현할 때 많이 사용되며, 광원과 물체 사이의 거리와 각도에 따라 빛의 강도가 변화하므로 라이팅 효과를 더욱 자연스럽게 구현할 수 있다.

라이트(Light) 생성하기

01 뷰포트와 타임라인 경계선에서 ❶❷[우측 마우스 버튼]–[수직 분할]을 선택한다.

있는 좋은 각도로 뷰를 ❷회전한다.

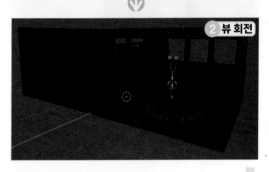

02 뷰포트 **가운데를 클릭**하여 그림처럼 뷰포트를 두 개로 나눠준다.

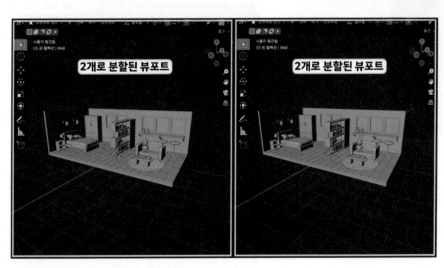

03 **우측** 뷰포트에서 [Z] 키를 눌러 ❶렌더리드 (Rendered)로 변경한 후 모든 오브젝트를 볼 수

☑ 우측 뷰포트는 렌더링 화면을 미리보기 때문에 뷰포트를 움직일 때 마다 새로운 값을 렌더링하므로 CPU(GPU) 리소스를 많이 사용하

다. 그러므로 우측 뷰포트는 결과 값을 보기
위한 용도로 사용하고, 오브젝트를 생성하고
편집하는 것은 좌측 뷰포트에서 진행하도록
한다.

04 아웃라이너의 **빈 곳**에서 ❶❷**[우측 마우스 버튼] – [새로운 컬렉션]**을 생성한 후 컬렉션의 이름을 ❸**[Light]**으로 변경한다.

05 좌측 뷰포트에서 **[Shift] + [A]** 키를 눌러 ❶❷ **[라이트(Light)] – [태양(Sun)]**을 생성한다.

06 좌측 뷰포트에서 ❶**앞쪽(Front: −Y축)** 뷰로 회전한 후 상단의 ❷**스냅(Snap)**을 켜준다.

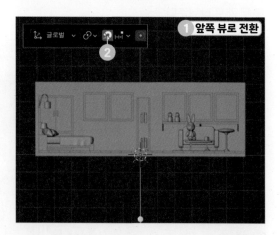

07 ❶**이동** 툴을 사용하여 앞서 생성한 **태양 라이트(Sun Light)**를 ❷**오른쪽(X축)** 방향으로 **5칸(5m)**, **위쪽(Z축)** 방향으로 **6칸(6m)** 이동한다.

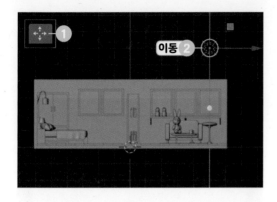

08 뷰포트를 **①오른쪽(Right: X축)** 뷰로 회전한
후 **태양 라이트(Sun Light)**를 **②오른쪽(Y축)** 방향
으로 **10칸(10m)** 이동한다.

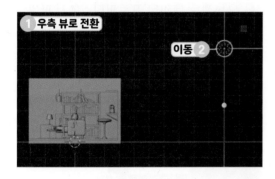

09 조명의 위치를 설정한 후 뷰포트를 다시 **앞쪽**
(Front: -Y축) 뷰로 회전한다.

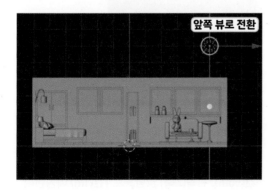

10 **태양 라이트**가 **선택**된 상태로 오브젝트 프로
퍼티스의 회전(Rotation)에서 **XYZ**를 **-45도, 20도,**
-0.5도로 설정한다.

11 **①오브젝트 데이터 프로퍼티스**에서 **②컬러**를
선택한다.

12 컬러의 색상(Hue) **0.05**, 채도(Saturation)
0.6으로 설정하여 해 질 무렵의 노을빛으로 만든
다.

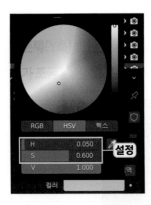

13 계속해서 오브젝트 데이터 프로퍼티스에서 **강도(Strength)**를 7으로 설정하여 태양 라이트를 더욱 밝게 해준다.

14 좌측 뷰포트에서 [Shift] + [A] 키를 누른 후 ❶ ❷[라이트(Light)] – [영역(Area)]을 생성한다.

15 생성한 영역 **라이트(Area Light)**를 위쪽(Z축) 방향으로 **7칸(7m)** 이동한다.

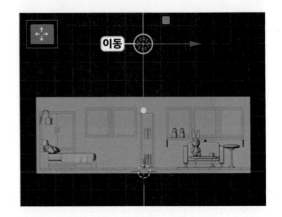

16 오브젝트 데이터 프로퍼티스에서 **파워**를 **200W**, **크기(Size)**를 **13m**로 변경하여 방 안의 밝기를 전체적으로 높여준다.

스텐드 조명(전구) 만들기

17 좌측 뷰포트에서 [Shift] + [A] 키를 누른 후 ❶ ❷[라이트(Light)] – [포인트(Point)]를 생성한다. 생성한 포인트 라이트를 ❸왼쪽(–X축) 방향으로 **5칸(–5m)**, 위쪽(Z축) 방향으로 **1칸(1m)** 이동한다.

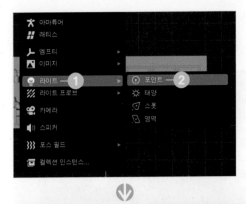

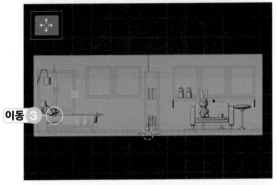

19 좌측 뷰포트를 Lamp 오브젝트 중심으로 ❶ 확대한 후 포인트 라이트를 **왼쪽(−Y축)으로 7칸(−0.7m), 위쪽(Z축)** 방향으로 **6칸(0.6m)** 이동하여 그림처럼 Lamp ❷**전등 갓 안쪽**에 위치시킨다.

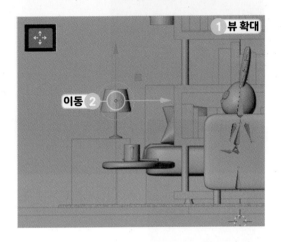

20 뷰포트를 ❶**앞쪽(Front: −Y축)** 뷰로 전환한 후 포인트 라이트를 **왼쪽(−X축)** 방향으로 **6칸(−0.6m)** 이동하여 그림처럼 Lamp ❷**전등 갓 중앙**에 위치시킨다.

18 뷰포트를 ❶**오른쪽(Right: X축)** 뷰로 회전한 후 포인트 라이트를 ❷**왼쪽(−Y축)** 방향으로 **1칸(−1m)** 이동한다.

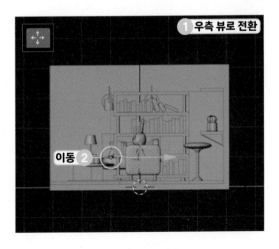

21 오브젝트 데이터 프로퍼티스에서 ❶**컬러**를 선택한 후 ❷**색상(Hue) 0.1, 채도(Saturation) 0.6**으로 설정하여 수면등 느낌의 색으로 만든다.

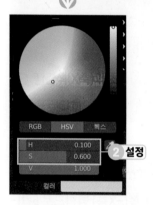

22 계속해서 오브젝트 데이터 프로퍼티스에서 파워(Power)를 **50W**, 반경(Radius)을 **0.5m**로 변경한다.

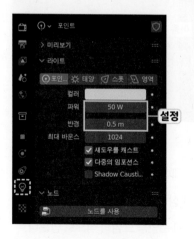

23 좌측 뷰포트에서 **[Shift] + [A]** 키를 누른 후 ①②**[라이트] – [스폿(Spot)]**을 생성한다.

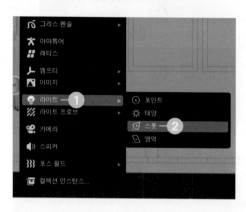

24 ①**스냅**을 **꺼**준 후 방금 생성한 스폿 라이트를 Lighting Head 오브젝트의 ②**전등갓 중앙**으로 이동한다.

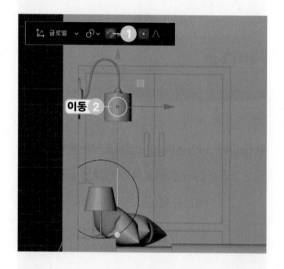

25 뷰포트를 ①**오른쪽(Right: X축)** 뷰로 회전한 후 스폿 라이트를 **왼쪽(−Y축)** 방향으로 이동하여 Lighting Head 오브젝트의 ②**전등갓 중앙**으로 위치시킨다.

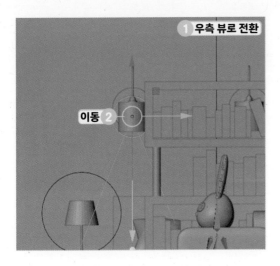

①우측 뷰로 전환

이동 ②

26 오브젝트 데이터 프로퍼티스에서 **①컬러**를
선택한 후 **②색상(Hue) 0.08**, **채도(Saturation)**
0.8로 설정한다.

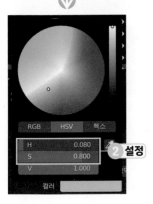

②설정

H	0.080
S	0.800
V	1.000

27 오브젝트 데이터 프로퍼티스에서 **파워**를
100W, **Beam Shape**의 **스폿 크기(Spot Size)**를
60도로 변경한다.

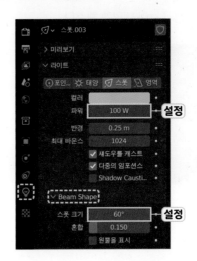

설정

설정

28 스폿 라이트를 **①복사(Ctrl + C, Ctrl + V)**한 후
복사된 스폿 라이트는 **오른쪽(Y축)** 방향으로 이동
하여 Lighting Head.001 오브젝트의 **②전등갓 중앙**
으로 위치시킨다.

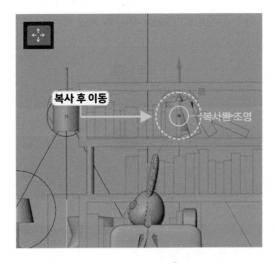

복사 후 이동

복사된 조명

29 Bookcase 오브젝트와 Book 오브젝트로 인해 Lighting Head.001 오브젝트의 중앙이 보이지 않는다면 아웃라이너에서 **Bookcase** 컬렉션과 **Book** 컬렉션을 잠시 보이지 않게 해준다.

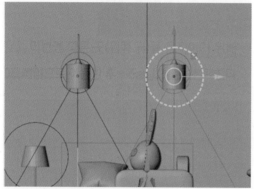

☑ 작업이 끝나면 해당 오브젝트들을 다시 보이게 한다.

30 **스냅(Snap)**을 다시 활성화한다.

31 뷰포트에서 [우측 키패드 1] 키를 눌러 ❶**앞쪽** **(Front: −Y축)** 뷰로 전환한 후 작업의 편의를 위해 뷰포트를 ❷**축소**한다.

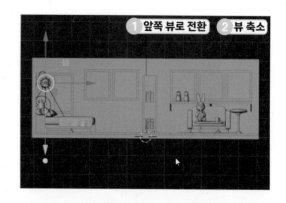

32 [Shift] + [A] 키를 누른 후 ❶❷[라이트] − [스폿(Spot)]을 생성한다. 생성한 스폿 라이트를 **오른쪽(X축)** 방향으로 **3칸(3m)**, **위쪽(Z축)** 방향으로 **6칸(6m)** 이동하여 ❸**캐릭터** 오브젝트가 있는 **상단**에 위치시킨다.

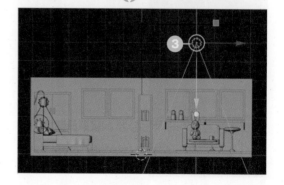

33 오브젝트 데이터 프로퍼티스에서 ❶파워를 500W로 설정한 후 Beam Shape의 ❷스폿 크기 (Spot Size)를 50도로 변경하여 밝기를 높여준다.

34 지금까지의 작업을 렌더를 통해 확인해 본다.

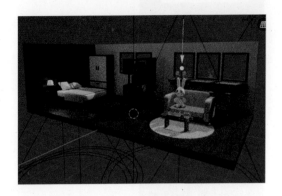

카메라(Camera) 세팅하기

카메라(Camera)는 카메라 렌즈에 들어온 장면을 표현하기 위한 도구이며, 카메라를 움직여 다양한 모션 (Motion)을 연출하는 카메라 워크(Camera Work)를 위해 사용된다. 특히 블렌더와 같은 3D 툴에서 카메라가 설치되지 않으면 최종 렌더링(Rendering)을 할 수 없기 때문에 최종 출력 전에 반드시 설치해야 한다.

카메라 생성 및 설정하기

01 아웃라이너에서 **씬 컬렉션**을 선택한다.

02 좌측 뷰포트에서 [Shift] + [A] 키를 누른 후 [카메라(Camera)]를 선택하여 생성한다. 카메라 의 시점은 [우측 키패드 0] 키를 눌러 **확인(주황색 사각형 영역)**할 수 있으며, 한 번 더 [우측 키패드 0] 키를 누르면 카메라 뷰에서 다시 뷰포트로 되돌 아간다.

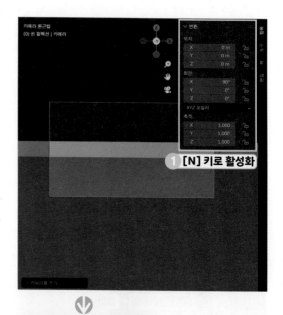

[N] 키로 활성화

03 카메라 시점(뷰)에서 ❶[N] 키를 눌러 좌측 뷰
포트의 우측 창을 활성화한 후 ❷뷰 설정 창의 [뷰
(View)] - [뷰 잠금]에서 ❸Camera to View를 체
크한다. 설정이 끝나면 다시 [N] 키를 눌러 설정 창
을 닫는다.

04 Camera to View를 활성화(체크)한 상태이기
때문에 카메라 시점에서 **마우스 휠**을 **회전**하면 카
메라 시점으로 확대/축소할 수 있고, 마우스 휠을

클릭 & 드래그하면 카메라의 시점을 이동할 수 있다.

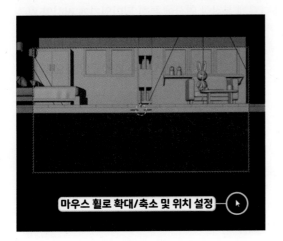

05 같은 방법으로 그림처럼 **최종 카메라 시점**을 설정해 준다.

렌더링(Rendering) 하기

렌더링(Rendering)은 작업한 내용을 다양한 파일로 만들어주는 마지막 과정이다. 블렌더(Blender)에서 제공되는 기본 렌더 엔진은 이브이(Eevee), 사이클(Cycles), 워크벤치(Workbench)로 총 3개이다.

이브이(Eevee) 렌더러는 **속도와 상호 작용에 중점을 둔 가장 기본적인 실시간 렌더링 엔진**이다. 렌더링 과정에서 연산이 빠르고 가벼워서 저사양 컴퓨터로도 쉽게 이용할 수 있다. 하지만 사이클(Cycles) 렌더러와 달리 광선 추적 렌더링 엔진이 아니기 때문에 반사와 굴절 같은 복잡한 연산에서 다소 약한 면을 보인다.

◀ 이브이(Eevee) 렌더러 결과물

사이클(Cycles) 렌더러는 **프로덕션 렌더링을 위한 물리적 기반 경로 추적기**이다. 이브이(Eevee) 렌더러와 다르게 광선 추적 렌더링 엔진이기 때문에 반사와 굴절 등의 쉽게 표현할 수 있다. 그렇기 때문에 보다 더 사실적인 이미지를 제작할 수 있다. 다만 이브이(Eeevee) 렌더러와 다르게 복잡한 연산에 특화 되어있기에 저사양 컴퓨터로 이용하기엔 다소 어렵다는 단점이 있다.

◀ 사이클(Cycles) 렌더러 결과물

워크벤치(Workbench) 렌더러는 **모델링 및 애니메이션 미리보기 중 빠른 렌더링에 최적화 되어있는 엔진**이다. 그렇기 때문에 최종 결과물을 렌더링하는 엔진은 아니다. 다른 말로는 뷰포트(Viewport) 렌더러라고 하며, 블렌더에서 제공하는 솔리드(Soild) 모드를 기반으로 이미지를 출력하기 때문에 굴절과 같은 재질은 표현되지 않는다.

◀ 워크벤치(Workbench) 렌더러 결과물

본 학습의 작업 데이터가 크기 때문에 이브이(Eevee) 렌더러를 사용하는 것이 속도가 빠르지만 사이클(Cycles) 렌더러와 달리 광선 추적 렌더링 엔진이 아니기 때문에 유리 BSDF로 제작한 Glass Window 오브젝트가 태양 라이트(Sun Light)의 빛을 투과하지 못한다. 그렇기 때문에 여기에서는 가장 디테일하고 품질이 좋은 사이클 렌더러를 이용하고자 한다.

렌더링(Lendering) 설정하기

01 ❶**렌더 프로퍼티스(Render Properties)**에서
❷**렌더 엔진(Render Engine)**을 ❸**Cycles**로 변경
한다.

02 ❶**출력 프로퍼티스(Output Properties)**에서
프레임 범위(Frame Range)의 **종료(End)**가 ❷
70프레임으로 설정되어있는지 확인한다.

☑ 프레임 범위는 렌더링을 통해 만들어질 동영
상 구간(시간)이며, 현재는 앞서 학습한 애니
메이팅 편에서 설정한 70프레임이 보존된 상
태이다.

03 **출력(Output)**에서 폴더 모양의 ❶**[수락]** 버튼
을 클릭한다. **블렌더 파일 보기(Blender File View)**
창에서 좌측 **시스템(System)**의 ❷**Desktop**을 선택
한다. 그다음 하단의 파일명 입력하기에서 원하는
❸**파일명**(Blender Design)을 입력한 후 ❹**[수락]**
버튼을 누른다. 그러면 렌더링된 파일이 설정된 위
치(바탕화면)와 이름으로(Blender Ddsign)으로 저
장된다.

☑ 파일이 저장될 위치(폴더)와 파일명은 자신이
원하는 것으로 설정하면 된다.

04 앞서 제작한 프로젝트는 애니메이션이 포함되
었기 때문에 동영상으로 렌더링하기 위해 ❶**파일**

형식(File Format)을 ②FFmpeg Video로 선택한다.

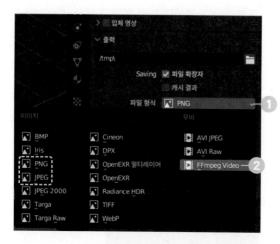

☑️ 낱장의 이미지 파일이나 시퀀스(Sequence) 파일로 만들 경우에는 프레임 범위에서 원하는 특정 장면(프레임) 또는 구간을 설정한 후 일반적으로 PNG 또는 JPEG 형식의 파일로 만들면 된다. 특히 PNG 파일은 투명(알파채널) 정보가 포함되어 합성 작업에 유용하다.

05 계속해서 인코딩(Encoding)에서 ①컨테이너(Container)를 ②MPEG-4를 선택하면 최종 파일을 가장 대중적인 MP4로 만들 수 있다.

사이클(Cycles) 렌더 속도 향상하기

렌더링을 할 때 기본적으로 CPU보다 GPU를 사용하는 것이 속도가 더 빠르며, 컴퓨터에 부담을 줄여 줄 수 있다. 이브이(Eevee) 렌더러는 CPU와 GPU를 함께 사용하지만 현재 사용되고 있는 사이클(Cycles) 렌더러는 CPU와 GPU 렌더링이 나누어져 있다. 그렇기 때문에 사이클 렌더러를 GPU 방식으로 변경해야 한다.

01 뷰포트 상단의 ①편집(Edit)에서 ②환경 설정(Preferences)을 선택하여 설정 창을 열고, ③시스템(System) 항목의 ④사이클 렌더 장치(Cycles Render Devices)에서 자신의 그래픽 카드에 맞추어 CUDA, OptiX, HIP 중 하나를 선택한다.

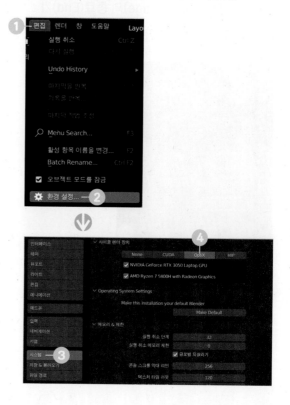

02 필자는 **RTX 3050** 모델을 사용하기 때문에 **OptiX**를 선택한 후 **NVIDIA GeForce RTX 3050 Laptop GPU**만 체크하였다.

CUDA 컴퓨팅 기능이 3.0 이상의 Nvidia 그래픽 카드(GTX 그래픽 카드)

OptiX 컴퓨팅 기능이 5.0 이상이고 드라이브 버전이 470 이상인 Nvidia 그래픽 카드(RTX 그래픽 카드)
HIP Vega, RDNA 또는 최신 아키텍처의 AMD 그래픽 카드

　　AMD는 내장 그래픽으로 CPU 내부에 포함되어 있는 그래픽 처리 장치이다. 이는 외장 그래픽 카드보다 속도가 느리기 때문에 렌더링 과정에서 내장 그래픽 또는 내장+외장 그래픽을 쓰는 것보다 외장 그래픽 하나만 사용하는 것이 효율적이다. 그렇기 때문에 외장 그래픽인 **RTX**만 사용하도록 한다.

03 설정이 끝나면 환경 설정 창을 닫고, 우측 속성 창의 **렌더 프로퍼티스(Render Properties)의 ❶ 장치**에서 ❷**GPU** 계산으로 변경한다

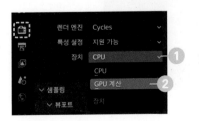

사이클(Cycles) 렌더러로 렌더링할 때에는 **빛과 광선** 등을 계산하기 위해 **샘플링(Sampling)** 값을 지정할 수 있다. 샘플링 값이 높을수록 빛을 계산하는 양이 많아지고 더욱 세밀한 분석이 진행되기 때문에 높은 품질의 결과물을 만들 수 있지만 그만큼 한 프레임을 렌더링 할 때마다 샘플링의 값을 모두 계산해야 하기 때문에 시간이 오래 걸린다.

　　이론적으로 샘플링 값이 높으면 작품의 디테일은 증가하지만 실제로는 샘플링 값을 낮춰도 큰 차이를 느끼지 못한다는 것을 참고한다.

04 위의 내용대로라면 **렌더 프로퍼티스(Render Properties)의** ❶❷**[샘플링(Sampling)] – [뷰포트(Viewport)]**에서 ❸**Max Samples**를 **30**으로 설정하고 ❹**렌더(Render)**에서 ❺**Max Samples**를 **1500** 정도로 설정해도 무관하다는 것이다.

사이클(Cycles) 렌더 노이즈 제거하기

01 렌더 프로퍼티스의 **❶❷[샘플링(Sampling)]** – **[뷰포트]**에서 **❸디노이즈(Denoising)**을 **체크**한다.

02 디노이즈(Denoising)를 열고 **❶Denoiser**를 **❷OptiX**로 변경한다. 만약 이전에 살펴본 환경설정에서 OptiX로 설정하지 않았다면 OpenImage Denoise로 변경한다.

자동화 3D 뷰포트(Viewport)에 더 빠른 노이즈 제거기를 사용(사용 가능한 경우 OptiX, 그렇지 않으면 OpenImageDenoise)

OptiX 인공 지능 알고리즘을 사용하여 렌더링에서 노이즈를 제거한다.

OptiX NVIDIA 가속 엔진 기반으로 연산하므로 OptiX를 사용한 렌더링과 GPU 요구 사항이 동일하다.

OpenImageDenoise CPU에서 실행되는 AI 노이즈 제거기인 Intel의 Open Image Denoise를 사용한다.

03 디노이즈(Denoising)를 열고 **❶Denoiser**를 **❷OptiX**로 변경한다. 만약 이전에 살펴본 환경설정에서 OptiX로 설정하지 않았다면 OpenImage Denoise로 변경한다.

렌더링(Rendering) 하기

01 우측 뷰포트에서 **[Z]** 키를 눌러 **렌더리드 (Rendered)**를 제외한 다른 모드로 변경한다. 필자는 **매테리얼 미리보기**로 변경하였다.

☑️ 렌더리드(Rendered) 모드에서 렌더링을 진행하면 오류가 발생하여 실행되지 않는다.

02 이제 **[F12]** 키를 누르면 현재의 프레임을 예시로 렌더링한다. 이것은 렌더리드 모드를 통해 보는 예시화면이 아닌 **실제**로 렌더링했을 때의 결과물이다. 렌더 후 동영상 또는 이미지 파일로 저장하기 위해서는 **[Ctrl] + [F12]** 키를 누른다.

03 한 프레임을 렌더링할 때마다 **1,500개**의 **샘플링(Sampling)**을 거쳐야하기 때문에 시간이 많이 소요되며, 렌더 시 창을 닫으면 렌더링도 함께 꺼지기 때문에 렌더가 끝나기 전까지는 닫지 말아야 한다.

04 렌더 화면 좌측 상단에서 Sample 표기가 없고 Render가 **70(설정된 종료 프레임)**으로 되었다면 렌더링이 끝난 것이다.

Frame:70 | Time:03:00.01 | Mem:2431.42M, Peak: 2478.88M

05 렌더링이 끝나면 저장된 파일을 찾아 실행해 본다.

SECTION 08

외부 프로그램과의 연동

블렌더(Blender)에서 작업한 모델이나 결과물을 다른 3D 프로그램에서 가져와 작업을 이어갈 수 있다. 이것은 각 3D 프로그램의 장점을 살려 모델링, 텍스처링, 애니메이팅 등의 작업을 분업화할 수 있게 한다.

📷 내보내기(Exporting)

3D 작업물을 이용하여 애니메이션이나 게임을 제작하기 위해 Adobe After Effects나 Unity 등 3D 제작 프로그램이 아닌 외부 프로그램에서 작업물을 가져와 새로운 작품을 만들어내기도 한다. 이와 같은 방법을 활용하기 위해서는 유니티에서의 작업물을 이미지나 동영상이 아닌 3D 모델 자체만 내보내는 과정을 필요로 한다.

3D 모델만 내보내기 위해서는 해당 모델에 적용되어있는 모든 **모디파이어(Modifier)**를 오브젝트에 **적용(Apply)**해야 한다. 참고로 이 과정은 **오브젝트 모드**에서만 가능하다.

아웃라이너(Outliner)의 오브젝트 중 **파란색 스패너 아이콘**이 있는 오브젝트는 **적용(Apply)**하지 않은 **모디파이어(Modifier)**가 있다는 뜻이다. 그렇기 때문에 **파란색 스패너** 아이콘이 있는 오브젝트를 ❷**선택**한 후 모디파이어 프로퍼티스(Modifier Properties)에서 생성된 모디파이어(Modifier)에 마우스 커서를 갖다 놓고 ❶[Ctrl] + [A] 키를 누르거나 앞서 설명한 메뉴를 선택한다.

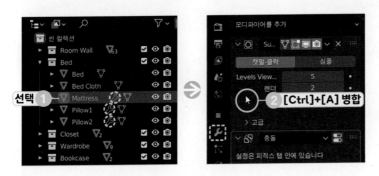

이제 파란색 스패너가 없어진 오브젝트 중 3D 모델로 내보내고자 하는 오브젝트만 ❶**선택**한 후 상단의 ❷❸ **[파일(File)] – [내보내기(Export)]** 메뉴에서 **내보내기**를 할 ❹**파일 형식을 선택**하면 된다.

☑ 일반적으로 범용적으로 사용되는 3D 모델 파일 형식은 **FBX (.fbx)** 또는 **Wavefront (.obj)**이다.

내보내기 창 우측의 **포함(Include)**에서 ❶**Limit to 선택된 오브젝트(Selected Objects)**를 체크한 한 후 저장할 ❷**폴더** 위치를 지정한다. 그다음 하단에서 ❸**파일명**을 입력한 후 ❹[**내보내기(Export)**] 버튼을 클릭한다.

내보내기를 한 파일을 가져오기 위해서는 같은 방법으로 ❶[**파일(File)**] – [**가져오기(Import)**] 메뉴에서 ❷**가져올 파일 형식**을 선택한 후 가져오기 파일이 있는 곳에서 파일을 선택하여 가져오면 된다.

 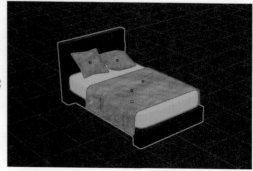

▲ 앞서 내보내기를 한 Bed.fbx 파일을 블렌더로 가져온 모습

외부 3D 프로그램에서 가져오기

블렌더 이외의 3D 프로그램은 Cinema 3D, 3Ds Max, Unreal Engine, Maya, 스케치업, Rhino, ZBrush 등 매우 다양하다. 이 수많은 3D 프로그램은 애니메이팅(Animating)에 유용하거나 모션그래픽을 만들 때 유용하거나 게임 및 건축물을 제작할 때 유용한 등의 각기 다른 장점을 가지고 있다. 그렇기 때문에 작업을 하는 과정에서 여러 프로그램을 함께 사용하며 작업을 하기도 한다.

Cinema 4D 프로그램에서 가져오기

01 먼저 앞서 학습한 방법으로 내보내고자 하는 오브젝트를 **FBX** 또는 **obj** 파일로 만들어준다.

02 Cinema 4D 프로그램을 실행한다. 해당 프로그램이 설치되어있어야 한다.

03 ①②**[File]** – **[Merge]** 메뉴를 선택하여 블렌더에서 내보내기를 한 ③**파일**을 찾아 ④**[열기]**를 한다.

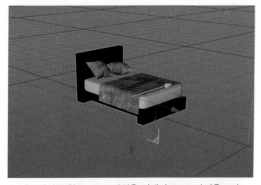

▲ 내보내기를 한 Bed.fbx 파일을 시네마 4D로 가져온 모습

3Ds Max 프로그램에서 가져오기

01 먼저 앞서 학습한 방법으로 내보내고자 하는 오브젝트를 FBX 또는 **obj** 파일로 만들어준다.

02 **3Ds Max** 프로그램을 실행한다. 해당 프로그램이 설치되어있어야 한다.

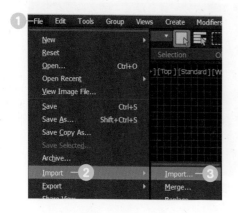

03 ❶❷❸[File] – [Import] – [Import]를 선택하여 블렌더에서 내보내기를 한 ❹**파일**을 찾아 ❺ [Open]를 한다.

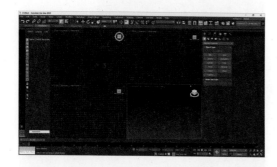

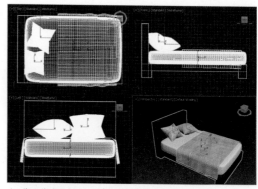

▲ 내보내기를 한 Bed.fbx 파일을 3Ds 맥스로 가져온 모습

ZBrush 프로그램에서 가져오기

01 먼저 앞서 학습한 방법으로 내보내고자 하는 오브젝트를 FBX 또는 **obj** 파일로 만들어준다.

02 **ZBrush** 프로그램을 실행한다. 해당 프로그램이 설치되어있어야 한다.

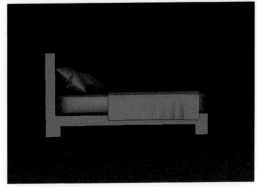

▲ 내보내기를 한 Bed.fbx 파일을 지브러시로 가져온 모습

03 ❶❷**[라이트박스(Light Box)] - [파일열기 (Open File)]**를 선택하여 블렌더에서 내보내기를 한 ❸**파일**을 찾아 ❹**[열기]**를 한다.

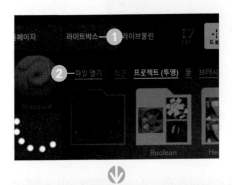

🔷 유니티(Unity)에서 가져오기

유니티(Unity)는 3D나 2D 비디오 게임의 개발 환경을 제공하는 게임 엔진이자 3D 애니메이션이나 건축 시각화, 가상현실(VR) 등 다양한 콘텐츠를 제작할 수 있는 통합 제작 도구이며, 특별히 블렌더와 유연한 연동이 가능하다는 점에서 다수의 개발자 및 디자이너들은 이 두 개의 프로그램을 함께 사용하는 경우가 많다.

블렌더에서 축적을 설정하여 내보내기

01 블렌더에서 내보내고자 하는 오브젝트를 ❶ **모두 선택**한다. 뷰포트에서 **[Ctrl] + [A]** 키를 누른 후 ❷**축적(Scale)**을 선택하여 선택된 오브젝트의 크기를 기본 값 ❸1로 설정한다

02 앞서 살펴본 것처럼 ❶❷**[파일(File)] – [내보내기(Export)]**에서 **FBX (.fbx)**를 선택한다. 내보내기 창에서 **포함(Include)**의 ❸**Limit to 선택된 오브젝트를 체크**한 후 원하는 위치와 파일명으로 ❹**내보내기**를 한다.

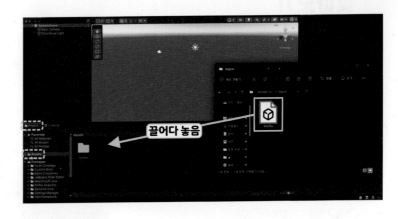

03 Asset 창에 생성된 **FBX** 파일을 유니티의 뷰 포트로 끌어다 놓으면 해당 오브젝트가 생성한다.

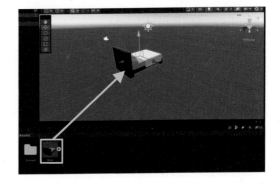

Unity 프로그램에서 가져오기

01 Unity 프로그램을 실행한다. 해당 프로그램이 설치되어있어야 한다.

학습을 따라 하며 본 도서에서 다룬 작품의 결과물을 만들었다면 블렌더 3D에 대한 지식과 기술이 어느 정도 발전되었으리라 믿는다.

지금까지 배운 지식을 바탕으로 더 발전된 작품을 제작하는 순간이 오길 기대해 본다.

02 블렌더에서 만든 **FBX** 파일을 드래그하여 **Unity** 하단의 **Projec**의 **Asset**으로 갖다 놓는다.

찾아보기